착한
여자 1

공지영 장편소설 1

# 착한
# 여자

해냄

착한
여자 1  차례

# 착한 여자 2 차례

당신이 그토록 머뭇거려온 수많은 세월을 생각해보라.
신들은 당신에게 얼마나 많은 구원의 기회를 주어왔는가?
그런데도 당신은 그 기회를 흘려버렸다.
그러나 이제 당신은 알아야만 한다. 당신 자신도 일부분인
우주의 본질을……. 이제 한정된 시간이 왔으며,
만일 당신이 그 한정된 시간을 이용하여 밝음 속으로 들어가지
않는다면 시간은 지나가버리고 당신도 흘러가버려,
더 이상 기회가 오지 않으리라는 것을.

　　　　　　　　　—마르쿠스 아우렐리우스, 『명상록』 중에서

# 희망의 서(序)

비가 내리고 있었다. 빗방울은 차가 달려가는 속도만큼 맹렬히 차창에 부딪혔고 이내 차창에서 힘없이 사라져갔다. 그 여자는 동그란 손잡이에 매달리듯이 서서 버스의 흔들림에 되는대로 몸을 맡기고 있었다. 한때는 가지런한 뒷덜미의 선이 보기 좋았을 단발머리는 이제 제멋대로 자라나 어깨 위에서 부스스 넘실거리고 있었고 자잘한 꽃무늬 프린트의 자주색 블라우스 밑으로 회색 물실크 스커트가 헐렁해 보였다. 한 서른이 좀 넘었을까, 얇은 쌍꺼풀이 여러 겹 진 눈동자는 퀭한 채 하염없이 멍해 보였다. 하지만 버스가 흔들릴 때마다 그 여자가 따라 흔들리는 어떤 순간, 그 멍한 눈에서 알 수 없는 광채가 솟아 나오기도 했는데 그럴 때 그 여자의 눈은 얼핏 웃고 있는 것 같기도 했다. 글쎄, 그 여자는 정말 빗방울들을 바라보고 있었을까. 사라져버리는 빗방울들, 우두두두…… 비명을 차창에 남기고 길바닥으로 추락하여 흙탕에 뒤섞이고 마는 그 빗방울들을…….

비가 내리고 있었다. 이른 초여름의 비였다. 바람이 비를 타고 휘익 몰아치면 아직은 살갗에 오소소 소름이 돋는 그런 날씨, 야트막한 상가 건물 사이로 비죽이 가지를 내민 연보랏빛 라일락의 푸른 입술이 사늘해 보이는 거리로 사람들이 걸어가고 있었다. 정류장에서 내린 여자는 잠시 낯선 듯 주위를 둘러보았다. 여기가 어딜까, 하는 당황감이 그 여자를 스치고 지나갔다. 차가운 빗방울이 그 여자의 창백한 이마 위로 떨어져 흘러내렸다. 그 여자는 그제야 제 손에 있던 우산을 얼결에 펴서 그 비를 피했다.

여자는 아직도 망설이고 있는 듯했다. 군데군데 고인 야트막한 물웅덩이를 첨벙거리며 초등학교 아이들이 하교를 하고 있다. 아이들은 비가 와도 즐거운 것일까. 우산으로 칼싸움을 하기도 하면서, 빗방울이 제 여린 머리칼들을 적셔 납작한 이슬을 흩뿌리는 것도 의식하지 못하는 아이들……. 퀭한 눈으로 바라보던 여자의 얼굴 위로 쓰라린 빛이 흘러내렸다. 가난 때문에 더 이상 학교에 다니지 못한 아이가 소를 데리고 논둑길을 걷다가 뒤통수에 울리는 아련한 학교 종소리를 들은 것처럼 여자는 참담해 보이는 듯도 했다. 얼마나 더 걸어야 나는 그곳에 도달할 수 있을까. 성지를 찾아 길을 떠난 순례자처럼 얼핏 경건함마저 엿보였다. 여자는 결심을 한 듯 고개를 약간 숙이고 걷기 시작했다.

초등학교를 지나 시장으로 나 있는 길을 따라서 그 여자는 걸어 갔다. 그 여자의 가는 종아리에 튀어 오르는 흙탕물이 그 여자의 발뒤꿈치를 따라가고 있었다. 여자는 시장 길에서 방향을 왼쪽으로 틀어 붕어빵을 파는 리어카 옆을 지나쳐갔다. 거기서부터 높은 언덕배기까지 촘촘히 다세대 주택이 들어선 곳이었다. 한 삼십 미터쯤 올라갔을까, 여자의 발걸음이 주춤거리기 시작했다. 앞으로 나가려는 한 발과 뒤로 물러서려는 한 발이 다툼을 벌이는 것처럼 여자는 당황스러워 보였다. 아까 여자가 우산을 펴고 걷기 시작했을 때부터 여자의 종아리 위로 스멀스멀 기어오르던 흙탕물 자국이 이제 지울 수 없는 상흔(傷痕)처럼 선명해지고 있었다.

그 여자는 거기서 잠시 발길을 멈추었다. 사실 그 여자는 쉬고 싶어 하는 듯했다. 그 여자는 이렇게 비 오는 날 신 김치에 양파와 달걀을 풀어 넣은 김치밥을 끓여 먹으며 라디오를 듣고 싶어 했었다. 뜨개질을 하거나 소설을 보거나 그도 아니면 라디오에 엽서를 보내 오디오 세트를 받는 행운을 꿈꾸어보기도 하면서 그 여자는 따뜻한 방에 깔린 담요에 두 발을 넣고 사실 편안하고 싶었을 것이다. 하지만 여자는 지금 빗속에 서 있다. 비 오는 날 낮이면 따뜻하게 백열전구를 밝히는 걸 좋아하던 그 여자의 낯빛은 형광등처럼 파르스름했다.

"누굴 찾아왔수?"

차양 밑에 받칠 빗물 통을 들고 나오던 가겟집 여자가 그 여자를 기웃거렸다. 그 여자는 놀란 눈으로 가겟집 여자를 바라보았다. 가겟집 여자는 아주 낯이 선 얼굴은 아니라는 듯 차양의 끄트머리에 서서 팔짱을 긴 채로 그 여자에게 물었다. 그 여자의 축축한 발가락들이 낡은 비닐 구두 속에서 잠깐 움찔거렸다.

사실은 아무에게도 들키고 싶지 않은 기분이었다. 그 여자는 오직 그를 만나기 위해 이곳에 온 것이다. 그 여자를 만나주지 않는 그, 전화를 통해 그 여자의 목소리가 들리면 대답 없이 수화기를 내려놓아버리는 그, 다시는 전화도 하지 말라고 그 여자에게 낮고 차가운 목소리로 경고하던 그, 한때는 그 여자의 그였던 그를.

여자는 우산을 들지 않은 손으로 머리칼을 쓸어 올렸다. 머릿속에 고여 있던 눅눅한 습기들이 여자의 손가락 사이로 빠져나가고 서늘한 바람이 그 여자의 뇌수 속으로 흘러들었다. 가겟집 여자는 끝내 그 여자를 몰라보았다. 이 세상 모든 사람에게 그랬듯이 그 여자는 익명의 존재였다. 때로는 저 계집아이로 때로는 아가씨로 때로는 아줌마인 채로 그도 아니면 그냥 저 사람인 채로 그 여자가 살아온 세월이 여자의 머릿결을 올올이 따라 흘러가는 듯했다.

그래서 그 여자는 잠시 후회에 사로잡혔다. 그날처럼 머리를 드라이로 정리하고 화장을 하고 있었더라면, 한 벌뿐인 밤색 투피스를 입고 그 안에 베이지 블라우스를 받쳐 입었더라면 하고……. 그러면 이 가게가 세 들어 있는 삼층 건물 주인의 아들이자 한때는 그 여자의 그였던 그에게 자신의 고운 모습이 전달될 수도 있을 것이고 그러면 그의 마음이 조금 괴로워질 수도 있지는 않을까 하

12

고. 그 여자가 그랬던 것만큼은 아니지만 조금만 그 여자 때문에 괴로워질 수도 있는 것은 아닐까 하고…… . 하지만 그 여자는 이내 깨닫는다. 그때, 이 가겟집 여주인이 자신을 알아봐주던 그때에는 그 여자의 곁에 그가 있었다는 것을. 그가 없으면 그 여자는 아무 것도 아닌 것이다.

그 여자는 무슨 생각을 했는지 가겟집 안으로 한 발을 들여놓았다. 팔짱을 풀지 않은 채 가겟집 여자가 그 여자를 따라 가게 안으로 들어섰다.

"뭐 필요하우?"

그 여자는 곤혹스러운 듯 아랫입술을 한 번 물고 가게 안의 물건들을 죽 훑어 내려가다가 주르르 놓인 술병들 중의 하나를 가리켰다.

"칠천팔백 원이유."

여자의 불안스러운 몸가짐을 이상한 듯 바라보며 가겟집 여자가 대답했다. 순간 여자의 머릿속으로 지갑 속에 남아 있는 돈이 떠올랐지만 이제 와서 그것을 취소할 수도 없었다. 가겟집 여자가 청주병을 봉투에 넣는 동안 그 여자는 회색빛 물실크 스커트 자락에 손을 넣어서 빠르게 돈을 헤아리고 있었다. 몇 개의 지폐가 손가락에 구깃거렸다.

"여기……."

그 여자는 스커트 자락 속에서 구깃거리던 지폐를 꺼내 내밀었다. 가겟집 여자가 이상한 손님도 다 보겠다는 듯한 눈빛으로 그 여자가 주는 돈뭉치를 받아 천 원짜리 여덟 개를 고른 후 두 개를 여자에게 도로 돌려주었다. 그리고 이백 원을 거슬러주자 여자는 그것을 주머니에 넣었다. 그 여자는 가겟집 여자가 내미는 청주병을 받아 들면서 며칠 전 열쇠 모양의 벙어리저금통을 깨기를 참 잘했다는 생각을 했다. 그러자 갑자기 기분이 좋아졌고 모든 일이 잘 풀릴 것만 같았다. 낙담의 커튼이 걷히고 희망의 빛이 쏟아져 들어오는 것처럼 그 여자는 그 느낌의 한 자락을 집요하게 붙들고 싶었다. 생각만큼 그도 나쁜 사람이 아니라는 생각이 들었고 생각만큼 그 여자가 비참한 것만도 아니라는 생각이 들었던 것이다. 그 여자는 그 희망의 실낱 같은 빛이 행여 사라질까 봐 서둘러 가게 밖으로 나왔다. 그 여자는 검은 비닐에 싸인 청주병을 든 채로 우산을 폈다. 검정 우산살 두 개가 부러져 있는 것이 그제야 눈에 띄었다. 그 여자는 손을 뻗어 허리가 꺾인 우산살을 바로잡았다. 약간 힘이 들었지만 우산살은 곧 바르게 펴졌다. 그래, 모든 좋은 일들은 한꺼번에 오지. 모든 나쁜 일들이 그런 것처럼……. 그 여자는 잠시라도 더 망설이면 이 모든 좋은 징조들이 저 빗속을 떠도는 습기처럼 공중에 흩어질까 봐 겁이 났다. 그 여자는 서둘러 언덕을 돌아가 비탈진 곳에 세워져 있어서 앞에서는 삼층이지만 제각기는 각 층으로 되어 있는 그의 집 벨을 눌렀다.

"누구세요?"

그랬다. 모든 게 좋은 징조였다. 인터폰을 통해 나오는 목소리는 그의 것이었다. 그의 어머니나 그의 여동생도 아닌 것이다. 잠에서 깬 듯이 약간은 쉬고 약간은 짜증스러운, 그러나 분명한 그의 목소리. 여자의 얼굴이 환해졌다.

"누구세요?"

"저…… 저예요."

잠시 침묵이 흘렀다.

"저예요, 저……."

그 여자는 다시 말했다.

침묵은 계속 이어졌다. 하지만 그 여자는 그의 얼굴을 그릴 수 있었다. 그는 잠시 입을 다물고 이 돌연한 방문을 해석하고 있을 것이다. 보지 않아도 그 여자는 다 알 수 있었다.

"기다려요. 나갈 테니……."

그 여자는 인터폰에서 한 발자국 떨어져 서 있었다. 우산 위로 빗방울이 우두두두 떨어져 내렸다. 여자는 눈을 돌려 먼 초등학교 담장을 바라보았다. 연녹색 버드나무, 흰 라일락 그리고 초롱초롱한 아기 은행잎들이 비에 젖고 있었고 골목 건너 담장에서는 아직 피지 않은 장미 울타리가 늘어져 있었다. 이 비가 그치면 모든 꽃들이 피어나리라, 하늘 저편으로 어두운 구름이 몰려가고 화사한 햇살이 지상으로 도달하리라……. 모든 춥고 축축한 것들을 어루만지며 까실까실하고 따뜻한 바람이 불어오리라……. 여자는 그 꽃들과 그 햇살이 곧 자신의 것이라도 될 것같이 생각됐다. 하지만 정수리 꼭대기에서 빗소리는 울렸고 그 빗소리는 이상스레 그 여자의 심장에 곧바로 내리꽂히고 있었다.

대문을 등지고 서 있는 여자의 귓가에 탈칵, 하고 대문이 열리는 소리가 들렸다. 순간 여자의 귓가에서 빗소리가 지워지고 이윽고 세상의 모든 소음들이 멎었다. 여자의 고개가 천천히 그를 향해 돌아섰다. 남자는 감색 체크무늬 우산을 든 채로 성큼성큼 걸어 아까 그 여자가 나왔던 그 가게로 들어섰다. 남자가 여자에게 일별도 던지지 않았다는 사실이 그 여자를 섭섭하게 만들었다. 하지만 감색 체크무늬 우산이 담배 한 갑을 뜯으며 다시 비 오는 거리로 나왔을 때 그 여자는 그를 향해 미소를 띠었다. 감색 체크무늬 우산 속의 남자와 살이 두 개 부러진 검정 우산 속의 여자의 눈이 마주쳤다. 그 순간 그 여자는 남자가 지금 이 장소, 이 시간에 그 여자가 그에게 미소 짓는 것을 좋아하지 않는다는 것을 알았다. 미소를 어떻게 거두어들여야 할지 여자는 막막해졌다. 그 여자는 하는 수 없이 고개를 숙였다.

그러자 빗방울이 떨어지는 이 거리를 딛고 선 그의 구두가 보였다. 앞코가 뭉툭한 밤색 구두, 그건 그 여자가 사준 구두였다. 그가 아직 그 구두를 신고 있다는 이유만으로 그 여자는 아직은 늦지 않은 거라고 생각했다. 그러나 다시 고개를 들었을 때 자신에게 쏟아져 내리는 감색 체크 우산의 눈길은 아주 냉랭했다. 사람이 어떤 순간에 타인에게 그런 눈길을 보내는지 그 여자는 잘 알고 있었다. 그러자 그 여자의 귀에 다시 빗소리가 들려오기 시작했다. 우두두두두……. 여자는 우산 따위로는 그 모멸감을 다 가려낼 수 없다는 것을 알고 있었지만 부질없이 갸웃 우산을 기울여

자신의 얼굴을 가렸다.

그 여자에게는 아주 많은 시간이 흘러간 것처럼 생각되었다. 그 여자는 사실 그가 성큼성큼 다가와 이 거리를 좁혀주기를 헛되이 기다리고 있었을 것이다. 두 사람이 만나고 그 만남이 제 인연을 다한 후의 이별 앞에서, 더 사랑했던 자들은 놀라울 정도로 명청해진다. 망상은 모든 논리와 상식의 철조망을 찢고라도 날아다니는 것이다. 그러니 그 여자는 지금 어떤 것이라도 상상할 수 있었다. 그 여자의 머릿속에서는 그 남자가 이 모든 이별을 무위로 만들며 다가와 키스를 할 수도 있으리라. 그 여자의 차가운 손을 따뜻한 손가락으로 어루만지며 사실은 모든 것이 거짓말이었다고 말할 수도 있을 것이다. 왜냐하면 그 여자는 더 사랑했던 사람이니까. 그 여자는 그 사랑이라는 것에 모든 것을 걸었던 사람이니까. 하지만 그 여자가 다시 눈을 들었을 때 감색 체크 우산은 언덕 아래로 내려서고 있었다. 빠르지도 느리지도 않은 걸음걸이였다.

"얘, 얘기 좀 해요."

그 여자는 그를 따라잡으며 말했다. 빠르지도 느리지도 않은 걸음걸이를 몇 발자국 따라잡는 것이지만 여자는 숨을 헐떡이고 있었다.

"무슨 이야기를 합니까?"

남자는 멈추어 선 채 담배를 붙여 물며 깍듯한 경어로 말했다. 이빨이 딱딱 부딪치는 것처럼 싸늘한 말투였다.

"얘기를…… 얘기를 좀 하고 싶어요."

여자는 말을 더듬고 있었다.

그는 그 여자를 아래위로 훑어보더니 이번에는 성큼성큼 길을 내려가기 시작했다. 서울로 처음 식모살이를 하러 온 소녀처럼, 이 주인이 나쁜 사람인가 좋은 사람인가에 따라 자신의 앞날이 결정되어버리는 것을 어렴풋이 감지하는 촌뜨기처럼, 설사 그 주인이 아주 나쁜 사람이라 하더라도 여기서 그를 놓쳐버리면 영영 미아가 되어버릴 것처럼 여자는 그를 따라 걸어갔다. 그는 큰길 어귀에서 잠시 주위를 살피더니 낡은 다방으로 들어섰다.

어두운 다방이었다. 푸른빛이 도는 흰 커버를 씌운 의자들이 있고, 틀림없이 다방 한가운데 커다란 어항이 있고 그 어항 속에 플라스틱 수초가 자라지도 못한 채 서 있으며 빨간색 물레방아가 돌고 있는 그런 다방. 배가 불뚝한 금붕어들은 느릿느릿 그 공간 속을 허망하게 부유하고 있었다. 그가 구석 자리에 털썩 하고 주저앉자 짧은 치마를 입은 레지가 다가와 엽차를 두 잔 내려놓았다. 커피라고 발음하고 나서 그 남자는 담배를 끄며 크게 한숨을 내리쉬었다. 미지근한 커피를 날라왔지만 그는 커피에는 손도 대지 않은 채 무언가 골똘히 생각에 잠긴 듯했다. 저렇게 골똘하게 생각하는 저 모습을 그 여자는 사랑했었다. 앞에 앉아 있는 그 여자의 존재도 잊은 채 골똘하게 생각하다가 눈을 한번 들어 그 여자를 향해 미소 지을 때 그 빛을, 그것이 짧은 순간이었으므로 더욱 애틋했던 그 기억을.

여자는 커피잔을 들어 한 모금을 마셨다. 설탕을 넣지 않은 커피는 몹시 썼다. 이상하게도 그 커피의 쓴맛이 그 여자에게 위안이 되었다.

"얘기하세요."

남자는 손목시계를 한번 들여다보더니 말했다. 여전히 그 여자에게 시선을 주지 않은 채였다. 그 여자는 그런 그를 바라보면서 한 번만 눈이 마주치면 이야기를 꺼내려고 마음먹었다. 마치 그와 눈이 마주치기 위해 이 자리에 나온 것처럼 그 여자는 간절한 마음이었다.

"말을 해요!"

더 이상 견디기 힘들다는 듯이 그가 버럭 소리를 질렀다. 그 여자는 차마 돌아보지 않았지만 카운터 가에 서 있던 레지들과 입구 쪽에 앉아 담배를 피우고 있던 노인의 시선이 그 둘을 향하고 있다는 것을 그 여자는 감지할 수 있었다. 그 여자의 얼굴은 붉은 피가 몰려들었고 여자의 입술은 더욱 굳어졌다.

"언제까지 이러고 있을 겁니까? 할 말이 있다고 했지요?"

이번에는 그 여자가 그의 시선을 피했다. 다물어진 이가 덜덜 떨려와서 그 여자는 굳게 입술을 물었다. 그러자 여자 가수의 노래가 흘러나오기 시작했고 이어서 남자 가수의 목소리가 흘러나왔다. 그 모든 노랫소리들이 자음과 모음을 구분할 수 없는 형태로 그 여자의 귓가에서 엉겨 붙고 있었다. 검은 유리로 된 창문에 부딪히는 빗방울 소리가, 가수들의 노래 덩어리로 엉겨 붙은 그 여자의 귀를 두드리고 있었다. 우두두두두…….

"이거……."

허우적거리는 듯한 침묵 속에서 그 여자는 문득 아까 제가 가겟집에서 산 청주를 생각해냈고 그것을 그에게 내밀었다. 비닐봉지가 부스럭거렸다. 여자가 얼마나 그것을 매만졌던지 검은 비닐봉지의 입구가 파마를 한 것처럼 꼬불거렸다.

"이게 뭡니까?"

그의 자세가 경계하듯 뒤로 젖혀졌다.

"술이에요……."

아버님 드리세요, 라는 말을 그 여자는 하지 못했다. 그의 아버지는 이제 술을 마실 수 없는 것이다. 맙소사, 라는 생각이 그 여자의 머리를 스쳤고 여자의 얼굴이 귀까지 붉게 물들었다. 그가 잠깐 웃었다. 상황이야 어찌 되었든 그가 웃는 것이 그 여자는 좋았다.

"정말 어이가 없군요. 내가 술 못 먹을까 봐 여기까지 이걸 들고 온 겁니까? 하고 싶은 말이 그거였어요?"

말을 하다 보니 정말 화가 난다는 듯이 말을 끝낼 무렵 그의 언성이 버럭 높아졌다. 그 여자는 내밀었던 검은 비닐봉지를 다시 무릎 위로 올려놓았다. 술은 왜 샀을까, 그 여자는 화를 내는 그를 이해했다. 이런 자리에서 술이라니, 겨우 말을 꺼내 술이에요 하다니, 이건 선물치고는 너무 초라했고 무엇보다 걸맞지 않았다. 그 여자는 그에게 말할 수 없이 미안한 마음이 들었다.

"우린 이제 그만 만나기로 하지 않았습니까?"

말투는 어눌했지만 그의 목에 핏줄이 파드득 일어서고 있었다. 그건 그가 몹시 화가 났으며 지금 그걸 참고 있다는 걸 말해주는 징표였다. 그 여자는 그를 화나게 한 자신이 또 미워졌다. 갑자기 그가 벌떡 일어나 돈을 치르고 밖으로 걸어 나갔다. 그 여자는 잠시 그 자리에 앉아 있다가 그를 따라가기로 결심했다.

"저…… 손님."

돌아보니 레지가 그 여자에게 검정 우산을 내밀었다. 그 여자는 레지들이 그 여자와 그가 나누는 말을 들었다고 생각했다. 그 여자는 우산을 받아 들고 허겁지겁 그 다방을 나왔다. 이번에는 그가 그 여자를 기다리고 있었다.

"집에 가서 차분히 쉬십시오. 이런 행동은 서로를 위해 도움이 되지 않아요."

그가 어눌하게 말했다. 그 여자가 우산을 폈다. 아까 바로잡았던 그 우산살이 구부러진 채로 우산이 펴졌다. 하지만 그 여자는 이번에는 구부러진 우산살을 힘들여 펴지 않았다. 그와 그 여자는 나란히 걸어가기 시작했다. 그가 담뱃불을 붙이느라 멈추어 섰을 때 그 여자가 그보다 몇 걸음 앞에서 기다렸다. 불꽃이 사그라진 성냥을 비 오는 거리에 버리고 그의 시선이 문득 그 여자의 다리에 가서 멎었다. 튀어 오른 흙탕물이 말라붙은 스타킹이었다. 그 여자는 어서 그가 다가와 자신의 옆자리에 서주기를 기도했다. 자신의 온 생애를 걸고라도 맹세하건대 그 흙탕물이 튀어 오른 흉한 종아리만은 보이고 싶지 않았던 것이다. 신(神)은 가끔 은총을 베풀어 기도에 응답하기도 하는지 그는 더 이상은 그 종아리에 시선을 두지 않았다. 그 여자는 누구에겐가로 감사의 기도를 올렸다. 하지만 그 여자가 감사의 기도를 올리고 있는 동안 그는 큰 길거리에 서서 달려오는 차를 바라보고 있다가 손을 번쩍 들었다. 언제나 그 여자에게는 힘겹게도 잡히지 않던 택시가 왜 그날따라 그렇게 빨리 잡히는 것일까. 하늘색 택시가 그의 앞에 와서 멎었다.

"어서 가십시오."

택시 문을 열고 서서 그가 그 여자에게 말했다. 그 여자는 움직이지 않았다.

그 여자에게는 이제 택시비조차 남아 있지 않다는 것을 그는 모르고 있었다.

"갈 거요, 안 갈 거요?"

택시 기사가 두 사람을 기웃거리면서 큰 소리로 투덜거렸다. 그가 어서 가라는 듯한 표정으로 다시 그 여자를 바라보았지만 그 여자는 굳어버린 것처럼 그 자리에 서 있었다. 택시 기사는 몹시 재수가 없다는 듯 거칠게 차를 출발시켰다. 그 서슬에 택시 문을 잡고 서 있던 그가 휘청거렸고 흙탕물이 그의 베이지색 바지 밑단에도 튀어 올랐다. 그는 정말 화가 난 것 같았다. 각진 턱의 뼈가 욱신거리고 있는 것만 보아도 틀림없었다. 그 여자는 그가 화를 낼 때 어떤 표정과 몸짓을 하는지 너무 많이 알고 있었다. 그 여자는 그가 화를 내는 것이 싫었다. 하지만 그 여자는 그 자리에 서 있었다. 그는 피우고 있던 담배를 빗속에 버리면서 머리칼을 쓸어

올렸다.

"……이러시면 제가."

그 남자는 몸을 돌렸다. 굳어 있던 여자의 몸이 움찔거렸다.

"아니요, 저기 잠깐만, 잠깐만요……."

그 여자의 굳은 몸은 이제 그 여자의 통제에 잘 따르지 않았다. 그래서 그를 향해 급히 몸을 돌려 한 걸음을 내딛다가 그 여자는 그만 빗길에서 엎어지고 말았다. 지나가던 사람들이 넘어지는 여자를 향해 고개를 돌렸다. 이번에는 스타킹뿐만이 아니라 온몸이 구정물에 젖어버린 것이다. 그 여자는 바보처럼 씨익 웃고는 제 턱에 묻은 흙탕물을 닦아내며 일어섰다. 그는 한숨을 내쉬더니 다시 길거리를 향해 손을 들었고 하필이면 아주 빠른 속도로 택시가 와서 섰다. 그 여자는 그가 탄 택시가, 다른 택시와 버스들 그리고 트럭에 가려 보이지 않을 때까지 거기에 서 있었다. 그러고는 아까 넘어졌을 때 그 여자가 놓쳐버린 우산을 돌아보았다. 부러진 우산은 뒤집어진 채로 비를 맞고 있었다. 여자는 허리를 굽혀 우산을 집어 들었다. 그러자 그 여자의 내장들이 출렁거렸다. 그 여자는 한 손에 검은 비닐에 싸인 청주병을 아직도 든 채로 배를 움켜쥐었다.

"아니, 꼴이 왜 그러우……."

비가 그치자마자 젖은 빨래를 다시 널고 있던 안집 여자가 그 여자를 바라보며 입을 열었다.

"넘어졌수?"

안집 여자는 빨래를 소리 나게 탁탁 털면서 물었다. 그 여자는 그제야 제 몰골을 내려다보았다. 가슴에서부터 스커트까지 고동색 흙탕물 얼룩이 묻어 있었다. 그 여자는 안집 여자를 바라다보며 자기도 모르게 까르르 웃었다. 여자는 웃음을 그치지 않은 채 자물쇠를 따고 제 방으로 통하는 부엌문을 열었다. 부엌 위에는 언제 차려놓은 것인지 식어버린 밥상이 색동 상보를 쓰고 놓여 있었다. 그 여자는 부뚜막에 걸터앉아 색동 상보를 걷어냈다. 말라버린 김치와 말라버린 밥 반 공기 그리고 말라버린 갈치조림이 놓여 있었다. 그 여자는 숟갈을 들어 밥을 한 숟갈 입에 밀어 넣었다. 마른 밥알들이 그 여자의 입에서 오드득거렸다. 그 여자는 검은 비닐봉지에 든 청주를 꺼내고 그것을 따서 밥뚜껑에 가득 따라 마셨다. 그 여자는 그렇게 남은 밥을 다 먹고 그릇들을 설거지통에 와르르 부어놓고는 방으로 들어섰다. 연탄은 언제 꺼졌는지 방은 냉랭했다. 그 여자는 스위치를 올렸다. 밝은 빛에 그 여자의 방 안이 환해졌다. 커피잔과 재떨이 그리고 돌돌 벗겨진 양말들. 그 여자는 그것들을 대충 치우다 말고 전구를 올려다보았다. 원래 그 여자가 이 집에 이사 왔을 때 거기엔 형광등이 달려 있었다.

─형광등은 너무 늦게 들어와. 스위치를 켜면 한순간도 지체하지 않고 당신의 얼굴을 보고 싶어.

백열전구는 그렇게 말하던 그가 갈아준 것이었다. 그 여자는 양말짝을 치우다 말고 양말을 손에 든 채로 벽에 기대앉았다.

─비가 오는 날 저녁에 말이에요. 밖은 어둡고 비가 오니까 오실

오실 추워요. 아마 늦가을 아니면 초겨울일지도 몰라요……. 저녁이 빨리 내리는 것이 예민하게 느껴지는 계절에 말이에요. 나는 식탁 위에 노란 백열등을 밝히고 상을 차려요. 반짝반짝한 은수저를 놓고 김치를 썰어놓고 국을 데우고 시금치를 무치고, 당신이 들어서면 낮잠 자는 아이를 깨워서 식탁에 앉히죠. 프라이팬에 든 갈치는 불을 작게 해서 노릇노릇하게 만들었다가 당신이 손을 씻고 식탁에 앉으면 그때 상에 올리는 거예요. 그 냄새를 한번 생각해봐요. 떨어져 뒹구는 낙엽 냄새가 비에 섞이고, 아이에게선 나른한 낮잠 냄새가 나고 내가 받아 거는 당신의 외투에서는 바람의 냄새가 나지요. 게다가 고소한 갈치 냄새…… 그리고요? 그러고는 식탁에 둘러앉는 거예요…… 또 그리고요? 또 그러니까, 그러고는 밥을 먹는 거예요. 그렇게 밥을 먹는 거…… 무슨 꿈이 고작 그러냐구요? ……모르겠어요…… 내가 일평생 바랐던 건 이런 저녁이에요……. 좋지 않아요? 식구들이 둘러앉아서 따뜻한 밥을 먹는 거…….

그때 그 여자는 수줍게 웃었었다. 생각하는 지금 그 여자의 입가에도 희미한 미소가 번졌다. 번지는 미소는 차츰 사라지고 여자는 천천히 일어섰다. 무슨 생각에서였는지 방구석에 처박힌 간이의자를 가져다가 여자는 그 위로 올라섰다. 그러고는 백열전구의 알을 돌렸다. 불을 켠 지 몇 분 지나지 않았지만 백열전구는 벌써 뜨거웠다. 그 여자는 블라우스의 소맷자락을 잡아당겨 손가락을 감싼 채로 전구를 돌렸다. 전구가 헐거워졌다고 느꼈을 때 불이 꺼졌고 뜨거운 감각이 오는 순간 그 여자는 손을 떼었다. 어둠이 화악 방 안을 덮치면서 전구는 바닥으로 내리꽂혀 산산이 부서졌다. 의자 위에 서 있던 그 여자는 언뜻 미소까지 머금고 방바닥으로 내려서서 쓰레기통을 집어 들었다. 여자는 깨진 파편들을 하나하나 집어넣다 말고 무슨 생각이 난 것처럼 자리에서 일어섰다.

그 여자는 부엌으로 나가서 개수통 한 곁에 놓인 대야에 물을 퍼 담았다. 물이 찬 대야를 들려고 하는데 대야 밑에 숨었던 지렁이가 한 마리 보였다. 그 여자는 대야를 내려놓고 쭈그려 앉아 그 지렁이를 바라보았다. 사람의 기척을 느낀 것일까, 지렁이는 반쯤 몸을 비틀다 말고 죽은 듯이 그 자리에 서 있었다.

어린 시절이었던가, 비 그치면 화단에 지렁이들이 기어 나오곤 했었다. 짓궂은 동네 아이들이 굵은 소금을 가져다가 그 지렁이에 뿌리면 지렁이는 온몸을 비틀어 몸부림쳤다. 하지만 몸부림을 치면 칠수록 소금의 염기는 죽음의 살기로 변해 지렁이의 온몸을 뚫고 들어갔고 지렁이는 그렇게 부질없는 몸부림을 계속하다가 분홍색으로 탈색되어 퉁퉁 불어터진 온몸을 쭉 뻗고 늘어져 죽었다.

그 여자는 발로 지렁이를 조금 건드려보았다. 지렁이는 조금 꿈틀거렸다. 그 여자의 눈이 이상한 광채로 빛나기 시작했다. 이 세상 어딘가에, 그 여자가 가보지 못한 어딘가에라도 그 여자보다 더 못한 것이 하나쯤 존재했으면 하는 마음이었다. 지렁이로 태어난 것이 업보라면 비 그친 후에 제 살던 곳으로 재빨리 몸을 숨기지 못한 것은 치명적인 실수라고 그 여자는 생각했다. 죽은 척 널

브러져 있다 해도, 그 붉은 마디마디 콩콩거리는 생명의 약동을 숨 가쁘게 숨기고 있다 해도 이미 구원은 오지 않는다는 것을 아는 무엇이, 비록 그것이 미물이라 하더라도 하나쯤은 존재해야 할 것 같았다. 그 여자는 악의에 반짝이는 눈빛으로 찬장 문을 열고 소금 단지에 손을 넣었다. 하얀 악의 가루가 지렁이의 몸뚱이 위에 눈처럼 퍼부어졌다. 그 죽음의 순간에 이르러 사실은 자신이 살아 있었다는 것을 자각이라도 한듯 지렁이는 힘차게 몸부림치기 시작했다. 그 여자는 손바닥을 마주쳐 탁탁 털면서 지렁이가 퉁퉁 불어 연분홍색 주검으로 변해가는 것을 보고 있었다.

그러니 이제는 그 여자의 차례였다. 물이 가득 담긴 대야를 들고 방으로 들어온 그 여자는 쓰레기통을 뒤져 제법 큰 유리 파편을 하나 건져냈다. 그 여자는 그 파편을 손가락에 낀 채 다른 손가락으로 손목 안쪽의 힘줄을 더듬었다. 그러고는 입술을 앙다물고 그 힘줄이 가장 빳빳하게 일어선 부분에 유리 파편을 힘껏 그었다. 일직선의 상처 위로 피가 몽글몽글 배어나왔다. 그 여자는 마치 제 피가 붉은 것이 신기하기라도 한 것처럼 손목을 바라보고 있었다. 그러나 붉은 피는 몇 줄기 가느다랗게 선을 그리며 떨어졌을 뿐 곧 잦아들고 말았다. 여자는 일직선의 제 상처를 더 눌러보았다. 피가 조금 더 솟아 나왔을 뿐 그것으로 또 끝이었다. 시큰거리는 아픔만이 선명할 뿐이었다. 그 여자는 급히 다른 유리 조각을 찾아냈고 이번에는 손목을 보지도 않고 유리 조각을 찔러 넣었다. 이번에는 깊이 찔리는 느낌이 왔다.

그 여자는 환희에 찬 얼굴로 제 손목을 내려다보았다. 뭉클뭉클 거리며 피가 솟아나고 있었다. 그 여자는 방 안에 피가 떨어지지 않도록 조심조심 제 손목을 물이 가득 찬 대야에 넣었다. 무엇인 가가 제 몸속에서 빠져나가고 있었다. 그 여자는 한 손목을 대야 에 담근 채 이제는 반듯이 누워서 그 느낌을 즐기고 있었다. 그 여 자는 붉은 피가 제 몸속에서 빠져나가는 것이 좋았다. 이제 자신 은 아주 작고 가볍게 될 거라는 상상을 했다. 그러자 그 여자의 눈 이 졸린 듯이 스르르 감겼다.

그 여자는 버림을 받았고 이제 그것을 알았다. 하지만 이 피가 다 빠져나가고 나면 이제 그 여자는 더 이상 버림받지 않아도 되 는 것이다. 거절당하고 문이 닫히고 빗장이 채워지는 그 소리를 더 는 듣지 않아도 되는 것이다. 그러자 그 여자의 귓가에 그 소리가 들려오기 시작했다.

싸락눈 뿌리던 그 어느 날, 만일 시간이 가고 다시 오지 않는 것 이라면 아마도 오래전 어느 날, 하지만 시간이 꼭 한 방향으로만 흘러가는 것이 아니라면 아마도 그 여자에게는 방금 전이었을지 도 모르는 어느 날, 서울에서 특별히 모셔왔다는 무당패들이 치던 장구와 무징 그리고 바라 소리. 열 살배기 여자는 그 소리에 끌리 듯 집으로 달려갔었다.

당당당당 당당당당 쟁쟁쟁쟁 쟁쟁쟁쟁.

덩다꿍 따따 덩다꿍 따따.

—상처받지 말아라. 너무 크게는 상처받지 말아라.

그것은 오색빛 꽃을 수놓은 고깔을 쓴 무당이 열 살배기 여자에게 한 말이었던가. 그가 떠난 후부터 출렁출렁거리던 그 여자의 내장이 그제야 조용히 잦아들었다. 불 꺼진 방 안에 누워 죽음으로 떠나는 그 여자는 30년 일생을 통틀어 한 번도 자신의 것이 아니었던, 이루 말할 수 없는 평화를 느꼈다.

1부

그 여자의
어린 시절

## 상처받지 말아라,
## 너무 크게는 상처받지 말아라

누렁이는 꼬리를 늘어뜨린 채 혼자 마당을 지키고 있다. 달포 전에 노랑노랑한 새끼를 여섯이나 낳았지만 이 집 주인은 그 새끼들을 모두 동네에 나누어주었던 것이다.

볏짚으로 지붕을 이은 다섯 칸짜리 집. 지난가을에 새로 볏짚을 이지 못했는지 지붕은 잿빛으로 바래어져 있다. 양은 세숫대야가 펌프가에 나동그라져 있고 초겨울의 짧은 햇살이 빨랫줄에 걸린 붉은 내복 위에서 힘없이 흔들거리고 있는 집 마당은 스산해보였다.

집 뒤뜰에 서 있는 커다란 미루나무 사이로 바람이 휘에엥 지나간다. 그 서슬에 까치가 푸드득 날아오르고 미루나무 꼭대기에 걸린 몇 개 남지 않은 이파리들이 파들거리며 몸을 뒤집었다. 누렁이는 고개를 들어 미루나무 끝으로 지나가는 바람을 바라본다. 눈꼬리에 부쩍 검은 눈물 자국이 자주 어리는 걸 보니 누렁이도 이젠 늙었는지, 아마도 내년 여름 저수지 가에서 술에 불콰해진 남자들에 의해서 술안주가 될지도 모르지만 누렁이는 태평스럽다. 볕이 잘 드는 툇마루 밑에서 그러모은 앞발에 무료하게 제 얼굴을 올려놓을 뿐, 옆집 담 너머로 끊임없이 들려오는 장구와 바라 소리도 이제 궁금하지 않은가 보았다. 누렁이는 햇살이 부신 듯 스르르 눈을 감는다.

"할머니 할머니이……."

초겨울 햇살로 가득 찬 적요를 깨뜨리며 누군가가 나타난다. 열 살쯤 되어 보이는 계집아이였다. 머리는 껑충한 단발, 키가 크는 걸 감당할 수 없었던지 해마다 형제들에게 물려져 내려온 초록색 쫄쫄이 바지가 복숭아뼈 위로 올라와 있어서 아이의 다리는 껑충하고 추워 보였다. 하지만 아이의 뺨은 복숭앗빛으로 발그스레했다. 뛰어온 탓도 있지만 자세히 들여다보면 조그맣게 불거진 광대뼈 위로 찬바람에 부대낀 실핏줄이 여러 개 터져 있다.

"할머니 할머니이…… 누렁아 저리 가…… 저리 가라구."

할머니를 부르는 아이에게 먼저 달려나간 누렁이를 떼어내며 아이는 다시 할머니를 불렀다.

"이거는 너 줄 거 아냐, 저리 가!"

아이는 달려드는 누렁이를 발로 걸어찬다. 그 서슬에 누렁이는 꼬리를 내리며 몇 발자국 물러서지만 아주 단념한 것은 아니라는 듯 애처로운 눈으로 아이를 바라보고 있다. 아이는 툇마루를 향해 가다 말고 잠시 망설이는 듯하다가 종이 봉지 속에 든 것을 하나 꺼내서 누렁이에게 던져주었다. 그럴 줄 알았다는 듯 누렁이가 달려들어 아이의 손에서 빠져나온 노란 전유어를 덥석 물었다.

"웬 수선이야?"

툇마루와 이어진 아랫방 문이 열리고 할머니 박씨의 얼굴이 나타났다. 글쎄, 이 여인에게도 한때 고운 얼굴이 있었을까, 세월이 거칠게 할퀴고만 간 것 같은 얼굴……. 그러나 침침한 그녀의 눈은 벌써 툇마루에 아이가 놓아둔 종이 봉지에 가서 머물렀다.

"할머니, 이거 먹어. 엄마가 싸줬어."

아이는 툇마루에 걸터앉아 자랑스러운 얼굴로 종이 봉지를 폈다. 전유어며 떡이 들어 있다. 떡을 기름진 전유어와 같이 싼 것을 보면 급하게 들려 보낸 티가 역력했다. 박씨는 아이가 펴놓은 음식을 보면서 손을 뻗으려다 말고 심하게 기침을 해댔다. 차고 건조한 바람이 그녀의 기관지를 자극한 모양이었다. 아이는 얼른 신을 벗어 던지고 방 안으로 들어섰다. 아이가 벗어 던진 낡은 고무신 한 짝이 완만한 포물선을 그리며 저만치 날아가 떨어진다. 기름기 묻은 음식을 이 집 안주인보다 먼저 시식한 누렁이는 미련 때문인지 아이의 신발을 얼른 물었다가 이내 놓아버린다.

아이가 문을 닫자 창호지를 새로 바른 방 안에 햇빛이 안온하게 비치었다. 창호지를 통과해온 햇빛에 반사되는 아이의 얼굴은 해

사해 보였다.

"아이고, 부잣집이라 역시 손이 크구나. 돼지도 잡았더냐?"

"응. 다섯 마리래."

박씨는 얕은 기침을 입가에 매단 채로 내장으로 만든 전유어를 베어 먹어보고 시루떡도 조금 떼어 맛을 보더니 고개를 끄덕였다. 맛이 좋다는 말이다. 한때 이 읍내의 대소사라면 빠짐없이 참여해서 음식 솜씨를 발휘하던 그녀였던지라 몸져누운 것이 오늘따라 서운한 표정이었다. 아이는 제 할머니를 따라 떡을 베어서 입이 미어져라 밀어 넣고는 함박 웃는다.

"무당이 몇 명이나 되더냐?"

"응. 그러니까 모두…… 몰라. 그런데 아줌마들이 그러는데 아무튼 어제 서울서 버스가 왔대. 집 앞까지 버스가 들어오지 못해서 모두들 내려서 악기를 이고 지고 걸어왔다던데."

박씨는 떡을 먹다 말고 머리맡의 쌈지에서 담뱃가루를 꺼내 곰방대에 꾹꾹 밀어 넣었다. 아이는 흩어진 화투패 옆에 놓인 성냥을 제 할머니에게 밀어준다. 박씨는 곰방대를 빡빡 빨아 불씨가 일었는지를 확인하고 나서 낮게 중얼거렸다.

"목숨이라는 게 뭔지…… 사람 목숨이라는 게……."

당당당당…… 쟁쟁쟁쟁…… 다당당당다당…… 재재쟁재쟁쟁쟁…….

굿판이 빠르게 돌아가는지 가락은 점점 빨라지기 시작했다. 아이의 얼굴이 자동인형처럼 소리 나는 곳으로 돌아간다. 마음은 벌써 굿판으로 달려가는지 아이는 박씨가 큰 한숨을 쉬는 것도 의식하지 못한다.

"나무 관셈보살……."

박씨는 아무래도 심란한 마음을 떨치지 못하겠는지 담배를 피우다 말고 검은 마디가 굵직한 두 손을 그러모으며 중얼거렸다.

"할머니, 나 가봐도 되지?"

아이가 포도알처럼 검은 눈을 연신 밖으로 보내고 있다가 박씨에게 물었다. 박씨는 조용히 고개를 끄덕인다. 아이는 벌떡 몸을 일으키다 말고 다시 앉더니 전유어 하나를 집어가지고 밖으로 나갔다. 방문이 열리는 소리에 누렁이가 다시 아이에게 달려들었다. 아이는 전유어를 반쯤 베어 물고 나서 나머지 반쪽을 누렁이에게 던져주었다. 누렁이는 아이가 준 전유어를 단숨에 삼키고 나서 아이를 쫓아가려다 만다. 목에 매여 있는 줄이 아팠던 거다.

"정인아! 정인아!"

박씨가 방문을 열고 벌써 대문까지 다다른 아이를 불렀다. 정인이라고 불린 아이가 싸리 울타리 밖으로 달려가다가 멈추어 섰다. 박씨는 정인을 향해 손을 저으며 무어라 이야기하다가 만다. 심한 기침이 다시 그녀를 기습했던 것이다. 정인은 놀란 얼굴로 할머니에게 달려오다 말고 그만 몸의 균형을 잃고 넘어지고 말았다. 꺾인 무릎을 일으키며 정인은 겁에 질린 얼굴로 제 무릎을 내려다보았다. 여러 해 물려 입은 쫄쫄이 바지의 무르팍에는 기웠던 자국들이 역력했다. 하지만 이번에는 구멍은 나지 않았다. 정인의 얼굴에 안도의 빛이 지나간다. 이번에 한 번만 더 바지에 구멍을 내면 기워주지도 않을 거라고 어머니는 여러 번 으름장을 놓았던 것이다.

"쯧쯧, 기집애가 꼭 선머슴아같이, 영…… 날마다 무르팍 성할 날이 없으니……."

기침을 끝내고 마당에 가래침을 뱉던 박씨가 정인을 보고 혀를 끌끌 찼다. 정인은 무릎에 묻은 흙을 툭툭 털면서 제 할머니를 보고 웃었다. 그러나 무릎이 쓰라린지 걸음이 똑바르지는 않았다.

박씨는 입고 있던 고동색 몸뻬 속에서 꼬깃꼬깃한 백 원짜리를 한 장 내밀었다

"내가 몸이 이 모냥이라 초상 때도 못 가봤는데…… 이거 엄마 보고 청주댁 주라고 해라."

정인은 돈을 받아 들고 대문을 향한다. 마음이 급한지 몸을 돌리기가 무섭게 다시 뛰기 시작했다.

"에미보고 일찍 오라고 해라. 오늘 애비가 올지도 모르는데."

"알았어."

달려가면서 박씨의 말을 듣느라고 목을 뒤로 빼다가 정인은 돌부리에 걸려서 다시 한 번 비틀거렸다. 박씨가 다시 혀를 차며 방문을 닫았다.

집 앞 골목길을 나와 정인은 빠르게 달렸다. 어서 가서 울긋불긋 공주 같은 옷을 입은 무당의 모습을 보고 싶어서 정인의 두 뺨은 빨갛게 달아올라 있었다. 그러나 달려가던 정인은 그 자리에 우뚝 서고 만다. 삐뚜름하게 눌러 쓴 모자, 앞 단추의 혹이 둘쯤

풀려 있고 날이 선 교복 바지를 입고 있는 남자는 오빠 정관이었다. 멈추어 서는 정인의 얼굴에 겁이 더럭 실린다.

"왜?"

묻지도 않았건만 정인은 물었다. 조금도 무섭지 않다는 듯한 말투였지만 그래도 겁이 나는지 말투는 오히려 퉁명스러웠다. 지폐 쥔 손은 얼결에 꼭 오므려 쥐고 정인은 한쪽으로 물러섰다. 정관은 반들반들 닳아버린 교복 바지에 두 손을 찔러 넣고 서서히 정인 쪽으로 다가왔다. 마치 고양이가 쥐를 모는 듯한 형상이었다. 정인이 몇 발자국 더 뒤로 물러선다.

"엄마 여기 있지?"

정관은 장구 소리가 들려오는 집 돌담에 기대어 턱짓을 하며 물었다. 묻는 정관의 얼굴은 초조해 보였다. 정인은 여드름이 덕지덕지 난 정관의 얼굴을 올려다보며 고개를 끄덕였다. 정인이 갸름한 얼굴에 이목구비가 뚜렷하고 반듯반듯 생겼다면 정관은 좁은 이마에 눈이 좀 작고 얼굴이 각져 있었다. 언뜻 보면 전혀 닮지 않은 얼굴이었다. 정관은 잠시 망설이는 듯 고개를 갸웃하더니 명령조로 말했다.

"너 돈 가진 거 있으면 다 내놔!"

"내가 무슨 돈? ……돈이 어딨어?"

하지만 정인의 얼굴에는 다시 겁이 더럭 실리고 지폐를 쥔 손아귀에는 땀이 배어 나왔다.

"다 알아, 인마! 빨리 내놔, 좋은 말 할 때. 응?"

정관은 주먹을 그러쥐고 주위를 살피며 협박조로 이야기했다.

"나 돈 없어."

정인은 다시 한 번 뒤로 물러섰다. 정관이 먹살을 잡을 수도 있는 거리만큼 가까이 다가왔다.

"빨리 내놔, 할머니하고 엄마한텐 내가 비밀로 해줄 테니까. 지금 급한 일이 있어서 그래."

정관이 이번에는 애원조로 말을 바꾸었다. 싸리나무 울타리 너머에서 할머니가 돈 주는 걸 보았구나, 하는 생각이 정인의 머릿속을 스쳤다. 그러나 정인은 그 자리에 서서 꼼짝도 하지 않았다. 정관이 초조한 눈빛으로 정인의 팔목을 낚아챘다.

"안 돼, 이건 할머니가……."

그때 골목 어귀에서 남자 하나가 나타났다. 정인의 팔목을 꺾다 말고 정관이 해쓱해진 낯빛으로 골목 어귀를 내다보았다. 정인은 이때다 싶은 마음에 팔을 풀었다. 하지만 도망칠 생각도 않고 정관의 시선을 따라 낯선 신사를 바라다보았다. 처음 보는 멋있는 인물이었다. 신사복을 입은 남자는 장구 소리가 울리는 집으로 성큼 들어서며 사라져버렸다. 정관의 얼굴에 안도의 빛이 어렸다. 정인은 순간 자신이 그 틈을 타서 도망가지 못했다는 것을 깨달았다. 이제 와서 소리를 지른다 해도 장구 소리 때문에 아무것도 들리지 않을 것이다.

"내놔! 빨리!"

정관은 더 이상 버틴다면 뺨이라도 갈길 자세로 소리쳤다. 정인은 다시 한 번 고개를 저었다. 몸져누운 할머니가 처음 꺼내 보이는 돈이었다. 할머니가 그토록 입에 맞아하는 달콤한 복숭아 통조림도 먹지 않고 모았을 돈. 정인의 눈에 날이 선다. 하지만 정관이 다시 한 번 정인의 손목을 낚아챘을 때 정인은 사실은 이 모든 일들의 끝을 알고 있었다. 결국 정관은 이 돈을 정인에게서 빼앗아 갈 것이다. 언제나 그랬다.

"싫어, 이건 할머니 돈이야…… 내 게 아니라구."

끝을 알고 있으면서 정인은 몸부림쳤고 그래서 정관은 정인의 팔을 더 강하게 비틀었다. 팔이 비틀려진 채로 입술을 깨물면서 정인은 계속 소리를 질러댔다.

"안 돼! 안 된다구!"

"이 쌍놈의 계집애가……."

정관은 정인의 팔을 거의 꺾은 채로 손아귀에 든 지폐를 빼앗았다. 지폐가 손아귀에서 빠져나가자 정인은 힘없이 주저앉았다.

"천하에 못된 기집애가 재수 없게……."

정관은 동생의 머리 위에 발길질을 하는 시늉을 보였고 정인은 정말 맞을까 봐 머리를 감싸 안았다. 하지만 정관은 허겁지겁 돈을 교복 주머니에 찔러 넣고 골목을 돌아 사라졌다. 정인은 오빠가 그렇게 사라진 골목길에서 망연히 앉아 있다가 일어섰다.

"나쁜 놈, 가다가 돌부리에 걸려서 코나 탁 깨져라!"

손바닥을 탁탁 터는데 손바닥에 붉은 기운이 어른거렸다. 정인은 놀란 눈으로 손바닥을 들여다보다가 자신의 윗도리를 살핀다.

낡은 회색 스웨터의 올이 풀린 실밥 위에도 붉은 기운이 묻어 있었다. 옆구리와 팔꿈치…… 순간 정관이 자신을 찌른 것이 아닐까, 정인은 엉뚱한 상상을 했다. 하지만 아픈 곳은 없었다. 그러고 보니 오빠의 검은 교복 윗도리에도 검붉은 얼룩이 묻어 있던 것이 그제야 떠올랐다. 정인의 가슴이 쿵 하고 내려앉는다. 정관이 중학교에 들어간 이래 계속 말썽을 피워대는 것이 사실이었지만, 피를 보기는 처음이었다. 쿵 하고 내려앉았던 정인의 가슴이 콩닥거리기 시작했다. 초조해 보이던 정관의 얼굴, 정인을 때리지도 않고 가버린 것도 심상치가 않아 보였다.

당당당당 다다다당당당당 쟁재쟁재쟁쟁쟁쟁쟁쟁쟁.

가락은 몹시 빨라지고 있었다. 상기된 뺨 위로 부딪혀오는 차가운 바람이 그제야 정인에게 느껴졌다. 아악! 아악! 멀리 마을 쪽으로 까마귀가 날아갔다.

"그래 잘됐어. 나쁜 자식! 가라! 가! 다시는 돌아오지 말아라! 멀리멀리 가버려라!"

정인은 돌멩이를 하나 들어 까마귀가 날아간 쪽을 향해 던지면서 소리쳤다.

정인이 다시 기와집으로 들어섰을 때 굿 한 거리가 끝나 있었다. 무당들은 사람들 틈에 둘러앉아 먹고 마시고, 동네 아낙들은 음식을 나르고 있었다. 부엌으로 연신 꼬맹이들이 드나들며 새 새끼처럼 제 어미에게 입을 벌리면 에미들은 새끼들 입속에 눈치껏 고기를 넣어주고 있었다. 아이들은 양손에 떡을 든 채로 입안에

든 고기를 입이 미어져라 씹으며 뛰어다니고 대문 가까운 곳에는 각설이들이 둘러앉아 따뜻한 고깃국을 포식하고 있었다. 정인은 주위를 둘러보았다. 음식을 나르던 어머니의 뒷모습이 부엌 안으로 사라지고 있었다. 할머니에게 받은 돈을 정관이 빼앗아간 사실을 어머니에게 말해야 할지 어떨지 정인은 혼란스러웠다. 더구나 핏자국이…… 정인은 누가 볼까 봐 얼른 손바닥을 오므렸다. 핏자국…….

정인은 슬그머니 집 뒤란으로 돌아서 갔다. 우물가는 고즈넉했다. 마치 만화책을 보다가 동화책을 펼친 것 같았다. 빨간 옷을 입은 여자 하나가 물을 마시고 두레박을 내려놓다가 정인과 눈이 마주쳤다. 버선처럼 생겼다, 정인은 순간 생각했다. 희고 갸름하고 솔밋한 얼굴의 윤곽이 아름다웠고 아주 여성스러웠다. 여자의 노르스름하고 투명한 눈이 정인에게 쏟아졌다. 하지만 그렇다고 생각하는 것도 잠시, 여자의 눈이 흔들렸고 마치 여자는 딱히 정인의 눈이 아니라 정인의 눈동자를 지나서 뒤통수를 뚫고 아주 먼 곳을 보고 있는 것 같았다.

정인은 자기도 모르게 뒤를 돌아보았다. 홍시가 꽃처럼 매달린 감나무가 눈에 들어왔을 뿐 아무도 없었다. 여자가 다가와 어릿한 정인의 머리를 쓰다듬었다.

"상처받지 말아라, 너무 크게는 상처받지 말아라."

여자는 마치 발을 땅에 대지 않고 걷는 것처럼 사각사각 사라졌다. 여자가 걸어가는 게 아니라 붉은 옷에 수놓인 자디잔 모란꽃 모양들이 걸어가는 것 같았다. 아련한 지분 냄새 같은 것들이 풍겨 나오는 것 같기도 했다.

내가 뛰어다니다가 잘 넘어지는 걸 어떻게 알았을까. 정인은 아직도 흙이 묻은 제 무르팍을 내려다보고는 다시 여자가 사라진 곳을 바라보다가 우물로 다가가서 두레박을 내렸다. 검푸른 물의 수면 위로 찰랑, 두레박이 내려섰다. 정인은 생각을 잊은 듯 우물 속에 머리를 박았다. 모든 소음이 지워지고 이상한 정적에 오히려 귀가 멍멍했다. 퀴퀴하고 따뜻한 냄새가 코를 간지럽혔다. 잠들기 전의 나른한 고요 같은 것…….

그때 정인이 머리를 박고 있는 우물 한편으로 검은 그림자가 쓱 다가왔다. 화들짝 놀란 정인이 고개를 들었다. 창백한 얼굴의 남학생이 놀라는 눈빛으로 정인을 바라보았다. 검고 단정한 그의 교복 위로 서울의 고등학교 배지가 빛나고 있었고 그 아래 강현준이라는 명찰이 선명하게 정인의 눈에 들어왔다. 금테 안경 너머의 서늘하고 어두운 눈이 정인의 검은 눈과 부딪쳤다.

정인은 얼결에 들고 있던 두레박줄을 그에게 내밀었다. 어쨌든 그는 이 기와집의 둘째 아들이었으므로 그가 이 우물을 쓸 일이 있다면 옆집에서 온 자신은 양보를 해야 된다는 생각이 들었던 것이다. 그는 잠시 망설이는 듯하더니 두레박줄을 잡아 천천히 잡아당겼다. 그러고는 두레박에서 길어 올린 물을 반짝반짝 닦아놓은 노란 놋대야에 부은 뒤 정인에게 먼저 물을 쓰라는 듯 턱짓을 해 보였다. 그는 다시 우물 속으로 두레박을 내렸다. 정인은 물이 찰랑거리는 놋대야 앞에 쭈그리고 앉아 말을 잘 듣는 학생처럼 손을 씻었다. 엷고 붉은 핏기운이 맑은 물로 퍼져 나갔다.

두 번째 두레박을 길어 올리다 말고 그의 시선이 문득 꼬마 아이의 손에서 번져 나오는 붉은 핏기운을 응시한다. 꼼지락거리며 찬물에 손가락을 닦던 정인이 고개를 들었다. 그러고는 그의 시선과 제 손에서 번져 나오는 붉은 핏기운을 번갈아 바라보고는 부끄러움 때문에 금방 울 듯한 표정으로 변했다.

그가 고개를 돌렸다. 정인은 손을 씻지도 못하고 그렇다고 물에서 손을 빼지도 못한 채 그를 올려다보았다. 그의 옆모습은 날카롭고 곧았다. 희고 긴 콧날이 날카롭게 뻗어 있는 것이 좀 쌀쌀하게 보였지만 얼굴 전체에서 느껴지는 슬픈 그림자가 그런 느낌을 많이 완화시켜주고 있었다. 하지만 왜였을까, 어린 정인의 가슴이 덜컹 내려앉았다. 형수를 잃은 그가 가여워 보여서였을까. 아니면, 방학 때 말고 그의 얼굴을 보는 것도 더구나 이토록 가까이서, 얼굴의 윤곽이 잡힐 정도로 가까이서 그를 바라보는 것도 처음이었기 때문일까……. 훗날 정인은 생각하곤 했다. 그는 그때 왜 그 우물가에 왔던 것일까 하고……. 어쨌든 그는 우물 한편에 있는 작은 비눗갑을 열어 정인의 대야 쪽으로 밀어주고는 정인의 얼굴을 바라보지도 않은 채 두레박을 제자리에 걸고는 뚜벅뚜벅 사라졌다. 정인은 여전히 찬물에 그저 손을 담근 채로 그 자리에 앉아 있었다.

이 집에 살던 누군가가 죽었다. 선생님도 아니면서 짧은 치마를

상처받지 말아라, 너무 크게는 상처받지 말아라  45

입은 여자, 짧은 치마에 송곳 같은 굽이 있는 구두를 신고 날씬한 다리로 논둑을 걸어 다니던 그 여자, 지금 이 자리에서 사라진 강현준의 형수이자 이 큰 집의 큰며느리였던 여자……. 그 여자가 썼던 엷은 하늘색의 베레모, 햇살이 그 위에서 바스라지던 그 여자의 고운 하늘색 베레모가 떠올랐고 정인은 온몸을 핥고 지나가는 듯한 소름을 느낀다.

여자가 죽은 것이다. 바로 이 집에서…….

그러자 뒷담 가에 감나무 가지에서 다시 한 번 까마귀가 날았다.

아악! 아악!

# 한 여자가 죽었다

강현국의 아내 은주가 시댁인 이곳에 와서 죽은 것은 일주일 전이었다.

─당신이 나의 결백을 믿으신다면 새벽이 밝아올 무렵에 절 깨워주세요. 그렇지 않다면 전 죽음으로써 저의 결백을 증명할 수밖에 없습니다.

노트장을 찢어 만든 유서가 발견된 것은 새벽이 희끄무레하게 밝아올 무렵이었다. 은주가 잠든 머리맡에는 빈 약병이 놓여 있었지만 강현국은 쪽지를 구겨버리고 그대로 밖으로 나와 사랑채에서 잠들어버렸다. 술 탓이었다고, 만일 은주 때문에 과음하지 않았다면 그대로 지나치지는 않았을 거라고, 하다못해 그녀의 코 가까이 손을 뻗어 의사다운 직감으로 사태를 알아차렸을 거라는 이야기가 나온 것도 결국 은주가 주검으로 발견된 다음이었다. 그것은 정말 술 때문이었을까. 결혼한 지 1년, 강현국은 지쳐 있었다. 결혼 생활은 사실 은주의 그런 연극에 의해 지탱되고 있다고 해도 과언은 아니었다. 한번은 치사량의 모르핀을 담아 제 팔뚝에 찔러 넣은 적도 있었다. 만일 그때 강현국이 그녀의 팔에 이미 꽂힌 주사기를 거칠게라도 잡아 빼지 않았다면 은주는 정말 그 주사기의 끈을 밀어 넣었을까, 그런 의문들에도 그는 지쳐가고 있었다.

친구의 애인이었던 여자를 그는 아내로 삼았다. 은주가 강현국 주변의 거의 모든 남자들과 관계를 맺고 있었다는 것을 안 것은 분명 그들이 결혼하기 전이었지만 강현국이 이미 은주를 사랑해버리고 난 이후이기도 했다.

—인마, 우리 과 남자들을 모두 베갯동서로 만들어버린 여자야……. 적당히 데리고 놀다가 버리라구!

술에 취한 친구가 결국 그런 말을 입 밖에 내던 날 강현국은 북아현동 은주의 집 앞에 찾아가 은주에게 청혼했다. 은주는 후박나무 이파리가 파들거리며 떠는 그녀의 집 담벼락에 기대어 서서 수줍게 눈을 내리깔며 웃었다. 그리고 그날 강현국이라는 이름의 청년은 검은 뿔테 안경을 오른손으로 조용히 벗어서 제 양복 윗주머니에 꽂고 그 담벼락 밑에서 은주에게 깊은 첫 키스를 했다. 은주는 그날 어쩌면 눈치채야 했는지도 모른다. 강현국은 결코 차들이 헤드라이트를 켜고 오르내리는 길거리에 서서 키스하는 남자가 아니라는 사실을, 그는 남의 시선과 상식대로 치수가 정해진 자기 자신의 도덕률을 갑옷처럼 걸치고 사는 사람이라는 걸……. 은주가 다른 남자들을 침대로 끌어들이는 데 사용했던 만큼의 지혜를 발휘했다면 그녀는 그날 그의 행동이 절대로 정상적인 것이 아니라는 사실을 알았을 것이다. 그러나 은주는 그것을 수줍은 한 청년의 억제할 수 없는 사랑이라 생각했다.

"왜 나랑 결혼했어? 복수하기 위해서? 그래? 그렇지?"

사랑이 깊어갈수록 증오도 깊어간다는 상투적인 말이 강현국을 이해하는 데 다소나마 도움이 될지도 모른다. 처녀가 아니었다는, 당신과 해부학 실습을 같은 조에서 했던 김 모와 박 모와 정 모가 모두 나의 애인이었다는 처참한 고백을 은주의 입을 통해서 직접 듣고 난 후부터 그녀를 용서할 것도 아니면서 강현국은 밤마다 그녀에게 취조의 비수를 들이댔다. 엷은 비웃음을 띤 도톰한 입술로 강현국의 의심에 대해 저주를 퍼부어대면서 은주는 정작 그것에 대해서는 한마디도 입을 열지 않았다. 싸움이 끝날 무렵이면 강현국의 러닝셔츠는 다 찢겨져 있었고 은주의 목덜미에는 강현국이 조른 검은 손자국이 묻어났다. 그리고 나면 의식처럼 그들은 육체의 쾌락 속으로 젖어들었다. 찢겨진 러닝셔츠가 다시 찢어져나갈 만큼의 강도로 은주는 강현국의 허리를 부둥켜안았고 손찌검이 남긴 자국이 선명한 목덜미 위로는 다시 강현국의 입술 자국이 찍혔다. 그리고 아침이 되면 그들은 나란히 병원에 출근하곤 했다. 은주의 친정에서 그녀의 몫으로 보내준 하늘색 물방개 차에

서 내릴 때면 전문학교를 갓 졸업한 간호원들이 벚나무 아래서 소 곤거리기도 했다.

"부럽지 않니? 저 두 사람?"

"난 아침에 저 부부 출근하는 것만 보면 하루 종일 우울하다니까. 누구는 부잣집에서 태어나 저렇게 살고 누구는 새벽부터 근무고……"

하지만 집에 돌아오면 딱딱한 침묵의 시간이었다. 1년의 시간이나마 흘러갈 수 있었던 것은 그들이 바빴던 덕이었다. 창백했지만 시골 소년의 수줍음을 얼핏얼핏 내비치던 강현국의 얼굴은 딱딱한 가면처럼 변해갔다. 그는 복도에서 마주치는 의과대학 동기들의 어떤 미소도 이제 비웃음의 의미 없이 받아들일 수 없었던 것이다. 강현국이 고향으로의 휴가를 제안한 것은 그 무렵이었다. 현국의 친모 여주댁의 기일이 그 무렵이기도 했던 이유도 있었다.

낮은 그런대로 평온한 시간이었다. 어린 시절, 배다른 동생 현준의 손을 잡고 놀던 저수지에 가서 낚시도 했고 뒷산에 있는 여주댁의 무덤에 가서 잡초도 뽑았다. 감나무에 매달린 감을 따서 은주가 즐겁게 베어 먹기도 했고 현국이 다니던 성당의 유치원에도 갔었다. 무릎까지 올라오는 짧은 미니스커트를 입은 은주의 날씬한 다리는 곧고 아름다웠다. 현국이 은주를 택한 것은 아마도 그런 자부심 때문이었을 것이다. 하지만 화사한 은주를 소유하는 대가로 쏟아지던 부담스러운 시선이 이곳에는 없었다. 더구나 여기는 어쨌든 그의 고향이었고 어린 시절의 생채기가 있는 정든 땅이었다. 지옥의 아가리를 아슬아슬하게 비켜난 사람처럼 은주와 함께 손을 잡고 걸으면 현국에게는 이 세상은 살 만하다는 생각이 들기도 했던 것이다.

며느리로서의 염치를 차리기 위해 은주도 나름대로 애를 쓰기는 했었다. 하지만 사흘째 되던 날 은주의 참을성은 드디어 바닥이 나고 말았다.

"무식해! 이렇게 일자무식한 집안은 처음 봤어!"

세수를 마치고 머리에 타월을 두른 채로 그녀는 입을 열었다. 이번 휴가만큼은 싸우지 않으려고 마음먹었던 현국은 스탠드 아래서 책장을 넘기고 있었다. 하지만 현국의 참을성도 사흘 치의 분량밖에는 되지 않았던지 책장을 넘기는 그의 가는 손가락이 파르르 떨리고 있었다. 참은 것이 다시 화근이었는지도 모르겠다. 현국이 들고 있던 책을 집어 던지고 이글거리는 눈동자로 은주에게 달려들기까지 은주는 결코 그러한 식의 종알거림을 멈추지는 않을 것이기 때문이다. 처음에는 현국의 자의식과 비아냥이 발단이 되고 그다음에는 은주의 노골적인 비아냥이 불을 지펴서 그들의 가슴속의 화약은 터지기 시작하는 것이다. 차라리 그랬다면 그날 밤의 싸움도 그저 일상의 의식으로 끝나버렸을지도 몰랐다. 하지만 이번 휴가마저 잘못된다면 그때는 영영 끝장이라는 절박한 심정이 현국의 작은 어깨를 짓누르고 있었다.

"대체 엽전들은 언제나 저놈의 부엌에서 벗어날 수 있는 거야. 우물가에 부엌을 만들든지 우물을 부엌으로 데려다놓든지. 그도 아니면 최소한 하수구는 만들어야 되는 거 아냐? 저놈의 부엌에서 평생을 썩어야만 한다면 차라리 뒷집 머슴하고 눈을 맞춰서 도망하고 말지."

참고 있던 현국의 얼굴이 백지장처럼 하얗게 변하는 것을 은주는 보지 못했다. 가끔 인간은 한 인간의 무의식의 상처를 들여다보는 신통함을 가지고 있는 것일까. 은주에게 결코 죽은 제 어머니의 비밀을 이야기한 적이 없었던 현국의 가슴이 뻣뻣하게 굳어갔다.

"이게 뭐야? 촌스럽게 열 관이나 되는 솜을 넣어가지고."

펴놓은 이부자리를 거칠게 걷으면서 은주는 말을 계속 이어나갔다.

"무거워…… 남자한테 눌리는 게 낫지. 밋밋한 솜이불한테 밤마다 눌리니…… 안 그래?"

은주는 왜 그런 표현을 써야 했을까. 왜 그토록 벼랑을 향해 달려가고 있었을까. 은주는 이미 벼려놓은 시퍼런 칼끝을 향해 돌진해가는 사람 같았다.

"결혼식 때 우리 집 친척들이 뭐라고 했는지 유도 알지? 시골서 술도가 집 하는 거 창피해서 면장이라고 속인 거 말야. 그래도 함에 글씨는 제대로 써넣어야지. 명색이 우리 집은 사대문 안에서 칠 대를 산 집인데. 내가 결혼 일주년에 시댁이라고 내려와서 구정물에 손 담근 거 알면 우리 집 식구들 기절할 거야……."

이불이 촌스러운 것이 이유는 아니었다. 목화솜을 육중하게 둔 솜이불도 문제는 아니었다. 함에 글씨가 잘못 씌어져 있어서도 아니었고 은주의 말대로 우물을 부엌으로 데려다놓지 않은 것도 이유가 아니었다. 창백해진 입술을 바르르 떨다가 겨우 일어서서 나가는 현국의 뒤통수에 대고 은주가 남긴 마지막 말은 이랬다.

"왜 솔직하지 못하지? 언제나 내게 묻고 싶은 말은 그거 아니었어? 몇 남자하고나 자봤는지? 그때도 내가 유랑 잘 때처럼 신음 소리를 냈는지⋯⋯. 대체 그놈들이 누구누구인지. 안 그래?"

그것은 맞는 이야기기도 했지만 그날만은 맞지 않는 이야기였다. 현국은 어머니에 대해 생각하고 있었다. 머슴이랑 눈이 맞아 도망가려다 잡혀온 여자, 은주가 불평하던 바로 그 우물 없는 부엌에서 목을 매달았던 여자, 다섯 살 난 현국이 끝끝내 보아버린 시퍼렇게 부은 시체의 발목으로 남은 여자⋯⋯.

그리고 다음 날 아침 현국이 새벽까지 술을 마시고 방에 들어왔다가 무슨 생각에선지 다시 사랑채로 나가서 잠에 떨어진 후 은주는 주검으로 발견되었다는 것이다. 은주는 그녀의 유서대로 정말 결백했던 것인지 그도 아니면 그것조차 그녀에겐 우물이 없는 부엌이나 솜이불이나 그도 아니면 함에 잘못 씌어진 글씨같이, 그저 싸움의 한 형태였는지 이제 아무도 알 수 없게 되어버린 것이다.

사람들은 은주의 죽음을 예사로 넘기지만은 않았다. 세상에, 그리 예쁘고 그리 돈이 많은 집안의, 더구나 의사이기까지 한 여자가 대체 죽을 이유가 없다고 생각한 까닭이었다. 게다가 재작년에 현국의 할머니 조씨가, 작년에 현국의 아버지 강씨가 죽었으니 연년이 초상인 것도 괴상한 일이었다. 할머니 조씨야 그렇다고 쳐도 현국의 아버지 강 사장의 죽음은 더구나 그랬다. 밤에 측간으로 가던 그가 무엇을 보았던지 갑자기 비명을 질렀고 이어 대청에서 댓돌로 그리고 마당으로 굴러떨어졌던 것이다. 그는 이틀 내내 헛소리만 하다가 세상을 떴다.

"여주댁 혼백이 나타났댜……."

"여주댁 혼백이?"

"아까 무당들이 그리 수군거리더라니께…… 목에 새끼줄 매단 여자가 이 집에 떠돌아다닌다믄서……."

"끔찍해라…… 하기는 그때 요 윗골 점백이 무당이 진오귀 한 번 하라고 그렇게 말해도 안 듣더라니……."

다시 굿이 시작되었다. 가락이 울려 퍼지고 여기저기 흩어져 앉아서 떡과 고기를 집어 먹던 무당들이 옷고름을 여미고 모여들었다. 굿판은 다시 시작되었다. 제일 나이가 들어 뵈는 무당이 악사들 앞에 섰고 사람들의 말소리가 잦아들었다. 당당당당 쟁쟁쟁쟁…… 단순한 박자의 음이 점점 고조되고 빨라지기 시작했다. 얼굴이 갸름하게 생긴 무당은 방울과 삼지창을 들고 그것을 흔들다가 뛰어오르기 시작했다. 무당의 눈에 희번덕희번덕 흰자위가 드러나고 음악의 속도를 따라가느라 사람들의 호흡이 따라 가팔라졌을 무렵, 무당이 돌연 팔을 내저었다. 울리던 음악이 멎고 사람의 얼굴은 아주 슬퍼 보였다. 슬픈 눈으로 누군가를 찾고 있는 것이다. 하지만 여의치 않은 듯 무당은 식은땀만 흘리고 있었다. 아낙네들의 침 넘어가는 소리가 낮게 꼴깍거렸다. 처음부터 굿 따위에는 관심이 없다는 듯 한쪽에서 술자리를 벌이고 있던 남정네들이 술잔을 멈추고 굿판에 머리를 내밀었다.

"서방님, 서방님 찾으시네 그랴……."

나이가 지극한 아낙이 침묵을 깨고 입을 열었다. 그제야 사람들은 이 자리에 현국이 없다는 것을 알아차렸고 현국이 계모 김씨에 의해 굿판으로 끌려 나왔다. 무당은 현국의 얼굴을 보자마자 마치 생전의 은주가 그랬듯이 코끝으로 연신 손을 가져가며 울먹였다. 굿판에 대한 혐오감과 의심으로 가득 찬 현국의 두 눈이 순간적이었지만 경악으로 번득인다.

"아이고 서방님…… 아이고 서방님 내가 서방님 두고 어찌 눈을 감겠소…… 내가 죽고 싶어 죽은 것도 아니고 가고 싶어 떠난 것도 아닌데…… 내 치맛자락이나 좀 붙들어주시지…… 어찌 그리 무정도 하단 말이요…… 나보고 혼자 그 먼 길 어찌 떠나라구우우우우……."

무당의 기다란 손이 거미처럼 현국의 옷자락을 부여잡는다. 순간이었지만 현국의 눈에 두려움이 번득였고 그는 무당의 손을 뿌리쳤다.

"서방님이 나를 흔들어만 주었던들 왜 그러냐고 따뜻하게 한마디 물어만 보아주었던들…… 내 어찌 이렇게 춥고 먼 길을 떠날 생각을 했겠소…… 원망스럽소 서방님…… 영산이 되어 이 한 몸 구천을 떠돌 생각을 하면은 내 온몸 갈기갈기 찢어지는 것만 같소……."

무당은 이제 거의 흙빛으로 변한 현국의 얼굴을 어루만지며 눈물을 흘리고 있었다. 자세한 사정이야 알 수 없다 쳐도 은주가 약을 잘못 먹고 죽은 사실이 이 초상집 부엌에서 낮게 낮게 퍼져 나가 이제 모르는 사람이 없었고, 어제 아침 조간신문에 은주의 사고사가 일단으로 실리기는 했지만 이런 의식은 현국에게는 어쨌든 고문과도 같이 참담한 것이었다. 현국은 이제 무당의 손길을 떼어내지도 못한다. 다만 현국의 충혈된 눈이 무당의 우는 얼굴을 외면하는데 여기저기서 코 푸는 소리가 높아진다. 시집가서 지지리도 고생하는 친정 여동생 생각, 약 한 첩 제대로 못 쓰고 내다버린 자식 생각, 올케에게 구박당하고 있을 친정어머니 생각, 월남전 가서 죽은 남동생 생각 때문일까. 그도 아니면 죽어서라도 이런 굿판에 무당의 입으로 나타나 사설 한마디 풀 수 없을 자신들의 미래를 생각하는 것일까.

고기를 씹던 아이들의 턱이 소의 되새김질처럼 느릿느릿해지고 눈물을 찍어내던 아낙들의 얼굴에 조금씩 안정감이 되살아나기 시작한다.

"인물이 그리 고왔었는데…… 더구나 여의사가 무슨 팔자를 타고 나서……."

"박대통령하고 가까운 집안이라면서…… 근데 친정붙이들은 하나도 보이질 않네……."

"그러니까 여자는 재주가 없어야 해…… 의사가 아니믄 그 약들을 어디서 구했겠어…… 우리 같은 사람이야 먹구 죽을래도 뭐가 뭔 줄 아는가?"

무당의 사설에 눈물을 찍어내다 말고 아낙들은 생전의 은주를 평하기 시작했다. 먹고사는 걱정 없는 여자의 불행한 죽음이 이네들을 위로해주기도 하는 모양이었다. 못마땅하긴 하지만 서방이 있고 잘 거두어 먹이지는 못했지만 그래도 자식새끼들 있고…… 무엇보다 이들은 살아 있는 것이다.

"아이고 우리 어머니…… 우리 어머니 어디 기시오?"

현국을 놓아주고 무당은 이번에는 시어머니 김씨를 찾았다. 여자치고는 어깨가 떡 벌어지고 몸매가 다부진 김씨가 무당 앞으로 나섰다.

"아이고 우리 어머니 절 받으시오."

무당은 갑자기 넙죽 엎드려 절을 했다. 김씨는 어쩔 줄 모르고 무당을 따라 허리를 굽히다 말고 눈물을 찍어낸다. 살아 있을 때는 결코 곱지 않았던 며느리건만 모질다고 소문난 김씨의 눈시울도 붉게 물든다. 죽어버릴 줄 알았으면 좀 보아줄 것을, 하는 생각이 들었던 것일까…… 하지만 모든 인간은 죽는다. 늘 그 자명한 사실을 잊고 살아가는 것일 뿐.

"알토란 같은 손주들 품에 안겨드리고, 어머니 모시고 도련님 뫼시면서 한평생 잘 살아보려고 했건만…… 이 불효한 자부를 용서해주시오. 어머니……."

"그려…… 좋은 데 가거라…… 우리 현국이 불쌍하게 생각하고…… 니네 둘이 인연이 아니었던 걸 어떻게 하겠니…… 부디 좋은 데 가거라……."

　김씨도 무당도 눈물 콧물이 뒤범벅되어서 말을 잇지 못했다. 살
아 있었다면 결코 저런 고분한 말투로 이야기할 은주도 못 되건만,
삶과 죽음의 바다를 건넌 사람은 갑자기 겸허해지는 것인지……
기적이 일어나서 며느리가 살아온들 이리 반기지도 않을 김씨건만
그녀는 무당의 손아귀에 오백 원짜리 지폐를 한 뭉텅이 쥐여준다.

　"정인아……."

　넋을 잃은 듯 김씨와 무당을 바라보고 있던 정인의 팔을 누군가
가 끌어당겼다. 미송이었다.

　"어머니 아버지 교회 간 사이 겨우 빠져나왔어."

　정인이 다니는 초등학교의 부부 교사인 미송의 부모는 미신 같
은 굿판에 참여하는 걸 반대한 모양이었다. 미송 역시 부모의 말
을 다 거스를 용기는 없는지 정인의 팔을 끌어내 무리에서 떨어진
다. 정인도 작은 키는 아니었지만 미송은 정인보다 키도 체격도 컸
다. 숱이 팡팡한 머리를 통통 땋아 가슴팍까지 늘어뜨린 미송의
얼굴은 정인보다 한 서너 살쯤은 의젓해 보인다.

　미송의 손에 이끌린 정인은 뒤뜰로 돌아왔다. 경기도 지방의 날
씬한 장독대들이 늘어선 뒤란 가에 두 소녀는 나란히 걸터앉는다.
가을 장을 담갔는지 장독에는 새끼줄에 매단 붉은 고추가 시들어
진 채로 매달려 있다. 엷은 햇살이지만 햇볕은 따스했다. 아침에
새로 머리를 감았는지 미송의 정수리에 잔 머리칼들이 보풀거린
다. 미송은 정인의 얼굴을 바라보다 말고 제 가슴 한쪽에 손을 가

져다 대었다.

"왜?"

정인이 미송의 가슴을 바라보며 물었다.

"왜 그러는데?"

얼굴만 찌푸린 채로 말이 없는 미송의 가슴께로 정인의 손길이 다가갔다.

"아야!"

정말로 아픈 듯, 정인의 손길을 피하며 미송은 얼굴을 찌푸렸다.

"나도 몰라. 어른이 되는 거래……."

어머니에게 들은 대로 말을 하는 미송의 얼굴이 화악 붉어진다.

"어디 봐, 어디……."

미송의 두터운 스웨터 위로 정인이 고개를 들이민다. 미송은 아픔을 참으며 이제 막 멍울이 생기기 시작한 납작한 가슴을 정인의 얼굴 쪽으로 대 보였다. 정인이 더듬어보지만 납작한 스웨터만 잡힐 뿐이었다.

"넌 아직이니?"

미송이 부끄러운 듯 정인에게 물었다. 여자가 된다는 것, 어른이 된다는 것은 가슴이 아프면서 시작되는 것일까……. 정인은 새처럼 납작한 자신의 가슴을 만져본다. 아무 느낌도 없다. 정인의 손길 위로 미송이 정인의 가슴을 만져본다. 간지럽다는 듯 정인이 깔깔거렸다. 미송은 이번에는 정인의 허리께를 간지럽히기 시작했고 정인은 여전히 깔깔거리며 일어서 도망쳤다.

앞마당에는 흰 무명천이 뜰을 가로질러 대청까지 펼쳐져 있었다. 마치 이승에 펼쳐진 저승의 강처럼 무명천은 길고 희뿌옇다. 장난기 어린 정인의 얼굴에서 웃음이 천천히 거두어졌다. 무당이 거센 물살을 가르듯이 갈라진 무명천을 가르며 천천히 앞으로 나아가기 시작했다. 흰 무명천이 좌악 갈라진다. 한 오 미터쯤 나아갔을까, 무당은 갈라진 무명천의 양끝을 붙들고 그 자리에 주저앉았다.

"못 가겠소, 내 못 가겠소……."

무당은 사람들을 돌아보며 우는 시늉을 했다. 현국의 계모 김씨가 나서서 오백 원짜리며 백 원짜리 지폐들을 무명천 위에 얹어놓았다. 만일 저승길에 정말 노자가 필요하다면 은주야말로 가장 돈이 필요한 여자일지도 몰랐다. 한 번도 궁핍을 모르던 그 여자……. 신심 깊은 아낙들이, 은주에게 쌀쌀하게라도 눈인사 한 번 받아본 일이 없는 아낙들이 속바지 주머니를 뒤져 오십 원짜리 지폐를 주섬주섬 얹어놓는다. 무당은 일어서서 다시 앞으로 나가기 시작했다. 맺힌 것을 기억하듯 가끔 무명천을 꼬았다가, 맺힌 것을 풀듯이 그것을 다시 풀면서, 살아 있는 모든 것들의 아픔을 홀로 다 기억하는 천형을 지닌 것처럼 그녀의 표정은 고통스러워 보였다.

이윽고 무당은 바리데기의 노래를 부르기 시작한다. 바리데기…… 축복받지 못했던 일곱 번째 딸…… 자신을 버린 부모를 살리기 위해, 축복받았던 여섯 언니들이 거부하는 저승길로 홀로 떠난 여자…… 부모를 살려내는 약물을 구하기 위해 할 수 있는 모든 것을 하고자 했던 여자. 그리고 마침내는 그것을 해내고야 마는 여자. 버려진 여자의 착한 마음이 나라를 구해내고야 마는 서글픈 성공담이 무당의 입을 통해 불려지는 동안 정인은 노래를 듣다 말고 문득 먼 하늘을 본다.

긴 손톱처럼 날카로운 감나무 가지 검은 실루엣 너머로 무채색의 초겨울 하늘…… 멀리 홍시빛 노을이 타고 있다. 후에 저승의 여왕이 된 바리데기가 인도해 간다는 저승과 이승 사이의 강이 혹시 저런 홍시빛은 아닐까……. 이런 무명천 같은 담담한 빛이 아니고……. 노을 탓이었을까, 생각보다 먼저 정관의 옷에 묻은 붉은 피가 떠올랐고 문득 가슴을 쓸어내리는 섬뜩함을 정인은 느꼈다. 하지만 그 섬뜩함의 정체가 노을 때문인지 정관의 횡포 때문인지 혹은 처음 보는 이 굿판의 비장감 때문인지 그도 아니면 아버지가 돌아오는 오늘 밤 벌어질 집 안 풍경에 대한 두려움 때문인지 정인은 알 수 없었다.

# 월계꽃 피던 밤

열린 창문 틈으로 쌉싸름한 꽃향기가 배어들었다. 뒤 울타리에 늘어진 연분홍 월계꽃 향기였다. 정인은 아까부터 잠들지 못하고 있었다. 정인 옆에 누운 할머니 역시 몸을 뒤척인다. 그 잦던 기침도 멈춘 듯했다. 방 한구석 앉은뱅이 책상에 앉아 있는 작은 언니 정희의 꼿꼿한 자세가 건너편 벽에 커다란 그림자로 걸려 있다. 말은 안 했지만 세 사람의 신경은 모두 건너편 방으로 쏠려 있었다. 아버지가 돌아온 것이다. 그것도 지난겨울 할머니가 정인에게 건네준 돈을 빼앗아 가출했던 정관의 멱살을 잡고서.

지난겨울 이래 온 식구가 찾아 나섰던 정관의 행방은 그래서 이렇게 맥없이 들통이 나버렸다. 정인의 아버지 오대엽은 수원에서 서울로 오가는 버스 운전사였는데 동대문 터미널 근방을 어슬렁거리던 정관의 모습을 알아본 동료 운전사가 정관을 아버지에게 인도한 것이었다.

아버지는 전쟁터에서 승리한 장군처럼 이 집에 들어섰다. 그의 손끝에는 정관의 멱살이 잡혀 있었다. 어디서 얻어 입었는지 정관은 교복 대신 물들인 검은색 군복 차림이었다. 아버지는 집에 들어와 눈이 휘둥그레진 여자들 앞에서 발길로 두어 번 정관을 걷어차고는 금속 장식이 달린 멋진 모자를 고쳐 썼다. 그러고는 이내 밖으로 나갔다가 방금 전 술이 거나해진 채로 돌아왔던 것이다. 아버지가 돌아온 날이면 으레 그랬지만 날이 날이니만큼 여자들의 신경은 저녁 내내 고슴도치들처럼 곤두서 있었다.

─나 같으면 엄마처럼은 안 살아.

사춘기에 들어선 언니 정희는 언젠가 수업료 고지서를 어머니에게 내밀며 그렇게 말했었다. 이불 홑청을 펴놓고 입안에 든 물을 푸우 하고 내뿜던 어머니는 잠시 동작을 멈추고 정희를 노려보았다. 그런 어머니의 눈빛에서 순간이었지만 파란 불꽃이 튀어 올랐다. 하지만 이내 시선을 내리깔고 어머니는 홑청을 차근차근 개어서 댓돌 위에 올려놓고 말없이 그것을 밟았다.

─수원의 아버지 집은 근사하던데. 날마다 고기 굽는 냄새구…….

어머니의 무표정을 바라보며 정희가 다시 말했다. 대체 누구에 대한 증오였을까. 정희의 입술은 파르르 떨리고 있었다.

정희 언니는 수원 아버지 집에 가보았을까, 정인은 마루 한쪽에서 공책을 펴놓고 숙제를 하다 말고 생각했었다. 그럴지도 모른다. 정희는 수원에서 중학교를 다니고 있었으니까. 정인이 더 물어보고 싶었지만 말문을 가로막듯 밟고 있던 홑청을 다듬잇돌에서 내려 펄럭 하고 뒤집었다. 정희는 더 말이 없이 방으로 들어가버렸다. 잘 써지지 않는 연필심을 빨고 있던 정인이 어머니의 옆모습을 물끄러미 바라보았다. 어머니는 다시 홑청을 개켜서 다듬잇돌에 올리고는 천천히 다듬잇방망이를 들었다. 머뭇머뭇 어머니를 바라보고 있던 정인의 시선이 툭 떨어진다. 다듬이질 소리만 어머니와 정인 사이를 가로막고 있었을 뿐……

어머니는 그런 사람이었다. 대체 대꾸가 없었다. 마치 덤으로 이 세상을 살고 있다는 듯한 표정이었던 것이다. 모든 일이 그녀에게는 의무이자 속박인 듯했다. 할머니는 가끔 그런 어머니의 차가운 성격이 정이 많은 아버지를 못 견디게 했을 거라고 이야기하곤 했었다. 그래도 정인은 어머니가 가여웠다. 왜였을까, 다듬잇돌을 두드리는 어머니의 입술이 잠시 벌어졌다가 서둘러 오므려지곤 했다. 정인은 공책 위로 머리를 박았다. 어떻게 하든 공부를 잘해서 훌륭한 사람이 돼야 할 것 같았다. 그래서 어머니께 효도하고 할머니 맛있는 것도 많이 사드리고……

—여자가 배우면 탈이 난다, 탈이 나. 조금 배웠다고 남편 우습게 보는 것도 사실이지 뭘 그랴. 정희 저 기집애도 중학교 보내놓으니께 말버릇이 영 없어졌다니께……

할머니는 그렇게 어머니를 평하곤 했었다. 어쨌든 할머니의 결론은 언제나 자신의 아들인 아버지 쪽에 손을 들어주는 것으로 끝나곤 했었다.

정인의 어머니는 남양 바닷가의 중농집 딸이었다. 정인이 아주 어렸을 때 마지막으로 찾아간 외갓집…… 마른 생선 반찬이 그득했던 밥상…… 윤기 흐르던 하얀 밥…… 밤이 되자 사촌들은 제각기 하나씩 이부자리를 펴고 하얀 모기장을 둘렀다. 모깃불 말고 이렇게 고운 모기장이라는 것이 있다는 것을 정인은 처음 알았다. 그런 집안에서 더구나 서울에서 여학교까지 다니던 학력의 어머니가 왜 전쟁 통에 마누라를 여의고 혼자 살고 있는 오대엽이라는 사람과 혼인했는지 아는 사람은 아무도 없었다. 물론 정인의 아버지가 키가 훤칠하게 크고 눈이 부리부리한 것이 잘생긴 것도 사실이지만, 결혼할 당시에는 거의 건달이나 다름없는 사람이었던 것이다.

"뭘 쳐다봐! 니가 그렇게 쳐다보면 어쩔 거야, 이년아…… 어쭈 이년이 그래도!"

이 방에서 숨죽이고 있는 세 여자의 기대에 보답이라도 하겠다는 듯이 대청 건너 안방에서 아버지의 고함 소리가 튀어나왔다. 벽에 걸린 정희의 그림자가 움찔 굳어진다. 그러고는 와장창 부서져 내리는 소리……. 정인은 희미한 어둠 속에서 눈을 뜬 채로 가만히 누워 있었다. 하지만 가슴은 쉴 새 없이 뛰고 있었다.

"니가 서방 알기를 그렇게 우습게 알아? 이년아 이 쌍년아……."

아버지가 돌아오는 날마다 사실 이런 일이 벌어지지 않는 날은 없었다. 하지만 정인은 끝내 익숙해지지 못한다. 어머니의 비명 소리가 터져 나오고 이어 무언가가 벽에 쿵쿵 쥐어박히는 소리가 들렸다.

"내가 졸음 쫓아가면서 차 몰고 좆 빠지게 뛰어다니는데 하나뿐인 아들 새끼 하날 간수 못하고…… 그러고도 잘했다고 눈을 똑바로 떠, 이년아 이 죽일 년아……."

정인의 작은 입술이 두려움에 벌어진다. 심장이 커져서 온몸에서 맥박이 뛰기 시작했고 그 소리는 이미 정인의 귓가를 쿵쿵 울리고 있었다. 할머니가 끄응, 소리를 내며 돌아누웠다. 이제 겨우 열 살이었지만 정인은 알고 있었다. 아버지는 결코 정관 오빠 때문에 어머니를 때리는 것이 아니라는 걸, 그건 그냥 아버지가 돌아오는 날이면 일어나는 일이라는 걸……. 그건 어쩌면 정인이 태어나기 전, 태곳적부터 정해진 일이었을 것이다. 그리고 어머니 역시 그저 아버지에게 맞기 위해 태어난 여자인 듯, 다른 집 부인네들처럼 죽어라 아버지에게 대들지도 않았다

"잘못했다고 빌지…… 니 에미도 딱하다…… 애비 성질 원래 저런 거…… 빌고 넘어가면 될 것을……."

할머니는 말을 다 마치지 못하고 기침을 토해놓기 시작했다. 정희 언니의 날카로운 눈매가 할머니를 돌아보았다.

정인은 온몸에서 뛰는 맥박 소리를 잠재우기 위해 눈을 감았다 떴다. 그래도 맥박은 멎지 않는다. 심장의 고동 소리가 이제 온 집

안으로 퍼져 나간다. 정인은 다시 천천히 눈을 감았다가 다시 천천히 뜬다. 어머니가 맞고 있는 광경이 눈앞에 어른거렸다. 왜 어머니는 대들지 않는가. 정희 언니의 말처럼 왜 이렇게는 못 살겠다고 비명 한번 지르지 않는가. 그도 아니면 할머니 말처럼 빌기라도 하지 않는가.

"아아아아!"

오래 참고 있었던 어머니의 비명이 집을 뒤흔들었다. 할머니가 기침을 멈추고 몸을 반쯤 일으켰고 정희의 그림자가 귀를 틀어막았다. 자기도 모르게 정인이 일어선 것은 그때였다.

"가긴 어딜 가?"

정희가 정인의 손목을 낚아챘다.

"넌 가만히 있어."

"……왜?"

눈물 때문에 목이 메어와서 정인은 겨우 말했다.

"곧 끝날 거야. 더 시끄럽게 굴지 마."

정희는 잠을 청하는 듯 눈을 감고 있는 할머니의 모습을 싸늘하게 훑으며 말했다.

"아아아아아아!"

이번에는 비명 소리뿐이 아니었다. 우지끈 무언가가 부러지는 소리가 나면서 둔탁하게 굴러떨어지는 소리…… 이윽고 방문을 열어젖히는 소리가 났다. 정관의 방 쪽이었다. 무슨 생각을 했는지 정희도 정인의 손목을 놓아버리고는 방문을 열었다.

보리 말리는 멍석을 펴놓은 마당 한구석에 어머니가 찌그러진 양은 대야처럼 팽개쳐져 있었고 안방 문이 부서져 있었다. 벌써 싸리 울타리 근처로 마을 여자들의 얼굴이 시든 꽃처럼 피어나 있었다. 수군거리는 여자들을 비집고 정씨가 앞으로 나섰다. 이 읍에서 태어나 이 읍에서 자리를 잡은 정씨는 사리가 분명하고 정이 많아서 마을의 대소사에 빠지지 않는 사람이었다.

"아니 이 사람아, 허구한 날 이게 무슨 일인가? 이 동네에 자네 혼자 사는가?"

정씨는 속치마가 갈가리 찢어진 정인 어머니의 모습에 애써 눈을 주지 않은 채 담뱃불을 붙여 물며 말했다. 그사이에 정씨댁이 다가와 자신이 입고 있던 큼직한 스웨터를 벗어서 정인 어머니의 벗겨진 몸을 대충 감싸 안았다. 정인 어머니의 앙다문 입술 사이로 흐르는 피가 어둠 속에서도 드러난다. 정씨댁은 치마꼬리를 들어 그 피를 닦아주었다.

"아니 대체 정관 아부지, 사람을 이렇게 개 패듯 패는 법은 없네…… 정관 엄마가 뭘 그리 잘못했누? 응? ……정인아, 가서 물 한 바가지 퍼 오너라."

정씨댁의 말이 끝나기가 무섭게 툇마루에 걸터앉아 광경을 지켜보던 정인이 부엌으로 달려갔다. 부엌문을 열고 물독을 열려다 말고 정인은 소스라치게 놀라고 말았다. 부엌 한구석에 어리는 사람의 그림자…… 오빠 정관이었다.

"오, 오빠 여기서……."

정인이 뭐라고 물을 사이도 없이 정관은 정인의 손에 들린 바가지를 거칠게 잡아채더니 물독을 열고 물을 떴다. 그러고는 바가지를 정인에게 내밀었다. 어둠 속에는 눈물로 젖어 번질거리는 정관의 눈이 정인과 마주친다. 정관은 얼른 눈을 내리깔았다. 정인은 정관이 이 어둠 속에서 대체 무얼 하고 있었을까 잠시 생각했지만 곧 바가지를 들고 어머니에게로 달려 나갔다. 달려 나가는 서슬에 물은 반 넘게 쏟아져 내렸다.

"형님, 이게 집구석 꼴이냐구요. 제가 졸음 참으면서 버스 몰고 다니느라 집을 자주 돌아보지 못하지만. 예? 형님, 집에만 오면 열불이 난다니까요."

오대엽은 정씨가 내미는 담배를 손에 받아 든 채로 정씨에게 말을 꺼내놓기 시작했다.

"저년은 대체 나를 지아비로 생각을 안 한다니까요. 따뜻한 밥한 끼를 지어놓나, 집구석이라고 대체 돌아오면 마누라가 따뜻하고 살갑게 받아주는 맛이 있어야 말이지요. 게다가 아들 녀석 하나 있는 걸 내쫓아서 회사에서 개망신을 주고."

정씨댁의 부축을 받은 채로 바가지의 물을 한 모금 마시던 어머니의 입가에 희미한, 아주 희미한 경련이 일었다. 어쩌면 미소 같기도 한, 그러나 그것은 마당에 밝혀놓은 알전구 밑에서 사실 귀기스러운 것이기도 했다. 정인은 문득 지난겨울 강씨네 집 마당에서 칼을 물고 작두에 올라타던 무당의 얼굴을 떠올렸고 알 수 없는 소름이 팔뚝을 쓸고 내려가는 것을 느낀다.

"그려, 그렇지…… 누가 자네 맘 모르나…… 그래도 사내대장부가 참아야지."

"이젠 더 참을 수가 없어요. 참을 수가 없다구요!"

정씨의 말이 끝나기도 전에 참을 수 없다는 말을 뱉은 오대엽은 뜻밖에도 사람들이 늘어선 마당에 두 다리를 쭉 뻗고 주저앉아 울기 시작했다. 정인 어머니 편으로 기울었던 사람들의 마음이 흔들리는 듯, 잠시 사람들이 술렁거리기 시작했다.

그때, 건넌방의 문이 열리고 할머니 박씨의 얼굴이 나타났다. 마치 이제사 잠에서 깨어났다는 듯, 박씨의 기침 소리는 평소보다 과장되어 있었다. 오대엽의 울음으로 인한 돌연한 상황에 망연자실해 있던 사람들의 얼굴이 그리로 쏠렸다. 오대엽도 눈물을 멈추고 박씨를 바라본다.

"그만들 가……. 뭐 좋은 귀경 났다구…… 케켁켁켁……."

초여름의 부드러운 바람이었지만 감당할 수 없다는 듯 박씨의 얼굴이 홍시처럼 붉어졌고 다시 한 번 심한 기침이 시작되었다.

"에구 저 노인네 기침 소리는 참 언제쯤이나 그칠라나……. 듣는 사람이 어떤 때는 더 괴롭다니께."

"정말, 정관 아부지만 왔다 하면 이 난리니…… 참……."

동네 아낙들이 마주 서서 하품을 참으며 말을 주고받았다.

"저년이 내가 노인네 약 지어다 드리라고 준 돈도 다 떼어먹었다 이겁니다, 형님. 아시겠어요? 내가 노인네 지어드리라고 돈을 그리 주었건만은……."

오대엽은 마당에 그대로 주저앉은 채 정씨를 향해 다시 말했다. 볼 것도 다 봤으니 대충 판을 끝내고 돌아가 잠을 자고 싶어 하던 아낙들의 눈이 다시 호기심으로 빛났다.

정인 어머니 김씨는 원래 말이 없는 사람이기도 했다. 정인이네가 이 읍에 들어와 살기 시작한 지 거의 칠팔 년이 지났건만 아무도 정인 어머니와 길게 이야기를 나누어본 사람이 없었으니까. 희고 갸름한 얼굴에 길쭉한 눈매가 어딘지 모르게 품위 있고 찬 인상을 주는 여자. 서울서 여학교를 다녔다는 여자. 정인의 아버지 오대엽이 이웃 마을 처녀들 가슴 하나둘쯤 설레게 하는 외모를 가졌다 하더라도 두 부부가 영 어울려 보이지 않는다는 것은 아는 사람은 다 알 만했다.

"이 사람아, 설마 정관 엄마가 그랬을까. 그러면 천벌을 받지……."

설마 하는 눈빛으로 정씨댁이 말을 막았다. 하지만 천벌을 받는다는 대목에서는 눈길이 저도 모르게 정인 어머니에게 돌아갔다. 혹시나, 하는 의혹의 눈길이었다.

"와 이거 미치겠네! 그러니까 제가 이 용천지랄을 떠는 겁니다. 모두들 제가 죽일 놈인 줄 아시죠? 이거 참 환장하겠네…… 이거 정말…… 정말 제 말이 의심스러우면 저년한테 직접 물어보시라니까요……."

오대엽의 목소리는 크고 확신에 차 있었다. 그것만 증명하고 나면 이 소동에 대한 사죄가 끝나는 듯했다. 사람들의 시선이 다시

어머니에게로 쏠린다. 사실 노인네가 병든 지 오래되었건만 이 집에서 약탕관 달이는 걸 본 사람은 없었다. 혹시나 하는 생각이 들지 않는 것도 아닌 것이다. 어머니는 눈길만 내리깐 채였다.

"아니여 그게 아니라구. 어여들 가게…… 가라구……."

할머니 박씨가 대청마루에 주저앉아 늙고 검은 손을 저으며 말을 시작했지만 다시 엄습하는 기침에 밀려 말을 중단했다. 하지만 말도 없는 어머니 쪽보다는 소리가 큰 아버지 쪽으로 판세가 기우는 것 같았다. 정희의 옷자락 뒤에 숨어 있던 정인의 가슴이 이유 없이 덜컥 내려앉는다.

"이 사람아 그거야…… 애들 가르치고 물가는 오르고…… 돈이 돈인가…… 남정네들이 모르는 돈이……."

여전히 어머니 곁에 있던 정씨댁이 말을 꺼냈다.

"내가 내 새끼들 학교 다니는 돈도 안 줄 오대엽입니까? 형수님도 말씀 그렇게 하지 마십시오. 남들이 들으면 정말인 줄 알겠습니다. 이 오대엽이가 그래도 경만여객 운전기사 오대엽이가, 하루에 두어 번씩 서울 구경도 하는 이 오대엽이가 그렇게 파렴치한 놈이냐구요."

아버지는 정말 화가 난다는 듯 벌떡 일어나 어머니 쪽으로 다가오면서 소리쳤다.

"그래요 내가 다 썼소…… 내가 고기 반찬 해 먹고 다 썼소…… 이제 됐습니까?"

언성을 높이지도 않고 어머니가 입을 열었다. 하지만 어머니의 말이 끝나기도 전에 오대엽의 발길이 어머니의 복부를 강타했고 어머니는 야윈 허리를 반으로 접으며 고꾸라졌다. 둘러선 아낙들의 입에서 동시에 비명 소리가 번졌다. 정씨가 아버지를 제지했지만 발길질은 몇 번 더 날아갔고 어머니가 쓰러지는 서슬에 키가 작은 정씨댁이 덩달아 마당을 굴렀다.

"어허 이 사람아, 그만하라니까. 애들 생각도 해야지. 가세, 가!"

정씨가 끌듯이 오대엽을 끌고 나간다. 어머니는 땅에 엎어진 채로 마당에 코를 박고 있었다. 정인이 달려가 어머니를 붙들었다. 피가 번진 어머니의 입에서 신음 소리가 낮게 흘러나왔다. 정인의 눈에 왈칵 눈물이 고인다. 어머니가 죽어버렸을까 봐 정인은 겁이 났던 것이다.

"아유 내사 모르겠다. 하루 이틀도 아니고……."

정씨댁이 정인 모녀를 외면하며 옷에 묻은 흙을 털었다.

"그리고 자네도 남편한테 너무 뻣뻣하게 굴지 말게. 아, 말이야 바른말이지. 남정네들이라는 게 다 어린애라니까. 그저 저만 받들어주면 되는 줄 안다구. 어디서 말대꾸를 하나? 해서 좋을 거 없는 줄 뻔히 알믄서…… 아, 자네는 서울서 여학교까지 댕겼다믄서 그런 머리 하나 안 돌아가나?"

정씨댁은 어머니에 대한 연민을 감추지 못하면서 일부러 화가 난 듯한 태도로 말했다. 그때 누군가가 다가와 정씨댁의 치마를 붙들었다. 정씨의 아들 명수였다. 제각기 더러워진 두 어미의 치맛자락을 붙들고 선 두 아이의 눈이 마주쳤다.

명수 오빠…… 정인의 얼굴이 수치심으로 확 붉어진다. 정인은 자기도 모르게 마당에 떨어진 정씨댁의 스웨터를 집어 어머니의 몸을 가렸다. 그래도 찢어진 속치마 사이로 드러나는 어머니의 희디흰 허벅다리…….

그런 정인을 바라보는 명수의 눈길을 의식하며 정인은 입술을 깨문다. 언젠가 동네 남자아이들과 딱지치기를 할 때, 딱지를 다 따버린 정인을 때리던 아이들을 혼내주고 정인의 코에 묻은 코피를 닦아주던 명수…… 그때도 명수는 정인을 안쓰럽게 바라보았었다. 하지만 이런 눈길은 아니었음을 정인은 감지한다. 자꾸만 참담해지는 기분을 억누르며 정인은 벌어지는 어머니의 속치맛자락을 작은 손으로 여민다.

"아이구 왜 나왔어, 공부 않구?"

정씨댁은 갑자기 언성을 높였다. 아들에게 못 볼 꼴을 보이는 것 같은 화급함이 묻어나는 말투였다.

"정관 아부지는 우리 명수 아부지가 달랠 테니 자네도 오늘은 그만 입 다물게…… 아무리 그래도 남자는 여자 할 탓인 게야……."

명수를 감싸 안듯 뒷모습을 보이면서 정씨댁이 혀를 찼다. 정인은 어머니의 찢어진 속치맛자락을 여미어 잡은 채로 고개를 떨구었다. 제 어미의 손에 잡혀 끌려가면서 명수가 다시 뒤를 돌아보았다. 정인은 명수의 눈길을 느꼈지만 명수를 바라보지는 않았다.

툇마루에 앉아 있던 언니 정희가 소리 나게 방문을 닫고 방으로 들어가버린다. 할머니도 기다시피 방으로 들어가고 싸리 울타리 너머의 사람들이 하나둘 돌아가는 발걸음 소리도 어수선하게 들렸다.

"정인아……."

놋요강이 엎어지고 분가루가 흩어진 방 안으로 정인의 부축을 받으며 들어선 어머니가 잠시 숨을 고르더니 정인을 불렀다. 통증이 심한지 한쪽 배에 손을 댄 채였다.

"응."

"가서 물 한 바가지 떠 오겠니?"

"물을?"

대꾸하는 정인의 말투에는 억누른 울음기가 가득 차 있었다. 어머니는 흩어진 머리를 다시 풀어 비녀로 대충 찌르며 고개를 끄덕였다. 정인은 얼른 밖으로 나왔다. 전쟁이 휩쓸고 간 것처럼 마당은 황량했다. 건넌방에서는 여전히 할머니의 낮은 기침 소리가 났지만 불은 꺼진 채였다. 정인은 갑자기 방문을 닫고 제각기 제 방으로 들어선 모든 사람들에 대한 맹렬한 분노를 느꼈다. 그들은 모두 구경꾼이었다. 정인은 눈꼬리에 남아 있는 눈물을 팔뚝으로 한번 쓰윽 훔쳐내고는 물을 떠서 방으로 들어갔다.

어머니는 뜻밖에도 다 지은 옷 몇 벌을 보자기에 싸고 있었다. 정인의 어머니 김씨는 마을 여자들 중에서 드물게 양장을 짓는 솜씨를 갖고 있어서 알음알음으로 그들의 옷을 지어주는 일을 하고 있었다. 어머니가 색색 가지 옷감을 벌여놓고 밤새 옷을 짓는 소리가 틀린 적도 있었다. 그러면 정인은 그 옷감들을 만지작거리다가 어머니 옆에서 아무렇게나 잠들어버리곤 했었다. 마을의 양장 수요는 그렇게 많지 않았지만 월남에 다녀오는 젊은이들이 늘어나고부터는 양장의 수요도 제법 많아졌던 것이다. 하지만 구멍가게 아이들이 눈깔사탕을 잘 얻어먹지 못하듯이 그런 옷들은 정인이나 정희의 몫이 아니었다. 가끔 반 아이들 중에 어머니가 밤새 지었던 옷을 입고 있는 것을 괴롭게 바라보는 일도 있었지만 정인은 신통하게도 어머니에게 아무 불평도 하지 않았다. 어차피 그런 고운 것들은 자신의 몫이 아니라는 걸 정인은 아주 어린 시절부터 알고 있었던 까닭이다.

물 대접을 든 채로 서 있는 정인을 보았는지 못 보았는지 어머니는 거울이 다 깨어져 나간 빨간색 자개장롱을 열고 한복을 꺼내 들었다. 남색 저고리에 옥색 치마…… 명절날이나 학교에 올 일이 있을 때만 입던 특별한 옷이었다. 어머니가 옷을 갈아입는 소리가 사르록사르록 정인의 귀에 울렸다.

"엄마, 어, 디…… 가?"

정인은 자신의 말소리가 떨리고 있는 것을 의식하지도 못한 채 물었다.

어머니가 흘끗 정인을 바라보았다. 정인은 그런 어머니의 얼굴에서 다시 한 번 귀기를 느낀다. 무당의 그림자가, 지난겨울 칼을 물고 경중경중 뛰어오르던 무당의 그림자가 다시 한 번 어머니의 얼굴에 어리는 것을 느꼈기 때문이다.

"어, 디…… 가냐구?"

정인이 다시 물었다. 떨리는 턱을 앙다물고 조금 더 큰 목소리로 였다. 어머니는 잠시 정인의 얼굴을 물끄러미 바라보더니 코를 한 번 훌쩍 들이켜고는 하루살이가 어지러이 춤추는 알전구를 바라보았다. 정인이 얼결에 어머니를 따라 알전구를 바라본다. 그때 어머니가 다가와 정인의 손을 쥐었다. 아주 뜨거운 손이었다. 가끔 밤에 어머니 옆에서 잠들 때 무심결에 쥐었다가 정인을 놀라게 하던 그런 찬 손이 아니었다. 정인의 가슴이 다시 덜컥 내려앉는다.

"정인아, 엄마가 부탁을 할게. 들어주겠니?"

말소리는 또렷했지만 정인은 어머니가 이미 넋이 나갔다는 생각을 문득 했다. 정인의 손을 잡고 정인을 바라보고 있었지만 어머니의 눈동자는 정인을 바라보고 있는 것 같지 않았던 것이다. 잠시후, 어머니는 마치 마법에서 풀려난 사람처럼 가볍게 진저리를 쳤다.

"이거……."

어머니는 싸놓은 보따리를 정인 쪽으로 밀었다.

"이거 내일 방 외과 가져다주고…… 현희네 집 알지?"

어머니는 서두르지 않았다. 정인은 고개를 끄덕일 수밖에 없었다. 어머니는 정인의 짧은 단발을 귀 뒤로 연신 넘겨주다가 문득 동작을 멈추었다.

"내가 죄가 많아서 너를 낳았구나……."

엉뚱한 말을 뱉었다. 어머니의 눈에 처음으로 귀기가 가시고 물기가 살짝 내비쳤다. 정인의 눈에 겁이 풍선처럼 부풀어 올랐다.

어머니는 살풋 웃었다.

"그렇지만 엄마는 너를 낳을 때 아주 좋은 꿈을 꾸었단다…….
힘든 날이 가면 좋은 날들이 올 거야. 무슨 일이 있어도…… 니 자
신을 믿어야 한다…… 넌 참 착한 아이였단다…… 엄만 착하게 살
지 못했다……."

어머니는 무언가 더 말을 하려다 말고 작년인가 정인이 어머니
날 선물한 모조 구슬 브로치로 앞가슴을 여몄다.

"가서 비 좀 가져다주겠니? 광이 어두우니까 또 넘어지지 말
구…… 급하게 말구…… 천천히 비를 찾아 오너라……."

"비는 왜?"

이미 어머니의 말소리 속에는 거역할 수 없는 어떤 힘이 깃들어
있다는 것을 느꼈지만 정인은 있는 힘을 다해 되물었다. 어머니는
대답 대신 방을 주욱 둘러보았다. 깨진 거울과 경대 밑에 흩어진
분가루 그리고 찢어진 창호지가 어지러웠다.

대청마루 한구석, 걸레통에 담긴 작은 비도 있는데 왜 하필 그
렇게 큰 비를…… 하는 생각이 얼핏 머리를 스쳤지만 이렇게 어지
러운 방 안을 쓸기 위해서는 큰 비가 있어야 한다는 어머니의 말
이 일리가 있어 보여서 정인은 물그릇을 놓아두고 광으로 나갔다.

뒤뜰은 아주 어두웠다. 어머니의 기척에 신경을 곤두세우면서
정인은 광의 문을 열었다. 도둑고양이가 야우우 울면서 어디론가
로 사라진다. 달도 없는 밤…… 광 안은 괴괴하고 완벽한 침묵으
로 가득 차 있었다. 정인은 광 한구석에 세워져 있는 싸리비를 발

견하고 그것을 잡았다. 바로 그 순간 정인은 싸리 울타리 쪽의 인기척을 느꼈다. 정인은 순간 망설이다가 비를 꺼내 든 채 마당으로 돌아 나왔다. 싸리문 쪽에는 아무도 없었다.

"엄마……."

부르는 소리는 생각보다 크게 튀어나오지 않았다. 우선은 또다시 소란을 피울 수 없다는 생각이 들었다. 정인은 입에 가득 고인 침을 꿀꺽 삼키고는 달려가 부서진 안방 문 안쪽을 기웃거렸다. 어머니는 없었다. 정인의 얼굴이 어둠 속에서 딱딱하게 굳어졌다. 정인은 이번에는 부엌문을 열었다. 술 냄새가 화악 끼쳐왔다. 부뚜막에 엉덩이를 걸치고 비스듬히 졸던 정관이 도둑고양이처럼 눈을 떴다.

정인은 그제야 들고 있던 비를 팽개치고 골목길로 달려 나갔다. 어느 집에선가 개가 낮은 소리로 그르릉거렸다. 정인은 그쪽을 향해서 뛰었다. 하지만 이 길은 저수지로 가는 길이다, 라고 생각하는 순간 정인은 그 자리에서 우뚝 발길을 멈추고 뒤돌아 뛰기 시작했다.

마당에 평상을 펴놓고 정씨는 아버지와 술을 마시고 있었다. 아버지의 커다란 목소리가 명수네 담 너머로 들리고 있었다.

"아부지, 엄마가 죽어요! 엄마가 죽어요!"

왜 하필 죽는다는 단어를 썼을까……. 하지만 정인은 미친 듯이 울부짖고 있었다. 아버지가 먼저, 이어 정씨 아저씨가 일어섰다.

"왜 이래? 또 무슨 일이야?"

오대엽이 물었지만 정인은 소리만 지르고 있었다.

"죽어요. 엄마가 죽어요!"

오대엽이, 눈의 흰자위를 드러낸 채 소리만 지르고 있는 정인의 뺨을 몇 대 갈겼다. 명수가 방 안에서 졸린 눈으로 고개를 내밀었고 정씨댁이 그 뒤를 따라 마당으로 내려섰다. 하지만 정인은 계속 소리만 질러대는 것이다.

"엄마가 죽어요! 저수지에 빠져 죽어요!"

## 잎이 변해서 가시가 된다

오후 4시가 조금 넘은 시간이지만 운동장 곳곳엔 짙은 플라타너스 그림자가 뿌려져 있다. 운동장에서 공을 차는 남학생들의 그을린 이마에 맺힌 땀방울도 서늘한 바람에 식어버리는 오후, 이제 가을인가 보다.

수업이 끝나고 교실들은 텅 비어버렸는데 과학실에는 옹기종기 모여 앉은 학생들이 그득했다. 뿌옇게 먼지가 앉은 독수리 박제의 매서운 눈동자 위로 엷은 햇살이 한 줄기 비치고 있다.

"그러니까 선인장은 사막같이 물이 없는 곳에서도 살 수 있도록 변화한 것이다. 줄기였던 부분은 물을 많이 저장할 수 있도록 둥그렇게 변하고 이파리는 가시처럼 뾰족해져서 물의 증발을 최소화시키고…… 알겠지? 선인장의 가시는 무엇이 변화한 것이다?"

"잎이요!"

"그래. 다음엔……."

생물과 환경이라는 커다란 글씨가 쓰인 흑판 앞에서 미송의 아버지 권 선생은 선인장 화분을 아이들에게 보여주고 있었다. 낡았지만 조끼까지 차려입은 모양새며 파르스름한 구레나룻, 단정한 차림의 그는 언제나처럼 낮지만 힘 있는 목소리를 내고 있었다. 아이들의 눈동자가 선생님의 목소리를 하나도 놓치지 않겠다는 듯, 초롱초롱하다. 정인과 미송 그리고 명수의 얼굴도 보인다. 이들은 다음 주에 수원에서 열리는 도 주최 과학경시대회에 나가기 위해 각 반에서 뽑힌 학생들이었고, 지난주부터 방과 후에 과학실에서 특별 수업을 받고 있었다.

과학실 창가에 서 있는 느티나무로 마른 가을바람이 지나가고 있었다. 지난여름의 무성함을 잃어버리고 이제 윤기도 잃은 이파리들은 바람이 지나갈 때마다 와스스와스스거렸다. 정인은 권 선생의 말을 노트에 적다 말고 멍하니 창밖을 바라다본다.

'만일 오늘부터 비가 내리지 않는다면 저 느티나무 이파리도 모두 뾰족한 가시로 변하게 되는 걸까? 그래서 바람이 불면 그 곁에 있는 것들을 마구마구 찔러댈까? 다 반짝이지도 않고 누군가에게 시원한 그늘이 되지도 않으면서……. 정말일까? 하지만 만일 그런 일이 일어난다면…… 그건 느티나무의 죄가 아닐 거야. 나무는 한 발자국도 제 마음대로 움직일 수 없는데…….'

"그리고 줄기는 잎이 하던 광합성 작용을 대신하기 위해 녹색으로 변한 것이다. 자, 그럼 다음 장으로 넘겨라. 동물의 경우는 어떻게 되나 살펴보기로 하자. 우선 지렁이를 습기 찬 흙이 든 상자에 넣고……."

권 선생은 과학실 한쪽에 놓인 상자를 집어 들고 아이들이 모여 앉은 네모난 탁자로 내려섰다. 아이들이 고개를 빼고 권 선생의 손에 든 상자와 플래시를 번갈아 바라본다. 권 선생은 구멍이 난 상자에 플래시를 들이대고 탈칵, 스위치를 올렸다.

"이 구멍에 빛을 이렇게 비추면……."

권 선생이 비추는 플래시 불빛이 시리다는 듯이 지렁이는 서둘러 흙 속으로 제 몸을 숨기고 있었다. 비가 그치고 나면 늘 나타나는 지렁이였지만, 아이들은 흙 속으로 파고들어가는 지렁이라는 동물을 처음 보는 것처럼 꽤 열심히 그 모습을 주시하고 있었다. 하긴 성적이 좋은 모범생들이니 그럴 법도 했다.

"어떠냐? 빛을 피해 도망치지?"

저수지에서 건져낸 어머니를 향해 마을 사람들이 횃불을 들이밀었을 때 어머니는 고개를 돌려버렸었다. 물론 의식이 돌아오고 난 이후의 일이었지만, 그리고 횃불이 멀어지고 났을 때 어머니는 다시 눈을 떴다. 그 어머니의 눈 속에는 살기 같은 것이 이글거리고 있었다. 양 볼 가득 흐르는 눈물을 닦지도 못하고 다가간 정인에게도 예외는 아니었다.

"자 그럼 음성 주성을 가진 것들은 이 정도로 알아두고…… 양성 주성을 가진 것에는 어떤 것들이 있을까? ……명수?"

상자 속에 든 지렁이가 얼마나 빛을 싫어하는가를 말한 뒤, 권 선생은 명수에게 물었다.

"오징어, 하루살이, 불나방, 물방개, 풍뎅이 등이 있습니다."

"그래. 그런 것들을 빛에 대해 양성 주성을 가졌다고 한다. 그러면 지렁이처럼 빛에 대해 음성 주성을 가진 것에는…… 오정인, 말해봐라."

미송이 정인이의 옆구리를 툭 쳤다. 느티나무 이파리가 가시로 변하는 것만 생각하고 있던 정인이 흠칫 생각에서 깨어난다.

"정인이 말해봐라……. 우선 지금 본 대로 지렁이가 있겠고……."

권 선생이 정인을 향해 말했다. 명수의 얼굴이 정인에게서 얼른 비켜갔다.

─엄마, 엄마…….

그래도 정인은 엄마를 불렀었다. 깨어난 어머니의 눈동자가 아무리 증오를 향해 이글거린다고 해도 좋았다. 하지만 어머니는 눈길을 돌려버렸고 다시는 정인과 눈을 마주치지 않았다. 그리고 어머니는 방 외과로 옮겨진 지 사흘 만에 끝내 혼수상태에서 벗어나지 못한 채 눈을 감았다. 벌써 석 달도 더 지난 일이었다.

초라한 장례를 치른 후, 아버지는 며칠 동안은 꼬박꼬박 집으로 들어왔다. 첫날은 말없이 부서진 방문을 고쳤고 둘째 날에는 씨암탉을 잡아가지고 와서 손수 고아 할머니에게 먹였다. 아버지가 돌아오는 날 큰소리가 나지 않은 건 그때가 처음이었지만 누구도 기쁜 낯빛이 아니었다. 오빠 정관도 언니 정희도 그저 어두운 얼굴로 서로의 시선을 피해 방에만 틀어박혀 있었다. 할머니 박씨만 밭은 기침을 끝없이 뱉어내며 곰방대를 물곤 했다.

"독한 것, 자식새끼 버리고 어떻게 죽을 생각을 하나…… 에이 독한 것, 그러니 애비 마음 하나 잡지 못했지……."

하지만 죽어버린 어머니가 기거하던 그 어두운 방에 정인은 한 번도 들어간 적이 없었다. 비를 가져오면 방 안을 청소하겠다고 거짓말을 시키고 어머니가 가려고 했던 곳, 그곳은 어디였던가. 정인은 아무것도 용서할 수 없었다. 자신들을 모두 구경거리로 만들어버린 아버지와, 방문을 닫고 무표정하게 각자의 방으로 들어가버렸던 식구들과, 축 늘어져 건져진 채로도 정인마저 외면하려 했던 어머니의 눈길. 하지만 그중에서도 가장 용서할 수 없었던 것은 어머니마저 자신을 두고 떠나려고 했다는 그 사실이었으며 거기로부터 가슴에 둔중하게 부딪힌 배신감이었다. 어머니조차도 떠나버린 것이다. 정인이 공부를 열심히 해서 엄마를 호강시키겠다고 아무리 결심을 한다 해도 이 세상 천지에 혼자 남게 되는 것이다. 열 살인 정인이 감당하기에 그건 그저 상처일 뿐이었다.

"오정인, 어서 말해봐라. 음성 주성을 가진 것에는 어떤 것이 있다?"

얼굴이 해쓱해지는 정인을 다그치는 권 선생의 얼굴로 순간적이었지만 후회감이 스쳐간다. 이 읍내에서 그날 밤의 소동을 모르는 사람은 없었다. 그로부터 정인이 충격을 받았다는 것도 아내를 통해 전해들은 바 있었다. 그러나 그것 역시 아이가 앞으로 이 세상을 헤쳐 나가면서 겪게 될 무수한 시련 중의 하나가 아니던가……. 더구나 부모는 누구든 대개는 자식보다 먼저 죽게 마련이다. 십여 년 교단을 지켜온 교사로서의 엄격함이 후회감을 밀어내자 권 선생의 얼굴에는 다시 긴장이 어린다.

"오정인!"

권 선생이 다시 한 번 정인을 불렀다. 정인은 딱딱하게 굳은 얼굴로 겨우 입술만 달싹거리고 있었다. 미송이 자연책에서 음성 주성을 가진 것들이 씌어 있는 페이지를 펼쳐 살짝 정인 곁으로 밀었다. 하지만 그때 미송은 보았다. 정인의 온몸이 경련을 일으키며 떨고 있는 것을.

"지……렁……이하고…… 또…….."

순식간의 일이었다. 지렁이하고 또…… 하며 말을 이으려던 정인이 급하게 입을 틀어막았지만 붉고 시큼한 액체가 정인의 손을 넘쳐 과학실 탁자로 쏟아져 내렸다. 정인의 곁에 앉은 여학생들이 짧은 비명을 지르며 끼이익 걸상을 끌고 비켜났다. 정인은 백지장처럼 흰 얼굴로 제 입에서 쏟아져 나온 오물들이 제 손바닥을 거쳐 자연책과 공책의 갈피로 뚝뚝 떨어져 내리는 것을 바라보고 있었다. 권 선생이 급히 다가가 정인의 손을 붙들었다. 그리고 바지 주머니에서 손수건을 꺼내 정인의 입가에 댔다.

"괜찮니? 더 토할래?"

권 선생은 정인의 격렬한 반응에 잠시 망연해 있다가 곧 선생다운 침착함을 회복하며 물었다. 정인은 천천히 고개를 젓다가 이내 고개를 떨구었다. 권 선생의 손에 잡힌 정인의 가느다란 팔목에서 권 선생은 이 아이의 감정을 직감했다. 그것은 강한 거부였다. 권 선생이 망연히 아이를 바라보는데 정인의 뺨에 붉은 홍조가 밀려들었다가 급하게 사라지고는 긴 속눈썹이 파르르 떨리면서 눈물이 맺힌다.

권 선생은 손수건으로 정인의 입가를 쓰윽쓰윽 닦아주고는 제자리로 돌아갔다. 그는 더 지켜보는 것을 택하기로 한 것이다. 하기는 두고 보는 것 외에 달리 뾰족한 수가 있는 것도 아니었다. 불행하기로 치면 정인이 못지않게 불행한 아이들이야 얼마든지 있었으니까. 그래도 정인은 도시락을 싸오지 못할 정도의 극빈자는 아니었으니까.

이미 해가 기우는 운동장을 걸어 나오면서 미송은 서둘러 정인을 따라잡았다. 정인이 미송을 두고 먼저 걸어 나가긴 했지만 그리고 그 거리가 그렇게 멀지도 않았지만 미송은 마치 정인이 어디론가 멀리멀리 달아나는 것처럼 서둘러 다가가 손을 잡는다. 미송에게는 요즘 정인의 변화가 어딘지 모르게 불안했던 것이다.

예전에는 미송과 장난을 치다가 넘어져 무르팍이 성할 날이 없던 정인이었지만, 그래도 언제나 일어나 무릎에 묻은 흙을 털어내고 씨익 웃곤 하던 정인이었지만, 요즘에는 말없이 걷다가 휘청 넘어지곤 했다. 미송이네 집에서 저녁 늦게까지 놀다가 저녁을 먹고 가는 일쯤 예사로 여겼던 정인은 요즘에는 그런 일들을 거북하게 여기기 시작한 것이다.

─정인이가 안 그러더니 자꾸 눈치를 보네…….

미송의 어머니는 애써 웃으며 그렇게 말하기도 했었다.

"우리 집에 새 책들 들어왔다. 계몽사에서 나온 삼십 권짜린데, 내가 안 읽은 거 니가 먼저 봐도 괜찮다."

미송은 우울해 보이는 정인의 표정을 가만히 살피며 큰 선심을 썼다. 책에 대한 욕심이라면 서로 뒤지지 않을 만큼 많았고 미송은 자신이 다 읽은 책만 정인에게 빌려줌으로써 텃세 아닌 텃세를 부리고 있었으니까. 하지만 정인은 앞코가 하얗게 닳은 자신의 검은 운동화 끝만 내려다보다가 가볍게 웃을 뿐이었다. 둘은 학교 운동장을 돌아 미송의 집 근처에 다다랐다.

"그럼 나 먼저 들어간다!"

도대체가 별 반응이 없는 정인이 답답하다는 듯 미송은 마치 선전포고라도 하는 심정으로 말했다. 정인은 천천히 고개를 들더니 불쑥 말을 꺼냈다.

"나 과학경시대회에 나가고 싶지 않아……."

내내 그 생각에 잠겨 있었던 모양이다.

"무슨 소리야?"

꼬집어낼 수는 없지만 정인의 말에 실린 무게가 만만치 않음을 느끼며 미송이 정인 쪽으로 한 발자국 다가섰다. 과학이라면 흥미 있어 하던 정인이었다.

"그냥…… 나 갈게."

정인은 돌아서서 달리듯 걸음을 떼었다. 떼면서, 정인은 지금 미송이 자신을 가엾게 여기고 있을 거라고 생각한다. 남학생들까지 있는 곳에서 토악질을 하고, 빛에 대해 음성 주성을 가진 동물들에 대해서 제대로 대답도 하지 못하고……. 자신이 다른 사람들의 시선에 대해 얼마나 병적인 반응을 보이고 있는지 의식하지도 못하고 정인은 걸음을 빨리한다. 미송에게조차 사실을 말할 수 없었던 것이다. 과학경시대회에 나가고 싶지 않은 것이 아니라 수원에 가고 싶지 않다는 것을…….

수원이 얼마나 넓은지 가보지 않은 정인으로서는 알 수 없지만 왠지 그곳에 가면 아버지가 다른 여자와 살림을 차렸다는 그 집 앞을 지나가게 될 것만 같았다. 그러면 오늘처럼 또 사람들 앞에서 토악질을 해멜지도 모르고 시험은 망칠 것이 뻔했다. 그 말을 미송에게조차 할 수 없었던 것이다.

벌써 책가방을 집 마루에 내동댕이쳐버린 아이들이 골목을 메우며 놀고 있었다. 예전 같으면 미송이와 함께 골목에서 고무줄놀이를 하다가 어른들에게 쫓겨나기도 했었고 아이들과 어울려 학교 앞, 또 뽑기 화덕 앞에 쭈그리고 앉아 있기도 했겠지만 요즘 들어 정인은 그 모든 것이 하나도 맘에 들지 않았다.

우리나라 좋은 나라 독립을 위하여
예순 평생 한결같이 몸 바쳐 오우신

고마우신 우리 대통령 우리 대통령
우리도 길이길이 빛내 오리라…….

아이들은 이미 십여 년 전에 쫓겨난, 망명지 하와이에서도 죽은
지 7년이나 지나 이제는 얼굴도 기억하지 못하는 대통령의 노래를
부르며 고무줄놀이를 하고 있다. 고무줄놀이라면 '무찌르자 공산
당'이라든가 '이 강산 침노하는 외적의 무리를……' 같은 종목에서
제일 잘하던 정인이었지만 정인은 이제 그들을 피해 걸어가면서
다시는 자신이 저런 고무줄놀이를 하지 않을 거라는 예감을 가졌
다. 다시는 바지 무릎에 구멍이 나도록 맹렬한 속도로 뛰어가다 넘
어지거나, 그도 아니면 날다람쥐처럼 이 골목과 저 골목을 날듯이
뛰어다니지 못하리라는 것을.

벌써 한결 짧아진 해가 기울고 있었다. 집집마다 가느다란 굴뚝
으로 저녁 연기가 올라간다. 아마도 이제 조금 시간이 지나면 골
목마다 에미들이 자식들을 부르는 소리가 들리리라. 가을무와 감
자를 썰어 넣은 된장찌개 냄새, 고소한 갈치 냄새, 참기름을 넣어
무친 시금치의 향기가 퍼지기도 하리라.

이상하게도 집과는 다른 방향으로 자꾸 걸어가면서 책가방을
가슴에 그러안고, 정인은 저물어가는 붉은 하늘을 물끄러미 바라
보았다.

# 은륜의 바퀴 위에서

　장날이 아니어서인지 저녁나절의 시장은 스산했다. 붙박이로 문을 여는 가게들은 이제 저녁 장사를 마치고 서둘러 집으로 돌아갈 채비를 하는지……. 벌써 나무 간판으로 닫은 가게도 많았다. 명수는 훌쩍 자전거에서 내린다. 낮이 한결 짧아져서인가 순댓국을 파는 가게에는 벌써 노란 백열등이 밝혀지고 장날을 잘못 맞추어 왔는지 무명 수건을 얼굴에 감은 노파가 팔지 못한 누런 호박과 푸성귀 따위를 소꿉처럼 펼쳐놓고 우두커니 허공을 바라보고 있다.

　"아이구 명수 왔네. 이 녀석은 볼수록 점점 의젓해지네……. 이제 사내가 되는구만."

　아버지 정씨가 하는 가게로 들어서자 정씨와 마주앉아 장기를 두고 있던 쌀가게 홍씨가 명수의 머리를 감싸 안으며 소리쳤다. 어제도 보고 그제도 본 얼굴이지만 딸만 다섯인 쌀가게 홍씨는 명수가 영 탐이 나는 모양이었다.

"이 녀석 고추가 좀 여물었나, 어디……."

장날 아닌 날 가게문을 열고 딱히 할 일도 없었던지 홍씨는 넙적한 손을 그대로 명수의 샅으로 들이민다. 명수는 얼굴이 벌게진 채로 그의 손길을 피했다.

"얼라 이 녀석이 얼굴이 벌게져가지구……. 진짜 사내가 될라나 부네. 응?"

별로 우습지도 않은 일이고 매일같이 아버지의 가게에 들를 때마다 일어나는 일이지만 정씨와 홍씨는 마주 보고 너털웃음을 터뜨린다.

"엄마가 저녁 드시러 얼른 오시라구……."

명수는 한편으로 홍씨의 손길이 다시 샅으로 들어올까 봐 경계를 늦추지 않으면서 여전히 얼굴이 벌게진 채로 마치 엄청난 죄라도 고백하듯이 더듬거리며 말했다.

"저녁은 무슨 저녁…… 이렇게 든든허게 아들 녀석이 크고 있는데 매일 먹는 저녁 하루를 안 먹는다고 뭐 탈나나…… 안 그래요 성님?"

홍씨는 이기고 있는 장기판을 흐뭇하게 바라보다가 너털웃음을 웃으며 명수의 머리를 감싸 안는다. 명수는 여전히 홍씨의 손이 샅께로 들어올까 봐 단단히 경계를 하는 눈치였다. 그러다 보니 머리는 홍씨에게 안기고, 다리는 저만치 뺀 우스운 꼴이 되고 말았다.

"그나저나 명수 이번에 또 일등했다구……. 어떻게 중핵교는 수원으로 보내실 거지요?"

"글쎄 다음 주면 아마 전학 통지서가 올 거여. 공부야 수원 가봐야 알지. 쟁쟁한 아이들이 우글거릴 텐데………. 졌네."

정씨는 제 아들에 대한 칭찬이 싫지 않은 듯 흡족한 표정이었지만 언제나 그렇듯 겸손하고 나직나직한 말투로 말을 하며 자리에서 일어섰다. 정씨는 사환 아이에게 이것저것 말을 이르고는 명수를 데리고 가게를 나섰다.

"아부지, 전 요기 책방에 좀 갔다가……."

명수는 아버지와 함께 걷는 것이 좀 거북한 듯했다. 하기는 거의 손자뻘이 되는 부자였다.

"저녁은?"

"아까 먹었어요. 대고모님하고……."

아들은 가려고 하지만 아들이 자랑스러운 정씨는 이 아들을 데리고 한길을 버젓이 더 걷고 싶은 듯했다. 하지만 언제나처럼 정씨는 아들에게 너그럽게 고개를 끄덕인다. 자신이 아들에게 거는 기대가 크면 클수록 자식을 끼고 살지 말아야 한다는 것이 정씨의 결심이었다. 연고자도 없는 수원으로 아들을 보내기로 마음을 먹은 것도 그 때문이었다. 그것은 하나뿐인 아들인 자신을 끼고 살았던 자신의 어머니에 대한 그 아프고도 지긋지긋한 기억의 파편 때문이기도 했다. 그가 마흔이 넘어서야 명수를 얻은 것도 그 어머니와 무관하지 않았다.

　신방을 차린 후 함께 와서 눕던 어머니. 어느 날은 몸이 아프다고도 했고 어떤 날은 바람 소리가 무서워서였기도 했고 또 어떤 날은 누군가가 자꾸 방문을 달그락거린다고도 했다. 보약을 달여와 그것을 다 먹기 전까지는 동침을 해서는 안 된다고 우기기도 했다. 젊은 남자였고 어머니의 눈치를 피해 아이를 볼 수도 있었지만 어머니가 돌아가시기 전까지 정씨는 이상하게도 아내에게만은 거의 불구일 수밖에 없었다. 그리고 어머니가 돌아가신 후 겨우 얻은 것이 명수였다.

　"늦지 않게 돌아와야 한다."

　정씨는 돌아서는 아들에게 다시 한 번 다짐을 준다.

　하지만 명수는 아비의 말이 다 끝나기도 전에 빠르게 자전거에 올라탔고 힘차게 페달을 밟았다. 이제 겨우 아무의 시선도 미치지 않는 곳에 다다랐다고 생각하는 순간 명수는 자전거에서 내려 천천히 걷는다. 그리고 땅거미가 내리는 시냇가 한쪽에 자전거를 세워두고는 냇가로 내려갔다.

　알 수 없었다.

　어느 날 문득 코 밑이 거뭇거뭇해지고 또 어느 날 문득 아랫도리가 범벅이 된 채 다 젖어버리는 그 모든 변화가 명수는 당황스럽다. 명수는 냇가의 물을 두 손으로 들어 세수를 한다. 얼굴에 부딪히는 바람보다 물은 아직 따뜻했다. 명수는 세수를 하다 말고 물끄러미 흘러가는 물을 바라본다. 아직 여명이 남아 있는 이끼 빛깔 물 한구석에 작은 송사리 떼들이 몰려다닌다. 명수가 손을 뻗자 송사리 떼들은 확, 하고 흩어져버렸다. 명수는 딱히 송사리 떼를 잡을 생각도 아니었는지 엉덩이를 작은 돌에 걸치고 앉았다.

돌돌돌돌…….

이 냇가에서 송사리를 잡고 징거미를 잡고, 덜렁거리는 고추를 내놓은 채 멱을 감던 것이 언제였던가. 갑자기 아득해지는 것이었다. 자신이 전학 갈 수원의 학교와 낯선 생활들……. 흐르는 물을 응시하고 있던 명수의 시야로 하나씩 연보랏빛 꽃잎들이 들어서기 시작했다. 바람개비처럼 동그랗게 맴도는 꽃이파리들…….

명수는 마치 부끄러운 짓이라도 하다가 들킨 것처럼 화들짝 일어나 냇물 위쪽을 기웃거렸다. 누릇하게 시들어가는 철쭉밭 사이에 누군가가 앉아 있었다. 명수는 천천히 그리로 몇 걸음을 옮겨놓았다. 정인이었다.

"정인아!"

어린 시절처럼 반갑게, 그리고 아주 자연스럽게 말이 튀어나왔지만 명수의 얼굴에 갑자기 붉은 기운이 확 밀려든다. 곁에 책가방이 놓인 것을 보니, 아직 집에 들어가지도 않은 채였는가 보았다.

"응…… 오빠야."

정인은 이 어둑한 냇가에 갑자기 나타난 명수를 보고 별로 놀란 기색도 없이 배시시 웃었다.

"집에 안 가고 뭐 해?"

정인은 대답 대신 작은 돌멩이를 들어 냇가에 던진다. 퐁, 하는 소리는 돌돌돌돌 흐르는 소리에 이내 묻혀버린다. 입가가 왠지 굳어오는 것 같아 어쩔 줄 모르겠는 명수도 따라서 돌을 하나 집어든다. 아까 정인의 것보다 좀 큰 것이다. 명수가 돌을 던지자 이번에는 정인의 것보다 좀 더 큰 파문이 일었다. 하지만 그것도 곧 흐름 속에 묻혀버린다.

정인이 과학실에서 울컥, 토하는 것을 보았을 때 제 마음속에 그렇게 큰 파문 하나가 일었음을 명수는 깨닫는다. 아니, 정인의 어머니가 찢어진 속옷 바람으로 마당에 패대기쳐졌을 때 그 곁에서 겁먹은 채로 떨던 정인의 얼굴 때문에 그 밤 내내 자신의 마음속에 파문이 일었던 것, 아니 저수지에서 건져진 제 어머니를 보고 파랗게 질려 쿡쿡 울던 정인의 얼굴 때문에, 아니 아니 그것도 아니고 지금 이 어둑한 냇가에 단둘이 앉아 있다는 것을 명수는 갑자기 깨닫는 것이다. 그러자 이번에는 얼굴이 모닥불처럼 활활 타오르는 것만 같았다.

"……저어 정인아, 자전거 탈래?"

명수가 일어서며 정인에게 말했다. 허둥대는 말투였다. 그러고는 둑으로 올라와서 정인에게 자전거를 내밀었다.

명수가 또래들 중에서 제일 먼저 자전거를 산 것이 작년이었다. 빨갛고 윤이 반짝반짝 나는 그 자전거를 명수는 정인에게만 특별히 빌려주었다. 새 자전거의 바퀴살 하나를 부러뜨리며 자전거를 배운 정인이었으니까……. 하지만 명수는 아버지 어머니 몰래 또 복이상회의 만수에게 그 자전거를 고쳤다. 제과점 큰딸에게 편지를 전해준다는 조건이었다. 하지만 정인은 그런 사실을 모른다. 그 후로도 얼마나 오랫동안 명수가 만수의 심부름을 해주어야 했는지를……. 하지만 그것이 하나도 번거롭게 느껴지지 않았던 것을…….

"오늘은 많이 타게 해줄게."

명수는 왠지 정인의 얼굴을 똑바로 보지 못한 채로 말했다.

알 수 없는 이 변화는 무엇인지, 뒷산의 문둥이 굴을 찾아가는 모험을 하던 어린 시절, 손이야 얼마든지 잡았었고 한번은 다리를 삐끗한 정인을 업고 내려오기까지 했지만, 왜 지금은 이렇게 같이 있다는 사실만으로 가슴이 뛰는 건지 명수는 자신이 당황스럽기만 했다.

"왜?"

갑자기 정인이 명수를 똑바로 바라보며 말했다.

"왜긴…… 너 이거 타고 싶어 했잖아……."

당황하던 명수는 갑자기 기습이라도 당한 것처럼 우물거렸다.

"내가 궁금한 건, 졸라야 겨우 한 번 태워주던 오빠가 갑자기 내게 먼저 선심을 쓰는지 하는 거야."

정인은 또박또박 말했다. 그녀의 눈 속에는 이제껏 명수가 한 번도 보지 못했던 적의가 이글거리고 있었다.

"그건……."

명수가 마른 입술만 축이고 있는데 클랙슨이 울렸다. 갑자기 쌀쌀해진 정인의 변화에 당황하고 있던 명수가 먼저, 이어 정인이 뒤를 돌아보았다. 먼지를 살짝 뒤집어쓴 검은색 도요타 크라운이 다가오고 있었다. 그리고 이어 그 안에서 양 갈래 머리를 분홍 리본으로 묶은 아이가 폴짝 뛰어내렸다. 방 외과집 딸 현희였다. 명수와 정인의 얼굴에 동시에 낭패감이 어린다.

"이런 데서 둘이 뭐 하고 있는 거야?"

현희는 차가 멈추어 서느라 뿌옇게 일어난 먼지를 한 손으로 부채질하듯이 털어내며 물었다. 어른스럽다고나 할까, 아니면 지나치게 영악스럽다고나 할까, 현희의 목소리에는 비음이 많이 섞여 있어서 비웃음처럼 들리기도 했다. 현희는 정인과 명수를 빤히 바라보며 웃었다. 가무잡잡한 얼굴 한쪽에 깊이 보조개가 패인다.

"정인아 너 벌써 명수하고 연애하니?"

현희는 여전히 생글거리며 말했다.

명수의 얼굴이 다시 붉어진다. 지난여름의 일이었을 거다. 현희네 집 포도밭 원두막에서 모두가 어린이 잡지를 돌려보던 날, 갑자기 명수의 뺨 위로 느껴지던 뜨거운 입김. 그것은 현희의 것이었다. 명수가 놀라 고개를 들었을 때 함께 책을 보던 아이들은 돌아가고 명수와 현희만 남아 있었다. 현희의 얼굴이 명수의 얼굴과 거의 일 센티미터의 간격도 안 되게 가까워져 있었다. 명수가 놀라는 모습을 본 현희의 눈길이 순간적으로 아래로 내리깔렸다. 마치 아까부터 명수가 보던 만화를 옆에서 따라 읽고 있었다는 듯이, 그러므로 얼굴이 그렇게 맞닿은 것에 대해서는 자신은 아무것도 책임질 수 없는 어린아이라는 듯이. 그러나 명수는 알 수 있었다. 본능적인 직감이었을까, 말하자면 자신의 뺨에 가까이 풍겨오던 그 뜨거운 입김은 결코 어린아이의 것이 아니었다는 것을.

그날 이후 첫 번째 가까운 대면이었다. 명수가 그날을 기억하는 걸 안다는 듯이 현희는 명수에게 대담한 시선을 던진다. 명수는 얼결에 시선을 떨구었다. 그러자 이번에는 현희의 시선이 정인을 향했다.

"너희 엄마 니네 아버지한테 매 맞구서는 죽을려고 물에 빠졌다면서? ……우리 간호원들이 물에 젖은 옷이 벗겨지지 않아서 혼났다구 그러더라."

시선을 떨구고 있던 명수의 시선이 정인을 향했다. 정인의 입술이 하얘진다. 미송이가 있었다면 어떻게든 정인을 방어했겠지만 명수는 또 이상하게 현희에게 서툴렀다.

"오빠 나 자전거 태워줄래?"

현희의 시선을 무시하고 정인이 명수의 옷자락을 끌었다. 감정을 억제하느라 정인의 아랫입술이 얇게 뒤틀렸다. 명수는 얼결에 자전거에 올라탄다. 현희의 얼굴을 끝내 마주하지 않고 정인이 뒷자리에 훌쩍 올라탄다. 페달이 무거운 것도 제대로 의식하지 못하고 명수는 페달을 밟는다. 두 사람의 뒷모습에 대고 무어라 외치는 현희의 소리가 들려왔다.

"명수 넌 그날 왜 내 입김을 피하지 않았지? 왜 확 떠밀어버리지 않았느냔 말이야? 내가 얼굴을 가까이 댔었는데 가만히 있었잖아? 왜 그랬지? 그러고도 나를 흉볼 수 있는 거니? 얼레꼴레리, 얼레꼴레리!"

소리는 잘 들리지 않았지만 명수의 귀에는 그렇게 들렸다. 명수는 소리로부터 도망치기라도 하려는 듯이 더욱 힘껏 페달을 밟았다. 그 소리를 혹시 정인이 들을까 봐 겁이 나기도 했다.

"오빠 기차 타봤어?"

얼마나 달렸을까, 두 손으로 명수의 허리를 잡고 있던 정인이 물었다. 허둥대는 자신을 진정하려고 애쓰다가 명수는 응, 하고 겨우 대답했다.

겨우 대답한 것은 제 허리에 감긴 정인의 손길이 자꾸 의식됐기 때문이다. 정인이 얼굴을 댄 등 뒤에서 뜨거운 입김이 느껴지는 것도 같았다. 그러나 정인의 입김에서 현희의 입에서 풍겨오던 단내는 나지 않았다. 대신 이상하게 명수의 가슴을 들쑤셔놓는 가시처럼 느껴지는 것이다. 선인장 이파리처럼 정인은 이제 가시를 뒤집어쓴 것이 아닐까, 명수의 피가 등으로만 몰려간다. 가장 예민하게 그 아픔을 느낄 수 있도록, 피가…… 자꾸 뜨거운 피가 등으로 몰려가서 정인의 얼굴과 맞닿도록, 그래서 그 아픔이 생생해지도록…….

"이 자전거가 기차였으면 좋겠다……."

뜨거워지는 명수의 등에 대고 정인이 중얼거리듯 말했다.

"……뭐라구?"

"……."

"왜?"

귓가를 가르는 바람 소리를 그제야 듣기 시작하며 명수가 물었다.

정인의 대답은 더 들리지 않았다. 정인이가 요 며칠째 도시락을 싸오지 못한다는 이야기를 미송이 했었다. 아버지가 수원에 간 후로 이제는 아예 들어오지 않는 모양이라고……. 정인이가 싫어할까 봐 도시락을 같이 먹자는 이야기도 못하겠다고, 미송은 우울한 얼굴이었다.

명수의 등이 축축이 젖어오는 것 같았다. 그의 등에 묻은 정인의 어깨가 옹송그려지고 있었다. 정인이 울고 있는 모양이었다. 명수의 가슴이 묵직해지고 얼얼해진다.

"어디로든 갔으면 좋겠어……. 서울이든 부산이든…… 인천이든 미국이든…… 어디든……."

정인이 수원이라는 지명을 빼놓고 이야기한다는 것을 명수는 얼른 감지한다.

"이담에 크면 내가 데려가줄게……. 서울이든 부산이든 미국이든…… 내가 데려가줄게, 정인아……."

둑길을 지나 마을로 들어가는 비탈길을 내려가면서 명수는 말했다. 그것 외에 달리 더 생각나는 말이 없었다.

이제 어둠이 내리기 위해 서늘해져버린 마을의 풍경을 향해 둘이 탄 자전거가 달려 내려오고 비탈길 저 아래로는 서서히 역을 빠져나가는 기차가 보였다.

# 해면 같은 눈동자

구수한 팥 냄새가 온 집 안을 감쌌다. 고사를 지낸 것이다. 정씨댁은 늙은 호박과 무를 썰어 넣고 찐 붉은 팥떡을 식칼로 쓱쓱 베어 대문과 장독대, 대청과 뒷간, 광에 가져다 놓고 두 손을 모아 합장을 했다. 1년의 재액을 막기 위해서였다. 늘 지내오는 고사였고 해마다 근심이 없는 해가 어디 있을까마는 합장하는 마음은 매년 간절하다. 하지만 올해 정씨댁의 손길은 유난히 간절해 보였다. 처음으로 떼어낸 아들, 수원으로 보내야 했던, 아직은 어리디 어리게만 보이는 아들……. 남편의 말이었기에 따른 것이지만 정씨댁은 살점이 뜯어져 나가는 고통까지 느낀다. 명수를 떼어 수원으로 보낸 지 1년. 그래도 정씨댁은 아직 그 허전함에 익숙해지지 못한다.

자식 죽이고도 살았는데……. 참기 힘든 일이 닥칠 때마다 중얼 거리던 친정어머니의 말을 떠올려보지만 그래도 정씨댁의 입술에서는 자주 한숨이 새어 나온다. 고통은 비교될 수 없는 것이다. 다만 나보다 더 크게 고통받는 사람이 있다고 우리가 스스로를 위로할 뿐.

"그저 우리 명수 몸 건강히 잘 지내게 해주시고 선생님들에게 귀염 받게 해주시고…… 하숙집 아주머니한테 귀염 받아서 따순 밥 먹게……."

정씨댁은 빌다 말고 우두커니 하늘을 올려다본다. 맵싸한 바람이 지나가는 하늘로 잔별들이 가물거리며 들어선다. 아이 열을 낳아 셋만 건졌던 친정어머니의 얼굴이 새삼 떠오른다. 전쟁 통에 속병으로 죽어간 친정어머니를 묻을 땅이 한 뼘 없어서 발안 장터에서 오 리쯤 떨어진 야산에 대충 어머니를 묻고 기다란 막대기로 표시해놓은 지 벌써 20년이 다 되어간다. 어머니를 묻고 어린 동생들 손을 붙들고 따뜻한 국밥 한 그릇 나누어 먹지 못하고 헤어졌던 그날…… 조금만 심이 피면 산소에 모시리라 작정하며 눈물을 씹지 않았던가……. 처음에는 시어머니가 두려워서 친정붙이들의 이야기는 꺼내지도 못했지만 이제 가을이면 제 자신이 쌀을 팔아 떡을 할 만큼 생활이 폈다. 하지만 그 어머니를 위해 아무 일도 하지 않고 살았다는 생각이 새삼 드는 것이다. 소작을 붙여 먹고사는 막내 남동생이 겨우 땅 한 뼘을 얻어 제대로 된 산소에 모시기는 했지만 정씨댁은 새삼 어머니의 산소가 눈에 밟힌다.

"욕심 부리고 살지 않겠습니다. 천지신명님, 그저 우리 명수 몸 건강히 공부 잘하고 선생님들에게 귀염 받고……."

정씨댁은 눈에 밟히는 친정어머니의 초라한 산소를 머릿속에서 떼어내려 애쓰며 중얼거린다. 죽은 사람은 죽은 사람, 산 사람에게는 그들이 가져야 할 고통의 몫이 있다. 그것은 현재의 것이며 미래의 것이기에 죽은 자가 끼어들 여지가 없는 것이다. 설사 명수가 잘되는 대가로 친정어머니의 묘소를 파헤치라고 한들 그녀는 선택했을 것이다. 아들을, 목숨 같은 아들을.

"아이고 냄새 좋다! 명수 엄마, 뭘 그렇게 비세요? 여기서 더 잘되길 바라면 벌 받는다 벌 받아!"

흘러내리는 월남치마끈을 여미며 뒷집의 점박이네가 소리쳤다. 두 손을 모아 빌고 있던 정씨댁이 번쩍 고개를 든다.

"명수가 저리 의젓하구 공부 잘하지, 정씨 아저씨가 속을 썩이나 오입을 하시나…… 게다가 대의원인데……. 아유 떡 맛있네. 호박이 올해는 유난히 달아요, 성님……."

정씨댁이 추스린 고사떡을 얼른 베어 한입에 넣으며 점박이네가 다시 말한다. 대의원이라는 것은 작년에 정씨가 초대 통일주체국민회의 대의원으로 뽑힌 것을 말한다. 친정어머니 산소와도 바꾸지 않을 만큼 비장한 근심에 사로잡혀 있던 정씨댁의 얼굴이 마치 행복의 증표라도 선사받은 것처럼 얼른 피어난다.

"대의원은 무신 대의원……."

사실 따지고 들자면 읍내에서 자신만큼 근심 없이 살아가는 사람도 드물었다. 하나밖에 없는 아들 명수가 수원에 나가 쟁쟁한 아이들을 제치고 일등 자리를 놓치지 않을 뿐 아니라, 남편 역시 이제껏 살아오면서 집안 식구들 소홀히 한 적 없었으니까. 하지만 정씨댁은 아직도 마음을 놓지 못한다. 불행하지 않은 자신을 느끼게 되면 더럭 겁이 나는 것이다. 가끔 가슴이 뛰는 증세가 나타난 것도 그 때문이었는지 모른다. 시어머니 삼년상을 치르고 난 후에 나타난 그 증세. 흰밥을 원 없이 먹어보거나 떡을 해놓거나 가끔 조개찌개라도 끓일 때면 뜬금없이 가슴이 뛰었다. 이래도 되나, 내가 이렇게 근심 없이 살아도 되나, 어딘가에서 시어머니가 숨어 있다가 뒷덜미를 치며 화악 머리채를 잡아챌 것만 같은 불안감…….세월이 가면서 시어머니에 대한 구체적인 공포는 사라졌지만 가슴이 뛰는 병은 남았다. 정씨댁은 손을 가슴께로 가져가본다.

정씨댁은 부엌으로 들어가 떡을 썰었다. 돌려야 할 집이 많았다.

이번에는 맘먹고 떡을 했다. 점박이네 말마따나 대의원네 집인데, 뭐 보수가 나오는 직업도 아니고 뭐하는 대의원인지 그녀로서는 알 바 없지만 그래도 대의원인데 싶었던 것이다. 가을에 딴 단풍잎을 넣고 새로 바른 창호지 사이로 왁자한 웃음이 새어 나온다. 안방에서는 벌써 술판이 벌어진 것이다. 원래 술을 한 방울도 하지 못하는 정씨였지만 대의원이 되고 나서부터 이 집에 새로 생긴 풍습이다.

정씨댁은 솥 안에 남은 사태를 꺼내 쓱쓱 베어놓고 굴이 듬뿍 담긴 지렛김치도 썰어놓는다. 안방에 들어가려다 말고 정씨댁은 뒤뜰로 나가 동치미를 좀 떠다가 점박이네 앞에 놓아준다.

"아직 맛은 좀 덜 들었는데 그래도 괜찮을 거야. 먹어봐……."

"아이구 이거 번번이 염치가 없어서……."

부뚜막에 걸친 엉덩이를 살짝 들어 말을 하던 점박이네가 얼른 도마에 남은 사태 한 점을 입속에 집어넣고 두 점을 집어넣는데 정씨댁이 빈 접시를 들고 부엌으로 다시 들어섰다. 무안한 김에 고기 묻은 손으로 얼른 시루떡을 베어 먹으며 점박이네는 엉뚱한 소리를 하고 만다.

"성님, 명수는 고등핵교만 마치믄 장가보내세요……. 성님 나이도 있으신데 손주부터 보셔야……."

"이 사람이 무신 숭한 소리를 혀……. 키만 컸지 아직 애야……."

하지만 정씨댁의 얼굴은 함박 벌어진다. 어쩌면 떡을 하고 고기를 사고 사람들을 불러 모으는 건 이런 재미 때문인지도 모른다. 그 하염없는 축복의 소리들이 설사 그것이 빈말이라 해도 정씨댁의 가슴 뛰는 병을 조금 진정시켜주니까.

대청 문을 열고 댓돌에 놓인 신발을 신다 말고 명수는 얼른 얼굴을 붉힌다. 부엌에서 어머니와 점박이 어머니가 나누는 소리 때문일까, 명수는 천천히 검은 구두끈을 맨다.

"왜 어디 가려구?"

아들의 기척에 예민한 정씨댁이 부엌문을 드르륵 열며 명수 쪽을 향한다.

"현준이 형이 집에 다니러 왔다는데 얼굴이나 보려구요."

"잘됐다. 그러잖아도 내가 떡을 좀 나르려던 참이었는데……."

정씨댁은 다시 바쁘게 부엌으로 들어갔다. 그러고는 초록색 보자기로 싼 쟁반을 두 개 가지고 나선다.

"하나는 정인이네 거다. 정인이 할머니 좀 어떠시냐고 여쭙고…… 그리고 숙모님 바쁘지 않으시면 오시라고 해라……."

정씨댁은 벌써 두툼해지는 아들의 손에 보자기 매듭을 쥐어주면서 말한다. 숙모라는 지칭은 강현준의 어머니 김씨를 말하는 것이다. 그러니까 강현국의 아버지와 명수의 아버지가 외육촌 간이었다. 따지자면 멀었고 환경의 차이랄까, 재산의 차이 때문에 서로 격의 없이 왕래하지는 않았지만 정씨댁은 요즘 들어 새삼 강씨네 집안을 챙겼다. 명수에게 형제가 없다는 사실이 새삼 겁이 나기도 했지만 이것 역시 대의원이 되고 난 후에 부쩍 잦아진 생각이었다.

새로 사준 베이지색 돕바가 혹시나 얇지는 않은지 노심초사하는 정씨댁의 시선을 뒤로한 채 명수는 집을 나섰다. 어디선가 개가 짖고 저녁이 일찍 내린다. 짙푸른 겨울 저녁의 하늘 위로 까치가 집으로 돌아간다. 창마다 번지는 불빛이 벌써 안온해지는 계절, 겨울이었다.

객지에 나가 겨울을 맞아본 사람들은 안다. 몸보다 먼저 싸늘해지는 계절의 공포를. 창호지 문으로 비집고 들어서는 싸늘한 냉기, 빨리 내리는 저녁 그리고 창밖을 불어가는 바람 소리가 등을 시리게 만드는 그런 계절의 공포를.

─난 말야, 박정희라는 사람을 존경하기로 했지. 머리가 기가 막히게 돌아가는 놈이야. 재작년 선거 유세 때 그가 했던 말 생각나니? 아마 그때 김대중이가 우리에게 경고를 했었지. 여러분, 만일 이번에 또 박정희 후보가 대통령으로 당선이 된다면 우리는 다시는 우리 손으로 대통령을 뽑을 수 없을 겁니다. 그러자 응수라도 하듯이 박이 말했었지……. 여러분, 여러분이 한 번만 더 저를 청와대로 보내주신다면 맹세코 다시는 이 자리에 서지 않겠습니다. 맹세합니다. 여러분……. 어때? 멋지지 않니? 그는 약속을 지킨 거야. 아니 모두가 다 멋지게 속아 넘어간 거지. 체육관 선거라는 기상천외한 발상을 해내다니……. 유신 지지율 91.5퍼센트라니. 이 나라에 정신이 똑바로 박힌 인간들이 8.5퍼센트밖에는 살고 있지 않다니……. 무서운 일이 아니냐?

지난 여름방학 막 중학생이 된 명수를 불러놓고 무서운 일이 아니냐고 물으면서 뜻밖에도 현준은 큰 소리를 내며 웃었다. 현준의 말이 아니었다 하더라도 명수도 대충 상황이 돌아가는 것은 알고 있었다. 고등학교 선배들 몇이 유신 반대 유인물을 작성하다가 퇴학당한 사건도 있었으니까. 하지만 현준의 말은, 무서운 일이 아니냐면서도 웃던 현준의 웃음은 혹시 대의원이 된 아버지에 대한 조롱은 아니었을까 명수는 그 후로도 오랫동안 혼란스러웠다.

한때는 읍내의 가장 큰 기와집이었던, 그러나 몇 번의 거듭된 죽음을 치러내면서 이제는 스산한 기운을 감추지도 못하는 현준의 집으로 들어서면서 명수는 오늘은 현준을 만나면 이 모든 것을 물어보리라 작정했다.

하지만 현준은 집에 없었다.

"모르겠다. 모레 온다고 하더라."

토끼털을 두른 한복 조끼가 여미어지지 않을 정도로 살이 찐 현준의 생모 김씨가 통명한 얼굴로 떡을 받아들며 말했다. 쌍가락지를 낀 김씨의 손가락이 하얗다. 명수는 왠지 그런 손가락을 한 김씨와는 내내 친근해질 수가 없었다.

"그럼 숙모님, 안녕히 계십시오."

명수는 기와집을 나섰다. 방학도 아닌데 굳이 이곳에 내려왔다면 현준이 갔을 만한 곳이 짐작이 됐다. 강현준의 형 강현국이 아내를 잃고 난 후 근처의 ㅁ사로 들어간 지 벌써 삼 년이었다. 머리를 깎은 것이다.

현준의 집에서 모퉁이만 돌면 바로 정인의 집이었다. 명수는 왠지 모를 긴장감을 느끼며 의도적으로 좀 느리게 걸었다. 싸리문 밖에서 보이는 정인의 집은 죽음을 치러낸 현준의 집보다 더 스산해 보였다. 싸리문 가에서 머뭇거리는 명수를 세수를 하고 있던 정관이 먼저 알아보았다. 명수는 하는 수 없다는 기분으로 정인의 집 마당으로 들어선다.

"어이 도련님이 웬일이야?"

정관이 수건으로 얼굴을 북북 문지르며 씨익 웃는다. 명수는 웃으며 떡 보따리를 마루에 내려놓을 뿐 더 대꾸하지 않았다. 정관을 만나면 언제나 명수의 기분은 묘해지곤 했다. 썩은 먹이를 찾아 어슬렁거리는 하이에나 같은 느낌이라면 지나친 표현일까. 그랬기 때문에 정관과 마주칠 때면 명수는 언제나 정인이 위태롭게 느껴지곤 했다. 언제였던가 뛰어가던 정인이 넘어지면서 정관이 돌리고 있던 팽이를 쓰러뜨린 적이 있었다. 정관은 넘어진 자신의 팽이를 들어 엎어져 있는 정인의 목에다 박아버렸다. 곁에 있던 명수가 먼저 숨이 꽉 막히는 기분이었다. 하얗게 질려 울지도 못하고 일어서지도 못하는 정인을 발로 차던 정관의 입가에서 번지는 야릇한 미소.

"들어가자. 근데 이건 뭐냐?"

정관은 벌써 자기보다 커버린 명수를 두고 뒷골목의 건달처럼 어깨를 과장되게 으쓱거리며 말했다.

"아냐 난 가봐야 돼……. 형, 이거 할머니 드시라고…… 엄마가 고사를 지냈거든……."

명수는 머뭇거리며 말했다. 정관의 얼굴에 다시 묘한 비웃음이 번진다.

"엄마가 고사 지냈어? 엄마가?"

엄마라는 말에 비웃음을 강조하며 정관은 다시 말했다. 심심하던 차에 어디서 굴러든 개뼉다귀냐 싶은 말투였다. 명수가 어쩔 줄 모르겠는 기분인데 건넌방에서 요란한 기침 소리가 들리고 이어 가래 뽑는 소리가 나더니 방문이 드르륵 열린다.

이미 안에서 명수가 와 있는 기척을 들을 법도 했을 텐데 정인은 명수와 눈을 마주치지 않은 채로 마당으로 내려섰다. 그러고는 손에 든 요강을 하수도에 버리고는 무심한 몸짓으로 펌프질을 하기 시작했다.

"형, 그럼 나 먼저 갈게."

두 사람이 모른 척하는 것이 결코 자연스럽지 않은 일이건만 명수는 허둥대며 정인의 집을 나선다. 말없이 펌프질을 하던 정인의 옆모습이 눈에 아른거렸다. 벌써 손이 시린 계절이었다. 정인은 손이 빨갛게 되도록 오물을 씻어내고 있었던 것이다. 언젠가 정인이 소맷자락으로 감추려 하던 터진 손등이 떠올랐다.

명수는 서둘러 골목을 돌아 나간다. 정인의 집과 현준의 집. 마을과는 약간 외따로 떨어져 있는 이 두 채의 집은 무언가 이상했다. 말하자면 어떤 귀기, 어떤 스산함, 어떤 광기…… 명수는 생각을 멈춘다. 등 뒤에서 다가서는 발소리 그리고 이어 허공으로 퍼지는 오, 빠라는 발음…… 그건 정인의 것이었기 때문이다.

명수는 뒤꼭지를 끌어당기는 것처럼 그 자리에 선다. 나풀거리는 발걸음으로 정인이 명수의 곁에 선다. 명수는 웃음을 지으며 정인 쪽을 향하지만 차마 눈을 바로 보지는 못하고 대신 눈길을 떨어뜨리다가 낡은 스웨터 위로 볼록 솟은 정인의 작은 젖가슴을 보고 말았다. 명수는 이번에는 고개를 외로 꺾어버린다.

"고사 지냈어?"

정인은 스스럼없는 말투로 물었다. 아까 정관과 셋이었던 마당에서 아예 그를 외면하던 것과는 딴판인 목소리였다. 명수는 끌리듯 정인을 바라본다. 정인은 맑게 웃었다. 희고 고른 이가 도톰한 입술 사이로 드러났다. 이번에 명수는 그냥 가슴이 아파버린다.

"현희 언니네 집에 가는 길이야……. 현희 언니 서울 간대. 알아?"

처음 듣는 이야기였지만 명수는 그냥 고개를 끄덕였다.

"강남인가 하는 데로 병원을 새로 지었대……. 듣고 있는 거야, 오빠?"

"응."

"그런데 그 동네 이름이 말죽거리래. 세상에 서울에도 그런 이름을 가진 동네가 있다니……. 우습지 않아?"

정인은 손으로 입을 가리고 키득거린다. 명수는 정인의 티 없는 웃음에 다시 마음이 좀 풀어지는 기분이었다. 이번에는 자연스레 보조를 맞춰 걷는다.

중학생이 된 이후에도 현희는 가끔 명수에게 카드나 편지를 보내오곤 했다. 멋을 낸 듯이 45도 각도로 누운 글씨들이 가득 찬 편지들……. 그러나 명수는 지금은 그 편지들 속에 여러 군데 맞춤법이 틀려 있다는 것만 기억해낸다. 하지만 한 가지 그 편지 속에는 들큰한 지분 냄새가 배어 있었다. 어린 시절 아무도 없었던 포도밭 원두막에서 제 뺨 가까이 뺨을 가져다 댔을 때 느껴지던 그 단 냄새였다.

"정희 누나는 편지 오니?"

명수는 현희를 떨쳐버리려고 애쓰면서 물었다.

"응…… 가끔……."

정인의 고개가 푹 숙여진다. 명수는 말을 잘못 꺼냈구나 싶었지만 이미 늦은 기분이 들었다. 사실 정관보다 먼저 집을 뛰쳐 나가버린 정희의 일이 정인에게는 충격이었다.

—그것들 셋이 붙어 댕김서 쑥덕거릴 때 알아봤어야 되는데.

정희와 함께 서울로 떠난 처녀 두 명을 두고 사람들은 말하곤 했었다. 딸자식을 수원에 있는 학교로 전학시킬 수도 없었고 그렇다고 다 큰 처녀들을 무작정 승냥이 아가리 같은 서울로 떼밀 수도 없었던 부모들은 그러나 딸들이 도망이라는 방법으로 서울로 갔을 때 오히려 홀가분한 눈치들을 보였다. 이제 한입 덜게 된 것도 사실이었고 밑에 동생들 공부시키는 데 도움이 되는 것도 사실이었으니까. 어쨌든 서울로 가면 그 귀한 현금이 널려 있을 것 아닌가 싶었던 것이다.

떠나던 날 밤, 정희는 몰래 꾸려놓은 꾸러미를 몰래 집 안에서 가져 나오는 정인을 불렀다. 정희의 눈빛은 그녀답지 않게 달떠 있었다.

—이제 지긋지긋한 꼴 안 봐도 돼.

정희는 정인에게서 보따리를 받아 들고 의기양양하게 걸었다. 정인은 주뼛거리며 정희의 뒤를 따라 걸었다. 정희는 보푸라기가 잔뜩 인 나팔바지 주머니를 뒤적여 십 원짜리 세 개를 꺼내 정인에게 내밀면서 생긋 웃었다.

"너 그 새로 나온 라면 먹고 싶다고 했지?"

정희로서는 그것이 동생에게 내미는 최대한의 애정 표시라는 것을 정인은 안다. 떠나는 자의 감상이었을까, 할머니의 말대로 섣달 초사흗날 바람같이 쌩 하던 정희는 정인의 손을 잡고 동생의 눈을 그윽하게 들여다보았다. 정인의 눈동자가 밤 저수지같이 검다면 정희의 눈은 갈색이었다. 닮지 않았다는 소리를 자주 들은 자매였지만 그날은 자매처럼 보이기도 했다. 사실 둘을 세워놓고 바라본다면 닮은 점이 없지도 않았는데 그것이 뭐라고 딱 꼬집어 말할 수 없는 것들이긴 했다. 예를 들자면 어떤 스산함, 어떤 결핍감, 어떤 슬픔 같은 것들……

─서울 가면 편지할게.

정희는 생긋 웃었다. 마치 미국으로 유학이라도 떠나는 부잣집 딸처럼 의젓해 보이기도 했다. 언니가 몰래 집을 떠나는데 이렇게 보따리 심부름을 해도 될까. 떨리던 정인의 심정은 언니의 그런 모습 때문에 어느 정도 가라앉았다.

역으로 가는 길모퉁이의 우체통 앞에는 벌써 정희와 함께 떠날 병자와 미순이가 나와 있었다. 한결같이 허름한 가방을 든 모습이었지만 그래도 가방은 가방이었다. 정인은 새삼 언니가 든 자주색 보자기에 싼 보따리가 마음에 걸렸다. 하지만 세 처녀 중에 정희의 표정이 가장 자신만만해 보였다.

─넌 들어가 봐. 더 올 것 없다구. 추석 때 온다고 할머니한테 말하고……

정희는 겁에 질린 듯 갈피를 잡지 못하고 선 정인에게 밝게 말하며 처녀들을 이끌었다. 정인의 얼굴을 돌아보며 울음을 터뜨린 건

오히려 병자 언니 쪽이었다. 정희는 그렇게 뒤도 돌아보지 않고 떠났던 것이다.

금방 내려오겠다던 정희는 1년 반 만인 지난 추석에야 처음으로 고향으로 돌아왔다. 다른 처녀들과 함께였다. 모두 멋쟁이가 되어 있었다. 하지만 휴가를 보내고 다시 서울로 떠나가던 날 언니를 배웅하면서 정인은 지난번 떠날 때와는 정반대의 분위기를 느꼈다.

새로 얻은 직장에서는 낮엔 일하고 밤에는 고등학교에도 보내준다는데, 기숙사엔 수도꼭지가 두 개나 있어서 마치 공중목욕탕에서 그렇듯이 더운 물도 나온다던데, 연탄도 나무도 때지 않고 방에 고루 따뜻한 스팀이라는 게 들어와서 아랫목이 어디고 윗목이 어딘지 구분하지도 못한다는데, 웬일인지 이번에 정희는 역까지 마중 나가는 정인에게 그만 들어가라는 말을 하지 않았다. 병자는 이번에도 또 울었지만 그것 역시 처음의 이별하고는 느낌이 달랐다. 정희 역시 눈물 고인 눈을 감추려고 코스모스가 시들어가는 화단만 뚫어지게 바라보고 있었던 것이다. 그 화단을 바라보느라 정희는 기차가 움직일 때까지 정인에게 그만 들어가라는 말을 하지도 못한 것이다.

"중학교는……."

생각에 잠긴 정인의 얼굴을 비켜가며 명수가 다시 물었다.

"미송이는 수원으로 간대……."

정인은 생각에서 깨어난 얼굴로 또박또박 말했다.

"너 말야…… 너……."

정인은 입을 다물었다. 만일 정인이 수원으로 온다면 좀 더 자유스러운 분위기 속에서 정인과 만날지도 모른다는 상상을 그는 여러 번 했었다. 수인선을 타고 바닷가에도 놀러 가보고 성곽도 보여주고……. 어느 날은 기차를 타고 정인과 함께 서울로 가는 꿈도 꾸었다. 손을 잡고, 마치 오누이처럼 손을 꼭 붙들고……. 그러나 기차는 곧 자전거가 되었고 자전거가 낭떠러지로 떨어져 내리는 꿈도 여러 번이었다.

"난…… 안 갈 거야."

정인이 말했다.

"안 가! 오빠!"

정인은 아까보다 더 큰 소리로 말했다. 정인이 먼저, 이어 명수가 걸음을 멈추었다.

"난 후회해. 그때 엄마가 먼저 죽고 나도 저수지로 뛰어들었어야 했어."

"그딴 소릴……."

"오빠 알아? 나보다 공부도 못하는 것들이 중학교 가고 고등학교 가고 대학 가서 선생님 되는 거 생각이나 해봤어? 엄마가 바느질한 고운 코트를 현희 언니가 입는 걸 멀거니 바라보면서 저건 결코 내 것이 될 수 없다는 생각 해봤냐구? 난 여기 남아서 할머니 똥걸레나 빨거나 아니면 정희 언니처럼 김치 보따리 싸들고 서울로 가겠지. 갈 길은 정해져 있었어. 내가 아무리 발버둥쳐도 소용없다구! 만일 내가 다시 태어난다면 또다시 이런 가난한 집에서 버려진 사람들만 있는 집에서 태어난다면 일찌감치 아기 때 죽어버리고 말 거야!"

"그만두지 못해?"

명수가 소리를 버럭 질렀다.

정인이 순간적인 발작 상태에서 깨어난 듯 멍하니 명수를 바라보았다.

"너 정말 삐뚤어진 아이로구나!"

명수가 다시 말했다. 말하면서 명수는 갑자기 자신이 혐오스러워진다. 이게 뭔가 하는 생각, 사실 집을 나설 때부터 사실은 신발 끈을 맬 때부터, 그러니까 어머니가 정인이네 집에 떡을 가져다주라고 말하기 이전부터, 아니 수원에서 기차를 타고 이곳으로 올 때부터 사실은 정인을 만나고 싶었다는 걸 깨달은 것이다. 그러면서 명수는 또 생각하는 것이다. 이게 뭔가 대체 이게!

"오빠가 날 알아? 난 더 이상 오빠 자전거 얻어 타고 질질 우는 어린애가 아니란 말이야. 감히 나한테 삐뚤어졌다고 하지 마……."

정인의 목소리는 아주 고왔다. 열세 살짜리 소녀가 내는 목소리라고 생각하기에는 무섭도록 침착한 것이었다. 그러나 마치 명수의 마음속에 있는 모든 습기를 다 빨아내버릴 듯 해면같이 검은 눈동자는 명수를 향해 있었다. 그러자 그 눈과 하는 수 없이 마주서서 명수는 깨닫는 것이다. 정인의 눈동자 속에 이글거리는 적의를……. 명수는 갑자기 사지에서 힘이 쭉 빠져나가는 것을 느낀다.

2부

운명의
힘

그곳에 다들 잘 있느냐고 당신은 물었지요
어쩔 수 없이 모두 잘 있다고 나는 말했지요
전설 속에서처럼 꽃이 피고 바람 불고
십 리 안팎에서 바다는 늘 투정을 하고
우리는 오래 떠돌아다녔지요 우리를 닮은
것들이 싫어서…… 어쩔 수 없이 다시 만나
가까워졌지요 영락없이 우리에게 버려진 것들은
우리가 몹시 허할 때 찾아와 몸을 풀었지요
그곳에 다들 잘 있느냐고 당신은 물었지요
염려마세요 어쩔 수 없이 모두 잘 있답니다

—이성복, 「편지 3」 전문

# 우체국에 앉아 있는 여자

햇볕은 이미 여름처럼 따갑다. 창밖에서 부서지는 햇살은 도로에서 하얗게 일어나는 먼지를 따라 부풀어 오르고 남자 직원들의 입에서는 어느덧 덥다, 소리가 흘러나온다. 누군가 틀어놓은 라디오에서는 신설된 프로야구의 중계방송 소리, 첫 번째 타자 타석에 들어섰습니다. 크게 숨을 고르고 방망이를 휘두르는 아무개 선수……. 말씨는 빠르건만 그 말씨가 스피커를 통해 정인의 귓가에까지 다다르는 동안 그의 말씨 또한 느리게 부풀어 오르는 것만 같다. 손님이 한적해진 오후의 우체국에 앉아서 정인은 멍하니 우체국 밖을 바라보고 있었다. 신사복 윗도리를 벗어 들고 걸어가는 맥고모자를 쓴 중년 남자의 반팔이 시원해 보이는 오후였다. 우체국에서 일을 하게 된 지도 벌써 2년. 이제 일도 손에 익을 만했고 소포를 부치거나 등기를 접수하거나 우표를 파는, 쉬운 일처럼 보였으나 막상 해보니 땀을 뻘뻘 흘리게 하는 그런 일도 이제 손에 익을 만해졌다. 읽다가 만 책을 살며시 집어 들어 펴는 정인은 이제 스물한 살이었다.

갸름한 윤곽의 얼굴은 보다 억세어져서 약간 각진 인상이었고 여릿여릿하던 윤곽은 진해져서 언뜻 보면 자기주장이 세어 보이는 듯, 그러나 어찌 됐든 정인은 아름다운 처녀가 되어 있었다. 어릴 때부터 훌쩍한 키는 더욱 커서 늘씬한 모양이 되었고 특별히 살이 찌지도 마르지도 않은 골격은 튼튼해 보이는 인상이었다. 더구나 길고 하얀 목이 두드러져 보이는 용모는 아마도 아버지 쪽의 피를 더 많이 이어받은 듯했다. 점박이네를 통해 여러 번 중매도 들어왔었고—대부분 나이 많은 읍내 상점 주인들이거나 했다—길을 걷다 보면 동네의 불량한 청년들의 휘파람 소리가 울리는 경우도 여러 번 있었다. 가난한 처녀에게 미모란 사실 불편한 것이었다. 얼굴을 팔거나 침대를 팔아 살아가는 것과는 다른 생을 살려고 하는, 제 자신이 일한 만큼의 대가를 받아 열심히 살아가려고 하는 처녀에게 그건 더욱 그랬다. 이 시골 읍내에서 처음 신설된 종합 고등학교이긴 했지만 정인은 종합 고등학교를 수석으로 졸업했다. 하지만 그것이 때로는 아무 상관이 없을 때도 있다. 그녀의 얼굴에 나타나는 아름다움이 이제 그녀의 일생을 결정하게 될지도 모르는 것이다. 이 읍내를 떠나지 않고 취직이 된 것도 그것과 무관하지 않았다. 실제로 차석으로 졸업한 고등학교 동기인 순정이는 아무 데도 취직을 하지 못했고 결국 시흥에 있는 방직 공장으로 떠나야 했으니까 말이다.

—넌 좋겠다, 예뻐서.

얼굴 반쪽에 검은 점이 있었던 그녀는, 얼굴에 있는 점 때문인지 취직이 안 된다고 여러 번 자신을 비관하다가 결국 공장으로 떠나면서 정인에게 그렇게 말했었다. 다분히 원망과 비아냥이 섞인 말투였다. 자신이 취직이 안 되는 이유가 정인 때문이 아니라는 걸 잘 알고 있으면서도 순정은 취업이 시작된 고등학교 삼학년 이학기 내내 정인에 대한 적개심을 감추려고 하지 않았다. 딱히 질시라고만도 할 수 없는 딱히 열등감이라고만도 할 수 없는 것, 그건 분명히 적개심이었다. 실제로 정인과 순정이 우체국에 원서를 냈을 때 순정을 제치고 그보다 성적이 훨씬 떨어졌던 엉뚱한 여학생이 취직이 되어버렸으니, 순정의 말이 모두 다 자격지심이 아닌 것도 사실이었다. 미송도 떠나고 명수도 없는, 정희도 돌아오지 않고 정관마저 집을 나가버린 읍내에서 그래도 가깝게 지내던 순정에게 그런 말을 들어야 한다는 것은 서글픈 일이었다. 어쨌든 3년 내내 체육 시간에도 같이 나가고 부기도 같이 배우고 타자 연습도 같이 하던 그녀였으니까 말이다.

"뭘 그렇게 열심히 읽고 있니?"

누군가의 소리에 정인은 고개를 들었다

"정인이가 점점 더 이뻐지는구나."

미송의 어머니였다.

"안녕하셨어요?"

정인은 자리에서 일어나 공손히 머리를 숙인다.

미송의 아버지 권 선생이 수원의 초등학교 교감으로 발령이 난후, 미송이네는 잠시 수원으로 이사를 갔다가 재작년에 이곳으로 돌아와 다시 자리를 잡았다. 정인이와 미송이 다 같이 어렸던 시절 우연히 떠맡다시피 사두었던 임야가 공장 지대로 바뀌면서 미송이네는 거의 벼락치듯 부자가 되어버렸던 것이다. 그것은 읍내의 다른 집들도 다를 바가 없었다. 공장이 옮겨오고 민속촌이 들어서고 자연농원이 들어서면서 골프장이 건설되고 땅값은 하룻밤 자고 일어나면 자신들이 살고 있는 집 한 채를 새로 짓고도 남을 만큼 뛰어오르곤 했다. 사람들이 떠나고 들어오는 일이 잦아졌고 성미가 급한 축들은 일찌감치 땅을 팔아버리고는 땅을 치며 후회를 하곤 했다. 겨우 1년이 지나고 나면 그 땅값이 두 배가 되어 있는 일도 예사였으니까. 몇 년 후에 그들은 자신들이 팔아버린 땅값만큼한 액수의 전셋값을 내고 자신들의 집에서 살곤 했다. 이제 더 전셋값을 올려달라는 말이 서울의 땅주인들에게 떨어진다면 보따리를 쌀 판이었다. 통행금지가 사라진 후 주정뱅이가 더욱 늘어났고 마을 인심은 흉흉해졌다. 정인이네도 그런 경우였다. 아버지 오대엽은 할머니의 산소로 쓰려고 남겨둔 임야는 물론 집까지 팔아버린 것이다. 그 땅값이 몇 년 후 세 배 네 배로 올랐음은 물론이었다. 그래서 명절날이면 겨우 할머니를 보러 집으로 돌아오는 오대엽에게 주정을 부릴 거리가 하나 더 생겨났을 뿐이었다.

"오늘 요 앞 예식장에 결혼식이 있어서 오는 길에 들렀다. 이달은 좀 빠르지?"

미송의 어머니는 핸드백에서 만 원짜리 지폐를 스무 장 꺼내어 정인에게 건네준다. 소액환을 담당하는 것은 정인의 몫이 아니건만 미송의 어머니는 언제나 서울에서 대학 다니는 딸의 생활비를 챙길 때마다 정인에게 그것을 건넸다. 딴에는 미더워서 하는 행동이라는 것을 모르는 정인이 아니었고, 어린 시절 미송의 어머니가 자신에게 베풀어주었던 호의를 생각한다면 조금도 고까울 바가 아니었으나 정인은 매번 태연하지 못한다. 대학생이 된 그들, 명수 미송 그리고 현희를 생각하면 정인은 차라리 자신에게 이유 없는 적대감의 이빨을 드러내 보이던 순정이의 손을 들어주고 싶은 것이다. 명수나 미송이나 현희의 미소보다 순정의 적대감 쪽이 훨씬 더 이해되는 것이다. 그러나 정인은 여전히 미소를 머금은 채 미송에게 보낼 돈을 소액환으로 바꾸고 영수증을 떼어 미송의 어머니에게 건넨다.

"미송이가 전화했디?"

"네? 네, 한 열흘 전에 한 번……."

"아아, 말을 안 했구나, 다음 주에 내려온다고 하더라. 중간고사 끝나고 아버지 생신이라고, 안 내려와도 된다고 해도 글쎄 온다고 저런다."

미송의 어머니는 염려하는 말투로 이야기했지만 자랑스러운 티가 역력했다. 서울에서 내로라하는 여대에, 딸을 가진 사람이라면 한 번쯤 그 딸을 보내고 싶어 하는 여대에 딸을 덜컥 입학시켜놓고 미송이네는 마을 잔치를 벌였었다. 두 해 전에 명수가 의대에 입학하고 난 지 2년 만이었다. 초대된 목사님의 기도가 길고 길었다는 기억이 문득 정인에게 떠오른다.

"지 공부하기도 바쁠 텐데. 아마 정인이하고 또 밤새워 속살거리고 싶어 그러나 부지. 니네 둘이는 무슨 할 이야기가 그렇게나 많니?"

영수증을 받아놓고도 미송의 어머니는 자리를 떠나지 않았다. 미송 어머니의 말에 정인은 그냥 웃는다. 사실 고등학교를 헤어져 다닐 때 미송은 집에 내려오는 날이면 정인과 함께 밤을 새워가며 이야기를 나누었다. 미송 어머니의 말대로 무슨 할 이야기가 그렇게 많았을까. 누군가 취조하듯 들이대며 대보라고 하면 글쎄요, 하고 대답할 수밖에 없었지만 그래도 그들은 지루한 줄을 몰랐다. 거칠고 난폭한 체육 선생의 흉이며 멋있는 총각 선생님의 이야기, 심야방송에 엽서를 보낸 이야기, 시와 소설과 별과 나무들……. 그리고 어린 시절 냇가에서 개글개글거리던 조약돌들의 이야기…….

대학에 들어간 이후에도 미송은 고향에 내려올 때마다 어김없이 정인을 찾아왔고 때로는 밤을 새우는 날도 있었지만 둘은 사실 많은 이야기를 나눌 수가 없었다. 정인 혼자만의 자격지심이었을까, 미송은 자꾸 머뭇거리곤 했다. 무슨 말을 하려다가 말고 하려다가 말곤 했으니까……. 다만 그녀가 조심스러운 말투로 광주

사태는 사태가 아니라, 민중항쟁이었으며 우리가 유언비어라고 알고 있는 것은 사실이라고 했던 말들이 기억이 났다.

　―정인아, 나를 믿니?

미송은 말을 하다 말고 염려스러운 듯이 물었다. 정인은 자신도 모르게 고개를 끄덕이면서 멀고 멀구나, 하는 생각을 했다. 가끔 읍내에서 마주치던 전도 부인을 바라보고 있는 것처럼 정인은 멍한 기분이었다. 정인은 미송에게 처음으로 거리를 느꼈다. 그랬다. 미송의 말이 모두 다 사실이라 한다 한들, 정인은 송장처럼 누워 있는 할머니의 병간호 때문에 우체국의 회식 자리도 조심스러운 스물한 살이었다. 그날들을 단 하루도 죽음이라고 생각해보지 않은 날이 없었다. 그런데 미송은 다른 죽음에 관해 이야기하고 있는 것이다. 자신을 믿어야 한다고 눈빛을 번득이면서.

죽음 같은 나날들……. 단 한 번도 할머니가 돌아가시기를 빈 적이 없었지만 정인 자신에게 생각이 향하면 그건 그랬다. 공부하고 싶었던 것이다. 대학에 갈 기회를 단 한 번만이라도 준다면, 신이든 아버지든 어머니든 아니, 한 번도 사랑해보지 않았던 오빠 정관이라 할지라도 그 누가 단 한 번이라도 그렇게 권한다면 정인은 해내고 싶었다. 하지만 학력고사를 보는 데 필요한 인지대 오천육백 원이 없어서 죽을 각오를 하고 정인이 어느 날 새벽 수원 아버지 집 앞에 갔던 이야기를 미송은 모를 것이다. 차마 그 집에 들어가지 못하고 새로 샀다는 아버지의 포니 자동차가 서 있는 집 앞에 서 있다가 기차를 타고 돌아오면서 정인이 한 결심을 미송은 모를 것이다. 그날 기차가 달려갈 때 차창으로 부딪히던 늦가을의 바람 소리가 정인의 마음을 얼마나 할퀴고 갔는지 정인은 아무에게도 말하지 않았다. 그런데 미송은 죽음들에 관해 이야기하는 것이다. 정인은 죽음 같은 나날에 대해 말하고 싶었고 미송은 실제로 총칼 밑에 죽어간 이천 명의 투사들에 대해 말하고자 했다. 두 처녀는 그래서 머뭇머뭇 이제는 재미가 없어진 어린 시절 이야기로 그만 돌아가고 말았다.

"그래 그럼 미송이 집에 오면 놀러 오너라."

미송의 어머니는 정인에게 한껏 웃음을 보이고 돌아선다. 정인은 인사를 마치고 자리에 앉는다. 여학생 하나가 들어서며 정인에게 관제 엽서를 부탁한다. 정인은 관제 엽서 두 장을 내밀고 돈을 거슬러 주면서 갑자기 이 모든 것에 거의 폭발한 듯한 권태를 느낀다. 왜 여기 주저앉았을까 하는 생각, 왜 정희 언니처럼 고등학교를 졸업하지도 않고 서울로 갈 엄두를 내지 못했을까 하는 생각, 갑자기 정인의 가슴으로 두려움이 엄습해왔다. 그것은 그녀 자신도 알 수 없는 두려움이었다. 어머니처럼 될지도 모른다는 생각, 어머니처럼 이 읍에 남아서 하염없이 재봉틀을 돌리며 송장처럼 살아 있다가 저수지에 빠져 죽어버릴지도 모른다는 생각, 아니 그래도 어머니는 정인보다 용감했었는지 모른다. 저수지의 차가운 물에 몸을 던져서라도 도망치려 했었으니까 말이다. 하지만 스물한 살의 나이에 이 우체국에 앉아서 우표를 찢으며 정인은 앉아 있는 것이다. 처음에는 아파 누운 할머니를 돌볼 사람이 없어서라고 그녀는 생각했었다. 다른 식구들처럼, 그러니까 애초부터 가족을 책임질 생각이 없었던 아버지처럼, 그도 아니면 집안 꼴 보기가 싫어서 이를 갈며 도망쳤던 정희 언니처럼은 되지 말자고 그도 아니면 정관처럼은 되지 말자고 그리고, 그리고 나서 그다음에는 낮에는 죽은 사람처럼 잠들어 있다가 밤이 되면 일어나 유령처럼 미싱을 돌리던 어머니처럼은 되지 말자고 생각했던 그녀였다. 하지만 이 오후, 햇살이 부풀어 오르는 이 늦은 봄날의 오후, 우체국 창구에 앉아서 정인은 생각하는 것이다. 도망치고 싶다고 진정 도망치고 싶다고.

길어진 해가 비스듬히 기운다. 낮의 뜨거움이 설사 한여름 같았다 해도 저녁 무렵 옷깃에 스치는 바람은 서늘했다. 무릎 아래로 긴 치맛자락이 바람에 나부낄 때마다 종아리에 소름이 오소소 돋는다. 한 달째 비가 오지 않아서 길가에 선 키가 큰 포플러의 이파리가 뿌옇다. 타박타박 발걸음을 떼고 있는 정인의 낡은 구두 위로도 금방 먼지가 뽀얗게 내려앉았다. 정인은 그 구두코만 보면서 걷는다. 집으로 돌아가면 부엌에 식은 밥상의 된장찌개를 데워서 할머니와 마주 앉게 될 것이다.

슬레이트 지붕으로 개량한 지 오래된 집은 초가를 이었을 때보다 더욱 스산했다. 할머니가 밥상을 물리면 정인은 제 방에 틀어박혔다. 정인이 첫 월급을 탔을 때 십이 개월 할부로 할머니께 장만해드린 컬러텔레비전 소리만 이 집에 사람이 살고 있다는 것을 전해주었을 뿐, 집 안은 할머니의 기침 소리를 빼고 나면 언제나 침묵하고 있었다. 하지만 퇴근을 하면 정인은 그 집으로 돌아가는 것이다. 가끔 우체국 직원들과 회식을 하거나 미송을 만날 때를 제외하고는 거의 같은 일과였다. 생각하는 정인의 입으로 작은 한숨이 새어 나온다.

그때 정인의 곁으로 뿌연 먼지의 덩어리가 일어난다. 생각에 잠겨 있었던 얼굴이 순식간에 찌푸려지면서 정인은 뒤를 돌아보았다. 작은 자동차가 정인의 곁을 스쳐 지나가고 있었다. 우체국을 나와서 소방서를 돌아 정인의 집 쪽으로 올라가는 길이었으므로 차라고는 거의 드문 길이었다. 정인은 먼지 때문에 한 손으로 입을 틀어막은 채 무심한 눈으로 스쳐가는 자동차를 바라보았다. 한 남자의 옆모습이 언뜻 보인다고 생각하는 순간, 차가 섰다. 정인은 천천히 걸어 자신보다 열 걸음쯤 앞에 선 자동차로 다가가고 있었다.

"어디 다녀오는 길이에요?"

선글라스를 벗으며 한 남자가 묻는다. 엷은 곱슬머리는 이마 위에서 부드러운 컬을 그리며 내려와 있고 선글라스를 벗은 눈은 석양 노을을 향하고 있어서 작게 찡그려졌다. 그 작게 찡그리는 눈매가 이상하게도 정인의 가슴에 와서 박힌다.

"안녕하세요?"

정인은 머뭇거리며 낡은 핸드백 줄을 자신도 모르게 부여잡고 말했다.

"타요! 내가 본의 아니게 먼지를 뒤집어씌운 것 같은데."

강현준은 황금빛 햇살 때문에 여전히 눈을 작게 찡그린 채로 웃으며 말했다. 약간 거무스름한 얼굴, 웃을 때 드러나는 이가 유난히 희고 가지런해 보였다. 가끔 방학 때이거나 기와집에 대소사가 있을 때면 멀리서 마주치던 얼굴이었지만 이렇게 가까이서 말을 해보기는 10년 전 우물가에서 마주쳤던 이후로 처음이었다. 부끄럽다는 생각이 없는데도 정인의 귓가가 확 달아오른다.

"괜찮아요, 타세요. 어차피 같은 방향인데요."

정인은 그가 열어주는 자동차에 머뭇거리며 탄다. 택시도 아닌 자가용을, 그것도 남자가 운전하는 둘만의 자리에 타보는 것도 처음이어서 정인의 얼굴은 더욱 굳어졌다. 정인이 타고 나자 강현준은 차를 출발시켰다.

"우체국에 다닌다구 그러던데……."

"네……."

네, 하고 대답하면서 정인은 그가 어떻게 알았을까 하는 생각을 잠시 했다. 서울서 대학을 다녔고 아직도 서울서 산다는 것 외에 정인은 그에 대해서 아는 것이 없었다.

"할머니 제사라서 내려오는 길이에요. 이뻐졌네요……. 난 아직 꼬마일 거라고 생각했었는데."

강현준은 카세트를 밀어 넣으며 말했다. 정인의 귓불이 더욱 붉어진다.

"답답하죠? 여기서 계속 있으려니까."

집어넣은 카세트에서 노래가 흘러나올 무렵 강현준은 다시 말했다. 정인은 긴장 때문에 고개를 끄덕이지도 못하고 부인하지도 못한다. 누가 사랑을 아름답다 했는가 누가 사람을 아름답다 했는가…… 가수는 절규하듯 노래하는데 강현준은 작게 노래를 따라 부른다. 정인은 그제야 처음으로 강현준을 바라본다.

연한 회색 반팔 계통에 자디잔 자줏빛 물방울 무늬가 있는 넥타이는 느슨하게 풀어져 있었다. 차가 달릴 때마다 엷게 풍겨 나오는 알 수 없는 향기로운 냄새. 정인은 문득 그에게서 서울을 느낀다. 글쎄 서울이라고 표상되는 모든 것들, 다림질한 와이셔츠의 깃과 세련된 넥타이, 더구나 그것이 약간 느슨하게 풀어져 있는 저 상태, 향수인 것 같기도 하고 아닌 것 같기도 한 이 냄새들…….

갑자기 10년 전 우물가에서 그와 마주쳤던 일이 떠오른다. 그때 그는 고등학교 교복을 입고 있었다. 정관에게 돈을 빼앗긴 정인이 손을 씻으러 갔을 때 그는 우물가로 다가와서 정인에게 물을 한 두레박 퍼주고 사라졌었다. 그때 우수에 슬퍼 보이던 콧날의 느낌을 정인은 이제는 그에게서 찾아볼 수가 없다. 문득 노래를 흥얼거리던 그가 정인을 마주 바라본다. 눈길을 집중시키고 있던 정인은 그의 시선을 정면으로 받고 말았다. 그는 약간 큰 듯한 입술을 벌리며 미소를 지었다. 정인은 그냥 웃고 만다.

"서울에 오면 한번 연락해요."

차가 기와집 앞에 다다랐을 때 그가 말했다.

"어디로요?"

무릎 위에 얌전히 놓여 있던 낡은 백을 챙기면서 정인은 물었다. 왜 그렇게 질문했었던지, 옆집에 사는 사람이라 해도 한 번도 가까이서 마주해보지 않았던 한 남자에게 어떻게 그렇게 대담한 질문을 할 생각이 있었던지 정인은 순간 입술을 문다.

"아, 그렇군요."

강현준은 와이셔츠 윗주머니에서 지갑을 꺼내 명함을 정인에게 건네준다. 정인은 그가 내미는 명함을 받아 들었다.

"약속한 거예요."

그는 내리는 정인을 바라보면서 다시 한 번 미소를 지었다. 정인은 차 문을 닫으면서 아주 조그만 목소리로 겨우 고맙습니다, 하고 말했다. 골목길을 걸어오는데 그가 차 문을 닫고 걸어가는 발자국 소리가 들렸다. 정인은 그가 내밀었던 명함을 들여다본다. 세정전자유통이라는 글씨 밑에 대표이사 강현준이라는 글씨가 씌어 있다. 전자유통…… 정인은 주소를 들여다본다. 서울특별시 중구 명동 18번지라는 글씨가 작게 씌어져 있다. 서울…… 정인은 상기된 얼굴로 집으로 들어섰다.

"할머니, 저 왔어요."

정인은 들고 있던 백을 마루에 던지면서 물었다. 여전히 아무 기척이 없다.

"주무시는 거야? 할머니, 할머니!"

무슨 까닭이었을까, 정인의 가슴이 불규칙하게 뛰기 시작했다. 정인은 자신도 모르는 두려움에 사로잡혀 구두를 벗어버리고 안방 문을 열어보았다. 할머니는 문지방 가에 가슴을 움켜쥔 자세로 쓰러져 있었다.

"할머니!"

노파는 희미하게 눈을 들어 정인을 바라보았다. 얼굴은 거의 보랏빛이었다. 정인은 그녀를 진정시켜 자리에 누이려다 말고 마당으로 뛰쳐나왔다. 이런 일은 처음이었다. 천식기 때문에 늘상 약을 먹고 있었지만 날씨가 좋은 날에는 살살 속옷도 빨아놓곤 하던 그녀였다. 하지만 나이가 있었다. 왜 그 생각을 하지 못했었는지……. 뛰쳐나왔지만 어떻게 할지 도무지 생각이 나지 않았다. 정인은 골목길로 뛰어나가 기와집으로 들어섰다. 기와집에 집안일을 봐주는 젊은 처녀가 제사에 쓸 김이 펄펄 나는 흰 백설기를 떼어놓다 말고 갑자기 뛰어드는 정인 때문에 흠칫 놀라 선다.

"왜 그래요?"

"저…… 서울서 내려온……."

그때 방문이 열리고 넥타이를 풀어버린 현준이 고개를 내밀었다.

"저 좀 도와주세요! 할머니가……."

현준은 들고 있던 담배를 마당에 던져버리고 신발을 꿰어 신고 정인을 따라나섰다.

현준이 할머니를 들쳐 업고 차에 태운 후, 병원에 다다랐을 때 노파의 얼굴은 거의 흙빛이었다. 저녁을 먹던 의사가 불려오는 것을 보고서야 정인은 현준이 아직도 자신의 곁에 있음을 깨닫는다.

"미안합니다."

"미안은요. 그래도 다행이군요. 제가 마침 차를 가지고 왔을 때 이런 일이 생겨서, 전에도 이런 일이 종종 있었나요?"

현준은 피우던 담배를 끄고 담담하게 말했다.

"아니에요, 처음이······."

처음이라고 말하다가 정인은 문득 10년 전의 기억을 떠올린다. 파랗게 변한 입술로 저수지에서 건져 올려졌던 어머니······ 울부짖던 그날 밤, 미쳤느냐고 연거푸 정인의 뺨을 갈기던 아버지······ 그리고 연민이 가득한 눈으로 바라보던 명수······.

수원으로 떠난 다음에도 명수는 정인에게 가끔 편지를 보내곤 했었다. 한번은 명수가 무슨 청소년 잡지에서 응모하는 백일장에 장원으로 뽑힌 일이 있었다. 명수 어머니 정씨댁이 여학생에게 편지가 몰려와서 애 공부하는 데 방해가 될까 봐 겁이 난다고 했었다. 정인은 읍내 책방에서 몰래 명수의 시를 읽었다. 우리들은 모두 어딘가를 향해 걷는다, 로 시작되던 시구······ 어린 시절 은륜의 두 바퀴 위, 기차를 타고 싶다던 그 계집애, 등을 팍팍이 적시며 울던 그 전설 속으로······ 라는 대목이 정인의 마음에 와서 박혔다. 정인은 그 후로 명수를 피하기 시작했다. 그건 나였나요? 하고 물어볼 수도 없었지만 왠지 명수를 만날 때마다 자신도 알 수 없는 쓰라린 수치감이 정인의 가슴을 핥고 지나갔기 때문이다.

"괜찮죠?"

"네?"

"정인 씨 말예요······. 아까 할머니처럼 쓰러지나 해서 나 겁났어요. 두 여자를 한꺼번에 업는 건 자신 없거든요."

정인은 아, 예 하며 빙그레 웃고 만다.

"보호자분 되십니까?"

머리가 벗어진 의사가 진찰실을 나오며 현준에게 묻는다. 담배를 비벼 끄며 현준은 공손하게 의사에게 다가간다. 그 사람이 아니라 전데요, 하는 생각을 하면서 정인은 현준의 뒤를 따라선다.

"천식이 심하시더군요. 잠깐 발작이 일어난 거긴 한데……. 연세가 연세니만큼 글쎄 뭐라고 말씀드리기가 힘들군요."

의사는 별거 아니라는 듯, 마치 늙었으니까 죽기밖에 더하겠느냐는 듯 심드렁한 말투였는데 정인의 눈에 금방 눈물이 맺히고 자동인형처럼 후두두둑 눈물이 떨어져내렸다. 의사와 현준이 동시에 정인을 바라보았다.

"지금은 우선 괜찮으신 거지요?"

현준은 정말 할머니의 보호자라도 되는 양 걱정 어린 말투로 물었다.

"예, 지금 당장 일이 생긴다는 건 아니고……. 지금은 잠드셨어요. 이따가 밤에 깨어나시면 간호원에게 약을 달라고 해서 드리세요. 금방 다시 발작이 오지는 않을 겁니다."

현준이 안심이라는 눈초리로 정인을 바라보았다. 의사는 머리를 다시 한 번 쓸어 올리다가 가운 자락을 휘날리며 내실로 사라져가고 간호원이 다가왔다.

"수납하세요."

눈물이 아직 흘러내리는 얼굴을 닦으며 정인의 입이 그제야 벌어진다. 죽는 것은 죽는 것이고 돈은 돈이다. 하지만 경황이 없어서 빈손으로 달려온 것이다. 현준이 간호원을 데리고 한쪽으로 다가가 무어라 말을 건넨다.

그러면 안 되는데……, 하는 간호원의 소리가 간간이 들려왔다. 아버지에게 연락을 해야 하나, 정인은 우체국에 있는 전화를 생각한다. 아니면 국장에게 말해서 가불을 해야 할 것이다. 그도 아니면…… 정인은 열린 창으로 들어오는 밤바람을 느낀다. 어느새 저녁이 내리고 사방이 검은색으로 변해 있었다. 문득 어두운 들판에 혼자 버려진 듯한 느낌이 그녀를 엄습했다. 불빛 하나 없는 거리에 서 있는 것 같은 이 고요…….

"됐어요. 잠깐만……."

현준이 정인의 어깨에 손을 올리며 그녀를 감쌌다.

"괜찮아요. 제가 다 해결했으니까 오늘 밤에 간호 잘 해드리세요."

"이럴 수는 없어요. 언제 서울 가시는지 모르겠지만 제가 내일 돈을……."

"됐어요, 정인 씨. 정인 씨 맞죠?"

"네."

"됐어요. 괜찮아요. 나중에 저한테 갚으세요. 우리 어머니가 제사상 차려놓고 찾으실 거 같아서 전 이만……."

현준은 정인의 어깨를 가볍게 두드리고 나서 현관 쪽으로 몸을 돌렸다. 정인은 그를 따라 나간다.

"들어가봐요."

"네."

네, 하면서도 정인은 그를 따라 나간다. 그는 열쇠로 차 문을 열다 말고 문득 정인을 빤히 바라다본다. 눈물이 아직 그렁한 눈으로 정인도 그를 올려다본다. 어둠 속에서 바람이 불 때마다 그의 앞머리칼이 사르르 나부낀다.

"정말 뭐라고 고맙다는 말씀을 드려야 할지……."

"글쎄요…… 이것도 인연인가 부죠……. 가만 이거 우리 형이 쓰는 말툰데."

그는 머리를 끌어 올리며 소년처럼 웃다 말고 먼 곳을 바라다본다. 머리를 깎은 그의 형 현국 이야기를 꺼냈기 때문일까. 그의 콧날에 다시 우수의 그림자가 덮인다. 정인은 이번에는 우물가에서 보았던 그의 옆모습을 똑똑히 기억해냈다. 저 사람의 진짜 얼굴은 어떤 모습일까, 하는 생각이 얼핏 머리를 스쳤다.

"저기…… 울지 말아요……."

정인은 그가 자동차에 타고 시동을 거는 모습을 멍하니 바라본다. 그는 기어를 올리고 나서 아직 그 자리에 서 있는 정인을 바라보더니 차창을 내렸다.

"명함 잘 가지고 있죠? 아까 했던 약속 잊으면 안 돼요."

"네?"

"서울 오면 꼭 연락하기로 한 거 말예요. 그리고 울지 말구요……. 이제 저 정말 갑니다."

자동차가 떠난 병원 앞뜰에 정인은 혼자 서 있었다. 울타리 장미의 붉은 빛깔이 어둠 속에서 루즈를 칠한 여인네의 입술처럼 붉었다. 바람이 불 때마다 고개를 갸웃거리며 웃는 것도 같다. 정인의 눈가에 짙은 고통이 지나가는 듯하다. 정인은 발걸음을 한 발자국 떼었다. 밤공기에 스며든 농익은 라일락의 향기가 그제야 느껴진다. 멀리서 자동차가 지나가는 소리 그리고 다시 정적이 덮인다.

정인은 천천히 걸어 병실로 들어선다. 흰 시트가 덮인 병원은 새로 지어서 그런지 깨끗한 편이었다. 할머니는 고른 숨을 쉬며 잠들어 있었다. 정희 언니에게라도 연락을 해야 되나 어쩌나 싶은 생각을 하면서 정인은 침대 곁에서 노파의 얼굴을 내려다본다.

이렇게 잠든 할머니의 얼굴을 내려다보는 게 처음이라는 생각을 정인은 한다. 숱이 없는 성근 머리칼이 이마 위로 몇 가닥 흩어져 있다. 정인은 할머니의 머리칼을 쓸어 올린다. 이마는 아직 따뜻했다. 거의 칠십 한평생 고통의 자국이 할퀴고 지나간 듯 할머니의 얼굴은 굵은 주름들이 출렁거리고 있었다.

—내가 열일곱에 시집을 오는데 말이야…….

할머니는 어머니가 죽은 후 밤마다 악몽에 떠는 정인을 갈퀴 같은 손으로 쓸어주며 말을 꺼내곤 했었다.

—할머니도 열일곱 살 적이 있었나?

—그럼, 그때 우리 집 개가 목이 다 쉬었지.

—왜 개가 목이 쉬어?

—내가 아주 이쁜 처녀였거든. 매파들이 하도 들락거려서…….

정인은 할머니 이야기를 들으며 자신이 검은 저수지 속으로 빨려 들어가는 악몽에서 겨우 벗어나곤 했었다. 할머니도 열일곱 살이 있고 할머니도 새색시 적이 있었고, 긴 시간들이 남아 있다는 생각들……. 그러니 아직도 희망이 있다는 그런 생각들…….

할머니의 얼굴은 처음으로 편안해 보였다. 아마도 새색시 적에 매파들이 들락거려서 개가 목이 쉬던 그때처럼 어쩌면 발그레한 홍조가 어리는 것 같기도 했다.

정인은 밤 유리창을 내다본다. 검은 유리창에 자신의 얼굴이 비친다. 스물한 살의 얼굴…… 짙은 눈썹, 선이 굵게 내려온 콧날 그리고 도톰한 입술……. 정인은 손가락으로 제 얼굴을 쓰다듬어본다. 유리창 속의 처녀도 제 얼굴을 쓸어내린다. 곧 눈물이 터질 것 같은 얼굴로 처녀는 제 입술을 만지작거린다.

아까 의사가 사라진 내실 쪽에서 와르르 웃음소리가 들려온다. 아이들 소리, 남자의 소리 그리고 여자의 소리. 아마도 저녁상을 물리고 모여 앉아서 텔레비전을 보는 모양이었다. 저런 저녁을, 저런 웃음소리를 정인은 한 번도 가지지 못했었다. 웃음소리는 잦아지고, 자동차가 홱에엥 달려가고 난 후 멀리서 소쩍새 울음소리가 들리기 시작했다.

꾸르르르쩍! 꾸르르르쩍!

정인은 작은 의자를 당겨 할머니 곁에 앉으며 소쩍새 울음소리를 듣는다.

너도 살아서 고생이구나…….

정인은 가만히 중얼거렸다.

## 모든 사랑은 첫사랑이다

이를테면 사랑은 그렇게 온다. 아침에 일어나 창문을 열면 날마다 바라보던 그 낯익은 풍경을 오래 바라보고 있는 자신을 발견하게 되면서, 흐린 아침, 가까운 산이 부드러운 회색 구름에 휩싸이고 그 낯익은 풍경이 어쩐지 살아 있었던 날들보다 더 오래된 기억처럼 흐릿할 때, 그때 길거리에서 만났더라면 아무렇지도 않게 지나쳐버렸을 한 타인의 영상이 불쑥 자신의 인생 속으로 걸어 들어오는 것을 느낄 때…… 그 느낌이 하도 홀연해서 머리를 작게 흔들어야 그 영상을 지워버릴 수 있는 그때.

만일 그것이 첫 번째 사랑이라면, 첫 번째가 아닌 사랑이 도대체 세상에 있을까마는, 네가 마지막 사람이어야만 한다고 확신하지 않는 연인이 이 세상에 도무지 존재할까마는, 마치 미끄럼틀을 타고 있는 것처럼 한 발자국 내딛는 순간 그 끝에 도달해버리는 것이다.

먼 옛날, 아주 작은 수의 사람들만이 이 세상에 살고 있을 때, 인간이 거대한 자연을 경외하고 가만히 그 소리에 귀를 기울일 줄 알아 그 대가로 예지력을 가지고 있었을 때 인간들은 아무도 사랑을 시작하지 않았다. 사랑의 대가로 치러야 할 일이 너무 많은 것을 알았던 것이다. 나무 열매를 따고 물고기를 잡고 꽃을 머리에 꽂는 일의 수만 배의 에너지를 써서 사랑이라는 걸 하기에는 그들은 너무 피곤했기 때문이다. 단 몇 초간의 성적인 쾌락을 얻는 것으로 만족하기에는 너무나 많은 대가들을 치러야 했기 때문에 사람들은 섹스조차 기피하기 시작했다. 출산과 수유 그리고 양육을 위한 여분의 노동……. 그래서 지상에 살아 있는 인간들의 수가 줄어가기 시작했다.

걱정이 된 신은 다른 종류의 인간들을 만들 수밖에 없었다. 유전자의 일부분에 장밋빛을 칠해놓은 것이다. 일단 그 유전자가 활동하기 시작하면 물고기를 잡거나 나무 열매를 따거나 심지어 출산의 극악한 고통까지도 아름답게 채색되었다. 하지만 신도 힘이 들었는지 그 기간을 길게 채색해주지는 못했다. 왜냐하면 신은 합리적인 존재여서 종족의 번식이 우선 필요했을 뿐이었기 때문이다. 어차피 인간을 신처럼 행복하게 만들 수는 없었던 것이다. 그것은 신이 인간을 미워해서가 아니라 그저 신의 한계였다. 그리하

여 인간은 그 채색된 유전자의 장난으로 한평생 마음의 고통까지
져야 하는 운명을 타고난 것이다.

정인이 눈을 뜬 어느 초여름 비 내리는 아침도 그랬다.

세수를 하고 수건으로 얼굴을 닦으면서 정인은 산을 올려다보
았다. 윗봉우리가 구름에 엷게 가린 산은 신비로워 보였다. 늘 바
라보고 지나쳤으며 어린 시절에는 길도 아닌 곳까지 쏘다니던 그
산이 바로 저 산이라고는 믿기지 않았던 것이다. 아마도 현준의 차
를 타고 서울이라는 곳에 처음으로 가서 생전 처음 보는 음식을
먹었던 그 주말이 지난 다음이었을 것이다. 마을 뒤에 나 있는 산
을 처음으로 신비하다고 생각하면서 정인은 문득 현준의 얼굴을
떠올렸고 가슴 맨 밑바닥에서 울리는 둔중한 소리를 들었다.

그러고는 이상한 일이 벌어지기 시작했다. 길거리에는 그를 닮은
사람들이 갑자기 늘어나기 시작했고 우체국으로 걸려오는 그 많
은 전화벨 소리들이 가슴을 예리하게 가르며 울리기 시작한 것이
다. 소포를 부치거나 등기를 접수할 때 강, 자나 현, 자나 준, 자라
는 글씨가 적혀 있으면 그가 떠올랐다.

그날 이후, 할머니가 돌아가셨다. 아버지와 정희 언니가 내려왔
지만 정인으로서는 힘겨운 의식들을 치러내야 했던 시간들이 지
나갔다. 현준은 그럴 때마다 옆집에 살았던 한 남자의 예의만큼만
거리를 두고, 그러나 정인에게는 살붙이보다 가까이 다가오기 시
작했다. 현준은 우체국으로 자주 전화를 걸었고 한번은 우체국 주
소로 소포가 오기도 했다. 그 소포 속에는 작은 향수가 들어 있

었는데 정인이 태어나서 그렇게 어여쁜 것을 가져보기는 처음이었
다. 예전에는 우체국 일이 끝나고 집으로 돌아가면 제 방에 들어
가 책을 보거나, 책도 손에 잡히지 않는 날에는 할머니가 살아 계
실 때 가르쳐준 화투패를 떠보며 내일은 오늘과 다르기를 빌었지
만 이제 그럴 필요가 없었다. 마치 마술사가 짠, 하고 마법을 건 것
처럼 모든 것이 새롭게 채색되어 제 빛깔로 빛나고 있었기 때문이
다. 이 세상에 존재하는 많은 사물들이 그렇게 다양한 제 색깔을
가지고 있다는 것도 처음 안 일이었다. 강한 인상을 가졌던 정인의
얼굴은 부드러워졌고 뺨은 팽팽해지고 윤기 있어졌으며 늘 아래로
처져 있던 입술 끝은 살짝 위로 치켜져서 얼굴 전체가 동그스름한
인상마저 주게 되었다. 사람들은 처음으로 저 처녀가 참 귀염성이
있구나 하는 걸 발견하기 시작했다. 정인은 이제 막 피어나려고 하
는 목련꽃 봉오리처럼 순결하고 힘찼으며 그러면서 부드러웠다.

"오정인 씨 전화야. 요새 뭐 그리 좋은 일 있어?"

정인은 자리에서 일어나서 전화가 있는 미스 박의 책상 쪽으로
천천히 걸어간다. 가슴이 뛰는 것을 진정시키기 위해서 전화를 받
을 때 목소리가 너무 떨릴까 봐 그녀는 자기도 모르게 배에 힘을
주게 되었다. 우체국에 취직하게 된 게 이렇게 좋은 것인지 처음 알
게 된 것도 그 전화 때문이었다. 우체국이니까 전화는 얼마든지
있었고 원한다면 작은 부스 속에 들어가 서울까지 시외전화를 걸
어도 좋았던 것이다.

"여보세요."

"정인이니? 나야."

목소리는 뜻밖에도 미송의 것이었다. 약간의 실망감이 정인의 입가에 스치고 지나갔다.

"미송이구나. 잘 지냈어?"

"오늘 저녁에 별일 있니?"

"……아니."

그렇지는 않겠지만 지난주 어느 목요일처럼 현준이 불쑥 차를 몰고 우체국 앞에 나타나지는 않을까 하는 생각이 머리를 스쳤지만 정인은 대답한다. 미송의 목소리가 평소와는 다르게 긴장되어 보였기 때문일까. 정인은 자신도 모르게 주위를 돌아보았다.

"그럼 내가 집으로 갈게."

"우리 집?"

"응, 수원에서 막 버스 타고 들어갈 거야. 그럼 이따가 보자."

뭐라고 대답하거나 질문을 할 겨를도 없이 전화는 끊기고 말았다. 웬일일까 새삼, 하는 생각이 들었다. 지난번 미송의 아버지 생신에도 미송은 내려오지 않았었다. 요즘 들어 우체국에 드나드는 미송의 어머니는 미송의 이야기를 별로 꺼내지 않았다. 오히려 정인 쪽으로 미송의 안부를 물을 정도였으니까.

그날 저녁, 상을 대충 치운 후 정인은 방에 들어앉아 책을 들었다. 초인종 소리가 났고 정인이 대문으로 나갔을 때 미송은 굳어진 얼굴로 서 있었다. 그녀는 혼자가 아니었다. 정인의 눈길이 미송의 곁에 서 있는 여자에게로 가서 박힌다. 어둠 속에서 작고 갸름한 얼굴을 가진 작은 여자가 서 있었다. 그 여자는 정인을 보자 가볍게 목례를 보냈다. 날카로운 얼굴이 쫙 펴지면서 부드러운 미소가 번져 나왔다. 미송에게서 풍겨 나오는 긴장감 때문이었을까. 정인은 그녀의 미소에 다 화답하지도 못하고 얼결에 그녀의 목례를 받으며 두 사람을 집 안으로 들였다. 미송과 동행한 그녀가 목발을 짚고 있는 것이 그제야 보였다.

미송은 커다란 가방을 메고 있었다. 이상한 긴장감을 느끼며 정인은 자신의 방으로 두 사람을 데리고 들어갔다.

전등불 아래 드러난 여자의 얼굴은 피곤해 보였다. 파리하고 까칠한 피부, 하지만 크지 않은 눈만은 금테 안경 속에서 초롱거렸다. 하지만 여자는 무엇보다 화사해 보였다. 정인은 아까 그녀를 처음 보았을 때 자신이 당황했던 것은 바로 그 화사함 때문이었다는 걸 깨달았다.

"불쑥 이렇게 와서 미안해. 이쪽은 내 후배 연주……."

"안녕하세요, 황연주입니다."

셋은 알전구 아래 앉는다. 연주는 깁스를 한 다리를 어색하게 뻗는다. 소박한 개더스커트 아래로 드러난 깁스의 빛깔이 환했다. 다리를 다친 지 얼마 되지 않은 모양이었다.

"밥은 먹었어?"

이런 말 외에는 아무것도 물어보면 안 될 것 같은 분위기를 막연히 느끼며 정인은 물었다. 두 여자의 눈길이 서로 마주친다. 두 사람 모두 정인에게 미안한 표정이었다.

"안 먹었구나……. 내 금세 차려올게."

"죄송해서……."

"아니에요. 편히 쉬세요."

부엌으로 나간 정인은 소반을 내려놓고 상을 보기 시작했다. 혹시나 해서 시금칫국을 넉넉히 끓여두기를 잘했다 싶은 생각이 들었다. 정인은 냄비에 씻어두었던 쌀을 안치고 시금칫국을 데워서 그릇에 뜬 다음 국그릇에 참기름을 한 방울 떨어뜨렸다. 고소한 참기름 냄새가 시금칫국의 구수한 된장 냄새와 섞여서 부엌 안은 금세 푸근해진다.

"아니, 라면이면 되는데……."

어느새 부엌으로 들어선 미송이 정인에게 말하며 시금칫국을 한 숟갈 떠먹는다.

"와. 너무 맛있다."

미송은 활짝 웃었다. 그럴 때 미송의 얼굴은 예전처럼 천진스러웠다. 하지만 미세한 변화를 정인은 감지한다. 미송은 달라졌다. 예전 같으면 상 앞에 단정히 앉아 감사 기도를 올리기까지 미송은 결코 저런 일은 하지 않았다. 하지만 대학에 들어간 이후 미송은 뭐랄까, 그런 것에 대한 결벽증을 버린 것 같았다.

"놀랐지? 이렇게 불쑥 사람을 데리고 와서……."

시금칫국을 떠먹은 입맛을 다시다 말고 미송이 낮은 소리로 물었다.

"아니야."

그러면서 정인은 자신도 모르게 미송의 눈길을 피한다. 너무 멀었다. 정인은 여기 남아 종합 고등학교에 다니고 미송이 수원의 여고에 다닐 때만 해도 이렇게 멀지는 않았다. 아릿한 선망이 있었을 뿐. 하지만 대학에 간 후 정인은 미송이 멀다. 무언가 물어보면 안 될 것 같은 분위기가 자꾸 감지되는 것이다. 하기는 미송 쪽도 그런 정인에게 고마워하는 눈치였다.

"저 애를 한 한 달만 머무르게 해줄 수 있겠니? 어렵겠지만…… 저기, 사실은 가능하다면이 아니고 꼭 그렇게 해주었으면 해……. 지금…… 많이 힘들어서……."

미송의 얼굴은 비장해 보였다.

"그래. 네 부탁이라면……."

밥물이 넘치는 냄비 불을 줄이는데 정인의 얼굴에 서운함이 냄비에서 올라오는 하얀 김 속에 가려진다. 미송이 지난날처럼 그 사람에 대해서 이야기해주지 않는 것이 서운했던 것이다. 나도 대충은 알 수 있단다. 책에서 보고 신문의 행간을 읽었거든……. 난 아무에게도 말하지 않을 텐데…… 하는 생각이었던 것이다. 하지만 정인은 미송을 향해 미소를 지으며 천천히 행주로 부뚜막을 닦는다.

식사를 마치고 미송과 연주는 마주 앉아 하얀 종이를 펴놓고 작은 소리로 이야기를 나누기 시작했다. 정인은 방구석에 앉아 책을 펴 들었다. 가끔씩 연주와 미송의 날카로운 눈빛이 정인 쪽을 향하면 정인은 몸을 더욱 작게 만들며 책에 골몰하려고 애썼다.

아무것도 모르지만 방해해서는 안 될 것 같은 생각이었던 것이다. 하지만 왠지 모르게 가슴속이 서늘해졌고 한쪽으로 밀려난 것 같은 기분이 들었다. 그런 느낌이 정인에게 처음은 아니었지만 막상 미송의 숨소리가 들릴 만한 이렇게 가까운 곳에서, 그것도 몇 달 만에 얼굴을 보는 미송에게서 경계의 눈초리를 받는다는 것이 섭섭했던 것이다.

책을 읽다 말고 정인은 현준을 생각한다. 그와 함께 먹었던 저녁 식사. 포크와 나이프 쓰는 법을 가르쳐주던 그. 그 화려한 레스토랑에서 정인은 긴장감 때문에 겨드랑이 밑으로 식은땀이 뚝뚝 흘러내리는 것을 느꼈다. 새로 빨아 다림질해서 입고 간 투피스가 왜 그렇게 구질구질하게 느껴졌을까……. 그래도 그때의 느낌은 지금과는 달랐다. 왜냐하면 현준은 자신을 바라보고 있었기 때문이다.

그는 숨기려고 하지 않았다. 경계하려고도 하지 않았다. 아니 그 반대로 자신을 더 드러내려 했으며 정인이 더 많은 것을 물어주기를 기대하고 있었던 것이다. 차를 타다가 스커트가 문에 끼었을 때 그것을 빼주려고 현준은 운전석에 앉아 정인의 좌석 쪽으로 몸을 기댔었다. 그때 느껴지던 그의 육체가 그리워지자 정인은 갑자기 그가 보고 싶었다. 내일 우체국에 나가면 전화를 해보고 싶었다. 그냥 걸었어요…… 하면 그는 알아차릴 것이다. 자신이 그를 그리워했다는 것을……. 그럴 때 흰 이를 드러내고 웃으며 기뻐하는 그의 모습을 보고 싶었다.

작은 방구석에 앉아 되도록 숨소리도 크게 내지 않으려 애쓰면서 정인은 처음으로 생각해본다. 그 사람을 사, 랑, 하게 되었구나 하고……. 그러자 설탕이 전혀 들어가지 않은 박하사탕을 입에 문 것처럼 쓰라린 환희가 그녀의 가슴을 쓸어내렸다.

다음 날 새벽, 미송은 새벽 첫차를 타고 서울로 떠나고 정인은 연주에게 아침상을 차려준 후, 출근을 하기 위해 집을 나섰다. 어제는 비가 내릴 것만 같았는데 오늘은 아침부터 청명한 초여름의 햇볕이 내리쬐고 있었다.

정인은 오늘은 우체국에 나가 하루 종일 현준의 전화를 기다릴 것이라는 예감을 했다. 왜냐하면 정인은 그를 사랑하기로 작정했기 때문이다. 아침, 미송이 데려다놓은 정체 모를 여자를 집에 남겨놓고 걸어가는 그 정인에게 다가가 물었다면, 작정을 하다니요? 반문하겠지만 그건 그랬다. 진실은 때로 자신을 속이며 다가오는 것이다. 왜냐하면 그것이 진실이니까.

그래서 정인이 눈을 들어 베이지색 포니 엑셀 자동차를 발견했을 때 정인은 잠시 제 눈을 의심했다. 이 아침, 골목길에 세워놓은 저 차는 현준의 것이기 때문이다.

현준은 자동차 안에서 선글라스를 낀 채 잠들어 있었다. 정인이 다가가 갸웃이 유리창 안을 들여다보았을 때 엷게 코 고는 소리가 들려왔다.

"저어……."

햇살 때문이었을까, 현준이 눈살을 찌푸리며 눈을 떴다. 그리고는 그의 얼굴에 환한 미소가 피어난다.

"어쩐 일이세요?"

현준은 선글라스를 벗더니 눈가를 비비며 정인을 향해 웃고만 있었다.

"타요. 정인 씨 납치하려고 새벽에 서울서 출발했어요."

정인은 잠시 머뭇거리다가 차에 올라탔다. 그때 그녀는 마음이 외치는 환희의 소리를 들었다. 저를 어딘가 먼 곳으로 데려가주시 겠어요! 하지만 차에 올라탄 정인은 고개를 숙이고 있다가 겨우 말한다.

"저 출근하는 길인데요……."

"알아요. 하지만 오늘은 나를 위해서 시간을 좀 내주세요. 주말 까지 기다리기가 너무 힘들었어요. 난 지금 빈털터리거든요."

"네?"

"어젯밤에 친구 놈들이랑 포커 하다가 다 날렸어요. 배도 고파 죽겠구."

현준은 배를 쓸어내리며 소년처럼 웃었다. 배고프다는 말처럼 이 여자에게 호소력을 가지도록 훈련되어진 낱말이 있을까…….

정인은 갑자기 그가 가여워진다. 모든 것을 가진 것처럼 보였던 이 남자에게 밥을 사줄 수 있다니. 하지만 정인은 근검이 몸에 밴 처녀였고 따라서 핸드백 속엔 겨우 천 원짜리 한 장이 들어 있을 뿐이었다.

"저 제가 집에 잠시 다녀오면…… 사실은 지금 돈이……."

현준은 귀여워 못 견디겠다는 얼굴로 정인을 바라보며 큰 소리로 웃는다. 정인의 귓불이 확 달아올랐다.

"제가 꾸어드릴게요."

"안 돼요……. 그건…… 제가 사드려야…… 여기까지 오셨는데……."

하지만 현준은 차를 출발시켰다. 그러고는 읍내와는 반대 방향으로 차를 몰았다. 모내기를 마친 논들에 맑은 물들이 찰랑거리고 그 물에 발목을 담근 아기 벼들이 총총히 서 있는 시골길을 현준의 차는 달려가기 시작했다.

우체국 일이 새삼 걱정스러웠지만 정인이 읽은 모든 소설책과 수필집에서 바로 이런 것을 사랑이라고 말하지 않았던가. 모든 걸 희생하는 것, 그래도 아깝거나 계산하지 않는 것, 불리한 줄 알지만 달려가는 것, 달려가서 그의 존재와 나의 존재가 만나는 것 이외에 이 세상에 어떤 중요한 일도 존재하지 않는 것……. 정인은 그제야 제 어깨가 옹송그려졌던 것을 깨닫는다. 어깨의 긴장을 풀자 바람이 그녀의 머리칼을 날리기 시작했고 그 여자는 새삼 현준의 옆모습을 바라본다.

밤새 자란 수염이 귀밑에서부터 턱선까지 파르스름하게 어두운 윤곽을 그리고 있었다. 그 윤곽의 파르스름함이 정인은 가슴이 아프다. 저 어두운 수염 자국에 부드러운 흰 거품을 바르고 푸르른 면도칼로 사각사각 그의 턱을 면도해주고 싶은 욕망이 불현듯 솟구쳐서 정인은 자신도 모르게 얼굴을 붉혔다. 현준의 차는 한 시간 남짓을 달려 계룡산 입구에 도착했다. 아직 아침 시간이어서 그런지 유원지 입구는 한산했다. 현준은 익숙한 길인지 유원지 입구에서 모퉁이를 돌아 차 한 대가 겨우 들어갈까 말까 한, 좁은 산길을 오르기 시작했다. 그러자 깨끗한 한옥이 나타났다.

"여기서 잠깐만 기다려줄래요?"

현준은 정인을 차에 남겨놓은 채 안으로 들어갔다. 정인은 약간의 두려움과 호기심을 가지고 주변을 둘러본다. 집 뒤로 대나무 숲이 연한 잎새를 뻗어내고 있고 개울물이 저만치서 흐르고 있었다. 오래되었지만 정갈한 집이었다. 오래전에 정인의 집에서 키우던 누렁이를 닮은 개가 정인이나 현준이 타고 온 차에는 관심도 없다는 듯, 천천히 집 앞을 걸어가다가 나무 그늘에 누워 하품을 하며 뒷발로 귓가를 발발발 긁어댄다. 낯설지 않은 풍경이었다.

하지만 그때 정인의 발치에 이상한 감촉이 느껴졌고 정인은 문득 아래쪽을 바라본다. 구두 뒤꿈치로 무엇을 밟고 있는 듯한 느낌이 들었던 것이다. 바라보니 연분홍색 손수건이었다. 아마도 누군가가 떨어뜨린 지 오래된 것인지 시트 밑에 끼여 있던 손수건…… 연분홍색을 이미 알아볼 수 없을 정도로 많은 사람들의 발길에 밟힌 듯한 손수건을 정인은 힘겹게 꺼내 들여다본다.

"정인 씨! 이리 와보세요!"

현준이 집 안에서 나오며 정인에게 소리쳤다. 정인은 손에 들고 있던 더러워진 손수건을 얼른 내려놓는다. 그리고는 차 문을 열다 말고 현준이 눈치채지 않도록 그것을 다시 아까처럼 시트 밑에 던져 넣었다. 웬일인지 그것을 발견했다는 말을 현준에게 하면 안 될 것 같아서였다.

"우리 집이에요. 예전에 아버지가 살아 계실 때 작은 마나님이 사셨던 집이라는데 지금은 명색상 제 집이죠. 정인 씨랑 이곳에 꼭 한번 와보고 싶었어요."

집 안으로 들어서는 정인의 한쪽 어깨를 감싸며 현준은 말을 시작했다. 작은 마나님이라는 말을 할 때 그의 얼굴에 스치는 작은 경련을 정인은 보지 못한다. 살이 디룩하게 찐 처녀 아이가 부엌문을 반쯤 열고 정인을 바라보고 있다가 정인과 눈이 마주치자 입술을 삐죽이며 얼른 문을 닫아버렸다.

"말순이라고 여기서 심부름을 하고 있죠. 벙어리예요."

현준은 정인을 뒤뜰로 데리고 간다. 이제 막 퍼지기 시작한 아침 햇살이 빽빽한 대나무 숲에 상큼한 그늘을 만들기 시작했다.

현준은 정인을 두고 성큼성큼 걸어가 우물 뚜껑을 열었다.

"벌써 덥네……. 손 씻을래요?"

현준은 두레박을 내리며 물었다. 정인의 귓가로 작은 소름이 지나간다. 그래, 이런 일이 있었다. 현준은 그것을 기억하고 있는 것일까……. 마치 그날처럼 어디선가 까마귀가 울며 날아가는 것만 같은 이상한 예감을 정인은 느낀다.

"아니에요. 됐어요……."

정인은 10년 전 그날의 기억을 떠올리며 우물 속에 고개를 박았다. 쌉싸름한 이끼 냄새가 풍겨온다. 이 고요…… 이 고요까지 낯이 익었다. 두레박 때문에 작게 파문이 이는 우물물 속에 정인의 얼굴이 비치고 그 곁으로 한 얼굴이 다가온다. 두레박은 물속에 들어가 몇 번 흔들거리다가 첨벙 하고 제 몸을 거기에 적신다.

"저기요."

알 수 없는 두려움을 느끼며 정인은 다가오는 현준의 얼굴을 밀어내듯이 성급하게 입을 열었다. 현준의 얼굴이, 이제껏 정인에게는 한 번도 보여주지 않았던 다른 모습을 하고 있다가 얼른 제자리로 돌아왔다. 정인은 자신도 모르게 현준에게서 한 발자국 물러섰다.

"저기, 옛날에 제가 어렸을 때 그쪽 집 뒷마당에서 제게 물을 한 두레박 퍼주셨던 것 기억나세요?"

"물을요? ……글쎄……."

"그랬어요……. 아마 10년 전쯤에……."

정인은 그날이 현국의 처 은주의 진오귀를 하는 날이었다는 말을 꺼내지 않는다. 왠지 그 말이 현준의 상처를 건드리게 하는 말이 될까 봐였다. 그러나 가슴은 이상하도록 부풀어 올랐다. 운명이라는 건 이런 걸 두고 하는 말인지 모른다. 그날, 이렇게 생긴 우물가에서 자신은 이미 현준과 사랑에 빠지도록 예정되어 있었던 것은 아닐까, 하고…….

두 사람은 말없이 대숲 어귀의 돌 틈에 앉았다. 먼지가 잔뜩 낀 장독대가 몇 개 서 있다. 침묵하는 두 사람의 사이로 새소리가 들려오고 어디선가 멀리 개 짖는 소리…… 대나무 숲에 바람이 지나가는 소리…… 이윽고 그 소리들이 잦아들자 현준의 숨소리가 들려왔다. 규칙적으로 오르내리는 그 숨소리.

정인은 그 숨소리가 무엇을 의미하는지 안다. 그것은 아마도 사랑하는 여자를 곁에 둔 남자의 숨소리이리라. 아마도 그녀를 안고 싶어 하는 소리…… 정인은 그 소리에 귀를 기울인다. 하지만 이상하게 정인의 가슴은 하나도 두근거리지 않았다. 그것이 정인에게는 현준에게 미안한 듯이 생각되었다. 밤새 자신을 보기 위해 차를 몰고 온 사람, 자신 하나를 바라보고 그는 어둠 속을 달려온 것이다. 그런데…… 이 모든 것을 이해한다 해도 이 침묵이, 이 가까운 거리가 정인에게는 낯설게 느껴지는 것이다. 그리고 그 낯설음 속에는 불길한 예감도 얼핏 섞여 있었다. 저항할 수 없을 것만 같은 침묵과 필사적인 싸움을 벌이는 듯한 힘겨움 속에서 정인이 얼핏 현준 쪽으로 고개를 돌렸을 때 현준의 한 팔이 정인의 목덜미를 뒤쪽에서 감싸 안았고 현준의 입술이 정인에게 한순간 다가와 겹쳐졌다.

정인은 어린 시절에 솔개를 본 적이 있었다. 공중을 선회하다가 쏜살같이 강하하여 병아리를 낚아채던 솔개…… 공중으로 번쩍 들어 올려지면서 순종하는 듯이 보이던 노란 병아리…… 내가 지금 채이고 있구나 하는 걸 느낄 수도 없을 그 찰나.

어떻게 인간과 인간이 입을 맞추고 혀를 교환하며 침을 섞을 수가 있는지 정인은 소설을 볼 때마다 의아해하곤 했었다. 하지만 이를 악물고 저항을 해도 현준의 혀는 밀려들어온다. 밀려들어와서 정인의 붉은 잇몸을 핥아내고 있는 것이다. 정인은 얼결에 그 입술을 방치하고 있다가 현준을 떼밀어냈다.

다시 무거운 침묵이, 하지만 아까보다는 조금 헐거운 침묵이 정인과 현준을 감쌌다. 정인은 감히 현준 쪽을 보지는 못한 채 손가락으로 입술을 닦아낸다. 자꾸만 닦아낸다. 그러다가 정인이 팔을 툭 떨어뜨린 채, 가만히 숨을 내쉬었다. 어디선가 작은 새가 삐우욱, 하고 운다. 정인은 아직도 현준을 바라보지 못하는데 길고 숱이 많은 속눈썹에 눈물이 그렁하니 맺힌다.

"전 이런 거…… 처음이에요."

이런 말이 얼마나 어울리지 않는 줄 알았지만 하고 만다. 그것이 정인에게는 중요했기 때문이다. 현준은 아무 대답이 없다. 정인은 쭈그리고 앉은 채 스커트 자락을 무릎 아래로 자꾸 내렸다. 작은 새가 또, 삐우욱 하고 운다.

"대학 다닐 때…… 사랑해보셨어요?"

정인은 순하게 물었다. 현준의 얼굴로 비웃음이 휘익 지나간다.

"……모르겠어요……. 아무도 내 마음에 진짜로 들어오지는 못했어요."

현준의 목소리는 낮고 힘이 없었지만 진실처럼 들렸다. 정인의 고개가 처음으로 현준을 향해 돌려졌다. 현준의 옆모습은 쓸쓸해 보였다.

"만나서 떠들고 차를 마시고 같이 밥을 먹은 여자들이야 많았죠. 같이…… 잠을 잔 여자들도 많았어요. 하지만 한 번도 그 여자들이 내게 진정으로 들어온 적은 없었어요."

같이 잠을 잤다는 말에서 정인은 자신도 모르게 스커트 자락을 얼핏 움켜쥐었다. 하지만 먼 곳을 바라보는 현준의 얼굴은 금방 울음이라도 터질 듯이 보였다. 정인은 이해한다는 듯이 고개를 끄덕였다. 이해한다는 것이 무엇인지 모르면서, 그래야만 어른이 되는 것만 같았던 것이다. 하지만 가슴 한구석으로 쓰라린 물줄기가 지나간다. 여자들하고 잠을 잤다…… 잤다…… 하지만…….

하지만 새벽에 보고 싶어서, 오직 그 여자의 얼굴이 보고 싶어서 운전을 하고 두어 시간 길을 내려오신 일은요? 하고 묻고 싶었지만 정인은 입을 다문다.

"배고프시다고 했죠?"

두 손으로 제 마음의 어떤 물줄기를 밀어내는 듯한 몸짓을 지으며 정인은 자리에서 일어난다. 모든 갈망은 헛된 것이었구나……. 정인은 애써 웃었다. 현준이 천천히 자리에서 일어나 정인의 곁에 선다.

'어서 이 자리를 떠나야지…… 그는 내게 아무것도 아니다…… 수많았다는 그 여자들이 그에게 아무것도 아니듯이…….'

하지만 정인은 한 발자국도 움직이지 못한 채 서 있었고 현준은 이번에는 다가와 정인을 끌어안고 다시 한 번 입을 맞추었다. 뜨거운 입술이었다. 저항하려고 생각하면서도 정인은 마치 뜨거운 욕조에 몸을 담근 것처럼 꼼짝하지 못한다. 현준의 한 손이 정인의 등줄기를 따라 내리다가 가슴을 어루만지기 시작한다. 정인은 처음으로 제 몸이 반응하는 어떤 이상한 치밀어 오름을 느낀다. 온몸이, 만일 꽃이라고 비유할 수 있다면 활짝 열려버릴 것 같은 두려움…… 만일 활짝 피어나는 꽃봉오리 위로 이슬이 내린다면 이슬을 머금을 것이고 황사 바람이 분다면 싯누런 먼지를 흉하게 덮어 쓸 것 같은, 비가 내린다면 비를 머금을 것만 같은 예감…….

작은 바람에도 파들거리는 대숲 잎새가 지워지고 대숲 너머 걸려 있는 초여름의 짙푸른 하늘, 엷게 떠 있는 아기 구름 한 조각…… 어떻게 여기까지 왔나…… 하는 생각이 아득하게 정인의 머리를 스쳐갔다. 하지만 그런 생각은 구름처럼 흩어지고 정인은 눈을 감는다.

'제가 사랑하면 안 될까요……. 제가 헛되지 않게 해드리면 안 될까요? ……제가 따뜻하게, 제가 당신의 마음속에 들어가서 다시는 바람처럼 흩어지지 않도록 제가 사랑을 드린다면…….'

스물한 살짜리 정인을 어리석다고, 경솔하다고 당신들은 생각하는가? 아마도 그런 생각을 하는 당신들은 참으로 행복한 삶을 살았을 것이다. 비꼬는 의미라곤 조금도 없이 행복하고 현명하며 지혜로운 선택만을 해왔을 것이다. 그러므로 당신들은 감히 행복하다고 할 수 있다. 만일 그것이 불행이었다고 생각하지만 않는다면……. 그런데 그날 이 오정인이라는 우체국에 근무하는 시골 처녀는 이런 생각을 했던 것이다. 이것은 바로 나의 선택이다, 하고…….

키스는 거기서 끝났다. 정인과 현준은 점심을 먹고 오후 늦게 그 집을 나선다. 순결에 관해 관심이 많은 사람들을 위해 덧붙여두자면 정인은 그날 소위 그 순결이라는 것을 잃지는 않았다. 하지만 정인은 그날 오후 내내 서울에서 무기정학을 맞고 내려온 명수가 우체국 앞 다방에서 자신을 기다린다는 것을 까맣게 몰랐을 뿐이었다.

# 청혼

"어딜 다녀온 모양이더구나……. 늦게라도 우체국에 올 줄 알고 기다렸는데……."

밤늦게 집으로 찾아온 명수를 마주 대한 정인은 말이 없었다. 하루 종일 정인을 기다리던 명수는 저녁 식사가 끝난 후 정인의 집으로 한 번 더 정인을 찾아왔다. 방 안에 있는 연주가 바싹 긴장을 하는 눈치여서 정인은 동구 밖으로 걸어 나오는 편을 선택했던 것이다. 명수는 대답이 없는 정인을 흘끗 곁눈질로 바라보다가 입을 다물고 담배를 문다. 은하수였다. 명수가 담배를 무는 걸 보면서 정인은 문득 현준은 다른 담배를 피우고 있다는 것을 깨닫는다.

해가 진 지 오래되었지만 길어진 낮은 여기저기에 잔영을 떨어뜨리고 있다. 멀리 논둑에서 벌써 개구리가 울어대고 있었다. 두 사람은 입을 다문 채 걷는다.

사실 명수가 수원으로 전학을 가고 대학에 들어간 이후 두 사람은 이렇게 걸을 일이 없었다. 언젠가 명수가 대학에 들어가던 그 겨울, 정인과 읍내에서 우동을 한 그릇 먹었던 기억이 전부였다. 이상하게도 정인은 명수 앞에서는 늘 불편했다. 무어랄까. 지나치게 긴장된 마음은 말이 많아지게 했고 지나치게 스스럼없게 만들었다. 그러면서도 정인은 명수를 대하고 돌아온 저녁이면 늘 어깨가 뻐근했다. 사실 조심스러워야 하는 것으로 말하자면 현준의 앞에서가 더했지만 현준을 만나고 돌아오는 길에는 이토록 어깨가 아프지는 않았다. 그것도 이상한 일이었다. 명수라면 아주 어린 시절부터, 나이를 셀 수 없었던 어린 시절부터 함께였던 사람이었다. 정인의 등 아래쪽에 박혀 있는 커다란 검은 점을 본 남자도 명수뿐이었다. 언젠가 물장구를 치다가 옷이 젖었을 때 정인은 태연히 옷을 벗어 바위에 널어놓고 하얗고 조그만 팬티만 입은 채 냇가에 쪼그리고 앉아 명수에게 공기놀이를 하자고 졸라대기도 했던 것이다. 그때 문득 부끄럽다고 느낀 것은 명수 쪽이었다. 명수는 그때 열두 살이었으니까.

"할머니 일 치르고 고생이 많았지……."

어머니 정씨댁에게서 들은 말을 생각하며 명수가 물었다. 물어놓고 명수는 문득 현준의 얼굴을 떠올린다.

─글쎄 할머니 제사 지내려고 마침 현준이가 차를 가지고 왔었는데 정인이가 하얗게 돼서 뛰어들어왔더래……. 생전 왕래가 없는 처진데 정인이 개가 엔간히 놀랜 모양이더라……. 그래 현준이가 차로 병원으로 옮기고 했단다……. 현준이 차 없었으면 아마 그때 정인이 혼자 초상 치렀다고 하던데…….

무기정학을 받고 돌아온 아들의 심기를 행여라도 거스를까 정씨 댁은 하늘이 무너져 내리는 것만 같은 마음을 감추느라 애써 딴청을 피웠다. 지금 정인이가 문제고 현준의 차가 문제일까마는……. 어머니의 상심이 마음 아파서 명수도 무심히 고개를 끄덕였던 것이다. 그런데 갑자기 정인을 만난 지금 이 순간 명수에게 현준의 얼굴이 선명하게 떠오르는 것이다. 정인의 결근이, 갑자기 현준과 줄을 죽 그어지게 하는 예감……. 명수는 담배에 불을 붙이면서 정인의 옆모습을 바라본다.

"응……."

정인은 말을 짧게 끊었다. 무언가 변해 있었다. 명수는 정인이 자신을 확 떼밀어버리는 것만 같은 느낌을 가진다. 그렇다고 정인이 언제나 명수 쪽으로 다가오는 것 같은 느낌은 물론 단 한 번도 없었지만, 정인의 어머니가 저수지에 빠져 죽던 그날 이후로 정인은 늘 그래왔지만, 이번에는 그 느낌이 다르다. 후각이 예민해진 짐승처럼 명수는 갑자기 초조해진다. 고향이라는 것은 이상한 것이다. 여기에 오면 모든 것이 그만 맥을 놓아버리고 만다. 서울에서의 긴장된 생활, 싸움들, 동료들…… 이 세상을 바라보는 그 모든 철학이 이곳에 오면 그저 머릿속에서만 그려지고 가슴은 다르게 뛰기 시작한다. 그리고 그 한복판에는 언제나 정인이 있다. 서울에서 생활할 때, 후배들을 지도하고 억지로 보아야 하는 학과 시험을 위해 밤을 새우고 그럴 때 물론 명수는 정인을 생각하고 있지 않았었다. 그러나 집으로 돌아오는 길에, 아주 가끔 찾아오는 혼자만 있는 어떤 시간에 명수는 담배를 물고 혼자 침잠해 있었고 침잠해 있는 그 시간 속으로는 어김없이 고향이 밀려들어왔으며 그 고향의 한복판에 정인이 서 있는 것이다. 자전거 뒤에 앉아 명수의 등에 얼굴을 대고 울면서 수원에 가고 싶지 않아 하던 어린 계집애인 채로 남아 있는 것이다.

"좀 앉을래?"

둑길을 걷다가 명수는 말을 꺼낸다. 그리고 비탈길을 조금 내려가 둘은 나란히 자리에 앉는다.

"무기정학을 받았어……. 어쩌면 학교를 그만두어야 할지도 몰라……."

명수는 천천히 입을 열었다. 정인의 어깨가 일순 굳어지는 듯이 보이더니 이내 풀어져 내린다.

"나 혼자 잘 먹고 잘살기 위해 공부하는 게 언제부터인가 내게는 참으로 어려운 일처럼 느껴졌어……. 지금 이 나라에서 젊은 사람으로 살아 있다는 건, 힘든 일이야……. 나는 좀 더 덜 힘든 일을 택하기로 한 거지……."

명수는 말을 이어나가기가 힘이 들었다. 감옥을 생각하지 않고 단 하루도 학교에 나가본 일이 없었다. 예과 때 조금 관계했던 친구들은 하나, 둘 떠나고 명수는 의대에서 아주 특별한 존재가 되어 있었다.

하지만 이곳 고향에서 정인은 풀뿌리를 의미 없이 뜯어내고 있었다. 정인은 낮의 일을 생각하고 있었다. 현준의 손길, 목덜미까지 내려오던 그의 뜨거운 입술…… 정인은 명수의 말을 귓가로 흘리며 몸을 부르르 떤다.

"그런데 왜 날 보자고 한 거야?"

정인은 겨우 그렇게 묻는다. 궁금하다기보다는 낮의 일을 조금 떨쳐내버리고 싶은 기분이 더 강했다. 명수는 담배를 비벼 끄다 말고 정인을 바라본다. 모르겠니, 하는 눈빛이었다. 두 사람의 눈길이 처음으로 부딪쳤다. 정인이 먼저 시선을 피한다.

하기는 명수 자신도 왜 정인을 기다리고 있었는지 설명할 수 없었다. 하지만 예감은 있었다. 이거라고 말할 수는 없지만 그냥이라고 말해버리기에는 너무 뚜렷한 어떤 예감, 어쩌면 명수는 말하고 싶었는지도 모른다. 한 3년쯤 날 기다려줄 수 있겠니? 만일 네가 면회를 온다면, 아니 면회를 오지 못한다 해도 그냥 나를 믿고 어떤 상황이 온다 해도 나를 믿고 기다려준다고 한다면…….

생각하다 말고 명수는 고개를 젓는다. 정인이 설사 명수를 이해하지 못한다 해도, 명수는 그 길을 갈 것이다. 게다가 아마도 정인은 이해하지 않을 것이다. 이 상황을 어떻게 저 아이에게 설명해줄 수 있을 것인가, 갑자기 명수는 말문이 막힌다. 10년 동안 정인은 한 번도 명수의 편지에 답해주지 않았었다.

"그냥 어떻게 지내나 궁금했어."

생각은 이 읍을 지나 서울로 갔다가 다시 먼 허공 속에 흩어진 채 아직 갈피를 잡을 수가 없는 미래를 하염없이 헤매고 있었으면서 명수는 그냥 대답한다.

"잘 지내고 있어요."

정인은 이렇다. 늘 짧게 끊어버린다. 명수는 두 손을 깍지 낀 채로 우두둑 꺾는다. 정인은 정면을 향하고 앉아 있다. 어둠 속에서 드러나는 정인의 콧망울이 오똑해 보인다.

"……현준이 형이 할머니 일…… 많이 도와줬다고……."

할 말이 없어서였을 것이다. 명수는 결국 이야기를 꺼내고 말았다. 꺼내면서 아니다, 싶은 생각을 하는데 정인은 어둠 속에서 우둑, 굳어진다. 그것을 느끼는 명수의 가슴도 우둑, 굳어진다. 명수는 조심스런 눈초리로 정인 쪽을 바라보았다.

"고마웠어요……. 그때…… 나중에라도 만나실 기회가 있으면 고맙다고 전해주세요."

정인은 시침을 뗀다. 명수는 갑자기 안도감을 느낀다. 그러나 정인은 여전히 굳어진 채로 두 손을 얼굴에 가져가더니 뜻밖에도 울기 시작했다.

여자가 운다, 는 사실에 명수는 갑자기 당황감을 느낀다. 제 마음속에 남아 있던 아이, 열두 살짜리 계집애가 명수의 가슴속에서 다시 고개를 들고 살아나는 느낌이었다. 하지만 마음속에 한

가지 의문은 일어난다. 혹시나……. 그러나 명수는 감히 그 말을 뱉을 수가 없다.

"무, 무슨 일이 있었니?"

무슨 일이 있다 해도 아무것도 도와줄 수 없는, 가 닿을 수도 없는, 허공에 팔을 휘젓는 것 같은 무력감을 느끼며 명수는 겨우 물었다.

"나 갈래, 오빠."

정인은 스커트 자락을 움켜쥐며 일어섰다. 얼결에 정인을 따라 일어서면서 명수는 멍하니 정인을 바라본다. 정인은 명수의 얼굴을 얼른 외면한다.

"정인아……."

간다고 해놓고 가지도 못하고 정인은 서 있다. 움켜쥔 스커트 자락을 다시금 움켜쥐면서 정인은 입술만 앙다물고 서 있다.

"잠깐 걷자……. 바래다줄게."

두 사람은 논둑길을 걷는다. 왕왕왕왕 울던 개구리가 두 사람의 발소리를 듣고 울음을 멈추었다가 다시 울기 시작한다. 멀리 미루나무의 실루엣, 그 뒤로 후루룩 드리워진 검은 하늘 위로 초저녁별이 떠 있다. 느티나무 가지 위에 초저녁별 하나가 먼 곳에서 반짝이면 옛 추억이 그리워…… 오늘도오오오 붓대 들어 쓰다가 덮어놓고 느티나무 가지이 위에 초저녁별 헤인다아아…… 수원에서 하숙을 하던 중고등학교 시절, 누군가가 휘파람 소리로 부르던 노랫소리가 명수의 귓가로 들려오는 것만 같다. 그때 명수는 어떤 꿈을 꾸었던가……. 그때 명수는 어떤 평화를 느꼈던가……. 유신 반대 유인물을 뿌리다가 퇴학당하던 선배들…… 통일주최국민회의 대의원으로 뽑혔던 아버지……. 명수의 곁에서 정인은 고개를 숙이고 걷는다. 바람은 이미 따듯하고 멀리 산 위에서 아카시아 향내가 짙게 풍겨온다.

"정인아, 오늘 내가 널 보자고 한 건……."

말을 꺼낸 것은 이번에 정인을 보고 나면 오래도록 그녀를 보지 못할 것 같은 초조감 때문이었으리라. 명수는 그 후로 오래도록 그렇게 생각하곤 했다. 미숙했었고 무엇엔가 끊임없이 쫓기던 기분 때문이었을 거라고……. 하지만 정말 그것 때문이었을까……. 명수는 하기는 그 후로도 더욱 오랫동안 그 감정의 정체를 헤아리지 못했다. 하지만 명수는 결국 그 말을 하고 만다.

초여름 밤, 개구리 울음소리…… 혹은 아카시아 향기, 그도 아니면 여자의 울음소리 때문이었을까.

"나와 결혼해주겠니?"

결혼하지 못할 일은 없었다. 스물세 살짜리 총각이 스물한 살짜리에게 결혼을 하자고 하는 일처럼 자연스러운 일이 또 있을까. 인생을 걸고 영원을 맹세하고자 하는 일처럼 자연스러운 일이 또 있을까……. 손가락을 걸면서 우리 영원히 사랑하자고 하는 말은, 설사 그것이 우리 영원히 죽지 말자, 하는 말보다 더 허황한 것이라 해도 그 순간만은 영원의 입구에서 영원이라는 아득하고 도달할 수 없는 그 단어가 주는 그 황홀함을 맛보는 법이니까.

정인은 처음에는 무슨 소리인지 전혀 알아듣지 못하는 것 같았다. 생각에 잠겨 걷고 있었으니까. 하지만 곧 걸음을 멈추고 처음으로 명수를 똑바로 올려다보았다. 울음의 잔해가 아직 눈가에서 스러지지 않아서 정인의 눈가는 오히려 맑아 보였다.

"날 믿고 기다려준다면……."

"지금 무슨 소릴 하는 거야, 오빠."

자신이 뱉은 말의 엄청난 의미를 명수는 미처 깨닫지 못한다.

하지만 순간 명수는 머리를 쥐어뜯고 싶은 충동을 느끼는 것이다. 이것이 아닌데 싶었던 것이다. 정인이 그토록 달아나려 하지 않았다면 명수는 아마 그런 말까지 꺼내지는 않았을 것이다. 하지만 명수 자신에게도 시간은 얼마 없는 것처럼 느껴졌기 때문이다. 인생의 막다른 골목에 이르른 것처럼 절박해졌을 때 그럼 인간이 할 수 있는 일은 결혼이란 말인가, 하는 질문 따위는 지금 이 청년에게는 하지 말기로 하자.

"미안하다…… 미안하다. 나, 나도 모르겠어."

명수는 정말 머리를 쥐어뜯을 것 같은 표정이었다. 정인의 얼굴이 모욕감으로 일그러지는 것을 보고 명수는 고개를 돌려버린다. 자신에 대한 자괴감이 무럭무럭 피어난다. 갑자기 정인의 웃음소리가 들렸다. 명수는 그 자리에 멈추어 선다.

"오빠 군대 가?"

정인은 명랑한 목소리로 물었다.

"뭐라구?"

"남자들…… 군대 가기 전에 그런다고 하던데? 그러잖아…… 아무 여자에게나 가서 넌 날 기다려줄 수 있겠니? 하는 말들……"

정인이 말을 다 마치기 전에 명수는 정인의 두 어깨를 움켜쥐었다. 정인의 얼굴에서 장난스러움을 가장했던 웃음기가 가신다. 명수의 얼굴은 참담해 보였다. 어둠 속이 아니었다면 어쩌면 이 남자가 울어버리는 것은 아닐까 정인은 겁을 냈을지도 모르겠다. 숨이 확 막힐 것만 같이 압도해오는 명수의 표정을 물끄러미 바라보다가 정인은 긴장했던 두 어깨의 힘을 빼고 만다. 정인의 두 어깨를 부숴버릴 듯이 움켜쥐었던 명수도 손을 놓고 만다.

"미안하다……"

"말해줄게. 난 오빠를 한 번도 그런 식으로 생각해본 일이 없었어. 앞으로도 없을 거구. 아마도 영원히 그렇겠지."

왜였을까. 스물한 살짜리 처녀는 못을 박는다. 그럴 필요도 없는 일인데 영원, 이라는 말까지 들먹이며 정인의 말투는 지나칠 정도로 또박거렸다.

"그래……"

명수는 바지 호주머니에서 담배를 꺼내 불을 붙여 물면서 겨우 평정을 되찾는다. 우스운 일이었다. 사랑이라든가 결혼으로 말하자면 학내에서 만나던 다른 후배나 동기들도 얼마든지 많았다. 끈질기게 학교로 편지를 보내오던 여대의 여학생도 있었다. 그녀들과 그는 한 번도 이런 대화를 주고받은 일이 없었다. 변증법이라든가 역사라든가, 독재라든가 저개발이라든가……. 그렇다면 정인

과는 그런 대화를 나눌 수가 없어서 이런 대화를 하고 있는 것인
지……. 명수는 거기에는 또 대답하지 못한다. 하기는 정인이 그래,
오빠, 나랑 결혼해, 라고 한다면, 그것 또한 난감한 일이었다. 명수
는 화가 난 사람처럼 입을 다문다.

명수의 집과 정인의 집의 갈림길까지 와서도 명수는 차마 정인
을 바로 보지 못했다.

"이리로 가, 오빠. 내가 데려다줄게."

정인은 뜻밖에도 명수의 팔을 잡아끌었다. 처녀는 다른 남자와
한 번의 키스를 하고 나서 대담해진 것 같았다. 명수는 제 팔에 끼
고 있는 정인의 팔을 거북한 듯이 떼어냈다.

"정말 군대 가는 거야?"

묻는 정인의 말투는 침착했다. 명수는 머리를 쓸어 올린다.

"…… 글쎄…… 아니야."

"왜 뚱딴지같은 말을 해."

정인은 살풋 웃었다. 명수는 살풋 웃을 때 드러나곤 하던 정인
의 고른 앞니를 머릿속에 생생히 떠올렸지만 그것을 보지 않으려
고 애쓰면서 따라 웃고 만다.

"글쎄 왜 그랬을까."

"서울에서 여대생한테 실연당했나 부다."

명수는 그저 웃고 만다. 정인은 명수 쪽으로 갸웃 고개를 내밀
더니 입을 가리고 웃었다.

"명문 의대생이 우체국 말단 여직원한테 결혼하자고 말하면 그

건 두 가지 의미밖에 없겠지. 장난이든지, 모욕이든지."

정인은 웃음기를 거두지 않고 또박또박 말했다. 명수가 정인을 바라본다. 정인의 머리카락이 바람에 날리는 바람에 정인은 명수의 시선을 받지 못하고 희고 가는 손가락으로 머리를 쓸어내린다. 아니야, 라고 말하려다가 명수는 그저 입을 다물어버렸다. 그들이 걸어가는 발자국 뒤로 어둠 속에서 목쉰 소리로 맹꽁이가 울어댄다. 저주로 목이 쉬어버린 새의 울음소리같이.

두 사람은 말없이 명수의 집 어귀에 다다랐다. 멀리서 길게 뻗어 있던 그림자가 다가오고 있었다. 명수의 어머니 정씨댁이었다.

# 자명 스님

근 한 달째 비가 내리지 않은 땅은 딱딱하게 굳어 있었다. 점심에 된장찌개에 넣을 고추를 작은 바구니가 수북하도록 딴 스님은 허리를 펴고 가장자리가 너덜한 밀짚모자를 벗어 들고는 맨손으로 검은 안경테 밑으로 흐르는 땀을 닦아낸다. 허리춤에서 잿빛 끈으로 질끈 동여맨 승복, 그 위에는 웃통을 벗은 모습이다. 알맞게 그을린 검은 피부, 적당히 근육이 붙은 어깨와 가슴, 한때는 몹시 나약해 보였을 육체는 그러나 초여름 햇볕 아래서 이제 튼튼해 보인다. 한때는 강현국이었던 남자, 이제는 자명(自鳴) 스님이 된 그는 인기척을 느끼고 뒤를 돌아본다.

"좀 도와드릴까요?"

눈이 마주치자 명수가 말한다.

"됐다. 나도 좀 쉬려는 참이었다. 이거 박 보살님 가져다주고 오 겠니?"

명수에게 바구니를 밀어주고 자명은 자신이 심은 감나무 그늘 에 앉는다. 이미 여름이 다 지난 계절, 자명은 여기저기 솔기가 해 어지고 미어진 승복을 훌쩍 걸치고 감나무 아래 눕는다. 짙푸른 감나무 이파리 사이로 하늘이 지나가고 얼마 전 감꽃이 떨어진 자리마다 감꼭지 같은 열매의 맹아들이 남아 있다. 이제 가을이 오고 온 산이 붉게 물들면 저기서 꽃보다 아름다운 홍시들이 피 어나리라. 자명은 잠깐 피곤한 눈을 감는다. 머리를 깎은 지 벌써 11년, ㅁ사를 떠나 이곳에 정착한 지 햇수로 벌써 7년……. 행자 시절 나물을 캐고 배추를 솎고, 김장을 담그고 깻잎을 갈무리하 여 밑반찬을 만들던 그 시절, 눈이 온 강산을 덮으며 내리던 어느 날, 잠을 이루지 못하고 군불을 때고 있는 그에게 큰스님이 다가오 셨다. 큰스님이 그 시각에 행자가 군불을 때고 있는 공양간에 오 는 일은 극히 드문 일이었다.

어쩔 줄 모르고 있는 그의 곁에 나란히 큰스님은 쪼그려 앉았 다. 쥐면 한 줌이나 될까 바스라질 것 같은 노구. 그러나 그 작은 몸에서 범접할 수 없는 반듯함이 배어 나왔다. 자명은 그때 압도 된다는 감정을 온몸으로 느껴보았다.

하지만 큰스님은 태연했다. 쪼그리고 앉은 앉음새는 편안했고 느긋해 보였다. 그러나 느긋한 그 틈새 어디에도 바늘 하나 들어갈

틈은 없다. 그 모순된 느낌을 자명은 지금도 생생히 기억한다. 주
홍빛으로 타오르는 홍염(紅炎)의 그림자가 나란히 앉은 행자인 그
와 큰스님의 얼굴에 아른거렸다. 30년간을 장좌불와(長座不臥)한
그 스님……. 왜였을까. 그는 산에 들어온 이후 벌겋게 얼어터진
손등을 바라보며 처음으로 울음이 복받치는 것을 느꼈다. 오체투
지(五體投地) 하고 목 놓아 울고 싶었던 이상한 감정이었다.

"불이 참 좋구나."

그의 심정을 아는지 모르는지 스님은 곁불을 쬐는 늙은 나그네
처럼 흡족한 표정으로 입을 열었다.

"재미난 얘기 하나 해줄까? 옛날에 무착문희(無着文喜) 선사가
있었다. 그에게는 평생을 걸쳐 소원이 하나 있었는데 바로 문수보
살님을 한번 친견하는 것이었다 말이다."

바람이 불 때마다 얼지도 못한 흰 눈이 빙수 가루처럼 흩어져
내리는 밤이었다. 그 산사의 공양간, 그 바람 소리를 다 이기지 못
하는 낡은 문이 덜컹거리는 공양간에서…… 아직 강현국이었던
자명은 긴장된 표정으로 스님의 이야기를 듣기 시작했다.

"그래, 그는 나물을 캐면서도 문수보살 문수보살, 물을 길으면서
도 문수보살 문수보살, 국을 끓이면서도 문수보살 문수보살 했더
란다……. 그런데 어느 날 그가 시래기를 넣고 맛있게 국을 끓이
고 있는데 얄궂게도 펄펄 끓고 있는 국 속에서 문수보살이 그만
고개를 쑥 내미는 것이 아니겠느냐……. 깜짝 놀란 채로 그 얼굴
을 보는 순간 무착의 머리에는 그만 한 생각이 떠올랐더란다. '문

수자문수요 무착자무착(文殊自文殊, 無着自無着)'이라, 즉 문수는 스스로 문수요, 무착은 스스로 무착인데, 이게 웬 놈인고, 하고 그만 문수보살의 머리통을 국자로 냅다 갈겼단 말이다. 그래서 문수보살은 혼비백산해서 물러가고 그는 태연히 국을 더 끓여가지고 대중 공양을 했다는 이야기가 있다……."

눈앞에서 아른거리는 아궁이의 불기 때문이었을까, 강현국의 창백한 이마에는 땀이 흘러내리고 있었다. 불길 속에 아른거리는 은주의 죽음, 두고 온 병원 동료들의 얼굴, 안개 속에 갇힌 미래…….

"국을 끓이는 일은 진실로 국을 끓이는 일이고 불을 때는 일은 진실로 불을 때는 일이다."

그때 자명의 얼어터진 얼굴에서 눈물이 한 줄기 흘러내렸다. 눈물도 큰스님에게는 그저 눈물이었을까. 그날 밤 큰스님은 그저 느릿하게 일어나 방으로 들어가셨고 이듬해 그에게 계를 주고 그 겨울 입적하셨다.

자명은 눈을 뜬다. 하늘가로 구름이 흘러간다. 누워서 보는 하늘은 언제나 다르다. 서서 고개를 한껏 뒤로 젖히고 보는 하늘과도 또 다르다. 하늘은 언제나 하늘인데 바라보는 그 사람의 자세가 어떻느냐에 따라 사물이 바뀌어지는 것이다. 고추를 따는 일이 진실로 고추를 따는 일이었던가.

"오늘 오후에 떠날까 해요."

공양간에 다녀온 명수가 자명의 곁에 앉으며 말한다. 자명은 일어나 앉으며 스물세 살의 명수를 바라본다.

명수가 이곳에 와서 머무른 지 사흘, 명수는 쫓기는 짐승처럼 초조해 보였다. 절벽 끝에 다다라 건너뛸 것인가 아니면 이대로 포수의 총에 맞을 것인가, 절박한 사슴의 눈망울 같은 명수…… 속세의 족보로 따져서 팔촌쯤 되는 이 젊은이의 모습에서 자명은 불현듯 두고 떠나온 자신의 젊은 날을 읽는다.

"그래."

명수는 무슨 말인가 할 듯 입을 달싹이다 말고 담배를 꺼내 물었다.

"왠지 언젠가 나도 형처럼 머리를 깎을 것만 같은 생각이 들어요."

함께 의대를 다닌 경험이 있다는 공통점 때문이었을까, 그도 아니면 그저 할 말이 없어서였을까, 자명은 작게 머리를 끄덕였다.

자명은 이곳에 암자를 지어 병든 사람들을 치료해주고 있었다. 계를 받은 후 틈틈이 익힌 한방 덕분이었다. 그가 의대를 다녔기 때문에 독학도 가능했고 자신의 몸을 시험 삼아 약초도 여러 가지로 개발해놓고 있는 터였다. 아마도 명수는 그것에 꽤나 감동한 눈치였다. 하지만 명수가 어디로 떠나든, 절벽을 뛰어넘든, 포수의 탄환에 제 몸뚱이를 밀어 넣든 자명은 떠나는 그에게 할 말이 없다.

'예를 받는 부처님이나 예를 하는 그대 자신이나 모두 참된 성품의 연기법(緣起法)으로부터 시작되었다. 몸과 마음으로 그것을 감응(感應)하라! 진리는 그대의 그림자와 메아리이다'라는 『초발심자경문』을 그에게 새삼 일러줄 수도 있지만, '크게 의심하고 크게 용맹하고 크게 마음을 내라'라는 큰스님의 말씀을 그에게 들려줄 수도 있지만 자명은 이제 다만 두 손을 그러모아, 온몸으로 그러모아 아마도 '성불하십시오' 할 것이다. 온 우주의 정성을 모은다 해도 다만, 두 손밖에 모으지 못할 것이다. 그리고 그것이 그가 해줄 수 있는 도움의 전부라는 것을 자명은 이제 안다. 바람 소리는 바람 소리고 빗줄기는 빗줄기이며 명수는 명수의 길을 가는 것이다. 그리고 때가 되면 해가 뜨고 때가 되면 해가 지며 계절이 오고 가면 감꽃이 지고 열매가 익듯이 때가 되면 만났다가 때가 되면 헤어지는 것이다. 그러나 빗줄기는 정녕 그냥 빗줄기이고 바람 소리는 정녕 바람 소리이기만 할 것인가. 씨앗이 뿌려졌으니 꽃은 질 것이고 바람이 불어 씨앗을 또 다른 인연의 땅으로 날라 떨어뜨릴 것이다. 영겁으로 돌고 도는 윤회의 고통을 느끼며 자명은 마음 한구석으로 젊은 명수에게 어쩔 수 없이 쓰라린 연민을 느낀다.

그때 명수의 시선이 한곳에 가서 박혔다. 자명은 명수의 시선을 따라 고개를 돌린다. 재잘거리는 여자의 웃음소리⋯⋯. 산 아랫길로 한 남자와 여자가 올라오고 있었다.

남자의 손을 잡고 있는 여자의 다른 손에는 흰 망초꽃이 한 아름 들려 있다. 자명의 눈길이 명수에게 가서 머문다. 명수의 눈가에 지나가는 짙은 색의 고통⋯⋯. 자명은 자신도 모르게 손을 그러쥐고 되뇌었다.

"나무 관세음보살."

남자와 여자는 이쪽으로 올라오기 위해 길을 돌아 보이지 않게 되었다. 명수의 입가에서 작은 한숨이 토해져 나왔다.

"스님, 시간이 다 되었는데요."

박 보살이 멀리서 손나발을 하고 자명을 불렀다. 그는 풍을 맞은 노파에게 침을 꽂아두고 나왔던 것이다.

"예, 곧 갑니다."

자명은 일어나 허리끈을 여몄다. 명수가 애처로운 눈길로 자명을 바라본다. 자명은 아무것도 모르는 사람처럼 쌀쌀하게 명수를 바라보지 않는다.

"형!"

현준의 목소리가 들리고 이어 여자의 얼굴이 나타난다. 산길을 오른 탓이었을까, 여자의 얼굴은 상기되어 있었다. 명수의 얼굴도 상기되고 두 사람의 눈길이 먼저 마주쳤다. 정인은 생각 밖으로 생긋 웃었다.

"오빠가 여기 웬일이야, 서울 갔다고 하더니."

"으응…… 그저……."

명수는 피우던 담배가 손끝에서 짧게 타들어가는 것도 의식하지 못하고 애매한 표정으로 현준을 바라보았다. 언제나처럼 무표정한 눈길의 현준이 웃으며 명수에게 목례를 보낸다.

"들어가자, 점심 공양을 해야지……."

제각기 다른 표정을 짓고 있는 세 젊은이를 모른 체하고 자명은 정인과 현준을 향해 합장을 한 다음 발을 옮겼다. 명수가 엉거주춤 그 뒤를 따른다. 왜였을까, 정인을 본 순간 자명의 뇌리 속으로 갑자기 은주의 얼굴이 뚜렷하게 떠오르는 것이다. 오만했던 그 여자, 오만해서 불쌍했던 그 여자…… 은주는 짧은 스커트를 입었고 정인은 낡은 재킷 차림이었다. 은주는 세련되었지만 정인은 투박하다. 정인에게는 어떤 오만의 구석도 없다. 무엇보다 정인은 은주처럼 오만하기 위해 필요한 것을 가지지 못했다. 학벌이나 배경이나 직업…… 그런데 집요하게 은주의 얼굴이 정인의 얼굴과 겹쳐지는 것이다.

"나무 관세음보살."

자명은 자신도 모르게 걸음을 서둘렀다

열린 창호지 문밖으로 햇살은 화사하고 연록의 나무들 사이를 스쳐 지나 불어오는 바람은 더없이 청명했지만 방 안에 둘러앉아 점심 공양을 하는 사람들의 얼굴은 어두웠다. 놓았던 침을 뽑아주고 한 시간 동안은 찬물이나 식사를 일절 금하고 편안히 누워 있으라고 풍을 맞은 노인에게 이른 자명은 이 방에 들어서면서 해쓱해진 명수에게 먼저 시선이 갔다. 아무리 속가의 인연이라고 한다 해도, 또 아무리 어머니를 달리해 태어난 이복형제라고 해도 현준에게 신경이 쓰일 법도 했지만 자명은 자꾸만 명수의 해쓱해진 표정이 마음에 걸리는 것이다.

자명이 들어서자 모두 숟가락을 들었다. 명수는 거의 밥을 먹지 못하고 있었다. 후리후리한 키에 골격이 큰 현준에 비한다면 아직 어리고 강마른 명수의 모습은 사실 초라해 보이기까지 했다.

"지금 본과 이학년인가……"

어색한 분위기 속으로 현준이 먼저 명수에게 입을 열었다.

"으응…… 한 학년을 꿇었어……. 이제 일학년이야."

명수는 무기정학을 당했다는 말은 하지 않았다. 명수에게 눈을 주지 않으려고 애쓰던 자명의 눈길이 처음으로 명수에게 가서 머문다. 본과 일학년에서 한 학년을 유급한다는 것의 의미를 자명은 알고 있었다. 막연히 짐작하던 불길한 예감이 자명에게 왔고 자명은 천천히 밥을 씹었다.

"너도 그 운동권인가 뭔가 하냐? 설마 의대생이……."

현준은 그저 스치듯 말했지만 명수의 눈초리가 소스라치듯 날카로워졌다가 내리깔린다.

"그저 공부를 잘 못했지 뭐……. 머리가 좋지 않아서."

말은 건성이었지만 갈고리가 숨어 있었다. 너 따위하고 이야기하고 싶지 않다, 라는 오만도 엿보였다. 그 오만을 여유로 감추고 싶어 했지만 아직은 서투른 명수의 연기에 현준은 무슨 말인가 더 하려다가 입을 다문다. 정인은 얼핏 연주와 미송을 생각한다. 거의 매일 밤을 현준과의 데이트 때문에 정인은 연주와 아무 이야기도 나누지 못했었다. 첫날 밤, 미송이 도착했을 때 옹송그려지던 자신의 모습…… 멀었던 미송이……. 정인은 김을 집어 현준의 밥 위에 올려준다. 스스럼없는 행동이었다. 마치 난 이 사람의 여자야, 하는 것처럼. 명수의 눈길이 그런 정인을 의식하고 정인 역시 그런 명수를 의식했지만 태연하게 자신의 밥 위에도 김을 한 장 얹는다.

식사가 끝나고 자명이 차를 따랐을 때까지도 어색한 분위기는 계속되었다. 명수는 계속 정인을 바라보지 못하고 있었다. 선뜻 일어나 이 자리를 떠나지도 못하고 그렇다고 이 자리에 편안히 끼어들지도 못하는 모습이었다. 자명은 찻잔에 천천히 차를 따르면서 문득 산 아래 두고 온 지난날을 떠올린다. 돌연한 감정이었다. 행자 시절에는 그 인연들과 이를 악물고 싸웠지만 언제부터인가 천천히 사라져가던 그 감정, 그런데 갑자기 그 감정이 덜미를 잡는 것처럼 순간 아찔해지는 것이다. '나도 언젠가 형처럼 머리를 깎지 않을까 하는 생각을 했어'라는 명수의 말 때문이었을까.

그럴지도 모른다. 하지만 그렇지 않을지도 모른다. 그토록 힘들었던 스물몇 살의 시절들…… 온 세상이 자신에게 조소를 보내고 있는 것만 같던 그 지옥 같았던 나날들, 그것이 지옥인 줄도 모르고 그 길을 달려갔던 그 시절……. 타인의 시선이 결국 자신의 시선이었다는 것을 깨닫는 데는 많은 시간이 필요했다. 은주와 자신을 비웃고 있었던 것은 결코 타인들이 아니라 바로 자신이었다는 것을 알고 난 후, 그는 바랑을 지고 산사를 떠돌았다. 아니, 떠도는 것이 먼저였던가……. 그런데 왜 명수를 보면서 그는 자꾸만 지난 시절을 회상하는지. 자명은 언젠가 심한 위궤양을 고쳐준 도예가가 구워준 암갈색 다기에 차를 따라 여기 모여 앉은 이상한 인연의 젊은이들에게 한 잔씩 건넨다.

"인사가 늦었네. 알지, 정인이라고 우리 옆집……."

자명은 처음으로 정인에게 시선을 건넨다. 뚜렷한 이목구비, 상냥하게 답례를 보내는 웃음……. 그러자 자명은 느낀다. 저 여자는 불안하구나…….

"옆집?"

"아, 저기 우리 뒤에 왜 서울 다니는 버스 운전하던……."

"안녕하세요, 오정인이라고 합니다."

정인은 앉은 자리에서 엉덩이를 들어 자명에게 인사를 건넨다. 그로서는 일찍 서울로 보내졌기 때문에 뒷집이든 옆집이든 사실, 고향에 대해 기억나는 것이 없었지만 그저 아 예, 하고 합장을 한다. 여자의 불안이 다시 한 번 자명의 가슴에 와서 닿는다. 마음의 평화를 얻은 후, 자명이 얻은 것이 있다면 그것은 세상의 사물이 사물 그대로 보인다는 것이다. 예전에는 오직 자신을 바라보던 타인의 시선만이 보였다면 이제 자명에게는 사람이 보이는 것이다. 산이 산으로 보이고 물이 물로 보이는 진정한 그 경지에 도달하려면 얼마나 더 많은 시련이 필요할지 그도 알 수 없었지만 이제 타인은 타인으로 보인다. 그가 마주 보는 사람의 코가 있는지 없는지, 옷을 입었는지 아닌지 이제야 그는 보게 된 것이다.

"저어 스님. 침을 놓으신다구요……."

자명이 따라준 차를 한 모금 마시고 나서 인사치레처럼 정인이 말을 꺼냈다.

"믿지 마……. 형은 사실 돌팔이야."

정인에게 부드러운 미소를 보내며 현준이 말을 돌렸다. 정인이 철부지처럼 까르르 웃었다. 하지만 웃음소리는 정인 혼자만의 것이었고 정인의 웃음이 잦아들기도 전에 방 안은 다시 썰렁하게, 마치 찬물이라도 끼얹은 것처럼 사늘해진다. 맨 처음 당황한 것은 정인이었다. 하지만 정인이 자신이 느끼는 당황감의 정체를 다 파악하기도 전에 명수가 자리에서 벌떡 일어섰다. 자명이 따라준 차에는 손도 대지 않은 채 앉아 있던 명수는 마치 무대에 처음 나선 배우처럼 서투르게, 그래서 거칠고 딱딱한 태도를 감추지도 못했다. 지금 이 시간 전혀 어울리지 않는 말이고 행동이었기 때문에 나머지 세 사람의 시선이 명수에게로 향했다.

"저는 그만 가봐야겠어요……. 사실은 아까부터 가려고 했는데 현준이 형하고 또……."

명수는 묻지도 않은 변명을 하다가 정인의 이름을 차마 뱉지 못하고 머뭇거렸다.

"정인아…… 난 갈게……."

명수는 그 말을 뱉기가 힘든 듯이 보였다. 하지만 그 말을 뱉고 난 명수의 표정은 더욱 참담해졌고 명수는 입술을 앙다물며 방을 나가버렸다. 남아 있는 현준의 얼굴로 얼핏 비웃음이 지나간다. 정인은 며칠 전 밤의 일을 생각하며 입을 다물었다. 마치 예정된 수순이라는 듯 자명이 방 한구석에 팽개쳐져 있는 명수의 가방을 들었다.

"이 사람아, 가더라도 짐은 챙겨가야지……. 바랑도 없이 길을 떠나려나."

암자에서 산 아래로 내려가는 길가, 이쪽에 등을 돌리고 선 명수에게 다가가 가방을 건네며 자명이 말했다. 지퍼도 채 닫지 않은 가방 안에서 흰 종이가 보이고 볼펜으로 갈겨쓴 글씨가 삐죽했다.

'백만 학도에게 드리는……' 자명은 거기 쓴 글씨를 읽었는지 아닌지 천천히 지퍼를 채워주었다. 가방을 받아 드는 명수의 얼굴은 상기되어 있었다. 우리에 막 갇혀버린 짐승처럼 광포한 감정을 더는 숨길 수 없는 것 같았다. 노여움일까, 그것은? 명수의 눈은 충혈되어 그 순박해 보이던 표정은 간 데 없었다. 자명은 얼른 이 자리를 뜨고만 싶어지는 자신을 느낀다.

"제가 스님에게, 현국이 형한테가 아니라 스님에게 한 말씀 여쭈어도 되겠습니까?"

말투야 난데없이 공손했지만 명수는 주먹이라도 들이대고 싶어 하는 표정이었다. 자명은 물끄러미 명수를 바라만 보았다.

"스님이 진정으로 중생을 구제하려고 마음을 먹으셨다면 한 여자가 벼랑으로 달려가고 있는 것은 막아주셔야 한다고 생각했습니다."

명수는 들이댄다. 네가 알고 하늘이 알고 나도 안다! 그런 투였을 것이다. 자명은 여전히 침묵했다.

"제 말을 못 알아들으시는군요. 현준이 형은…… 아시잖습니까, 서울에서 어떤 생활을 하고 있는지?"

명수는 이번에는 더욱 바짝, 자명 스님이 아니라 현국으로 알았던 한 사람에게 들이댄다. 자명은 동요 없는 눈으로 그저 명수를 바라만 본다. 그러나 그의 마음속에는 지옥의 기억이 선연해지는 것이다. 그것이 명수의 얼굴과 겹쳐지면서 자명은 자신도 모르게 한숨을 뱉는다.

"정인이는 아무것도 몰라요……. 저 애는 깨끗한 여잡니다. 현준이 형이 심심풀이로 데리고 놀…… 그건 안돼요……. 그렇게 할 수는 없습니다. 저 여자는 행복하게 살아야 해요……. 한 번도 무얼 제 것으로 가져본 적이 없었다구요……. 제가 왜 지금 그걸 막을 수 없는지 스님은 아시지 않습니까?"

현국이 형이었다가 스님이었다가 명수는 안절부절못했다. 하지만 집요하게 자명을 바라본다. 몇 년 전 겨우 평정을 얻었다고 생각한 자명의 마음에 작게 파문이 이는 소리가 들렸다.

"저는 아무것도 모르겠습니다."

자명은 못을 박는다. 충혈된 눈가에 맥이 탁 풀리면서 명수의 눈길이 내리깔린다. 명수는 자명이 아직도 들고 선 가방을 천천히 받아 들었다.

"아까 제가 한 말 취소하겠습니다. 이런 것이 스님의 길이라면 먼 훗날에라도 따르지 않겠습니다."

명수는 얼른 고개를 돌렸다. 얼핏 그의 눈가에 눈물을 본 것도 같았지만 자명은 그저 돌아서서 걸어가는 명수의 뒷모습을 향해서 합장을 했다. 자명은 안다. 아마도 몇 년간은 그를 보지 못할 것이다. 내일이나 모레나 그도 아니면 한 달 후쯤 그의 이름을 신문에서 보게 될 것이라는 걸. 그러나 그것은 길이기 때문이다. 자명은 다만 기원할 수 있을 것이다. 세상으로 나 있는 이 무수한 길을 돌고 돌아 언젠가는 큰 길에서 다시 만나기를…….

그러나 자명은 다시금 흔들린다. 벼랑은 무엇이고 여자는 무엇인가. 저 여자가 얼마나 가난하든 아니면 부자든 그 누구라도 무엇을 제 것으로 가질 수는 없는 것이다. 자명은 그것을 명수에게 설명할 수 없었다. 그러나 작게 파문이 진 마음 저 깊은 곳으로부터, 마치 작은 온천 구멍이 뚫린 것처럼 솟아 나오는 이 뜨겁고 쓰라린 연민은 누구의 것인가.

자명은 문득, 나무 관세음보살이라고 말하고 싶어 하는 입을 다문다. 그리고 암자, 자신이 기거하는 방 댓돌에 놓인 두 개의 신발을 바라본다. 얇은 먼지에 덮여 있지만 여전히 광채에 빛나는 현준의 구두…… 명수의 설명이 아니더라도 그 구두의 천박한 광택처럼 현준의 삶이 다른 지옥을 헤매고 있는 것을 자명은 물론 안다……. 자명은 이번에는 여자의 작은 구두를 바라본다. 여자의 낡은 구두는 해어져 있었다. 뒤축이 까져서 원래의 갈색이 빛을 바래고 있는 구두…… 저 여자는 헤매어 다닐 것이다. 저 구두가 짚신이 되도록 헤매어 다닐 것이다. 그러니 그것이 그저 그 여자의 길이라고, 그는 감히 말해도 되는 것인지……. 자명은 그 방으로 들어가지 않고 발길을 돌려버렸다.

# 첫 정사

자명이 돌아오지 않는 방에서 현준은 정인의 무릎을 벤 채로 누워 있었다. 아무리 그와 결혼하지 않을 거라고 또박거리며 말하기는 했지만 정인은 뛰쳐나가듯 가버린 명수가 마음에 걸렸다. 더구나 이곳은 절이고 자신의 무릎을 베고 누워 있는 현준의 모습이 정인에게는 왠지 자연스럽지 않았다. 스님이 들어오시면 어떻게 하나, 하는 생각……. 더구나 현준의 손길이 정인이 스커트 밑으로 들어와 정인의 허벅지를 쓰다듬을 때, 현준의 그런 손길을 하염없이 떼어내고만 있었지만, 정인은 결국 자신이 현준을 거역할 수 없다는 것을 알고 있었다.

순결.

현준의 짙은 애무를 받고 집으로 돌아간 날이면 정인은 잠자리에 누워 제 몸 구석구석을 쓰다듬던 그의 손길을 생각하며 잠을 이루지 못하고 순결이라는 것에 대해 생각했다. 아직, 그러니까 소설이나 영화에서 본 대로 그에게 순결을 준 것은 아니었지만, 정인은 자신을 순결한 여자라고 이미 생각하고 있지 않았다. 계룡산 계곡에 있던 그 우물가에서 현준과 첫 키스를 하고 난 후 정인은 그렇게 마음을 굳히고 있었다. 다만 자신이 현준과 직접적인 정사를 벌이지 않은 까닭은 다만 정인이 그것을 두려워하고 있었기 때문이고 현준이 굳이 강요하려 하지 않았기 때문이었고, 만일 현준이 어떤 형태로든 그런 행동을 시도하려 했다면 정인은 아마도 더는 반항하지 않았을 것이라고. 명수의 이상하고 서툰 청혼을 거절한 것은 어쩌면 그런 생각 때문이었다. 만일 현준과 키스를 한 것을 명수가 안다면 명수는 아마도 자신을 글쎄 뭐랄까, 굳이 단어를 써서 생각하지는 않았지만 아마도 '용서'하지 않을 거라고……. 스물한 살의 남자 경험이 전혀 없는 처녀는 이 작은 읍에서 아버지의 막연한 바람기가 얼마나 많은 사람들을 훼손하는가를 보면서 자연스레 그런 생각을 신앙처럼 믿고 있었다. 어떤 일이 있어도 어머니처럼 불행한 삶을 살아서는 안 되며 그렇다고 아버지처럼 산다는 것은 죽음보다 끔찍한 일이라고 말이다.

현준의 손길은 이제 대담하게 정인의 치마 밑을 지나 두 가랑이 사이로 들어선다. 정인은 화들짝 놀라며 얼른 엉덩이를 뺐다. 그 바람에 현준의 머리가 쿵, 소리를 내며 방바닥으로 떨어졌다. 머리를 부딪친 현준의 눈살이 찌푸려진다.

"미, 미안해요……. 아파요?"

당황한 채로 정인이 빼낸 엉덩이를 다시 현준 쪽으로 밀며 말했다. 현준은 아무 말 없이 일어나 앉았다. 정인은 찌푸린 그의 얼굴 때문에 겁이 더럭 났다.

"미, 미안해요……."

처녀는 무엇을 그렇게 잘못했다는 것일까. 겁에 질린 눈동자는 현준을 애타게 바라보고 있었지만 현준은 그런 정인을 싸늘하게 외면한 채 담배를 물었다.

"명수, 그 녀석이 너한테 마음이 있나 보던데?"

머리를 부딪친 현준은 난데없이 말을 꺼냈다. 겁에 질려 있던 정인의 얼굴이 현준의 눈길을 바라다보다가 일순 굳어진다.

"아, 아니에요. 명수 오빠랑은…… 어릴 때부터……."

"어릴 때부터 뭐?"

현준은 처음으로 정인에게 눈길을 준다. 정인의 얼굴은 귓불까지 붉어진다.

"내가 과히 틀리진 않은 거 같군. 꽤 유치한 게 귀여웠어. 어때? 명수 정도면 괜찮지 않아? 명문대의 의대생에다가…… 그만하면 얼굴도 괜찮고…… 유치한 거야 나이 들면 철날 거고……. 하하하하, 생각해보니까 정말 잘 어울리는군."

굳어졌다가 당황했다가 다시 붉어지는 정인의 얼굴을 귀엽다는 듯이 바라보며 현준이 말했다.

"왜…… 왜…… 그런 말을 하세요?"

정인은 겨우 더듬거리듯이 현준에게 말했다. 들고 있던 담배에 그제야 불을 붙이며 현준이 비끼는 눈길로 정인을 바라본다.

그런 그의 눈빛은 매력적이었다. 약간의 조소기가 들어 있는, 세상 어떤 것도 나를 감동시키지 않는다는 결연한 눈빛, 결연해서 허무해 보이는 눈빛…… 그건 정인이 가져보지 못한 눈빛이 아닌가……. 이 세상을 그토록 조소할 수 있다면 더할 수 없이 강한 사람이라고 정인은 생각하고 있었다. 그런 현준의 눈길이 정인은 가슴이 아프다.

"왜 그런 말을 하다니? 내가 정인이한테 그런 말 하면 안 되나?"

현준은 피식 하고 웃었다. 강마른 그의 얼굴의 얇은 피부가 겹겹이 주름진다. 그 주름살이 쓸쓸해 보인다고 정인은 생각한다.

"제가…… 어떻게 명수 오빠를 달리 생각하겠어요……. 저한텐……."

현준이 네가 있는데, 라고 정인은 말하고 싶었지만 어글어글한 그녀의 눈에서 금방 눈물이 흘러내린다. 현준은 정인을 외면해 버린다. 정인은 그러쥔 주먹으로 눈물을 닦는다. 저 사람은 내 마음을 모르는 모양이구나, 내가 얼마나 자기를 가슴에 맺혀하는지…… 아마도 이런 생각을 했을 것이다. 그래서 사랑하는 남자에게는 어떤 비밀도 있어서는 안 된다고 생각한 처녀는 입을 연다.

"사실은…… 명수 오빠가 갑자기…… 저보고 결혼하자고 그랬어요……. 전 싫다구…… 전 명수 오빠를 그냥 오빠라고 생각했기 때문에……."

등을 돌린 채로 앉아 있던 현준은 여전히 정인에게 눈길을 주지 않은 채로 갑자기 큰 소리로 웃기 시작했다. 말을 하는 정인은 입술이 점점 굳어져옴을 느꼈지만 말을 계속했다.

"저는 명수 오빠가 어떻든 상관하지 않아요……. 그러니까 사랑하지 않아요…… 조금도, 그래요. 조금도…… 그건……."

정인은 입을 다물었다. 등을 돌리고 앉아 웃음을 그친 현준의 등이 갑자기 이루 말할 수 없이 막막하게 느껴졌다. 거대한 벽처럼, 단 한 번도 얼굴을 마주한 적이 없는 타인처럼……. 그건 한 번도 느껴보지 못한 감정이었다.

"제 말 듣고 계신 거예요?"

"……아니."

현준은 낮게 대답했다. 망설이지도 않고 별로 생각해볼 필요 없이 따분하다는 말투였다.

"난 그런 사랑놀음 따윈 취미 없어."

앉아 있는 그의 자세가 정인에게 벽이었다면 이번에 현준의 말투는 확 떼밀어버리는 투였다. 정인은 눈물이 그렁그렁 남아 있는 눈을 껌벅이다가 애타는 말투로 물었다.

"화나신 건 아니겠죠?"

"……."

정인은 이번에는 정말로 굳어버린 채로 입을 열지 못했다. 두 사람이 침묵하는 사이로 매미가 울기 시작했다. 정인은 식어버린 찻

잔을 뱅글뱅글 돌리면서 등을 돌린 현준에게서 피어오르는 하얀 담배 연기를 바라본다. 갑자기 그녀의 머릿속으로 그를 스쳐갔다는 그 많은 여자들의 얼굴이 떠오른다. 한 번도 얼굴을 보지도 못했지만 그녀들의 자랑스럽고 당당하고 지적인 모습들이 마치 방금 그녀 곁을 스쳐 지나간 것처럼 생생했다. 바람이 불 때마다 그녀들의 샴푸 냄새가 꽃향기처럼 풍겨오는 듯도 했다……. 정인은 갑자기 죽고 싶다고 생각했다. 그녀들은 책을 끼고 다니는 여대생이었을 것이다. 아버지가 바람을 피워 딴살림을 차리지도 않았을 것이다. 집에 돌아가면 어머니가 따뜻한 밥을 차려놓고 먹으라고 권하는 그런 식탁을 가진 행복한 여자들이었을 것이다. 저녁 식사가 끝나면 교양 있는 어머니들이 그녀들의 숱 많은 머리칼을 매만져주었겠지. 그녀들은 아마도 고양이들처럼 나른하고 오만하며 부드러울 것이다. 열 살 때부터 할머니의 요강을 부시느라 발갛게 부어터진 손등 같은 것은 한 번도 가져보지 못했을 것이다. 정인의 고통스러운 머리통이 점점 아래로 숙여진다. 그에게서 사랑받는다고 생각했던 순간들이 모래알처럼 손가락 사이를 빠져나가고 있었다. 모든 것이 바람이었을 뿐이라고 그녀는 생각한다. 명수 앞에서 그토록 당당하던 그녀는 어디 갔을까. 정인은 입술을 앙다물고 현준의 커다란 등을 벽처럼 바라본다.

"저 만난 걸 후회하시죠?"

현준이 담배를 열린 문밖으로 버리고 나서 기가 막히다는 표정으로 정인을 돌아본다. 하지만 정인은 건너뛰어야 할 절벽 앞에

선 것처럼 참담한 표정이었다.

"가자! ……스님 오시면 내가 너한테 뭐 몹쓸 짓이라도 했는 줄 알겠다."

현준은 정인의 그런 모습을 이해하기 힘들다는 듯이 바라보다가 농담처럼 말했다. 하지만 정인은 웃지 않았고 골똘히 생각에 잠긴 채로 핸드백을 천천히 집어 들었다. 그러고는 입술을 한번 앙다물고는 천천히 현준을 향해 말을 뱉었다.

"저…… 오늘 집에 들어가지 않을래요."

그 말이 무엇을 의미하는지 현준은 알고 있다고 정인은 생각했다. 정인에게는 그게 얼마나 뱉기 힘든 말이라는 걸 알 거라고 정인은 생각한 것이다. 하지만 현준은 그런 정인을 딱하다는 눈빛으로 바라보더니 휘익 하고 방문을 나서 신발을 신고 있었다. 정인은 풀이 죽어서 그런 현준 앞에서 신발을 신었다. 현준은 산비탈에 비스듬하게 일군 약초밭에서 김을 매고 있는 자명에게 다가갔다.

"갈게요."

자명은 굽힌 허리를 펴고 현준에게 합장을 하고 나서는 물끄러미 정인을 바라본다. 정인은 현준의 등 뒤에 조그맣게 서서 두 손을 모았다. 그때 누군가 정인의 가슴에 귀를 대고 그녀의 가슴에서 나는 소리를 들었다면 아마도 이런 소리를 들었을지도 모르겠다.

"저의 사랑이 헛되지 않도록…… 제발이지 헛되지 않도록 도와주세요!"

자명은 다시 허리를 굽히고 풀을 뽑기 시작한다. 현준은 정인보다 몇 걸음 앞서 내려가기 시작했다. 하얀 망초꽃을 한 다발 꺾어 들고 산을 올라왔던 처녀는 이제 꽃다발도 없이 고개를 푹 수그리고 말없이 그의 뒤를 따라간다.

차에 도착해 시동을 걸고 현준은 평소보다 거칠게 차를 몰았다. 운전석에 앉은 그와 조수석에 앉은 자신 사이에는 아마도 깎아지른 벼랑이 세워져 있는 것만 같았다. 사랑이라고 착각한 건 자신이었다. 그는 그저 호의를 보여주었을 것이다. 그가 설마, 나 같은 여자를 사랑하다니! 그건 있을 수 없는 일이었다. 그런데 자신은 그만 그것이 사랑인 줄로 믿고, 겁도 없이 말을 해버린 것이다. '오늘 밤 저와 함께 자주세요!' 하고.

만일 아까 한 그 말을 주워 담을 수만 있다면 무슨 짓이든 정인은 했을 것이다. 그러나 거부당한 처녀는 그 말을 주워 담을 수 있는 방법을 모른다. 수치심 때문에 그녀의 얼굴은 창백해져 있었다.

"정인이 어디 가고 싶니?"

침묵하고 있던 현준이 기어를 바꿔 넣으며 정인에게 물었다. 부드러운 목소리였다. 입을 다물고 제가 아까 한 말의 쓰라림을 생각하고 있던 정인이 현준을 바라보았다.

"어디 가고 싶은 데 있으면 말해……. 내가 데려다줄게."

긴 해가 나지막한 산 너머쯤으로 저물고 있었다. 정인은 연보랏빛 노을을 배경으로 빨리빨리 기울며 스쳐 지나가는 전신주들을 바라본다.

"집에…… 갈래요……."

정인은 현준을 바라보지 않은 채 말했다. 자신을 경계하고 있는 연주가 있는 집. 아침에 자신이 끓여놓은 된장찌개가 식어가고 찬 밥들이 사발에 담겨 있는 집. 하지만 돌아갈 곳은 그곳뿐이 없었 다. 하지만 현준은 갈림길에서 핸들을 꺾어 정인의 집과는 다른 방향으로 달리기 시작했다.

샤워를 마치고 나온 현준은 불을 껐다. 틀어놓은 TV의 불빛이 굳어진 정인의 얼굴에서 푸르게 춤을 추고 있었다. 현준은 여관 한쪽에 놓인 작은 냉장고에서 꺼낸 맥주를 따라 마시기 시작했다. 정인은 처음 보는 현준의 발가락을 바라보고 있었다. 속옷 차림의 그를 차마 바라볼 수 없어서였을 것이다. 발가락들은 희고 길었다. 참, 예쁜 발이다, 라고 정인은 겨우 생각한다.

"안 씻어?"

현준은 담배를 문 채 그 긴 발가락으로 좀 떨어진 곳에 놓여 있 는 재떨이를 당기며 심드렁하게 물었다. 정인은 여전히 현준의 발 치에서 시선을 떼지 못하고 천천히 일어서서 목욕탕으로 들어간 다. 온몸이 오싹거리는 기분이었다. 왜였을까, 현준과 데이트를 하 고 난 밤, 자신도 알 수 없게 일어나던 알 수 없는 흥분 따위는 찾 아볼 수 없었다. 이마가 뜨끈거리는 것이 몸살이라도 한판 앓아야 할 것만 같았다. 기분 나쁜 열기가 옷을 벗는 정인의 온몸으로 퍼 져가고 있었다. 정인은 옷을 벗어 얌전하게 목욕탕 한쪽에 걸어놓 고 거울에 제 몸을 비추어본다. 누군가 그때 정인의 표정을 보았다면 아마도 전장으로 나가는 장수처럼 홀로 비장했다고 말했을 지도 모르겠다. 정인은 천천히 몸을 씻었다. 될 수 있는 대로 오랜 시간을 정인은 이곳에 머무르고 싶었다.

하지만 샤워 꼭지를 틀었을 때 마치 그 거센 물줄기처럼 정인 은 제 마음속에서 무엇인가가 아우성치는 소리를 들었다. 오지 말 았어야 했을 것 같았다. 만일 남자와 여관에 들어온 것을 누가 보 기라도 했다면, 이곳은 물론 정인이 사는 읍과는 한 시간도 넘게 떨어진 곳이고, 그녀 같은 여자가 남자와 여관에 가는 것쯤 누구 도 눈여겨보지 않겠지만 정인은 오늘 밤부터는 전혀 낯선 생이 펼 쳐질 것만 같은 예감을 가지는 것이다. 다시는 햇볕을 보지 못할 것이고 다시는 예전처럼 깔깔거리며 웃을 수 없을 것 같은 두려 움……. 결혼도 하기 전에 애를 밴 처녀를 두고 사람들이 무어라 고 말을 하는지 그녀는 너무도 잘 알고 있었다. 그때 정인은 할머 니의 곁에 누워서 말똥말똥 눈을 뜨고 동네 아주머니들이 그녀들 을 어떻게 부르는가를 들어왔던 것이다. 화냥년, 갈보, 걸레…… 몸을 버린…… 망쳐버린 여자들……. 하지만 그 어린 시절에도 정 인은 생각하곤 했었다. 왜 그런 이름들은 꼭 여자에게만 붙어야 하는 걸까 하고.

아주 오랜 시간이 지난 것 같았다. 정인이 물을 잠그었을 때 뚝, 끊어진 그 정적 속으로 멀리서 지나가는 트럭 소리가 들려왔다. 아주 육중한 트럭 소리였다. 정인은 문득 그 소리가 자신의 무엇 인가를 밟고 지나가는 듯한 느낌을 받았다. 아주 섬광 같은 생각이었다. 하지만 정인은 그저 천천히 옷을 입었다. 낡고 뭉툭하게 생긴 브래지어와 튼튼하기만 한 흰 면으로 된 팬티, 팬티는 너무 오래도록 삶아서 고무줄이 좀 헐거웠지만 그런대로 입을 만했다. 그리고 티셔츠와 스커트를 입고 발에 아직 물기가 남아 있어서 잘 들어가지는 않는 스타킹도 신었다. 현준이 있는 곳으로 통하는 문의 습기 찬 손잡이를 잡았을 때 문득 꽃도 없고 샴페인도 없고 촛불도 없는 첫날밤, 이라는 생각이 잠시 정인의 머리를 쓸쓸하게 스쳐갔지만 정인은 용기를 내어 그 손잡이를 돌렸다.

현준은 이불을 펴놓고 비스듬히 누운 채로 맥주를 마시고 있었다. 9시를 알리는 시보가 삐, 삐, 삐…… 울리고 전두환 대통령의 하루 동정을 알리는 것으로 시작하는 뉴스가 나오고 있었다.

"저 인간은 참 부지런도 하지……. 맥주 좀 마셔보겠니?"

현준은 뉴스에서 눈을 떼지 않은 채로 이른 새벽부터 새마을 깃발 아래서 청소를 하는 대통령을 바라보며 물었다. 정인은 잔을 내밀었고 흰 거품이 보글보글 피어올랐다. 두 잔을 연거푸 마셨을까, 현준이 정인의 손에서 잔을 빼앗아 천천히 탁자에 올려놓았다. 그리고 제가 마시던 잔과 재떨이 그리고 빈 병을 마저 올려놓았다. 맥주 때문이었을까. 정인은 화끈거리는 얼굴에 손등을 가져다 댔다. 뺨은 열이 오른 다리미처럼 뜨거웠다. 현준이 정인을 천천히 끌어당겼다. 그러고는 그녀의 뜨거운 입술에 길고 오랜 키스를 했다. 이윽고 정인의 몸이 눕혀지고 현준이 그녀의 티셔츠를 벗겨냈다. 뭉툭한 그녀의 브래지어가 추켜올려지고 현준은 연한 분홍빛 그녀의 가슴에 입술을 댔다. 아아…… 정인의 입으로 가벼운 탄식이 흘러나왔다. 아마도 현준은 정인이 달구어지는 것으로 생각했을지도 모르지만 정인에게는 그것이 탄식이었다. 맙소사! 이런 일이 일어나는구나, 하는 말을 대신하는 탄식이었는지도 모른다. 현준이 스커트를 벗기다 말고 잠깐, 정인을 바라보며 웃었다.

"너 스타킹까지 신고 나왔니?"

현준은 갑자기 머리를 젖히고 웃었다. 그럴 때 현준은 어쩌면 소년 같아 보였다. 온 세상 누구를 향해서랄 것도 없는 조소의 빛이 그의 얼굴에서 사라지는 드문 순간이었으니까. 정인은 자신도 모르게 씨익 그를 따라 웃었다. 하지만 그의 손길이 스타킹을 벗겨내고 팬티에 이르렀을 때 정인은 이번에는 완강하게 몸을 뺐다. 하지만 현준의 입술이 정인의 입술을 내리누르고 있었고 정인은 어느 순간, 다리에 힘을 풀고 말았다. 그래 내 선택이야! 하는 생각이 다시금 그녀의 머리를 스쳐 지나갔기 때문이다.

천장의 누런 빗물 자국이 푸른 TV 조명에 아른거린다. 형광등 뒤에 붙은 검고 얇은 거미줄에는 하루살이가 한 마리 말라가고 있다. 그것은 작은 점처럼 보였다. 어쩌면 먼지처럼 보이기도 했다. 정인은 그 허망한 거미줄과 하루살이를 바라보며 현준에게 몸을 맡기고 있었다.

현준이 정인과 여전히 입을 맞춘 채로 한 손으로 자신의 팬티를 벗어 내렸다. 그러고는 그의 탱탱한 피부가 정인의 연한 피부와 전면으로 밀착되었다. 정인은 눈을 감는다. 하지만 몸이 뜨거워지기

는커녕 점점 더 굳어지고 있었다. 달구어졌던 뺨도 차갑게 식어가고 정인은 그저 눈을 부릅뜬 채로 천장을 응시했다. 이윽고 무엇인가 거대한 것이 아랫도리로 밀려 들어왔다.

그것은…… 고통이었다. 패랭이 꽃잎보다도 섬세하고 나비의 더듬이보다도 민감한 부분이 느끼는 아픔. 정인은 입술 사이로 터져 나오는 비명을 이를 악물고 참았다. 무엇을 위해서 입술을, 그날 밤 그 처녀는 그토록 악물었던 것일까.

현준의 허리는 힘차게 상하 운동을 계속했다. 그럴 때마다 정인의 입에서는 신음 소리가 번져 나왔다. 제발 그만! 이라고 말하고 싶은 혀는 현준의 혀와 얽혀들어 있었고 그래서 정인은 그의 어깨가 내리누르는 무게만 느꼈다. 천장의 거미줄도 사라지고 푸릇푸릇 어리는 TV의 그림자도 사라지고 정인의 눈앞은 캄캄해진다. 시간이 얼마나 지났을까……. 켜놓은 TV에서 프로야구의 방망이 소리가 나기 시작했을 때 현준은 깊은 숨을 몰아쉬면서 정인으로부터 몸을 떨어뜨렸다. 두 사람의 몸이 밀착되었던 곳에서 번지던 이슬 같은 땀방울이 정인의 배를 서늘하게 만들었다. 정인은 무의식적으로 이불을 끌어당겨 몸을 가렸다. 하지만 더는 움직일 수 없었다. 옆자리에서 현준이 켜는 라이터 소리가 탁, 하고 들려왔다. 그것이 신호이기라도 하듯이 정인의 눈이 푸르스름하게 식어가면서 눈물이 고였다. 하지만 정인은 여전히 꼼짝 않은 채로 누워 있었다. 천장의 장방형 벽지가 보여주는 무늬와 하루살이들이 그제야 다시 보이기 시작했다.

벌려진 채로 다물 줄도 모르고 방치되어 있는 두 다리 사이로 아픔이 밀려들기 시작했다. 심장의 고동이 뛸 때마다 욱신거리며 맥박이 뛰고 있었다. 정인은 한 팔을 이마에 올리고 눈을 감은 채 그 아픔을 견디고 있었다. 멀리서 다시 멀리서부터 가까이로 트럭 소리가 들려왔다. 육중한 소리에 무게감이 실릴 수 있다는 것이 얼마나 신기한 일인지 정인은 엉뚱한 생각을 했다.

현준이 주섬주섬 일어나는 소리가 들리고 그가 욕실로 들어가 문을 닫는 소리가 탈칵, 하고 들려오고 그리고 물소리가 들려왔다. 왜였을까, 정인은 엄마 생각을 했다. 어머니도 아니고 그저 엄마, 라고 부를 수밖에 없는 그녀의 생각…… . 고등학교 이학년이던가 어머니는 애를 뱄다고 했다. 그래서 태어난 것이 언니 정희였다고 할머니는 말했었다. 둘이 눈이 맞았다고, 니 애비가 워낙 잘생겨서 니 엄마가 꼬리를 친 거라고, 이쁜 딸내미를 낳아야만 개가 중매쟁이 때문에 목이 쉬는 줄 알았는데, 전쟁 통에 마누라를 잃은 아들도 잘생기고 보니, 꼬리 치는 여자들 땜에 밤에 개가 잠을 설치고는 낮이면 시름시름 졸았다고…… . 그래서 좀도둑한테 도둑맞은 옷이며 양은 대야가 한 살림은 넘을 거라고…… 할머니는 말했었다. 니 엄마로 말하자면 여학생이 애를 뱄으니 친정에서 쫓겨날 만도 했지만 니 애비가 결혼을 해주어서 니 에미는 손가락질을 받지 않은 거라고 할머니는 말했었다. 그러고도 니 애비에게 뚝뚝하게 구니, 니 에미도 딱한 여자라고…… .

정인은 순간 몸을 뒤채며 돌아누웠다. 어머니가 누워서 아버지를 처음 받아들인 그곳은 어디였을까……. 그때 그녀는 무슨 생각을 했을까. 어머니에게도 처녀였던 시절이 있었다는 생각을 정인은 처음으로 해본다. 그저 머리를 갈라 총총히 땋고 서울 여학교의 하얀 칼라가 눈부신 교복을 입은 그런 시절 말고, 아버지와 어머니가 바로 이런 과정을 거쳐 아이를 낳았다는, 말하자면 꿈틀거리는 한 여자와 남자로서의 어머니와 아버지…….

끝 간 데 없이 달려가는 정인의 생각을 다시 한 번 가로지르며 트럭 소리가 달려왔다. 그리고 트럭 소리는 굉음을 남기고 덜커덕거리며 사라져갔다.

"가자."

샤워를 마치고 나온 현준이 옷을 입으며 정인 쪽에는 별 눈길도 주지 않은 채 양말을 신으며 말했다. 멍한 눈으로 천장을 응시하고 있던 정인은 그제야 놀란 듯이 현준을 바라보았다. 현준은 양말을 신고 자리에서 일어나 벌써 남방셔츠를 걸치고 있었다. 정인은 이불로 몸을 가린 채 자리에서 반쯤 몸을 일으켰다.

"어디를요?"

"어디긴? 집에 가야지."

집에 가야지……. 그 말투는 아주 자연스러워서 마치 밥을 다 먹었으니 식당에서 나가야지 하는 말투처럼 들렸다. 순간 정인의 얼굴이 굳어졌다. 이게 아닌데 하는 생각이 스쳐갔지만 정인은 이불로 여전히 몸을 반쯤 가린 채로 손을 뻗어 현준이 그녀에게서 벗겨내 아무렇게나 집어 던진 속옷들을 집어 들었다. 여관에 들어오는 것은 어쨌든 잠을 자기 위해서라고 생각하고 있었던 그녀는 잠깐 혼란을 느꼈지만 현준의 말을 따르기로 생각한 것이다.

"저어…… 이쪽 보지 마세요……."

브래지어 훅을 채우기 위해 등을 돌리면서 정인은 말했다. 현준의 얼굴이 의아하게 변한다. 볼 장 다 본 사이인데 무슨 뜻이냐는 듯한 표정이었다. 하지만 그는 벽에 비스듬히 기대앉은 그 자세에서 눈만 창 쪽으로 돌린다. 정인은 천천히 옷을 입었다. 무언가 커다란 덩어리가 목구멍을 틀어막듯이 올라오고 있었지만 그녀는 어렵게 꿀꺽, 그것을 넘겼다. 그래도 덩어리는 또다시 올라온다. 그녀는 그 덩어리와 필사적인 싸움이라도 벌이고 있는 듯이 보였다. 하지만 다시 올라와 목구멍을 가로막은 덩어리는 쉽게 내려가지 않는다. 정인은 고통스러운 듯이 한 손으로 목을 움켜쥐고 티셔츠를 뒤집어썼다.

여관 앞에 놓인 자동차에 올라탈 때까지 두 사람은 말이 없었다. 정인은 현준의 차에 올라타서 문을 닫으면서 술에 취한 두 남녀가 여관으로 들어가는 것을 바라본다. 남자는 사십이 좀 넘었을까, 아니 머리가 벗어진 탓에 그렇게 보였을지도 모르겠다. 여자는 그것보다 좀 더 나이가 들어 보이고 남자는 술에 취해 여자에게 연신 키스를 해대고 있었다. 여자의 빨간 루즈가 웃을 때마다 두 이(二) 자로 죽죽 벌어진다. 정인은 생각한다. 저들은 무슨 사이일까, 저들은 사랑하는 것일까, 저들도 정사가 끝나고 나면 빨리빨리 옷을 입고 여관을 나설까…….

현준의 차가 어두운 밤길을 달려가기 시작했다. 침묵 속에서 비로소 정인의 눈에 눈물이 고여 넘치기 시작했다. 이루 말할 수 없는 모멸감이, 아까 옷을 벗고 현준을 받아들일 때, 그 살갗이 닿던 감촉마저 치욕처럼 돋아난다. 왜 여기까지 왔는지, 오자고 한 것은 분명 자신이었지만 정인은 더 참지 못하고 두 손을 얼굴에 가져가 가린 채로 울기 시작했다. 현준의 눈길이 흘낏 정인을 스쳐버린다.

읍내에 들어섰을 때서야 정인은 눈물을 그쳤다. 낯익은 마을에 들어섰다는 긴장감이 그녀를 다시 추스르게 만들었다. 읍내 우체국 어귀에 차를 세우고 현준은 티슈를 한 장 꺼내 그녀에게 내밀었다.

"코 풀어!"

정인은 눈물 때문에 먹먹해진 코에 휴지를 가져다 댔다. 다시 한 번 눈물이 쏟아졌다.

"퀭! 풀어!"

현준이 말했다. 정인은 그가 시키는 대로 코를 퀭, 하니 푼다.

"여기서 갈 수 있지? 난 내일 아침에 중요한 일이 있어서……."

내리라는 뜻이었다. 정인은 코를 풀다가 천천히 휴지를 떼어내고 현준을 바라본다. 이런 일은 처음이었다. 언제나 정인의 집 앞에까지 차로 데려다주고 차에서 내린 다음에도 현준은 골목길에서 언제나 정인을 으스러지게 껴안고 입을 맞추고 그러고도 또 한 시간쯤을 거기 머물다가 떠났던 것이다. 그런데 현준은 오늘 바쁘다고 말한다. 처음으로 정인의 눈가에 원망이 어린다. 현준은 담배에 불을 붙이며 정인을 외면하고 있었다.

정인은 무릎 위에 놓여 있었던 낡은 핸드백을 주섬주섬 챙기기 시작했다. 이게 아닌데, 이게 아닌데 하는 생각이 그녀의 머릿속을 뱅뱅 돌았다. 하지만 정인은 안다. 그가 내리라면 내려야 하는 것이다.

하지만 정인이 내려서서 문을 닫았을 때 현준의 차는 휑 하니 속력을 내며 우체국 앞 공터를 반 바퀴 돌아 떠나버렸다. 정인은 그 자리에 서서 믿을 수 없다는 듯이 현준의 차가 사라진 쪽을 바라다보고 있었다. 어디선가 셔터를 내리는 소리가 와르르르 들려오고 술 취한 취객들이 떠들썩하니 몰려나오기 시작했다. 취객들은 정인의 옆을 스치며 지나간다. 그래도 정인은 그 자리에 서 있었다. 마치 사막 한가운데 내동댕이쳐진 것처럼 그녀는 오히려 무심한 표정이었다.

"오정인 씨!"

술에 취한 사람 하나가 정인의 어깨를 툭 건드렸다. 같은 우체국 집배원 최씨였다. 술을 한잔 걸쳤는지 그의 얼굴은 발그스름하게 풀어져 있었다. 흐트러진 정인의 모습이 의아한지 그는 아래위로 정인을 바라보았다. 비로소 정인의 눈빛이 현실로 돌아오는 듯했다.

"여기서 뭐 해요? 나 술 한잔했죠……. 같이 가서 한잔할래요?"

그는 평소와는 다르게 아주 느글느글한 목소리로 말했다.

"아, 아니에요……."

정인은 비로소 자신이 이 우체국 앞 공터에서 멍청하게 서 있었으며 대한민국에서 한밤중에 멍청하게 서 있는 여자들에게 가해질 모든 위해를 이해하기 시작한다. 하지만 최씨는 정인의 한쪽 어깨를 그러잡았다.

"뭐…… 그쪽도 벌써 한잔한 것 같은 얼굴인데…… 가자구요…… 딱 한잔만……."

말이야 그리 강경하지 않았지만 부여잡는 손길이 거칠어서 정인의 티셔츠 한쪽 어깨가 벗겨지고 맨살이 드러났다. 정인은 그의 손길을 뿌리치며 한 발자국 뒤로 물러섰다.

"아니 내가 뭐 오정인 씨 잡아먹을까 봐 그래요? 같은 동료끼리 한잔하자는데……."

그는 들이댈 듯 다가오기 시작했다.

"어이 이 사람 왜 그래? 가세요! 이 친구가 오늘 뭐 기분 나쁜 일이 좀 있어서……. 예, 가십시오. 어서 가세요."

같이 술을 마신 남자가 이쪽으로 다가와 정인에게서 최씨를 떼어놓으며 미안하다는 듯이 말했다. 정인은 뒤도 돌아보지 않고 집을 향해 걷기 시작했다.

신작로, 미루나무가 줄지어 선 길을 정인은 걷는다. 스티커처럼 얇은 반달이 하늘에 붙어 있다. 얇은 반달 곁에서 막 눈물을 닦은 것처럼 별들이 맑게 초롱거린다. 이런 밤이면 정인은 연주와 한방에 앉아서 연주가 잘 때까지 잠들지 않으려고 현준에게 부치지도 못할 편지를 썼었다. 하지만 정인은 한 번도 의심하지 않았었다. 이 부치지 못한 편지들이 언젠가 현준에게 전달될 것이라는 걸……. 우체국에 앉아서 남의 편지를 수만 통 부치면서 정작 제 편지는 부치지 못했어요……. 언젠가 현준과 아주 가까워지면 정인은 자리에 누워 그에게 소곤거리리라 생각했었다. 그러면 정인은 따뜻할 수 있었다. 그런데 정인은 이제 따뜻하지 않다. 오늘 밤의 정사를 기점으로 따뜻함은 사라져버리고 정인은 이 초여름의 산들바람이 살갗에 닿는 것조차 시리기 시작한다.

마지막 버스도 끊긴 모양이었다. 어제도 그제도 그리고 일주일 전과 1년 전 그리고 10년 전에도 정인은 이 길을 걸었었다. 저 미루나무들은 정인이 어렸을 때는 정인처럼 어린 나무였다가 이제 정인처럼 성숙한 나무가 되어 있었다. 그런데 정인은 그 나무들이 낯설다.

길이 왜 이리 캄캄하지? ……정인은 생각했다. 가끔씩 자동차가 지나갈 때마다 고무줄처럼 불빛에 길게 늘어졌다가 짧아지는 미루나무 그늘의 시커먼 그림자가 정인을 덮어씌웠다가 사라지곤 한다. 그 그림자의 그물에 걸리기라도 한 것처럼 정인의 걸음걸이는 휘청거린다.

그것은 무엇을 의미하는 것일까? 정사가 끝나고 나서부터 현준은 단 한마디 말도 하지 않았었다. 현준이 냉정한 표정을 지을 때 현준의 존재가 손가락 사이에서 우수수 빠져나가는 모래알 같았다면 오늘 밤 현준의 존재는 풍선처럼 펑, 하고 사라져버린 것만 같았다. 어렸을 때 읍내에 오던 풍선 장수, 구름처럼 폭신한 솜사탕과 빨간 풍선을 사준 것은 명수였다. 그런데 그만 정인은 솜사탕을 한입 가득 베어 물다가 눈앞이 보이지 않는 바람에 돌부리에 걸려 넘어지고 말았다. 하얀 솜사탕은 흙 속에서 짓뭉개지고 정인의 손아귀에 잡혀서도 하늘로 머리를 쳐들고 있던 그 풍선은 날아가버렸다. 겨울이었을 것이다. 윙윙 전신주의 전선들이 울고 있었으니까…….

"명수 오빠 미안해……."

정인은 그 캄캄한 길을 걸어가며 혼자 중얼거렸다.

# 운명의 힘

"이제 오니!"

골목길로 접어들었을 때 누군가의 그림자가 다가오며 물었다. 정인은 순간 현준이 나타난 것만 같은 착각에 빠진다. 우체국 입구에서 정인을 그렇게 내려놓고 집 앞에서 기다리고 있다가, 마치 어린 시절에 뒤에서 눈을 가리고 나타나던 친구처럼 현준이 나타난 것은 아닌가 하고 말이다. 놀랬지? 내가 장난 좀 쳤어…… 하고 웃으면 그러면 모든 것이 다 잘될 것만 같았던 것이다. 물론 현준은 한 번도 그런 장난을 친 적이 없었다.

"늦었구나."

미송은 팔짱을 낀 채로 천천히 걸어와 다시 말했다.

"으응······."

"정인아, 저기 잠깐······."

미송은 심각한 얼굴이었다. 정인의 팔을 끌고 기와집 벽 옆에서 자라난 버드나무 밑동에 걸터앉는다.

"언제 왔니?"

"으응······ 아까 오후에······. 저기······ 우리 엄마한테 내가 여기 드나든다는 내색 하지 않았지?"

"응."

정인은 미송이 권하는 대로 그녀의 곁에 앉는다. 이렇게 나무 밑동에 앉아 여름밤이 이슥하도록 그녀와 이야기를 나누던 때가 언제인지 정인은 이제 기억할 수도 없다. 미송의 어머니가 정인의 집까지 미송을 찾으러 오면 미송은 가기 싫은 얼굴로 일어나 말하곤 했었다.

—엄마 오늘 딱 하루만 자고 가면 안 될까?

—오늘 하루 종일 붙어 있었고 내일도 눈만 뜨면 만날 텐데, 어서 가자!

그러면 미송은 놀던 종이 인형들을 종이 침대 속에 뉘어놓고 종이 옷장 속에 종이 옷들을 잘 놓아둔 다음, 그 옷장에 종이 빗장을 채워놓고 그것을 정인에게 맡기고 멀어져가곤 했었다. 그런데 오늘 미송은 담배를 꺼내 문다.

"나 한 대 피워도 되겠지?"

"으응······. 너 담배도 피우니?"

"끊는다 하면서도 잘 끊어지지가 않는다……."

미송은 천천히 담배를 빨아들이며 남자처럼 말했다. 역전의 술집 여자들 말고 정인은 젊은 여자가 길거리에서 담배 피우는 것을 처음 본다. 서울에서는 그러는가 보다, 정인은 막연히 생각한다. 하기는 서울에서 그러는 일들이 어디 담배뿐일까……. 몇 번 미송이 집에 드나들었지만 정작 미송과 이렇게 단둘이 앉아보기는 처음이었다. 미송은 잠깐 그렇게 담배에 열중하더니 길게 한숨을 쉬듯 담배를 내뿜고 나서 말을 꺼냈다.

"……아까 수원 버스터미널에서 명수 오빠가 잡혀갔어……."

정인의 시선이 미송의 담배 끝에서 그대로 멈춘다. 가슴속에서 무언가 아주 둔중한 것이 쿵, 소리를 내며 부딪쳐오는 것만 같았다.

"별일 아니었으면 좋겠는데…… 심상치가 않아……."

정인의 가슴속에서 부딪혀오는 쿵, 소리가 다시 시작된다. 그리고 그 소리는 점점 더 빨라지기 시작했다. 아까 낮에 산사의 한 방에서 정인아…… 난 갈게…… 하고 말을 뱉었을 때 그의 얼굴이 얼마나 힘들어 보였는지 정인은 이제사 기억해내기 시작한 것이다. 그러니까 그것은 아주 특별한 인사였던가……. 그래서 정인이 낯선 곳의 낯선 여관방에서 현준의 밑에 누운 채로 아픔을 참아내고 있을 때 명수는 끌려가서…… 정인은 잠깐 눈을 감아버린다. 하지만 그건 내 탓은 아니야! 묻지도 않았지만 정인은 그렇게 말하고 싶었다.

"……왜?"

솟구쳐 오르는 생각들을 떨쳐버리려는 듯이 정인은 물었다. 물으면서 막연히, 그렇다, 아주 막연했지만 무언가 운명의 그물코가 좁혀져 들어오는 듯한 예감을 정인은 느껴보는 것이다.

"왜는…… 명수 오빠가 옳으니까 그렇지."

미송의 말투에는 날카로운 신경질의 잔해가 묻어져 나왔다. 아직 그것도 모르니? 하는 말투처럼 들려서 정인은 입을 다물어버리고 말았다.

"그래서 연주, 내일 아침에 거처를 옮길까 해……. 날이 밝는 대로…… 그동안 고마웠다. 그리고 이건 내 노파심에서 하는 말인데…… 넌 연주를 모르는 거야. 영원히…… 그리고 나도 이곳에 온 적이 없었던 거다……."

미송은 사무적인 어조로 말했다. 계산서를 주고받으면서 서명란에 날인을 하라는 듯한 말투였다.

"날 그렇게 못 믿나 보구나……."

정인은 고개를 숙여버린다. 말을 마치고 나서 미송은 고개를 숙이는 정인을 바라보다가 눈길을 떨어뜨린다.

"내 말이 서운하게 들릴지도 모르겠지만…… 남의 비밀이라는 건 많이 알면 알수록 나쁜 거야…… 이해해주었으면 좋겠다……."

정인은 잠시 생각에 잠긴 듯하다가 고개를 끄덕였다. 미송이 겸연쩍은, 그러나 애정이 담긴 얼굴로 정인의 손을 잡았다. 두 처녀는 처음으로 아주 오래간만에 서로 마주보며 웃었다. 미소란 건 좋은 것이어서 두 처녀는 그제야 불어오는 바람을 느낀다. 버드나무 이파리들이 살랑거리고 어디선가 개구리가 울기 시작했다. 기와집에서 굿이 있던 그 초겨울날, 아픔으로 돋아나던 젖몽우리의 기억까지 함께 가지고 있는 두 처녀는 잠시 그렇게 초여름의 맑은 대기 속에 앉아 있었다.

"미송아…… 너 말야…… 사랑이라는 거 해본 적 있니?"

"사랑? 글쎄……. 아마 지금도 난 사랑에 빠져 있는 것 같아!"

정인의 질문에 미송은 뜻밖에도 이런 대답을 했다. 어린 시절, 둘만 앉아 있었던 그때에도 행여나 누가 들을까 봐 소곤거리던 이야기를 거침없이 미송은 해대는 것이다. 정인의 얼굴에 갑자기 화색이 돈다. 미송에게 이 가슴 답답한 이야기를 다 털어놓을 수가 있을 것만 같은 기분이 들었던 것이다. 서울에서 대학을 다니든, 우체국에 앉아 있든 친구, 친구라는 생각이 정인의 가슴을 새삼 설레게 만들었던 것이다.

"누구야? 같은 학교 남학생?……."

소녀 적의 그녀처럼 정인은 천진스레 물었다. 미송은 잠시 미소를 짓더니 정인과 마주 잡고 있던 손을 빼냈다.

"그런 건 아니고…… 글쎄 굳이 말하자면 민중…… 이 나라의 반토막 난 역사…… 군부 독재와 싸우는 젊은이들…… 내 머릿속은 온통 그것들로 차 있어. 이런 뜨거운 기분…… 처음이야."

미송은 도취된 얼굴로 말했다. 만일 그 단어가 정인에게 그토록 생경한 언어들이 아니었다면 정인은 정말로 미송이 단단히 사랑에 빠졌다고 생각했을 것이다. 그만큼 그 어조 속에는 진실의 그림자가 묻어 있었다. 하지만 정인은 이야기하고 싶어 설레던 입술을 다물고 만다. 그런 이야기를 꺼내는 미송에게 나 사실은 오늘 어떤 남자와 처음으로 잤어. 그런데 왜 이렇게 혼란스러운 거지…… 나는 옳았던 걸까. 내가 하고 있는 이것이 정말 사랑이라는 걸까? 하고 말할 수는 없었다. 갑자기 현준이 떠올랐고 정인의 눈에 절망스러운 빛이 감돈다.

"왜? 넌 요즘 연애하니?"

미송이 도취된 얼굴에서 깨어나 물었다. 정인은 그저 피식 하고 웃는다.

"……너도 언젠가 우리와 함께하게 될 거야……. 아니, 이미 함께했잖아…… 정말 너 아니었으면 위험할 뻔했으니까……. 지금은 우리 힘이 미약하지만 언젠가는 너도 우리와 함께 꼭 같이할 날이 있을 거야……."

미송은 다시 한 번 정인의 손을 그러쥐었다. 정인의 손이 열기로 끈적해진 미송의 손아귀에 잡혀 들어갔다. 하지만 이번에 정인의 손에는 힘이 없었다.

두 사람은 집으로 발걸음을 옮긴다. 연주가 아랫목에, 미송이 가운데에 그리고 정인이 문가에 누워 세 사람은 잠을 청했다. 생각과는 다르게 정인은 빠르게 잠에 떨어졌고 미송은 정인이 잠결에 중얼거리는 소리를 듣는다.

"인사도 없이 가버렸어…… 그 사람…… 인사 한마디 없이…… 그저 인사만 해주길 바랐는데 인사도 없이……."

무슨 소릴까 잠시 생각했지만 미송도 잠이 들었다. 그리고 그날 밤 미송은 꿈속에서 내내 경찰에 쫓기는 꿈을 꾸었다.

# 비 내리는 카페

창밖에는 비가 내리고 있었다. 한쪽 벽면을 유리로 만든 그 카페 창문으로는 비에 젖는 포도가 잘 보였다. 장마가 시작될 모양이었다. 토요일 오후, 서울 외곽의 아파트촌 근처에 새로 생긴 작은 카페에는 손님이 정인밖에는 없었다. 호리호리한 몸매를 가진 여주인이 틀어놓은 스콜피온스의 노래가 울리고 있었다.

창가에 앉아서 정인은 비 내리는 창밖을 내다보고 있다. 여주인이 자신을 의식하고 있는 것 같아 세 잔째 시켰던 커피도 그만 더는 먹지 못하겠어서 시켜만 놓고 마시지 못한 그녀는 사실, 비를 바라보고 있다기보다는 어쩔 수가 없어서 창밖만 보고 있는 편이 맞을 것이다. 그래도 창밖을 바라보라고 비까지 내려주니 그나마

다행한 일이었다.

현준은 벌써 여러 시간이 지나도록 오지 않았다. 2시에 우체국을 나서서 현준의 말대로 강남 터미널에 내려서 전화를 한 것이 오후 3시 반. 집 앞의 그 카페에 가 있으면 곧 가겠다던 그의 전화가 끊긴 지 벌써 네 시간이나 지나 있었다. 그 네 시간 동안 맑은 하늘에 구름이 덮이고 이제 비가 내리는 것이다. 그 네 시간 동안 그래서 정인은 그의 가게에 여러 번 전화를 해보았지만 늘 전화를 받곤 하는 급사의 말로는 아까 전화를 받고 바로 나가셨다는 말뿐이었다. 명동의 그의 전자 대리점에서 그의 집이 있는 이곳 신사동까지 걸어온다 해도 남을 시간이었다.

지난번 서울에 왔을 때까지만 해도 혹시 무슨 사고나 난 것은 아닐까, 하는 생각이 정인의 머릿속을 어지럽혔었다. 하지만 정인은 이제 현준이 아무리 늦게 나타나도 그런 생각은 하지 않기로 했다. 그는 그저 언제나 늦는 사람이었고 아무리 물어도 정인에게 그 이유를 설명하지는 않았다. 정인은 이제 현준과 만나기 위해서 수원으로 나가 시외버스를 타는 일쯤은 아무것도 아니라고 생각했다. 그래서 현준을 만나기 위해 이렇게 카페에 들어올 때는 아예 읽을 책을 준비해 가지고 오곤 했다. 하지만 그렇다고 정인의 머리가 현준이 나타날 때까지 맑게 정돈되어 있다는 것은 아니었다. 오히려 정인은 그런 식으로 마음을 달래보는 것이다. 이 사람을 기다리는 동안 내게 책을 읽을 시간이 생기는구나…… 하고.

하지만 오늘은 비가 내린다. 진회색 아스팔트에 퐁당거리며 빗줄기가 떨어지고 벌써 건너편 상점에 불이 켜진 지 오래였다. 정인은 건너편에 있는 문구점으로 들어가는 꼬마 아이를 바라다본다. 아이는 문으로 들어갔다가 빨간 농구공을 사가지고 나온다. 우산을 펴고 걸어가지만 농구공은 아이에게는 너무 크다……. 그러고 보니 저 작은 문구점에 사람이 들어가는 것을 정인은 여기에 앉은 후 처음 본다는 생각을 했다.

'그래 저기 저 문구점에 손님이 앞으로 세 명 더 들어갈 때까지만 그를 기다리는 거다.'

처녀는 이 지루한 토요일의 비 내리는 시간들을 메우기 위해 혼자서 내기를 걸어보았다. 물론 그다음에 그러니까 세 명의 손님이 그 문구점에 들어가고 나서도 그가 나타나지 않으면 그때는 어떻게 할 것인지……에 대해서는 더 이상은 생각하지 않으려고 애쓰며 정인은 건너편 길을 뚫어지게 바라보았다.

그렇다. 이제는 그저 막연한 기다림이 아니라 무언가 관찰하고 열망하며 주시할 대상이 생긴 것이다. 앞으로 문구점에 세 명이 들어갈 그 시간 동안은 어떻게 하지, 어떻게 하지…… 입술이 바싹바싹 마르도록 애타하지 않아도 되는 것이다.

첫 번째 손님은 꽤 오랜 시간이 지나서야 왔다. 그동안 정인은 그 문구점 밖에 줄줄이 사탕처럼 매달린 농구공과 배구공과 알록달록한 훌라후프 그리고 포도송이처럼 주렁주렁한 빨간 돼지 저금통을 보고 있었다. 농구공이 세 개씩 두 줄—아까 아이가 산 농구공 줄에는 이제 두 개뿐이지만—배구공이 다섯 개씩 한 줄……. 정인은 그런 것들을 세다가 저 농구공과 배구공 그리고 돼지 저금통과 훌라후프를 아침마다 가게문을 열고 천장에 매달 아놓고 저녁이면 천장에서 그것을 떼내는 주인을 상상해보았다. 대체 하루에 몇 개나 저것을 팔기 위해서 그는 그토록 수고로운 지…….

그러자 그때 첫 번째 손님이 우산을 갸웃 기울이며 문구점을 기웃거렸다. 밤색 양복을 입은 오십 대의 남자였다. 문구점 앞에서 그가 발길을 멈추었을 때 정인의 가슴이 쿵, 하고 내려앉았다. 뭐랄까, 커튼이 걷히고 짠 하며 누군가가 나타나기 전의 그 긴장감 같은 것이랄까…….

그런데 그 오십 대의 남자는 우산을 다 접지도 않고 문구점 문을 반쯤 열고 뭐라고 묻더니 잠시 멈추어 서 있다가 그대로 길을 가기 시작했다. 생각지도 못했던 사람의 출현으로 정인은 잠시 망설여야 했다. 그를 첫 번째 손님으로 인정을 해야 하는 것인지 아닌지. 물론 정인은 그를 첫 번째 손님으로 인정해버리기로 했다. 무엇보다 배가 고팠고 그리고 이런 자세로 이 장사 안 되는 카페에서 죽치고 앉아 있기가 힘이 들었다. 하지만 그것보다 더 중요한 이유는 그 사람이 첫 번째 손님이었기 때문이다. 만일 그 사람이 두 번째 사람이라거나 그도 아니면 이제 어떻게 해야 할 것인지를 결정해야만 하는 세 번째 손님이라면 정인은 그토록 손님으로 인정하지는 않았을 것이다.

정인은 이제 곧 다가올 두 번째 손님을 기다리며 턱을 괴었다.

주인집 여자는 이제 막 문으로 들어선 젊은 남자와 여자에게 맥주를 나르며 신경질적으로 정인의 커피잔을 치워갔다. 정인은 미안한 마음에—왜냐하면 자기가 커피만 마시고 이렇게 자리를, 그것도 좋은 자리를 차지하는 게 송구스러운 것이다. 그녀는…… 그러니까 마치 돈을 내지도 않고 커피를 마시는, 손님도 아닌 사람처럼—고개를 숙여버렸다. 그래서 정인은 이번에는 더욱 애타게 두번째 손님을 기다리는 것이다. 왜냐하면 아무리 미안한 마음에 일어서서 이 카페를 나서려고 한다 해도 그건 이제 자신의 마음대로가 아닌 것이다. 왜냐하면 세 번째 손님이 와야만 하니까, 그래야 자신은 일어날 수 있으니까 말이다. 그것이 자신이 이 지루함을 덜어보려고 만들어낸 법칙이었지만 마치 그것이 자신이 여기 앉아 있는 이유가 되어버린 것 같았다. 아니, 정인은 어쨌든 거기에 같은 자세로 앉아 있었을 것이다. 왜냐하면 그녀는 그를 기다리고 있고 그를 만나고 싶다는 그 간단한 마음이 진실이기 때문이다.

그때 노란 장화를 신고 노란 우산을 든 예닐곱 살짜리 여자아이가 문구점으로 들어가는 게 보였다. 생각보다 이른 두 번째 손님의 출현이었다. 정인의 마음으로 얼핏 불안감이 스치고 지나갔다. 이렇게 돌발적으로 손님이 한 명만 더 온다면 그러면 아마도 자신은 일어서서 이 카페를 나가야 할 것이다. 만일 그때까지도 현준이 나타나지 않는다면…… 그렇다면……. 정인은 입술을 물고 문구점으로 들어가는 여자아이의 노란 빛깔의 우산을 바라본다. 동그란 우산은 뾰족하게 접히고 아이는 문 안으로 들어갔다.

잠시 후 아이는 주인 남자와 함께 다시 문밖으로 나왔다. 아마 저 꼬마 아이도 공을 사는 모양이구나, 정인은 무심히 생각했다. 왜냐하면 주인 남자가 의자를 놓고 그 위에 올라가서 공이 줄줄 이 든 비닐을 끌어내리고 있었으니까 말이다. 그런데 남자는 그 공 주머니에서 공을 꺼내 아이에게 건네는 것이 아니라 공주머니를 안으로 가져다놓고 다시 나와서 다른 공주머니를 꺼내고 있었다. 꼬마 아이는 남자가 그 일을 하는 동안 우산을 든 채로 가게 밖을 깡충거리며 뛰어다니고 있었다. 그러고 보니 아이의 한 손에는 접 힌 우산이 들려 있었다.

주인 남자의 손이 갈 때마다 걸려 있던 빨간 농구공과 하얀 배 구공과 다시 빨간 돼지 저금통이 떼어내지고 있었다. 정인의 가 슴속에서도 새빨간 딱지, 새빨간 생채기가 떼어내지고 있었다. 그 랬다. 저 아이는 저 문구점을 하는 남자의, 아마도 딸일 것이고 비 가 내리니까 엄마가 아이를 보냈으리라……. 아빠 우산을 가지고 저 아이는 이리로 온 것이다. 아마도 저 아이의 어머니는 마른 새 우에 아욱을 넣은 된장국을 끓이고 있으리라. 고등어도 통통한 놈 으로 한 마리 구워놓고 그를 기다릴지도 모른다. 가, 족, 이 있다는 생각이 정인에게 섬광처럼 다가왔다. 남자는 이제 셔터를 내린다. 아이는 여전히 아빠의 곁을 맴돌고 있었다.

남자는 셔터를 내리고 나서 아이에게 우산을 받아 길을 걸어간 다. 아기 오리가 엄마 오리를 따라가는 것처럼 아이는 작은 우산 을 들고 아버지의 뒤를 따라간다. 아는 아주머니가 목욕탕에 다녀오는 길에 남자와 마주친다. 남자가 인사를 한다. 엄마 오리를 따르는 아기 오리처럼 아이도 인사를 한다. 아주머니가 함박 웃는다. 그리고 그 두 부녀는 정인의 무대에서 퇴장하고 말았다. 그러니까 이제 길 건너편에는 문이 닫힌 문구점만 남아 있었다. 그러니까 이제 세 번째 손님은 오지 않을 것이다. 이럴 경우에 대해서는 한 번도 정인은 생각해본 일이 없었다. 정인은 시계를 들여다보았다. 8시가 조금 넘어 있었다. 택시가 지체 없이 잡힌다는 가정을 하고 지금 바로 이 카페를 뛰쳐나가서 터미널로 가면 아마도 막차를 탈 수 있을 것이다. 그러나 정인은 그 자리에 꼼짝도 하지 못하고 앉아 있었다. 만일 지금이라도 현준이 정인에게 고향집으로 와달라고 전화를 한다면 정인은 아마도 그렇게 할 것이다. 숨이 턱에 차도록 달려 나가 막차를 탈 것이다. 만일 미송이 전화를 한다면 현준이 전화를 한 것만큼 달려 나가지는 않겠지만 그래도 정인은 달려갈 것이다. 하지만 정인은 안다. 아무도 자신을 기다려주지 않는다는 것을.

그래서 정인은 그 자리에 그대로 앉아 있었다. 설사 문구점 문이 닫히지 않았고, 손님이 정인이 마음속으로 예측한 대로 세 명이 아니라 삼십 명이 왔다가 갔다 해도 정인은 이 자리를 떠나지 않았을 것이다. 왜냐하면 근 한 달째, 현준은 정인의 전화를 심드렁하게, 아니 때로는 귀찮기까지 하다는 듯이 받고 있었고 정인이 이렇게라도 오지 않으면 그를 만날 수조차 없었기 때문이다. 토요일이 지나면 정인은 또 한 주일 동안 그를 볼 수 없는 것이다. 그렇다. 손님이 아니라 기다려주는 사람이 없어서가 아니라 바로 그 이유 때문에 정인은 사실 움직이지 못하고 있는 것이다.

하지만 오지도 않는 사람을 무작정 기다리고 있을 수만은 없었다. 커피 값도 서울의 것은 왜 그렇게 비싼지 그것도 무시할 수 없는 것이었다. 정인은 갑자기 굳어진다. 대체, 대체 이게 뭘까 하는 생각이 들었던 것이다. 대체 무엇을 위해서 내가 이래야 하는 것인지……. 그때 누군가가 문을 밀었다. 혹시나 하는 열망의 섬광이 지나가던 정인의 시선이 무안하게 떨어져 내린다. 쏴아 하고 빗소리가 밀려들었다. 그토록 오랜 시간 비를 바라보고 있었으면서 그 빗소리를 정인은 처음으로 의식한다. 그래 비가 내리면 소리가 나지, 저런 쏴아…… 하는 소리, 라고 생각하는 순간 정인은 걷잡을 수 없이 참담해졌다. 우산도 없다는 생각이 들었던 것이다. 현준이 올 줄만 알고, 그가 온다면 그의 차를 탈 테니까 우산 같은 것은 생각지도 못했던 것이다.

정인은 일어선다. 만일 현준이 부탁했다면 그녀는 이 어색한 카페에서 밤을 새워 그를 기다려줄 수도 있을 것이다. 그가 온다고 말한다면 제발이지 자기를 기다려달라고 말한다면 그녀는 설사 그가 끝끝내 오지 않는다 해도, 아마도 기쁜 마음이었을 것이다. 하지만 그는 그녀에게 아무것도 원하지 않는다…… 그가 아무것도 원하는 게 없다는 것이 그녀를 슬프게 만들었으며, 그것이 그녀의 사랑을 그토록 가엾게 만들었으리라.

정인은 결국 그 카페를 혼자 나서고 말았다. 빗방울은 굵었고 금세 정인의 옷은 젖기 시작했다. 하는 수 없이 그녀는 가던 길을 멈추고 옆 건물 입구로 들어가 비를 피했다. 만일 현준이 지금이라도 도착한다면 잘 보일 수 있는 위치였다. 눅눅한 공기 속에서 사람들이 천천히 걸어가고 있었다. 빗소리는 여전히 쏴아쏴아 들려오고 건물 지하에선가 이층에선가 자장면 냄새가 풍겨왔다. 아니, 중국 잡채의 냄새 같기도 했다. 그도 아니면 그저 양파를 기름에 볶는 냄새였던가……. 갑자기 다리에 힘이 빠지고 정인은 배가 몹시 고팠다. 저 뜨끈하게 김이 나는 국수에 얼굴을 묻고 국수 가닥을 후루룩거리며 들이켜고 싶었다. 배가 부르면 슬픔도 덜해진다는 진리를 정인이 같은 여자는 본능적으로 알고 있었다.

그래서 정인은 자장면 집으로 들어가 자장면을 먹었다.

# 슬플 때 자장면을 먹어본 사람은 안다

슬플 때 자장면을 먹어본 사람들은 안다. 비는 내리고 기다리는 사람이 오지 않을 때 자장면을 먹어 본 사람은 안다……. 그때, 나무젓가락을 쪼갤 때 나는 작은 소리조차 마음을 가르고…… 그 짠맛과 그 값싼 기름기가 비벼주는 위안…… 숟가락을 따로 들지 않고 단출한 접시에 담긴 그 검은 액체에 비벼 먹는 국수의 후두둑거림이 주는 위안에 대해서.

자장면을 먹고 났을 때 시간은 9시가 넘어 있었다. 정인이 먹는 것을 기다려 그릇을 치워가는 중국집 사환 아이가 길게 하품을 하고 정인은 다시 비 내리는 거리로 나섰다. 빗방울은 아까보다 훨씬 가늘어져 있었다. 우산을 사려다 말고 정인은 그냥 비 내리는 거리를 걸어서 현준과 약속한 그 카페로 들어가보았다. 손님이 두엇 더 들어와 있는 카페는 담배 연기로 자욱했다. 주인 여자가 담배를 피우다 말고 정인과 눈이 마주쳤다. 정인은 나쁜 짓을 하다가 들키기라도 한 것처럼 얼른 카페를 다시 나왔다. 빗줄기는 가늘어져 있었지만 금세 얇은 블라우스의 어깨가 젖었다. 어디로 가야 할 것인지 정인은 막막했다. 한 번만, 마지막으로 한 번만, 오지 않은 그를 용서하기로 하자, 고 생각해보지만 정인의 마음은 무거웠다. 어디선가 길거리의 스피커에서 유행가가 흘러나온다. 사랑의 기로에 서서 아픔을 갖지 말아요…… 어차피 헤어져야 할 것을……. 구멍가게 옆 공중전화에서 제대로 비를 피하지도 못하고 정인은 인줏빛 수화기를 들었다. 한 번만, 이라고 정인은 생각한다. 한 번만 전화를 해서 그가 없으면 이젠 미련 없이 가는 거다, 다시 다짐하면서 현준에게 전화를 걸어보는 것이다.

"네에."

신호가 여러 번 간 다음 동전이 떨어지는 소리가 들렸다. 그리고 현준의 목소리가, 마치 아무 일도 없었다는 듯한 그의 음성이 비 내리는 길거리에서 공중전화를 붙들고 선 처녀의 귓가에 들려왔다. 자다가 일어난 듯 그의 목소리는 약간 잠겨 있었다.

"저…… 정인이에요. 들어오셨어요?"

"어? 어어…… 어디야?"

"그…… 카페…… 앞이에요."

"그래? 안 갔나?"

안 갔느냐는 것이 그의 대답이었다. 서운함 때문에 정인의 눈에 와락 눈물이 고인다. 곧 그리로 가마고 한 지 다섯 시간이 지났는데⋯⋯. 아무리 몸부림쳐도 헤어져야 하는데 어차피 떠날 사람을⋯⋯ 건너편 전파상 스피커에서 여자 가수는 아직도 소리치고 있다. 붙잡을 수 있나⋯⋯ 하고.

"왜 안 오셨어요?"

"난 간 줄 알았지. 막 나가려는데 고등학교 동창놈이 찾아와서 말이야⋯⋯."

"그랬어요? ⋯⋯난 그것도 모르고⋯⋯."

말이 끊긴다. 가늘어진 비가 다시금 퍼붓기 시작했다.

"됐어요⋯⋯. 전 무슨 일이라도 생긴 게 아닐까 걱정했는데⋯⋯."

그리고 다시 침묵이 이어졌다.

빗줄기가 흘러내리는 정인의 얼굴이 다시금 참담해진다. 정인은 입을 열어 무슨 말인가 하려고 하지만 목이 메어왔다. 입술이 덜덜 떨려오면서 정인은 벼랑으로 한 발을 내딛는 것 같은 아득함을 느낀다. 느끼면서 정인은 빗방울이 튀어 올라 형편없이 젖어버린 자신의 두 다리를, 힘이 빠져서 그 자리에 자신을 주저앉혀버릴 것만 같은 두 다리를 버팅기며 겨우 입을 열었다.

"⋯⋯ 그러면⋯⋯ 전 그만⋯⋯ 내려갈게요."

수화기 저쪽에서는 잠깐 말이 없었다. 정인은 입술을 앙다물며 전화를 끊어야 한다고 생각한다. 그만 끊어야 한다고, 그만 이런 바보 같은 짓은 이제 그만두자고. 하지만 정인은 아직도 그 인즛빛 전화기를 붙들고 있다.

"그런데…… 지금 몇 시지?"

"……"

"벌써 9시가 넘었네……. 집으로 들어와라. 지금 집에 내려가기도 좀 그럴 텐데……."

"……"

"듣고 있는 거니? 집으로 들어오라구……. 참 그리고 들어올 때 담배 한 갑 사왔으면 좋겠다……. 내가 담배가 떨어져서 그러는데……. 듣고 있는 거지?"

"……네."

그리고 전화는 끊겼다. 정인은 수화기를 내려놓고 구멍가게 안으로 들어간다. 젖어버린 그녀의 몰골을 주인 여자가 의아한 눈길로 바라본다. 쏟아붓는 비 때문에 얼결에 뛰어들어온 꼴이 되어버렸지만 정인은 주인 여자에게 담배를 한 갑 청하고 비닐우산도 샀다. 그리고 정인은 빗속을 걸어 나간다. 빗소리가 얇은 비닐우산 위에서 두두두두 떨어져 내린다. 낡은 구두 속에 들어찬 빗물이 한 걸음걸음을 내딛을 때마다 철벅거린다. 그 흥건함 속에서 따로따로 꼼지락거리는 발가락을 느끼며 정인은 천천히 걷는다. 멀리 현준이 사는 아파트의 불빛들이 영롱하게 빛나고 있다.

언젠가 어떤 남자와 사랑이라는 것을 하게 되면 밤이 새도록 그와 많은 이야기를 하리라고 정인은 생각하고 있었다. 하루하루 살아가는 동안 자신이 얼마나 많은 것을 느끼고 생각하고 혼자 웃는 것이 많은지. 아버지와 어머니와 할머니와 오빠에 대해서……저수지와 과학경시대회와 대학이 자신에게 의미했던 그런 것들에 대해서……. 누군가가 누군가와 사랑을 한다는 것은 상처를 감싸주고 안아주고 그리고 조용히 귀를 기울여주는 것이라고 정인은 믿고 있었다. 그런데 저 불빛 속에는 그런 것들이 있는가. 그녀가 오랫동안 꿈꾸던 바로 그런 것들이 저기 도착하기만 하면 정인에게 다가와주는가.

이 빗속에 그가 시키는 대로 담배를 한 갑 사가지고 그의 집으로 걸어가면서 정인은 생각한다. 아니다. 이건 정말 아닐지도 모른다, 하고…….

그래도 정인은 걸어서 현준의 아파트로 갔다. 현준은 소파에 비스듬히 앉아 있었다. 샤워를 마치고 났는지 머리는 부스스하게 나풀거려서 그의 모습은 신선해 보였다. 정인이 문을 열었을 때 그를 배경으로 한 것들은 모두가 노란 불빛 아래서 뽀송뽀송하게 빛나 보였다. 축축하고 습한 사람이 바라보는 그 까실까실하고 노르스름한 풍경은 아득했다. 배고픈 저녁 빗속을 헤매던 사람이 불 켜진 집 안의 식탁을 들여다보았을 때의 그런 기분 같은 것이었다.

"아이고 우리 아가씨가 이거 고생이 막심했구나."

정인이 한 발을 들여놓았을 때 현준은 맑게 웃었다. 그 웃음 때문이었을까, 아니면 남자 혼자 사는 집답지 않게 인테리어가 잘된 그 노르스름한 풍경 속으로 이제 자신도 한 발 들어섰다는 안도감 때문이었을까, 정인은 갑자기 마음이 풀어져 내리는 것을 느낀다. 더구나 현준은 웃고 있었다. 저렇게 미안하고 안쓰러운 눈길로.

"어서 샤워해……. 감기 걸리겠다."

목욕탕에서 수건을 가져다가 정인의 머리에 비벼주며 현준은 계속 말했다.

"괜찮아요."

"안 돼. 우리 아가씨가 감기 걸리면 내가 애처로워서 안 돼……어서."

현준은 정인의 손목을 끌고 목욕탕으로 들어가 온수를 틀었다. 욕조에 뜨거운 물이 떨어져 내리기 시작했다.

"비 많이 맞았구나……. 우산을 사지. 바보같이."

멀거니 서 있는 정인을 끌어안으며 현준이 말했다. 정인은 그의 품에 안기면서 눈을 감는다. 이래서 사람들은 사랑을 하나 보구나……. 이런 따듯함 때문에 그렇게 오래도록 추운 빗속에 서 있는 것쯤 참아야 한다고 말을 하나 보구나……. 하지만 그런 생각에도 불구하고 목구멍에 한 생각이 걸려 잘 넘어가지 않았다. 뭐랄까, 먼 훗날까지도 정인 스스로 잘 표현하지 못한 감정이었지만, 굳이 표현하자면 이런 것이었다. 그래도 이건 아닌데…… 하는 생각 같은 것…….

현준이 정인의 옷을 벗기기 시작했다. 아직도 부끄러움을 많이 타는 처녀는 현준의 손길을 거부했다. 그것이 남자의 성욕을 자극했는지도 모르겠다. 현준은 어느새 거칠어지고 있었다.

"왜 싫은가?"

한사코 밀어내는 그녀를 억지로 안으며 입을 맞추던 그가 물었다.

"……그게 아니라…… 저어…… 꼴이 엉망인 데다가……."

꼴이 엉망이어서는 아니었다. 하지만 정인은 잘 설명할 수 없었다. 물론 싫은 것은 아니었다. 단지 그의 질문이 대답하기 곤란한 것이었다. 만일 그것이 섹스를 의미하는 거라면 그것보다 바보 같은 질문은 없으리라. 말하자면 밥이 좋아 싫어? 하고 묻는 것과 다름없는 것이니까. 그건 좋을 때도 있고 싫을 때도 있는 것이다. 하지만 현준은 끌어안고 있던 팔을 풀었고 둘은 머쓱해져버리고 말았다.

"씻어라 그럼."

현준은 욕실의 문을 닫고 나가버렸다. 정인은 반쯤 옷이 벗겨진 채로 욕실에 서 있었다. 멍한 얼굴의 여자가 거울 속에서 정인을 물끄러미 바라보고 있었다. 현준은 아마도 화가 난 것 같았다.

정인은 말하자면, 이런 생각이었다. 사랑이라는 것, 빗속에서 다섯 시간을 혼자 보내면서 자신이 기다렸던 것은 결코 이런 것이 아니었다고……. 그것이 섹스를 포함하든 하지 않든, 자신이 기다렸던 것은 보다 다른 종류의 따뜻함, 보다 다른 종류의 위안들, 애틋함 들이었다고……. 그런데 저 남자는 정인을 보면 달려들 뿐이었다. 서로가 서로를 원하는 의미가 다른 것이다.

물론 남자가 여자를 사랑하는 데에는 분명 육체적인 이유들이 포함되어 있을 거라고 정인은 생각하고 있었다. 바로 그것이 여자와 남자가 다른 점일 거라고. 왜냐하면 그녀와 육체적인 접촉을 가지는 순간에만 현준은 자신을 사랑하는 것처럼 보였기 때문이다. 사람이 그저 자신을 기준으로 생각하기가 쉬운 법인 것처럼 정인은, 사랑하지 않는다면 그가 그토록 자신을 지속적으로 만나 잠자리를 같이할 리가 없다고 제 나름대로 생각하고 있었다. 그랬기 때문에 정인은 현준이 화가 났을까 봐 갑자기 두려운 기분이 들었다. 현준은 담배를 피우며 TV를 보고 있었다. 정인은 머리를 말리던 수건을 벗고 현준의 곁에 앉았다.

"저녁은 드셨어요?"

"응."

"저도 먹었어요."

"……."

"자장면이요."

"……."

"맛있었어요……. 요 동네인데, 언제 한번 같이 가서 먹어요……. 그 집, 자장면에 김치두 줘요."

"좀 조용히 해줄래? ……TV소리가 잘 안 들려."

그는 무표정하게 말했다. 그래서 정인은 입을 다물고 그의 곁에 가만히 앉아 있었다. 프로야구의 순위가 나오고 있었다. 박철순이라는 투수가 활약하고 있는 모양이었다.

"냉장고에 가서 맥주 한 캔 가져다줄래?"

그가 여전히 TV에서 눈을 떼지 않은 채 말했다. 정인은 냉장고에 가서 맥주를 가져다가 그에게 내밀었다. 그는 맥주 캔을 따서 천천히 마셨다. 아직도 그가 화가 난 것은 아닌지 정인은 겁이 나 있었다.

"저 내일 아침거리 준비해놓을까요? ……저 시킬 거 있으면 시키세요……. 저녁 시원찮게 드셨으면 수제비 끓여드릴까요? 저 수제비 잘하는데……."

"좀 조용히 앉아 있어. 그게 너한테 바라는 거야."

만일 이런 것도 사랑이라면 사랑의 대화일 것이다. 이 세상에 수많은 사람들이 그토록 비슷비슷하게 눈 두 개와 코 한 개와 입 하나 그리고 모두가 비슷한 크기의 둥그스름한 얼굴을 가졌으면서도 그토록 다른 얼굴이듯이, 사랑이라는 것도 그렇게 다른 얼굴을 가졌으리라. 하지만 문제는 그 분위기, 그 미묘함, 거기 앉아 있는 그들의 자세일 것이다. 그것이 진실인지 아닌지는 그들만이 알 일이지만 언제나 그들 자신들이 제일 모르는 것이 바로 그것이기도 하다.

어쨌든 정인은 현준의 말에 입을 다물고 소파 한구석에 될 수 있는 대로 몸을 작게 만든 채로 앉아 있었다. 저 작은 공을 저렇게 열심히 던지는 사람과 저렇게 얇은 방망이로 저 공을 쳐내는 사람, 던지고 쳐내서 어떻게 하겠다는 건지 도무지 알 수 없지만 그래도 정인은 열심히 TV를 지켜본다. 왜냐하면 현준이 그것을 보고 있고 현준이 그것을 좋아하니까……. 사랑한다는 것은 무엇이든 함께하는 것이니까, 라고 정인은 믿고 있으니까.

프로야구 프로그램이 끝나자 비로소 현준은 기지개를 켜며 정인을 향해 미소를 지어 보였다. 그러고는 이제사 마치 정인이 거기에 나타난 것처럼 정인에게 다가와 포옹을 하기 시작했다. 전혀 그럴 기분이 아니었지만 정인은 그저 그가 자신에게 관심을 가져주는 것이 싫지 않았고, 게다가 아까 목욕탕에서 그를 화나게 했을까 봐 겁이 나 있던 차여서 그를 거부하지 않았다.

젊은 두 사람은 거실에서 서로를 안았다. 정인은 이제 처음의 정사 때처럼 아픔을 느끼지는 않았다. 아니 오히려 희미한 쾌감까지 느끼고 있기도 했다. 하지만 젊은 그의 정사 시간이 길어질 때면 정인은 힘겨워지기 시작했다. 내리누르는 그의 어깨가 제 턱에 육박해오는 것을 느끼면서 정인은 생각하는 것이다. 아아, 언제쯤 이 사람은 끝을 내는 것일까. 때로 현준은 하룻밤에 서너 번씩 정인에게 요구해오는 일도 있었다. 자신의 쾌감은 전혀 알지 못한 채로 오직 그의 욕구를 위해서 정인은 그러면 밤새도록 몸을 내맡기는 것이다.

그런데 이날은 좀 특별한 일이 일어났다. 그들의 정사가 다 끝나기도 전에 벨이 울린 것이다. 처음 벨이 울렸을 때 현준은 그것을 무시하려고 했다. 하지만 벨은 집요하게 울렸고 나중에는 문을 두드리는 소리가 났다. 무언가 아주 급한 일이 있다는 듯했다. 정인을 그대로 내버려둔 채로 현준이 일어나 현관으로 다가갔다.

"누구세요?"

그러자 밖에서 어떤 목소리가 들렸다. 처음에 정인은 그것이 어떤 목소리인지 잘 알 수 없었으나 다시 한 번 문밖의 사람이 말했을 때 그것은 아주 똑똑히 들렸다.

"나예요, 현준 씨. 벌써 자는 거야? 나라구."

그것은 여자의 목소리였다.

여자가 문밖에서, 이 밤중에, 아니 밤중이 아니라 하더라도 그저 '나라구……'라고 자신을 소개한다는 것은 그렇게 단순한 의미는 아니다. 하지만 알몸인 채로 문밖의 소리에 귀를 기울이고 있던 정인은 이런 의미들을 생각하기도 전에 가슴이 철렁 내려앉는 것을 느꼈다. 어, 잠깐만, 하는 소리를 내는 현준의 허둥대는 눈길이 정인에게 와서 민망하게 멎었다. 정인은 조용히 거실 여기저기에 내팽개친 자신의 옷을 주워 들고 방으로 들어갔다. 현준이 바지를 입고 티셔츠를 걸치고 그리고 문을 여는 소리가 났을 때 정인은 스커트의 훅을 채우고 있었다. 옷은 비에 젖어 축축했고 그리고 눅눅한 냄새가 났다.

"웬일이야?"

"내가 깨운 거야? 술 마시고 가려는데 돈이 떨어졌잖아. 현준 씨 얼굴도 보고 싶었고 오랜만에……."

여자는 아마도 현준에게 가볍게 안기려고 했었나 보았다. 현준이 그녀를 밀쳐내는 소리가 들렸고 이어 현준의 소리가 들렸다.

"맥주 한잔 줄까?"

"좋지. 우선 담배부터 좀 줄래? 그놈의 교수 쫀쫀하게 담배도 못 피우게 하더라구……. 안주는 뭐 없어?"

"글쎄, 햄을 줄까 아니면 오징어? 그도 아니면 참치?"

여자의 목소리는 당당하고 시원시원했다. 현준의 목소리는 나긋하고 친절했다. 어둠 속에서 정인은 현준의 방에 놓인 사물들의 희미한 윤곽을 바라보며 서 있었다. 침대가 있고 그 위에 흩어진 이국어로 씌어진 잡지들……. 그리고 벗어 던진 양말 한 짝……. 정인은 그러니까 예를 들면 현준이 아주 무뚝뚝하고 과묵한 사람이라고 생각하고 있었다. 표현을 아끼고 절제하는 사람이라고. 그런데 현준과 저 여자는 많은 말을 하고 있었다. 즐거운 듯한 현준은 이 어둠 속에 서 있는 정인을 잊은 듯했다. 현준이 저토록 밝고 유쾌하게 웃는 것을 정인은 한 번도 본 일이 없었다. 정인은 현준이 벗어 던진 양말을 들어 의자 한쪽에 접어놓는다. 소리가 나게 하지 않으려고 애쓰면서 정인은 현준이 보다가 아무렇게나 던져놓은 잡지책을 덮어서 차곡차곡 현준의 침대 한편에 쌓아놓았다. 아무리 천천히 그런 일을 해도 현준은 정인을 부르지 않았다. 이 어둠 속에서 여자는 웃고 있었고 현준이 굽는 오징어의 냄새가 정인이 서 있는 이 방 안에까지 퍼져오고 있었다. 침대 밑에 놓인 시계에서 째깍째깍거리며 시간이 가고 있었다.

나 여기 있어요…… 나 여기 있다구요!

정인은 입술을 물었다. 저 여자는 그러니까 무언가 중요한 일을 하는 사람이어서 정인이 이곳에 있는 것을 알리면 안 되는 것일까, 정인은 생각해보았다. 그러니까 깊은 밤, 총각 집에 웬 여자가 있는 것이 아무래도 남들이 보기에 좋지 않으니까, 친한 사이도 아닌데 굳이 정인과의 관계를 밝힐 필요가 뭐 있을까…… 그러니까 저 여자가 금세 가기 전에 내가 좀 이 어둠 속에서 참고 있으면 되는 거라는 의미일까…… 라는 생각…….

하지만 두 사람은 여전히 같은 톤으로 대화를 나누고 있었다.

오징어를 먹고 맥주 캔을 새로 따는 소리가 들렸다. 라이터가 켜지는 소리……. 정인은 이제 막 건조되어 부풀어 오르는 머리칼을 쓸어 넘겼다. 이마에 밴 땀이 그 손길에 흥건히 배어 나왔다. 그 땀을 아직도 눅눅한 스커트에 쓰윽 닦고 나서 크게 숨을 한번 쉬고 정인은 방문을 열었다.

두 사람의 놀란 눈길이 정인에게 향했다. 정인과 현준의 눈길이 마주쳤다. 그 짧은 순간 정인은 현준의 눈길에서 뭐랄까, 부끄러움, 을 읽었다. 그러니까 정인이 그곳에 숨어 있다는 사실이 싫다는 표정, 아니면 정인이 없이 그저 이 여자와 둘만이었으면 좋았겠다는 표정, 그도 아니면 이왕 그 어둠 속에 숨어 있는 김에 좀 더 있어 주었으면 좋았을걸 하는 표정……. 그저 정인 혼자만의 생각이었는지도 모르지만 정인의 눈길이 현준에게서부터 떨어져 나와 바닥으로 툭 떨어진다.

"어, 나왔어?"

현준이 애매하게 입매를 일그러뜨리며 말했다. 어, 나왔어…… 라니? 라는 생각이 들었다. 여자가 놀란 눈으로 정인과 현준을 번갈아 바라보았다. 여자는 긴 생머리에 유행하는 날씬한 디스코 바지를 소매가 없는 흰 티셔츠와 함께 입고 얇게 비치는 흰 카디건을 걸치고 있었다. 한눈에 보아도 화사하고 세련된 모습이었다. 아까 한 대화를 들었기 때문일까, 그 여자는 또 다른 것이었다. 현준을 바라보는 정인의 눈에 처음으로 적의가 번득였다.

"……저 가겠어요."

밤은 깊어 있었고 현준은 아직도 애매한 표정을 감추지도 못한 채 엉거주춤 일어섰다. 정인은 자신의 백을 찾았다. 낡은 백은 비에 젖어 구겨진 채로 소파 아래쪽에 팽개쳐져 있었다. 정인은 천천히 눈을 깜박이고, 숨을 한번 더 크게 들이켜고 나서 그 낡은 핸드백을 들었다. 그때 눈물이 쏟아져 나왔다. 정인이 입술을 물었지만 허사였다. 정인의 몸놀림이 자제심을 잃고 거칠어지기 시작했다. 현준이 휘청거리는 정인의 한 팔을 잡았을 때 그래서 정인은 현준의 팔을 세게 뿌리쳤고 그 바람에 탁자에 놓인 빈 깡통이 몇 개 쓰러져 내렸다. 그 소리를 신호라도 하듯이 정인은 엉엉 울기 시작했다. 먼 훗날 정인은 이 장면을 웃으며 회상했다. 귀엽지 않았겠어요? 하고 얼핏 웃으며 되묻기까지 했다. 하지만 그런 그녀의 표정은 금세 어두워졌다. 그녀의 스물한 살은 그런 식으로 채색되어졌으니까……. 귀엽다고 표현해버리기에 너무 많은 대가가 치러졌었다. 그런 일이 없었으면 더 좋았겠지요……라고 말을 꺼낸 것은 그래서였을 것이다.

# 사랑하지 않으면 누구나 강하다

엊그제 첫눈이 뿌리더니 오늘은 다시 맑은 가을날이다. 기온은 뚝 떨어져서 아침에 일어나 세수를 하다가 바라보면 마을 뒷산의 단풍이 한 뼘씩 산 아래로 내려와 있곤 했다. 하지만 한낮의 햇볕은 그런대로 따스해서 창가에 앉아 있으면 등이 시리지 않는 그런 계절이었다.

이번 가을 월급을 탄 날 큰마음을 먹고 산 큼직한 검정 스웨터를 회색빛 체크무늬 스커트 위에 걸쳐 입고 정인은 집을 나섰다. 코끝에 스치는 쌀쌀한 냄새. 어디선가 볏짚을 태우는가 보았다. 지난 초여름 긴 단발이었던 정인의 머리는 파마를 해서 가슴께까지 넘실거리고 있었고, 그 탓일까 그녀는 이전의 모습과는 다르게 휠

썬 성숙해 보였다. 환절기 탓인지 까칠해진 피부에 화장기 없는 얼굴이었지만 그것이 눈가의 음영을 더욱 짙게 만들어서 가끔 그녀가 고개를 들 때면 검은 눈동자가 더욱 깊어 보이기도 했다. 아마도 그 무렵 누군가가 그녀를 자세히 들여다보았다면 그렇게 생각했을지도 모른다. 저 처녀는 깊은 눈동자를 가졌구나 하고.

집 골목길을 나서는 길에 현준의 집 앞을 지나면서 정인은 얼핏 고개를 든다. 낯선 차가, 서울의 번호판을 단 차가 보였던 것이다. 현준의 은색 차는 아니었고 새로 나온 자동차였지만 정인의 눈에는 금방 겁이 더럭 실린다. 현준을 보지 못한 지 벌써 석 달째, 어젯밤 잠들면서 정인은 무심코 아마도 백 일쯤 되겠구나 생각을 했었더랬는데 막상 이렇게 기와집 앞에 서 있는 서울 번호판의 자동차를 보자 그녀의 얼굴은 금방 해쓱해지는 것이다.

울면서 그 집을 나오려던 정인을 붙든 것은 뜻밖에도 밤중에 찾아온 그 여자였다. 여자는 처음에는 정인의 존재에 대해서 매우 놀란 것 같은 표정이더니 곧 묻지 않아도 상황을 알겠다는 듯했고 그래서 한결 여유가 있어 보였다.

—제가 실례를 한 것 같은데요, 괜찮으시다면 같이 잠깐 앉으시죠, 뭐 저희 집은 아니지만……. 전 유혜림이라고 해요…… 현준이하고 대학 동기고…… 우린 그저 친군일 뿐인데…….

여자는 정인에게 어떻게든 자기 쪽에서 별 악의가 없다는 것을 강조하고 싶어 하는 듯 천천히 그리고 말의 뉘앙스 하나하나를 조심하며 말을 꺼냈다. 맥주 캔 몇 개를 떨어뜨리고 엉엉 울던 정인에게 휴지를 내밀어주며 혜림은 웃었다. 그녀는 정인이 행여라도 이 상황에 대해 오해라도 품을까 조심하면서 정인에게 캔 맥주를 하나 내밀었다. 정인은 그것을 받아 들면서 잠깐 생각했다.

'만일 여기서 내가 뛰쳐나가버린다면 저 여자가 어색해할 거야. 이렇게까지 해주는데……. 더구나 현준 씨는 나한테 저렇게 미안하고 어색한 표정을 짓고 있는데……. 그건 너무 유치하고 어리석은 행동이 되겠지…….'

만일 정인이 이런 경우 조금만 더 자기 자신을 생각하는 사람이었다면 상황은 훨씬 더 달라졌으리라. 그러나 정인은 오로지 그 두 사람이 불편할까 봐—물론 이건 어디까지나 정인의 생각이었다—자리에 남아 있었다. 그리고 새벽이 왔을 때 두 사람은 제각기 곯아떨어졌고 정인 혼자 그 쓰레기통 같은 거실을 치웠다. 그러자 이른 여름 아침이 밝아왔고 청소차가 지나가는 소리가 들렸다. 스윽스윽 비질 소리가 멀리서부터 들려왔다. 그 소리가 뇌수를 할퀴는 것처럼 머리가 아팠지만 정인은 유혜림이 잠든 소파 한쪽에 놓인 자신의 백을 집어 들었다. 유혜림은 피곤한 듯 넓은 분홍의 립스틱 빛깔이 남아 있는 입술을 반쯤 벌리고 잠들어 있었다. 정인이 보기에도 고운 얼굴이었다. 현준과 동갑이라고 했으니 나이가 스물여덟쯤 되었을까.

그 밤 이야기 속에서 정인은 현준이 얼마나 그녀를 존중하고 있는지 느낄 수 있었다. 그녀가 담배를 물면 라이터를 켜주었고 그녀가 오징어를 집으려고 하면 마요네즈가 담긴 작은 종지를 그녀 앞으로 조금만 밀어주었다.

　—내가 예전에 현준 씨를 혼자 좋아했거든요.

　그것은 유혜림의 말이었지만 정인은 웃으며 고개를 숙였다. 현준 자신의 말대로 그의 곁을 바람처럼 스쳐갔다는 여자들 중에 그녀도 있을까, 아마도 아닐 것이었다. 현준의 태도를 보면 그녀는 알 수 있었다. 그건 그가 정인에게는 한 번도 보이지 않았던 태도였다. 그녀는 바람이 아니라 그 바람 속에서도 혼자 날아온 씨앗이었음에 틀림없었다. 그녀는 그렇게 날아와 싹이 트고 뿌리를 내리고 지금껏 커가는 나무 같았다. 그런데 그건 정인이 현준에게 되고 싶었던 의미였던 것이다. 잘 마시지도 못하는 맥주를 홀짝거리면서 그래서 정인은 조금씩 깊이 어떤 느낌에 침잠해 들어가기 시작했다. 비참해지기 시작했던 것이다.

　—결혼요? 그런 거 왜 해요? 난 완전주의자거든요. 전부가 아니면 전무, 올 오아 낫씽 유 노우 댓?

　일상용어에서 그렇게 스스럼없이 영어를 사용하는 그녀는 멋있어 보였다. 무엇보다 자신에 넘쳤던 것이다. 사랑하지 않으면 누구나 자신 있어질 수 있다는 것을 정인은 그때는 몰랐었다.

　정인은 백을 들고 그 집을 나왔다. 이른 새벽, 사방은 이상하게 고요했다. 멀리서 청소부가 비질을 하는 소리 그리고 간간이 달려가는 빠른 자동차의 소리……. 백을 헐겁게 들고 정인은 버스 정류장 앞에 서 있었다. 정인이 타야 할 터미널행 버스가 휑 하니 정류장을 스쳐 지나가버렸다. 그 서슬에 길가에 심어진 어린 은행나무들이 받침대를 곁에 두고도 흔들거렸다. 머릿속에 솜뭉치라도 들어찬 것처럼 멍한 기분이었다.

'무엇하러 왔을까……. 대체 무엇하러 여기까지 왔을까…….'

하지만 생각은 솜방망이처럼 무뎠고 정인은 눈을 꿈벅였다. 현준은 그녀를 사랑하지 않는다고 그녀는 생각했다. 그러자 솜방망이가 사라지고 날카로운 송곳으로 머리를 찌르는 것처럼 온몸이 바들거리기 시작했다. 오직 그 생각만이 그녀를 예민하게 만들 수 있었던 것이다.

정인은 현준의 집 앞을 지나 빠르게 길을 걸어갔다. 그리고 거기서 정인은 보고 말았다. 그러지 않으려고 했지만 자동차 안을 확인했고 앞 유리창에 현준의 은빛 라이터가 있는 것을 보았던 것이다.

'그새 차를 바꾸었구나.'

정인의 심장은 이제 쿵쾅거리기 시작했다. 어쩌면 오늘은 그를 만날 수 있다는 희망의 독이 정인의 몸속을 빠르게 퍼져 나갔다. 정인에게 내내 전화 한번 없던 현준이었지만, 한번 어렵게 통화를 했을 때 아주 어색한 목소리로 내가 나중에 연락을 할게 하고 말하던 그를, 그것이 사실은 너와 만날 생각이 없다, 라는 말인 줄도 모르고 혹시나 그가 전화를 할까 봐 점심을 먹으러 나가지도 못했던 그녀에게 끝내 전화하지 않았던 그를, 이제 돌아와 정인의 집을 지척에 두고 저기에 저렇게 자동차를 둔 채로 제 집에 들어가 박힌 그를…… 두고 정인은 또다시 희망을 품어보는 것이다. 혹시나 내게 일어났던 나쁜 모든 일들은 그저 꿈이 아니었을까 하고.

정인은 빠르게 걸었다. 정인과 첫 정사를 치르고 현준이 우체국 네 길거리에 그녀를 내려주고 떠나던 날, 멍청하게 서 있던 그녀에 게 술을 먹으러 가자고 시비조로 말을 걸었던 집배원 최씨가 따르 릉 울리며 정인에게 인사를 해댔다. 최씨는 그날 밤 일을 전혀 기 억 못하는 듯했다. 그래서 정인도 이제껏 아무 내색 없이 지내왔 던 것이다. 그러니 저 남자처럼, 참담했던 정인의 그날 밤이 아니라 저 남자의 그날 밤처럼 이 모든 것이 그저 꿈이기를, 정인은 헛되 이 생각해보고 있는 것이다.

손에 잡히지 않았지만 그래도 일이 있다는 것은 이런 때 참으로 복된 일이었다. 월요일 아침이어서였을까, 여느 때보다 소포가 많 았고 등기가 많아서 정인은 자신에 대한 생각에서 조금 벗어날 수 있었다. 그리고 점심때가 다 되어갈 무렵 뜻밖의 손님이 정인의 앞 에 나타났다. 명수의 아버지 정씨였다.

약간 작은 키에 강마른 체격, 그는 여느 때처럼 조용조용하게 들어와 정인에게 미소를 보냈다. 만일 명수에게 조용하고 차분한 성격이 있다면 그건 다분히 아버지 쪽의 핏줄을 타고난 것이리라.

"어머 아저씨 웬일이세요? 뭘 해드릴까요?"

읍내 우체국에 앉아 있었지만 그와 마주칠 기회는 거의 없었다. 예전에 명수가 의대에 다니던 시절 혹시 돈을 부칠 일이 있어도 정씨댁이 다녀가는 일이 예사였기 때문이다.

정씨는 웃으며 잠시 주위를 둘러보았다. 몹시 겸연쩍은 얼굴이었다. 정인은 자리에서 일어서서 정씨를 바라본다. 열 살 때였던가, 어머니가 저수지에 빠져서 자살을 기도하던 날, 그날 매 맞는 어머니를 구해주던 사람, 그의 말이라면 마을의 누구도 심지어 술만 먹으면 개대엽이라고 사람들이 비웃던 그녀의 아버지 오대엽까지도 함부로 말대꾸를 못 했던 사람…… 어린 시절 명수와 함께 정인이를 극장에 데려가주었던 사람 그리고 비가 내리던 그 읍내에서 그는 정인과 명수에게 자장면을 사주었었다. 정인으로서는 처음 먹어보는 자장면이었다. 세월은 그렇게 흐르는 것인지, 그 읍내에서 이제 정인은 주름이 가득한 정씨를 바라보고 서 있는 것이다.

"잘 지냈니?"

정씨는 계속 난처한 표정이었다. 정인은 문득 명수와 관계된 일이구나 짐작한다. 생각 탓이었을까, 정인을 향해 애매하게 웃고 있었지만 정씨의 얼굴은 힘겨워 보였다. 정인은 얼른 말을 받았다.

"아저씨 잠깐 나가서 커피라도 한잔 하실래요?"

"……그래? 아 그래…… 그게 좋겠구나."

옆 직원에게 조금 이르게 점심을 먹고 오겠다고 말하고 나서 정인은 정씨와 함께 길을 걸었다. 햇볕이 따사로운 한낮이었다. 가을날 특유의 긴 유리같이 투명하고 꼿꼿한 햇살이 멍석에 깔아놓은 붉은 고추 위에서 머물고 있다. 정인은 문득 창살 곁에 서 있을 명수를 생각했다. 감옥이 어떻게 생겼는지 그녀 자신은 본 적이 없지만, 명수가 이 햇살을 우러르며 서 있는 것이 보이는 것만 같았다. 이 투명하고 뾰족한 햇살이 투명한 명수의 얼굴을, 정식 재판에서

3년의 징역형을 언도받았다는 명수의 얼굴에 비추는 광경…… 명수는 어떤 표정을 하고 있을까……. 가는 바람결에도 그 가는 바람의 결을 느낄 수밖에 없는 명수를 정인은 연민의 마음 없이 떠올리지 못했다.

정인은 살며시 정씨의 팔짱을 끼었다. 생각에 잠겨 걷던 정씨가 겸연쩍은 얼굴로 정인을 바라본다. 아무리 어린아이 때부터 딸처럼 보아온 아이였지만 다 큰 처녀가…… 하는 얼굴, 막상 그도 당황한다. 정인은 더욱 힘주어 그의 팔짱을 끼며 생긋 웃었다.

"아저씨, 급한 일 때문에 오신 거 아니라면 제가 점심 사드리고 싶어요."

"점심을?"

"……저도 어차피 먹어야 하거든요. 아저씨 곰탕 드실래요? 요기 근처에 잘하는 집이 생겼는데……."

"……그러자."

두 사람은 사이좋게 부녀지간처럼 팔짱을 끼고 '한주옥'이라는 간판이 붙은 기와집으로 들어섰다. 햇볕이 따뜻하다고는 해도 싸늘한 공기 때문일까. 곰탕의 냄새만 맡아도 벌써 따뜻한 느낌이 들었다. 김치의 새콤하고 매콤한 맛과 곰탕의 냄새.

두 사람은 말없이 곰탕을 먹었다. 정씨는 뚝배기에 얼굴을 박고 국물을 들이켰다. 나중에 그가 고개를 들었을 때 검은 그의 얼굴에서 무수히 많은 땀방울이 흘러내리고 있었다. 여느 중년의 남성처럼 정씨는 호주머니에서 낡은 손수건을 꺼내 얼굴에 흐르는 땀방울들을 천천히 닦았다.

　너무나 잘난 아들이었기에, 너무 잘나서 가끔 무슨 탈은 없을
까, 이렇게 한 번도 속을 썩이지 않을 리가 없는데, 병 한번 앓지
않고, 말썽 한번 피우지 않고, 말썽을 피우다가 부러진 팔다리 하
나 없이 키운 아들이었기 때문에, 하늘이 이런 복을 내게도 주시
는구나, 온 대한민국 국민이 그토록 선망하는 대학에 합격했을
때 그렇게 감사했던 아들이었기 때문에 그의 절망은 깊었다. 감
옥에 간다는 것은 이제 이 사회가 약속한 모든 기득권을 빼앗긴
다는 것을 의미했다. 자식 덕에 무슨 기득권을 누려보고 싶은 생
각을 해서가 아니었다. 사실 그는 무슨 기득권이 있는지 알지도
못하는 사람이었다. 다만 물려줄 재산 하나 없는데 이제 저 혼자
저 황량한 벌판에 서 있는 아들을 생각하면 하늘이 무너지는 것
이다.

　"사실은 내가 정인이 니한테 부탁이 있어서 왔다."

　손수건으로 한참 얼굴에 흐르는 땀을 닦은 후, 정씨는 말을 꺼
냈다.

　"명수 녀석이 이달 초에 전주로 갔다……. 너무 멀어서 그렇고,
지도 자주 오지 말라고 해서 한 달에 한 번 정도만 가볼려고 했는
데…… 내가 처음 편지를 썼구나…… 대체 얼마 만에 편지를 써보
는지……."

　정씨는 정인 앞으로 흰 봉투를 내밀었다. 평화동이라는 글씨가
얼핏 정인의 눈에 띄었다. 정인은 그 편지를 받아 들었다. 머뭇거리

던 정씨가 맨손으로 턱을 쓰윽쓰윽 닦았다.

명수 오빠가 잡혀가던 날 사실은 저는 그를 마지막으로 보았지요, 마치 이렇게 될 줄 알고 있었다는 듯 제게 인사를 건넸어요, 정인아 난 갈게, 라구요……. 하지만 정인은 입을 열 수가 없었다.

"걱정 마세요, 아저씨. 제가 부쳐드릴게요. 그리고 앞으로 우체국 오시기가 좀 뭐하시면 거기 가게 박군 편에 집으로 편지를 보내세요. 그러면 제가 알아서 부쳐드릴게요."

"그래 정말 고맙구나……."

정씨는 희미하게 웃으며 담배를 꺼냈다. 10년 전엔가 끊었던 담배였다. 그런데 명수가 잡혀간 그날부터 그는 다시 담배를 피우기 시작했다. 길게 담배를 한 모금 내뿜고 나서 그는 다시 말했다.

"그리고…… 저기 가족들 외에는 편지가 안 된다구 허든데…… 그 편지 속에…… 니가 여동생인 것처럼 허구서는…… 그러니까 굳이 정리를 따지자면 니가 여동생뻘인 건 온 동네가 다 아는 거니께…… 그저 몇 마디…… 딴생각 말구…… 좋은 날까지 그저 딴생각 말구 거기서 허라는 데루 다 하믄서 건강을 잘 돌보라구…… 니가 그래주면…… 명수 지두 힘이 좀 날 것도 같구……."

정씨는 말을 이어가기가 힘든 것 같았다. 정인이가 눈치가 이상하다는 말을 들었을 때만 해도 그는 별로 신경 쓰지 않았었다. ―물론 그것은 정씨댁의 말이었다. 아들을 가진 어머니들은 대개 여자가 제 아들에게 먼저 추파를 던지는 법이라고 생각하니까―아니, 신경을 쓰지 않는 정도가 아니라, 지들이 굳이 그렇게 좋다면 하는 수 없겠지만 이왕이면 이쪽 집안에서 정말로 아무도 없으니 그쪽 집안이라도 명수를 좀 밀어줄 그런 여자를 만나면 더 좋지 않을까 그는 그런 생각을 하고 있었다. 그런데 막상 일이 이렇게 되고 보니 그는 정인이마저 명수를 멸시하게 될까 봐 겁이 나는 것이다. 전과자인 아들이 취직도 못하고 장가도 가지 못하고 늙는다면……. 설마, 하는 생각에 상상을 멈추었지만 그래도 그는 참담한 심정이었다.

두 사람은 곰탕집을 나왔다. 헤어지는 길에 정씨는 잠시 발길을 멈추고 정인을 향해 다시 말했다.

"아까 내가 부탁한 것이 마음에 부담스럽지 않겠니?"

그는 참으로 조용하고 섬세하고 그리고 순박하고 겁 많은 사람이었다. 정인이 혹시라도 그 부탁 때문에 부담스러워할까 봐 그게 걱정이었던 것이다. 정인이 고개를 가로저으며 아니라고 밝게 웃는 것을 보고 그는 다시 말을 이었다.

"정인이 넌 언제나 내 딸 같았다…… 알지?"

그리고 그는 구부정하게 길을 건너갔다. 그날 물건을 배달할 때 필요한 오토바이를 새로 산다고, 수원으로 나간다고 했던 것이다. 그 햇살, 그 가을날 짙푸른 하늘 아래로 천천히 걸어갔던 구부정한 그의 쥐색 점퍼……. 정인은 그를 다시는 보지 못한다.

그날 수원에서 오토바이를 인도받아 저녁에 읍내에 당도해 점박이 김씨와 대포를 한잔하고 집으로 돌아가다가 그는 죽었던 것이다. 오토바이 사고였다. 논바닥으로 거꾸로 처박힌 오토바이는

그의 목을 부러뜨렸고, 경찰에 따르면 그는 거기서 그렇게 여섯 시
간쯤 버티다가 죽은 것 같다고 했다.

# 불길한 여자

어느 날 석가모니께서 제자들에게 물으셨다.

"이 세상에서 제일 놀라운 일이 무엇이냐?"

제자들은 제각기 제가 생각한 대로 석가모니에게 대답을 여쭈었다. 어떤 제자는 동물들이 제각기 태어나 제각기 새끼를 낳고 죽어가는 것이라고도 했고 또 어떤 제자는 하늘에서 태양이 내리쬐어 대지가 불처럼 달구어지는 일이라고도 했고 조금 더 생각이 있는 제자는 인간이 이 짧은 생애에 나쁜 일을 하여 업을 산처럼 쌓는 일이라고도 했다. 석가께서는 원래 자애로운 분이셨으므로 제자들의 답을 옳다 그르다 말씀하시지 않고 아마도 우리들이 절간에서 본 그대로, 지을 듯 말 듯한 그 미소를 머금고 그 대답들에 제각기 일리가 있음을 인정하셨다. 그런데 석가모니께서 제일 사랑하는 제자는 아까부터 별 대답 없이 빙그레 웃고만 있었다. 석가모니께서 그에게 다시 물으셨다.

"얘야, 너는 아무 대답이 없구나. 너는 이 세상에서 제일 놀라운 일이 무엇이라고 생각하느냐?"

그러자 석가의 사랑을 받는 그 제자는 대답하였다.

"이 세상에서 제일 놀라운 일은 모든 인간이 하나도 빠짐없이 언젠가는 죽을 것인데도 모든 인간이 하나도 빠짐없이 자기가 죽으리라는 걸 잊고 산다는 것입니다. 이보다 더 놀라운 일이 또 어디 있겠습니까?"

그러자 석가께서 무릎을 치며 대답하셨다.

"그래 네 말이 옳다. 그보다 더 무서운 일은 이 세상에 없느니라."

졸지에 당한 일이었지만 연락은 생각보다 빨리 되었다. 먼 곳에 있는 친지들이 모여들어서 별로 넓지 않은 정씨 댁은 발 디딜 틈이 없었다. 동네 사람들도 이 밤 모두 이곳에 모인 것 같았다. 호상이 아니었으므로 아이들이 북적거리며 떠들어대지는 않았지만, 쓸쓸한 상가는 아니었다. 아까 저녁때 명수의 학교 친구들이 내려오기도 했고 밤이 이슥해지면서 그런대로 활기찬 분위기였다. 하지만 상주가 없는 상가는 어딘가 허전했고, 죽음 또한 돌연하고 괴이스러운 것이어서 전체적으로 분위기는 음울한 편이었다. 마당에 친 차일에서 벌써부터 화투를 치는 사람들도 있었지만 대부분은 그저 소주만 들이켜고 있었다. 겨울이 코앞에 있는 늦가을의 밤이었고 그래서 추웠던 탓도 있었으리라. 곡을 하다가 몇 번이나 쓰러졌던 정씨댁은 의사가 다녀가면서 진정제를 놓아준 탓에 방에서 잠들어 있었다. 명수의 부재가 이토록 생생한 적은 아마도 그녀 평생에 없으리라. 교도소에 연락이 갔고 아마도 명수는 오늘 밤 늦게나 아니면 새벽에 이곳에 도착한다는 이야기가 있었다. 그 탓이었을까, 명수와 같은 과의 급우들이라는 사람들은 아까부터 차일 한구석에서 조용히 앉아 있었다.

오전에 기별을 받고 산에서 내려온 자명이 반듯한 자세로 앉아서 목탁 소리가 낭낭낭, 들려오는데 정인은 뒤뜰의 담벼락에 기대어 서 있었다. 청명한 밤이었다. 만일 죽음이라는 그림자만 없었다면 드물게 보는 아름다운 밤하늘, 달도 없이 별만 총총한 진코발트블루…… 아주 오랜만에 정인은 은하수를 보았다.

어느 여름밤이었을까, 정인과 명수는 밤하늘을 바라보고 있었다. 저 은하수의 다른 이름은 미리내라고, 그게 순 우리 이름이라고 가르쳐주던 명수에게 정인은 말했었다.

—저게 어디가 시냇물 같다고 그래? 그냥 뿌연 안개 같아…….

—왜에? 시냇물같이 생겼잖아?

—어디가? 어디가 시내 같으냐고? ……흐르지도 않잖아.

그냥 그래. 그러고 말아도 될 것을 정인은 끝끝내 심술을 부렸다. 그러면 명수는 어쩔 줄 몰라 하다가 그냥 그래, 그렇기도 하다, 하고 대답했었다. 그때 방죽 밑에서 누렁이 한 마리를 사다가 개장국을 끓여 먹고 돌아가던 어른들 틈에서 정씨가 명수를 부르곤 했다.

─니들 여기서 뭐 하냐? ……별들 보고 있다고? 별들…… 별들이 이쁘지?

정씨는 별들이 이쁘다고 말하면서 명수와 정인을 한 팔씩에 안고 걸었다.

─정인이 너 아저씨 딸 할래?

─싫어요. 그럼 오정인이 아니라, 정정인 해야 되는데 그러면 이상하잖아요?

─그래서 싫어? 아저씨가 싫은 게 아니구, 이노옴…….

정인이 까르르 웃으면 정씨는 정인의 뺨에 턱을 부볐다. 면도를 한 짧은 수염깍지들이 정인의 뺨에 닿았고 정인은 아프다고 소리를 질렀다. 하지만 지금 생각해보면 알 수가 있었다. 그렇게 수염을 비비던 그 순간 정인은 사랑을 느꼈었다고. 아버지라는 사람이 정녕 주지 못했던 바로 그 사랑.

바람이 없는 허공에서 가지를 길게 늘어뜨린 느티나무에서 와사사사 마른 이파리들이 떨어져 내리고 저 먼 산에서 희미하게 소쩍, 소쩍새가 운다.

글쎄 그렇다면 이것은 무슨 인연의 끈일까, 정씨와 마지막으로 술을 마셨던 점박이 김씨는 그날 술이 워낙 고주망태가 되어 있었던 모양으로 읍내에서 우연히 오토바이를 타고 오던 정씨와 마주친 것밖에는 기억하지 못하는 바람에 정씨의 마지막을 기억하는 사람은 공교롭게도 정인이 되어버렸다. 아들과 아버지가 떠나는 모습을 동시에 바라본 사람이 되었던 것이다.

사실, 죽음이란 정인에게 낯선 것이었다. 어린 시절 은주의 죽음은 그저 두려운 구경거리였을 뿐이고 정인의 할머니가 죽을 때에도 정녕 이런 기분은 아니었다. 할머니의 죽음은 진심이었는지는 알 수 없지만 본인을 포함해서 누구나 기다렸던 것이었다. 그리고 물에 빠져 죽어버린 어머니가…… 있었다.

그런데 그 부처님의 말씀대로 누구나 죽는다 해도, 누구나 그것을 잊고 산다고 해도 그리고 그 죽음이라는 것이 결코 순서대로 오는 것이 아니라 해도, 이럴 수는 없는 기분이었다. 그분은 착한 분이었고, 누구에게도 나쁜 짓을 한 적이 없고, 더구나 지금은 명수가 감옥에 가 있는 바람에 너무 깊은 실의에 빠져 있는데…… 생각하다가 정인은 머리를 쓸어 올린다. 바로 그래서 죽음은 두려운 것이며, 그보다 그것을 모두 알고 있으면서 모두가 모르는 것처럼 그토록 태연하게 살아가는 것이 무섭다고 부처님은 말씀하시지 않았던가…….

갑자기 안채가 떠들썩해지는 소리가 들리기 시작했다.

비명처럼 '명수야?' 소리가 들려왔고 여기저기서 아낙들의 울음소리……. 정인은 천천히 걸어 안뜰로 갔다. 머리를 깎은 명수의 모습이 사람들의 어깨 틈 사이로 보였다. 명수는 어쩌면 태연해 보였다. 아니면 가장 깊은 절망에 사로잡힌 사람이 짓는 그 공허한 표정이었을까. 정씨댁이 엎어지듯 명수를 안았다. 바라보던 아낙들이 마치 제 아들이 돌아오기라도 한 것처럼 일제히 눈물을 닦기 시작했다.

정인은 정씨가 건네주었던 부치지 못한 그 편지를 생각한다. 만일 정씨가 살아 있었다면 정인의 손에 의해 우표가 붙여지고 무표정한 우체국의 소인이 찍힌 채 명수에게 날아갔을 그 편지가 이제 정씨가 아들에게 보내는 유서가 되어버린 것이다. 정인은 아직 그 사실을 아무에게도 말하지 못했다. 누구도 묻지 않았지만 왠지 모르게 두려운 기분이 들었던 것이다. 아무도 그렇게 말할 사람은 없지만 예를 들어, 왜 아저씨를 그렇게 수원으로 보냈니? 하고 얼굴을 들이댄 채로 물어올 것 같은 그런 기분이라고나 할까. 그때 누가 정인의 어깨를 잡았다. 무심코 돌아보았을 때 거기 한 남자가 정인을 바라보며 웃고 있었다.

"오랜만이다."

오랜만이다, 라고 그는 말했다. 마치 오랜만에 헤어졌던 친구를 만나듯이. 친구도 보고 싶었던 그런 친구가 아니라, 그저 친구라고 이름 붙이기도 뭣한 격조한 그런 친구를 만났을 때처럼 태연하게 그는 말했다. 정인의 얼굴이 화악 하고 붉어진다. 왜 그런지 그때는 몰랐다. 하지만 정인의 가슴이 미친 듯이 방망이질 치기 시작했다. 그랬다. 이 소동의 와중에 '넌 내 딸 같다'고 이야기하며 헤어진 그 사람이 죽었는데, 20년을 자신을 보아주었던 사람, 어린 시절 명수와 정인을 읍내에 데려가던 길에 쉬가 마렵다는 정인을 논둑 한쪽에서 오줌을 누이고 팬티를 올려주던 그 사람이 죽었는데 정인은 사실, 현준이 먼 친척뻘인 만큼 오늘쯤은 이곳에 나타날 것이라는 생각을 계속하고 있었던 것이다. 그런데 지금 이 한 순간 정씨와 명수의 생각에 골몰해 있는 정인에게, 마치 그러면 안 된단다, 한순간도 내 생각을 하지 않으면 안 된단다, 하고 말이라도 하듯이 현준이, 생각이 아니라 몸뚱이를 비집고 들어선 것이다.

"오랜만이에요…… 그동안 잘 지내셨어요?"

"명수 오는 거 봤지?"

그는 담배를 물면서 딱히 할 말도 없다는 듯 말했다. 정인은 시선을 내리깐 채로 고개를 끄덕였다. 시선을 내리깐 채였지만 얼핏 본 그의 모습은 눈이 부셨다. 진회색 싱글 양복을 입은 그, 그는 조금 더 야윈 것 같고, 조금 더 쓸쓸해진 것 같았다. 한 번만 그저 한 번만 멀리서 얼굴이라도 보고 싶었던 그 모습이었다……. 그가 설사 여기서, 정인이 너를 보지 않아서 얼마나 편안한 삶을 살았는지 모른다, 라는 말을 한다 해도, 정인은 좋을 것 같았다. 왜냐하면 여기 그가 있기 때문이었다. 그저 지나가는 인사말이 아니라, '잘 지내셨어요'라고 정인은 진심으로 묻고 싶었던 것이다. 정말, 잘, 지내신 건가요, 제가 없이, 잘 지내실 수가, 있었던가요? 하고.

그런데 아마도 현준은 그랬던 모양이었다. 인사를 하고 얼굴을 봤으니 됐다는 듯, 정인에게 아무 말도 없이 서둘러 안채 쪽으로 다가갔다. 시선을 내리깐 채로 가늘게 떨고 있던 정인의 고개가 들려지고 서운한 눈매가 꿈벅였다. 그제야 안채의 시끌벅적한 소리가 정인의 귀에 다시 들려오기 시작했다.

그런데 그 소리 속에서 한 소리가 들렸다. 남자의 울음소리, 술

을 먹은 남자의 울음소리, 떼를 쓰는 어린아이 같은 늙은 남자의
울음소리…….

"형님 이게 웬일이슈? 응? 이런 법이 어딨어……. 이 오대엽이하
고 나중에 서울 가서 동대문 한복판에다 크게 그릇 가게 한번 차
려보자고…… 응? 형님이 먼저 그랬잖수…… 응? 오토바이를 사
러 가려거든 나를 시키시지…… 수원에 와서 오대엽이 이름 하나
면 안 통하는 데가 없는데……. 형님…… 그때 수원 오셨을 때 내
가 오입 한번 해드린다고 해도 그렇게 안 하시더니 이게 뭔 꼴이
유…… 이렇게 가실 거면 그냥 화끈하게 한번 살아야지. 오입, 그
게 뭐 대단하다구…… 응? 어차피 살다 가는 인생 기분 좋게 살
아야지…… 사내로 태어난 김에 화끈하게 응…… 형님…… 말 좀
해봐요. 형님……."

아버지는 빈소가 차려진 대청에서 울고 있었다. 어디서 술을 한
잔 걸치고 온 모양이었다. 사람들 두엇이 그를 끌어내려다 만다. 오
입 이야기가 나올 때는 한구석에서 나직하게 웃음소리가 들려 나
오기도 했다. 하지만 오대엽은 울고 있다. 엉덩이를 빈소 앞의 대청
에 붙이고 두 다리를 쭉 뻗은 채.

왜였을까. 당황한 정인의 눈이 현준과 정면으로 마주친다. 멀리
서였다. 눈길은 정인의 가슴에 와서 비수처럼 꽂히는 것만 같다.
'그래요, 보십시오, 저 사람이 나의 아버지입니다. 우리들과 어머니
를 버리고 수원으로 떠났지요……. 그래요 저 사람, 이 초상집에서
모든 사람의 구경거리가 되고 있는 저 사람이 나의 아버지 오대엽

입니다.'

정인은 뒤뜰로 와서 어둠 속에서 몸을 숨긴 채 서 있다. 스웨터 틈으로 한기가 파고들었다. 그날이 언제였던가. 그날 밤, 정희 언니의 그림자가 벽에 검은 풍선처럼 아른거리고 월계꽃 향기가 아른거리던 그날…….

그날, 할머니 약값을 어머니가 떼어먹었다면서 아버지는 저렇게 울었다. 기억은 구토처럼 밀려왔다. 아버지에게 맞아 속옷이 드러난 어머니를 차마 바로 보지 못하고 외면하며 감싸주던 정씨와 정씨댁 그리고 제 어머니의 치마꼬리를 붙들고 더할 수 없는 연민의 눈으로 정인을 바라보던 명수…… 각기 제 방문을 닫고 들어가버린 형제들……. 엄마가 죽어요. 저수지에 빠져 죽어요! 울부짖으며 정인은 이 집으로 달려왔었다. 아버지 오대엽이 겁에 질린 정인의 뺨을 연거푸 때렸고 졸린 눈을 하던 명수가 방문을 빼꼼히 열고 겁에 질린 눈동자로 그녀를 바라보았었다. 그렇다. 기억들은 살갗을 뚫고 버섯처럼 돋아난다. 그날 밤 유달리 진하던 월계꽃 향기와 저수지에서 건져낸 어머니에게서 풍겨오던 물비린내…… 상한 생선처럼 널브러져 있던 어머니의 몸뚱이…….

그래서 정인은 누군가가 다가오는 기척도 느끼지 못하고 있었다.

"정인아."

명수가 불렀을 때 정인은 하마터면 소리를 지를 뻔했다. 침통한 명수의 얼굴이 놀라움으로 변한다.

"어디가 아픈 거니?"

"아니야……. 오빠?"

"괜찮다."

명수는 힘없이 웃었다. 정인은 명수의 뒤에 서 있는 사람을 얼핏 본다. 정인의 시선 때문에 명수가 그를 돌아보았다.

"저…… 가서 식사라도 하시지요. 이 사람 제 약혼자입니다……. 열 살 때 파혼당하긴 했지만……."

명수는 유쾌한 소리로 말을 건넸다.

"교도관이야……. 좋은 사람이지."

교도관은 여전히 머뭇거리는 얼굴이었다. 하지만 딱히 두 남녀의 밀회를 방해하기는 싫다는 듯한 표정이었고 거기에 쐐기를 박듯이 명수가 정인의 어깨를 감싸 안았다. 교도관은 설사 나중에 문제가 생겨서 보고를 해도 이쯤이면 자신이 면죄부를 받겠다 생각한 모양인지 멀찍이 떨어져 담배를 물었다.

뒤뜰의 가장 으슥한 곳으로 정인을 데리고 간 명수는 얼른 정인의 어깨에서 두 손을 떼고 어둠을 바라보며 두 손을 깍지 낀 채로 앉아 있었다. 굴건을 쓴 그의 모습은 고통으로 불타오르고 있는 것만 같았다. 아마도 착각이었겠지만 정인은 그 고통의 불꽃을 보는 듯했다. 태연한 모습으로 앉아 있지만 얼굴을 찡그리지도 않고 울지도 않지만 그 자신이 하나의 고통덩어리인 것 같은.

"정인아, 긴한 부탁이 있는데…… 서울의 종로 2가라는데……. 알지? 종로 2가."

"……응."

명수는 힘겹다는 듯 천천히 입을 열었다.

"거기 전철을 나오면 태을당 골목에 '신짱'이라는 작은 라면집이 있어. 거기 주인을 찾아서 주인한테 이야기를 해. 동생이 아프니까 아무래도 병원에 가야겠다고 정철이라는 사람이 꼭 전해주라고 그랬다고……."

어둠 속에서 멀뚱하게 눈을 뜨고 정인은 명수를 바라본다. 명수는 아주 진지한 눈빛이었다.

"정인아, 이건 꼭 해주었으면 하는 일이야. 급한 일이고……."

정인의 침묵이 마치 거부를 의미하는 듯 느꼈는지 명수는 문득 초조해진 것 같았다.

"날 믿지?"

"응 오빠…… 그런데……."

고통으로 얼어붙은 듯한 명수의 눈빛만 아니었다면 두 사람은 정말 연인 같았다. 어둠 속에서 가까이 정인은 명수의 눈을 마주 본다. 순간 정인은 명수의 눈빛이 누군가를 닮았다고 생각한다. 하지만 기억은 가물거렸고 정인은 백 속에 어제부터 가지고 있던 편지를 꺼내 들었다. 정인의 손에 들린 편지 봉투와 정인을 번갈아 보던 명수의 얼굴이 굳어진다.

"아저씨가…… 돌아가시던 날…… 우체국에 들르셨더랬는데……."

"그랬구나……."

명수는 편지를 받아 들며 중얼거렸다. 정인을 향하고 있던 그의 두 눈으로 일순 피가 몰려드는 것만 같았다. 명수는 충혈된 눈을 끔벅거리면서 잠깐 거칠어지려는 숨을 고르는 듯했다.

"명수야…… 저기 우리 아들 어디 갔어요? 우리 아들…… 뭐라도 멕여야 할 텐데……."

정씨댁의 목소리가 들렸고 이윽고 정씨댁은 먼저 교도관을 발견한 것 같았다. 그가 하는 역할이 무엇이든 어머니는 그가 반갑다. 그를 극진히 대접해야 하는 일이 자신의 일인 것처럼 느끼는 것이다. 아니 만일 그가 무슨 일을 하러 이곳에 따라온 사람인지 그것을 정확히 알았다면 어머니는 더욱더 그를 대접했으리라. 그러고서 정씨댁의 눈길은 바로 두 남녀에게 와서 꽂혔다.

"어머니 저 여기 있어요."

정인의 어깨에 올린 손을 풀며 명수가 먼저 자리에서 일어섰고 정인이 명수를 따라 일어섰다.

"뭐라도 먹어야지. 여기서 뭐 하는 거냐?"

"어머니…… 아버지가 그날…… 낮에 정인이한테 들르셨대요. 여기 편지가……."

"그래?"

"네."

정인은 문득 불길함을 느끼며 대답했다.

"그랬구나……. 그런데 왜 말하지 않았니?"

정씨댁은 굳은 얼굴로 물었다.

"모두들 경황이 없어서 그랬대요……."

정인이 대신 명수가 대답한다.

"그랬구나……. 어서 가라…… 사람들 눈도 있고, 작은아버지랑 당숙들이 찾고 계시는데."

정씨댁은 명수를 떠밀었고 명수는 안채로 걸어 나갔다. 교도관도 그를 따라 걸어 나간다.

"아주머니, 뭐라고 위로의 말씀을 드려야 할지……."

편지를 전했으니 내일 출근을 위해서 집으로 갈까, 아까 부조를 내긴 했지만 사이가 그런 사이가 아닌데 아줌마에게는 뭐라고 말을 해야 하나 망설이다가 정인은 말을 꺼냈다. 그 순간이었다. 정씨댁의 눈초리가 정인을 찌르듯이 바라보았다. 순간적이었지만 거의 살기에 가까운 것이었고 왜였는지는 모르지만 증오에 가득 찬 것이었다. 정인의 눈길이 민망함 때문에 잠시 흔들렸다.

"하늘이 무너져도 안 된다! 설사 내 눈에 흙이 들어가도 안 돼……."

정씨댁의 어조는 씹어 뱉는 듯이 강했다. 정인의 얼굴이 해쓱해진다. 하지만 무슨 뜻인지 정인은 알아듣는다.

"이상한 일이다……. 네가 아주 어릴 때부터 난 니가 불길했었어. 아주 불길했지…… 니 아버지도 너를 낳고 결국 니 엄마한테……. 아무튼 명수도 너와 만나고 나서 이렇게 되고 이젠 명수 아버지까지…… 다시는 내 앞에 나타나지 말아다오……. 우리 명수 앞에는 더더욱…… 안 된다. 우리 명수는 안 돼! 하늘이 무너져도 안 된다."

그 후 평생 동안 정씨댁은 그 말을 한 번도 뉘우치거나 수정하지 않았다. 오랜만에, 사정이 어찌 되었든 집으로 돌아온 아들이 아버지가 죽었는데 기껏 기집애하고 어둠 속에서 이야기나 하고 있다는 것에 대한 속상함 혹은 질투…… 그런 것이었다 해도 그것은 심한 표현이었으리라. 정인에게뿐만 아니라 누구에게도 그렇겠지만 정인에게는 특히 그랬다. 자신의 어린 시절을 모두 지켜본 사람의 입에서 나온 말이었기 때문일까.

어쨌든 정인은 난데없이 쏟아져 내리는 적의 앞에서 아무런 방어 자세도 취하지 못하고 그저 굳어지고 있었다. 아버지가 난동을 피운 것이 방금 전인데, 이제 정씨댁은 정인이 태어나기 전부터 모든 상황을 지켜보고 나서 정인에게 말하는 것이다. 너는 불길한 여자다…… 하고.

"그래 명수 아버지가 뭐라고 하시더냐?"

속눈썹을 내리깐 채로 서 있는 정인에게 정씨댁이 다시 물었다. 묻고 나서 그녀는 안 되겠다는 듯 담벼락 한구석으로 정인을 끌고 갔다. 거친 손길이었다. 마치 정씨를 죽게 한 장본인이 정인이라도 된다는 듯했다. 정씨댁의 손길에 끌려 담벼락에 등을 기대면서 정인은 머릿속이 멍했다.

"왜 대답이 없는 거랴, 응?"

"……편, 지를…… 주셨어요."

"그리고?"

정씨댁의 얼굴에 살기가 가물거린다. 정인으로서는 처음 보는 표정이었다.

"명수 오빠한테, 편지를 쓰라고…… 하셨어요……. 명수 오빠랑은 오누이 같은 사이니까……."

"그 양반이 죽을라고…… 정말 죽을라고 머리가 어떻게 되셨는 모양이구나……."

정씨댁은 정인의 말이 다 끝나기도 전에 말했다. 그녀의 입에서 풍겨 나오는 그 악의가 정인에게 그대로 전해져 온다. 비로소 정인의 입술이 덜덜 떨려오기 시작했다. 정인은 입술을 물었다. 이제사 모욕에 대한 실감이 오기 시작한 것일까.

"오누이라니? 오누이? 내 말 잘 들어라. 니가 어릴 때부터 우리 명수한테 맘이 있었던 거야. 정인이 너 똑똑한 아인 줄 알았더니 영 아니구나. 응? 우리 명수가 지금이야 이런 처지지만 마을 사람들도 그건 부끄러운 일도 아니라고 하는 거구…… 안 된다. 안 되지! 안 되고말고……."

사람들은 가끔씩 그렇게 제물을 요구하나 보았다. 지금 정인을 데리고 이런 말을 할 경우가 아니라는 걸 모르는 정씨댁이 아니었지만, 만일 이것이 자기 남편의 초상집이 아니었다면, 이런 말을 하는 다른 아낙에게 너그럽게, 그러는 거 아니라고, 그건 정인이 잘못이 아니라고, 타이를 정씨댁이었지만, 그녀는 지금 정인에게 퍼부어대고 있는 것이다.

"약속해라! 다시는 내 아들 앞에 나타나지 않겠다고!"

"……아줌마."

그러지 마세요, 라고 말하고 싶은 정인의 눈물 고인 눈이 천천히 정씨댁을 올려다보았다.

"약속을 해!"

"……네."

정인은 황급히 정씨 댁을 빠져나왔다. 나오는 길에 취해 사람들 틈에서 큰 소리로 떠들어대고 있는 아버지 오대엽의 모습이 잠깐 보였지만, 그리고 그것은 할머니 초상이 있고 나서 거의 반년 만에 보는 아버지의 모습이었지만 정인은 아는 척을 하지 않았다.

열린 대문을 나서자 늦가을의 싸늘한 바람이 싸아, 하고 콧등에 부딪혀온다. 어둠 속 멀리서 개가 짖어대고 있다. 누군가 낯선 사람이 지나가는 것을 알아차린 모양이었다. 그랬다. 개도 짖지 않는가. 식구들의 냄새가 아닌 기미를 가지는 누군가가 지나가기만 해도 개는 경계하는 것이다.

그러니 이 늦가을의 찬바람처럼 명료한 것이었다. 일찌감치 깨달아야 했다. 결코 그들의 틈에 끼어들 수 없다는 것을. 명수가 아니더라도 예를 들어 미송이나 인혜 그리고 현준이나 유혜림 같은 그런 사람들 틈에 자신도 서 있을 수 있다는 그런 꿈 같은 것은 꾸지 말았어야 했다. 정인은 정씨댁을 이해할 수 있다고 생각한다. 화가 나서 자신이 무슨 말을 하는지도 몰랐을 거라고, 그녀의 슬픔에 비하면 자신이 받은 모욕감 같은 것은 아무것도 아니라고…… 사람이 죽었는데…… 그렇게 퍼부어댐으로써 정씨댁이 조금이라도 슬픔을 덜 수 있다면 괜찮은 거라고, 자신은 아무렇지도 않다고 정인은 자꾸만 생각한다.

하지만 눈물은 흘러내렸다. 정인은 마른 손가락으로 눈물을 닦으며 걷는다. 걸으면서 이제 겨우 스물한 살이라고 정인은 생각한다. 겨우 스물한 살인데 마치 마흔한 살을 살아버린 것처럼 힘이 든다고 정인은 생각한다. 생각하면서, 그래도 괜찮다고. 이제껏 혼자서 살아왔듯이 앞으로도 그렇게 살 수 있을 거라고 언젠가 내게도 좋은 날이 오면 누구에겐가 오늘을 이야기하면서 웃을 수 있을 거라고, 그때 나는 죽어버리고 싶을 만큼 힘들었다고, 집까지 가는 가까운 그 길이 그렇게 멀 수 없었다고…… 왜 명수의 집과 자신의 길 사이에서는 이런 일들이 일어나는지 모르겠다고……. 처음에는 어머니가 저수지에 빠지는 것을 알리러 달려간 길, 그러고 나서는 명수에게 청혼을 받으며 걸었던 길 그리고 오늘 이 길…… 단 한 번도 평화롭게 걷지 못했던 이 길…….

그때 부신 불빛이 정인에게 비추어졌다. 정인은 순간적으로 눈을 가린다. 상향으로 켜졌던 자동차 불빛이 아래로 수그러지자 비로소 윤곽이 보였다. 현준이었다.

"이제 가는 길인가?"

현준은 차 문을 열고 반쯤 몸을 내민 채로 물었다. 정인은 그 자리에 멈추어 선 채로 대답하지 않았다.

"잠깐 타라."

"……"

"잠깐 타라니까."

하지만 그 자리에 선 채로 여전히 정인은 움직이지 않았다.

정인의 무표정한 반응에 현준은 뜻밖에도 놀라는 표정이었다. 이러는 정인이 아니었었다. 그래서 사실은 조금은 수월하게 생각했던 것도 사실이었다. 그런데 정인은 눈물 자국이 남아 있는 두 눈으로 물끄러미 현준을 바라보다가 대답하는 것이다.

"싫어요"라고.

누가 인간들의 마음을 그렇게 만들었을까. 싫다고 하는 사람은 붙잡고 싶어지는 마음. 쫓아오는 사람에게는 달아날 수 있을 때까지 달아나고 싶은 마음. 그래서 남자와 여자의 줄다리기는 계속되고, 이루어질 수 없는 사랑은 더욱더 애틋하게 마음속에 화인을 남기는 것일까.

어쨌든 정인은 돌아서서 걸었다. 눈물은 그치고, 대신 모욕감은 생생하게 살아나서 그녀는 입술을 앙다물었다. 그 어둠 속, 유혜림과 그가 거실에서 맥주를 마시는 동안 축축한 옷을 입고 현준의 방에 서 있던 그 기억들이 이제사 살아오기 시작하는 것이다. 그러고서도 그 집을 빠져나오지 못하고 어린아이처럼 그 여자 앞에서 눈물을 터뜨리고 그 자리에서 돌아서서 나오지도 못한 채, 그들의 대화에 엉거주춤 앉아 있던 자신의 모습…… 잠에 빠진 두 남녀를 남겨두고 그 새벽, 그의 집을 빠져나오면서 차마 상상하지 못했던 그런 생각들이 이제사 생생하게 떠오르는 것이다. 그 두 사람은 잠에서 깨어나 무엇을 했을까…… 한때는 현준을 좋아했었다고 정인 앞에서 실토를 한 그 여자와, 정인을 곁에 두고도 그 여자에게 지나치게 친절하던 현준은 그 아침 잠에서 깨어나 정인이 사라진 그 집에서 무엇을 했을까?

천천히 걸어가는 정인의 몸이 부르르 떨려왔다. 이런 생각을 처음 하는 것은 물론 아니었다. 그 어둠 속에서부터 내내 정인은 이런 상상을 떨쳐버리려고 노력했었다. 그는 결코 나쁜 사람이 아닐 거라고…… 설마, 설마……. 하지만 오늘 자신을 부르는 현준을 뿌리치며 걸어가는 정인의 마음속에는 오직 한 단어만이 떠오르는 것이다. 싫다고, 정녕 당신들의 유희에는 더 이상 끼어들지 않겠다고, 그렇게.

그때 현준의 손길이 걸어가는 정인의 어깨를 낚아챘다. 정인은 현준의 손길을 떼어내며 뒤로 한 발자국 물러선다.

"왜 그러는 거지?"

정인은 그를 바라보며 말없이 서 있었다. 그를 바라보느라 치켜 올려진 그녀의 턱은 완강하게 각이 져 있어서 고집스러워 보였다.

"왜 타지 않겠다는 거야?"

"타고 싶지 않아요."

정인의 어깨를 잡으려고 허공 속에 잠시 뻗어 있던 현준의 손이 주머니 속으로 들어간다. 현준은 피식 웃었다. 어둠 속에서 그의 얼굴에 발그스름한 술기운이 보인다.

"그새 꽤 도도해지셨군. 아까 명수가 어둠 속에서 청혼이라도 하던가?"

현준은 억세게 정인의 손목을 잡아끌었다. 그때 골목 저편에서 인기척이 들렸다. 정인의 얼굴이 굳어진다. 이곳은 작은 소읍이었

고, 이 밤 함께 있는 것이 누구의 눈에 띄기라도 하면 그것만으로
도 충분히 곤란해지는 것이다.

"제가 타겠어요."

정인은 현준의 손을 뿌리치며 말했다. 그래도 현준은 정인의 손
목을 놓지 않고 차로 끌고 가 손수 문을 열고 정인을 차에 태웠다.
현준은 화가 난 얼굴이었다.

정인을 태워놓고 자신도 차에 올라탄 현준은 차를 몰기 시작
했다.

"어디 가시는 거예요?"

"아무리 내가 막돼먹은 놈이라지만 아저씨가 돌아가셨는데
그 집 문 앞에서 여자랑 노닥거릴 수는 없잖아……. 제 아버지
가 돌아가셨는데 뒤꼍에서 여자나 껴안는 놈하고 난 다른 놈이라
고……."

정인의 얼굴이 처음으로 정색을 하고 현준을 바라보았다. 현준
은 딱딱한 얼굴로 정면을 응시하며 차를 몰았다. 아까 그 장면을
보았구나 하는 생각, 그렇다면 이 사람이 지금 질투를 하고 있는
것인가 하는 생각이 얼핏 스쳤다. 현준은 마을 뒷산이 시작되는
인적이 드문 곳에 차를 세웠다.

그가 차의 시동을 끄자 정적이 밀려왔다. 현준은 창문을 열고
담배를 물었다. 떨어진 낙엽들이 바람에 쓸려가는 소리가 와사사
사 들려왔다. 현준은 담배를 물고서야 조금 안정을 찾은 것 같았
다. 그러자 정인도 좀 차분해지는 마음이었다.

"……사실은 하고 싶은 말이 있어서 그러잖아도 어떻게 널 만나나 생각했었다……. 그날 그렇게 보낸 것도 영 마음에 걸렸고."

현준의 목소리는 낮고 차분했다. 정인의 볼이 움찔, 하고 작은 경련을 일으킨다.

"어머니한테 니 말을 꺼낸 다음에 너한테 연락하려던 것이 이렇게 되어버렸다. ……어머니한테 니 말을 꺼내면 어떤 결과가 나올지 뻔히 알았기 때문에 시간이 좀 필요했어. 그런데 결국 이렇게 널 먼저 보게 되는구나……."

정인은 얼어붙은 듯 어둠 속을 응시하고 있었다. 누군가의 집에 볏짚단이 쌓여 있다. 한 단 두 단 세 단 네 단……. 그 볏짚의 나란히 누운 갈피까지 셀 수 있을 만큼 뚫어져라 정인은 그것을 바라보고 있었다.

'그래요, 어머니들은, 이 읍내의 어머니들은 나를 싫어하지요…… 우체국에 앉아 있는 오정인이 아니라, 개대엽의 딸인 오정인…… 며느리가 될 가능성으로써의 오정인…….'

"니가 날 원망하고, 기다리고 있는 줄 알면서도 내가 연락하지 못했던 건…… 나라고 가슴이 아프지 않았던 것은 아니다……. 그건 네가 알아주었으면 해서……."

가슴이 아팠다는 현준의 말에 딱딱하게 굳어 있는 정인의 볼이 천천히 풀어지기 시작했다

"정인아."

현준이 정인의 이름을 불렀다. 현준이 이렇게 그녀의 이름을 부

르는 것은 좀체로 없는 일이었다. 현준이 한 팔로 정인의 어깨에 손을 올렸다. 저항하지도 않고 순응하지도 않은 채로 정인은 계속 정면을 응시하고 있었다.

"정인아, 대답해봐!"

"네."

"날 원망했니?"

"아니요."

"……왜?"

"그냥요."

"그냥?"

"네."

두 사람 사이에 침묵이 흘렀다. 현준은 담배를 든 손으로 얼굴을 부볐다. 취기가 올라오는 모양이었다. 그 바람에 현준의 손가락 사이에 들려 있었던 담뱃불이 툭, 하고 떨어져 내린다. 정인은 처음으로 몸을 움직여 현준의 바지에 떨어진 담뱃재를 털어준다. 현준이 그런 정인의 손을 잡았다.

두 사람의 눈이 처음으로 마주친다. 현준의 눈은 충혈되어 있었지만 처음으로 진실되어 보였다. 무언가가 다가오고 있는 것을 정인은 느낀다. 무언가 아주 커다란 것이 피할 수도 없이, 목을 조이듯이, 다가오고 있었다. 정인은 입술을 물고 먼저 시선을 떨구었다.

"정인아, 내 말 잘 들어……. 나…… 쉬고 싶다……."

"……."

"너한테서 쉬고 싶어⋯⋯. 한 여자를 사랑했었다⋯⋯ 처음부터 그리고 10년 동안 단 한 번도 나를 사랑하지 않았던 여자였지⋯⋯. 그 여자를 잊기 위해서 무수히 많은 여자를 만났었다. 솔직히 말하자면⋯⋯ 너도 처음엔 그렇게 시작한 거였어⋯⋯."

현준에게 잡힌 정인의 손목에서 푸른 정맥이 팔딱거리며 뛰고 있었다. 저 볏짚단들, 그중의 네 번째 볏짚단은 거꾸로 놓여 있다. 거꾸로⋯⋯ 왜 하필 저것만 거꾸로 놓여 있는 것일까, 정인은 그 어둠 속을 응시하고 있었다.

"하지만 넌 달랐어⋯⋯. 뭐라고 설명할 수는 없지만 처음으로 미안하다는 생각이 들었다⋯⋯. 내 말 이해하겠니?"

정인은 움직이지 않았다. 진실이라는 것은 때로 이렇게 찾아오는구나, 하는 생각이 들었다. 하지만 현준의 손길에서 정인은 처음으로 진실을 느꼈다. 어쨌든 그것은 진실이었다.

"정인아, 날 좀 쉬게 해주겠니? ⋯⋯나랑⋯⋯ 결혼해주겠니?"

마지막 말을 하면서 현준은 떨고 있었다.

누군가가 무슨 이야기를 할 때 그의 손을 잡거나 그를 안아보면 알게 된다. 그것이 진실인지 아닌지⋯⋯. 그리고 그것은 대체 얼마만큼의 진실인지⋯⋯. 정인은 잡힌 손목을 통해 그것이 진실이라는 것을 알 수 있었다. 진실⋯⋯ 그것은 아마도 평생을 통해 정인이 현준의 진실을 느낀 처음이자 마지막 순간이었을 것이다.

정인은 안다. 상처받은 인간이 기대고 싶어하는 마음을⋯⋯ 상처투성이 인간이 마지막으로 내민 손길을 뿌리쳐서는 안 된다는 걸……. 정인은 한 손으로 현준의 머리칼을 쓸어내렸다. 현준은 버림받은 어린아이처럼 정인의 가슴에 얼굴을 묻었다. 그 여자가 그 밤 우리들을 찾아왔던 그 유혜림이었냐요, 라고 묻고 싶었지만 정인은 입을 다물고 제 가슴에 기대 쉬고 있는 한 남자의 머리칼을 계속 쓸어내렸다.

'그래요. 쓸쓸한 사람끼리 아끼면서 살아요. 상처받은 사람끼리 서로 위로해주면서 살아요. 제가 잘 할게요…… 저한테서 쉬세요. 이제 아무에게도 가지 말고…… 현준 씨를 사랑하지 않는 사람을 사랑하느라 그렇게 힘들지 말고…… 이제 제게서 쉬세요…….'

아마도 정인은 이런 말을 하고 싶었을 것이다. 하지만 때로 말이라는 것은 진실을 은폐하기 위해 더 많이 필요한 법이었고, 진실 앞에서 사실은 아무 말도 필요 없을 때가 많은 법이다. 두 사람은 그 밤, 말없이 그렇게 오래도록 앉아 있었고 그 이듬해 봄 정인은 결혼을 했다.

그날 밤 이후 결혼하기 전까지 그 몇 달 동안 현준은 여전히 정인에게 불친절했고 때로는 거칠었지만 정인은 그 밤을 잊지 않았다. 상처 입은 눈빛으로 정인에게 털어놓던 그의 떨리는 목소리, 그 진실만 생각하기로 했던 것이다.


정인은 훗날 이렇게 말했다.

"왜 죽으려고 했느냐구요? 글쎄요…… 인생을 우습게 안 죄, 나 자신을 우습게 안 죄…… 죽어 마땅하지요…… 난 사실 그럴 만한 성녀도 아니었는데 그렇게 될 수도 있다는 오만을 가지고 있었던 거지요…… 맙소사! 다른 여자를 사랑하다가 실패한 남자를 품을 수 있다고 감히…… 그런 생각을 하다니요…… 무작정 착한 여자가 되려고…… 그런 생각을 하다니요! ……그래요. 스물한 살이었다는 것이 조금은 변명거리가 될 수 있을까요? 난 그 읍이 너무나 지겨웠고 어떻게든 거길 빠져나가고 싶었다고, 하지만 우체국에 앉아 있는 나로서는 도무지 그 방법을 알지 못했다고……. 진실이라면 사실 그 편이 더 진실에 가깝지 않을까요?"

3부

사막 위의

집

그러나 나는 아직도 수련이 부족합니다.
오래전부터 갈구하던 일할 수 있는 능력과 일을 해야 한다는 사명감이 부족합니다.
내게 힘이 부족한가요? 나의 의지가 병든 건가요?……
세월은 흘러가고 있으며 나는 때때로 삶이 지나가는 소리를 듣습니다.
그런데도 아직도 아무것도 이루어지지 않고 있으며,
내 주위에는 실제적인 것이 하나도 없습니다.
여전히 분열되어 있고 산만합니다.……
우리들은 큰 강과 같이 되어 운하로 흘러가며
버드나무 숲으로 흘러가기를 바라고 있지 않습니까? 그렇지 않은가요?
우리들은 한군데로 합쳐져서 소리를 내며 흘러가야 되지 않을까요?……
삶이 자기 길을 가게 내버려두십시오. 제 말을 믿으십시오.
삶은 어떠한 경우에도 올바른 것입니다.……
진지한 것은 모두 어려우며 또 모든 것은 진지합니다.

—라이너 마리아 릴케, 「편지」 중에서

# 사막 위로 내리는 비

그 여자는 지금 막 잠에서 깨어났다. 무슨 꿈을 꾼 것 같았다. 하지만 마치 깨어진 액자 속에 든 사진처럼 조각조각 흩어져 있는 기억의 파편들만 선명할 뿐이었다. 그것은 몇 개의 이미지였고 그 빛깔은 어두웠다. 짙은 회색 혹은 거의 검정에 가까운 암흑빛이었다. 사막 같기도 하고 폐허 같기도 한 어떤 장소……. 시간은 거의 미지였다. 어두웠지만 밤은 아니었고 그렇다고 낮도 아닌, 아니 오히려 낮과 밤이 스스로의 정체성을 포기해버린, 시간이 멈춘 어떤 공간…… 살아 있는 것이라고는 없는 무생물들의, 그래서 숨이 막히지도 않았던 죽음 같은 공간…….

그 여자는 눈을 떴다. 방금 전까지 그 여자는 마치 커다란 알처럼 소파에 누워 있었다. 살이 찐 어깨와 둔부 그리고 느릿해진 손길…… 그리고 무엇보다 둥그렇게 부풀어 올라 생명을 키우고 있는 커다란 배. 그 여자는 그렇게 알처럼 소파에 누운 채로 희미하게 눈을 떴던 것이다. 그 시커멓고 암울한 이미지의 잔영들이 하도 선명해서 그 여자는 잠시 여기가 어딜까 생각하기도 했다. 하지만 곧 그 여자는 이곳은 자신의 집이고, 더구나 자신이 벌써 5년째 이곳에서 살고 있다는 걸 알았다. 이토록 낯익은 자신의 집이 잠에서 깨어나 눈을 뜨고 바라보았을 때 사막보다 더 낯설 수 있다는 사실이 새삼 그 여자의 마음속에 파문을 일으켰지만 이런 일이 한두 번 있는 것도 아니라는 생각이 그 여자를 안심시켰다. 그 여자는 시계를 올려다보았다. 오후 4시가 좀 넘어 있었다.

그 여자는 무의식중에 이마에 손을 가져다 댔다. 끈적한 땀이 손바닥에 묻어 나왔다. 그 여자는 그 끈끈한 땀을 잔 꽃무늬가 있는 아이보리색 치마에다가 쓰윽 하고 문질렀다. 그러고 보니 양 겨드랑이, 살이 쪄서 공기가 잘 통하지 않게 된 넓적다리 사이 그리고 솟아오른 배가 불어난 젖가슴과 만나는 배 윗부분도 땀으로 그득했다. 그 여자는 나이를 많이 먹은 아주머니처럼 끄응 소리를 내며 일어나 앉았다. 시계를 확인했지만 오후 4시가 넘은 초여름의 한낮이 여자에게는 아직도 실감이 나지 않았다.

그때 멀리서 낮은 소리가 들려왔다. 아득한 천둥소리였다. 마치 날이 맑은 것으로 설정된 무대 위에서 비가 오는 객석을 바라보듯이 무심한 눈길로 그 여자는 창을 바라보았다. 그러자 마치 그 여자의 시선을 기다리고 있기나 했다는 듯이 바람이 커튼을 수평으로 날리며 불어왔고 쏴아 하는 빗소리가 가까워오기 시작했다. 장마가 시작되려는 모양이었다. 그 여자는 그제야 현실로 돌아온 듯이 그 자리에서 서둘러 일어섰다. 불어난 체중 때문에 엉치뼈와 넓적다리가 뻐근하게 당겨왔다. 아, 하는 신음 소리가 작게 그 여자의 입에서 번져 나왔지만 그것 또한 익숙한 고통이었으므로 그 여자는 그저 오른손을 허리 뒤춤에 댄 임신한 여자 특유의 몸짓으로 베란다로 나가 기저귀를 걸었다. 며칠 전 동대문 시장에 가서 끊어왔던 기저귀감이었다. 그 여자는 이 무더위 속에 전철을 타고 가서 직접 소창을 한 필 끊어서 그 무거운 기저귓감을 들고 집으로 날랐다. 그리고 그것을 가위로 자르고 색이 들어간 두꺼운 실을 바늘에 꿰어 손으로 일일이 감침질해서 오늘 오전에 잘 삶았다가 아까 베란다에 그것을 널고는 깜빡 잠이 들었던 것이다.

비는 거센 기세로 퍼붓고 있었다. 집 앞으로 나 있는 작은 아스팔트로 뿌옇게 비 먼지가 올라오고 있었고 사람들이 서둘러 뛰어가고 있었다. 그 여자는 베란다 창문을 닫다 말고 그 유리창에 이마를 댄 채 거리에서 우왕좌왕 뛰고 있는 사람들을 물끄러미 바라보았다. 분명 오늘 정오까지도 비 예보는 없었다. 늘 틀어놓곤 하던 FM라디오에서 흐린 날씨가 될 거라는 예보를 들으며 잠이 들었던 것이다. 하지만 하늘은 검은 먹구름으로 뒤덮이고 있었다. 비는 굉장한 기세로 내리고 있었다. 택시에서 내린 어떤 여자가 아이를 안고 아파트 현관으로 달려오고 있었다.

그 여자는, 살찐 몸에 아직도 적응하지 못한 채 마치 처녀 시절의 마지막 기억처럼 몸통에 달려 있는 가느다란 팔뚝에 마른 기저귀를 걸치고 거실로 돌아왔다.

비가 내리는 날씨이긴 했지만 아까 오후까지 불어댄 초여름의 바람 때문일까. 기저귀는 뽀송하게 잘 말라 있었다. 소파 아래에 깔아놓은 대자리에 퍼진 자세로 앉아 정인은 손바닥에 까실까실한 촉감을 느끼며 천천히 기저귀를 갰다.

─더 살이 찌시면 안 돼요. 임신 중독증의 위험이 있어요. 지난번 두 번의 유산도 찜찜하고……. 거의 이십 킬로가 넘게 살이 찌셨는데…… 단백질을 섭취하도록 하세요. 물이나 음료는 너무 많이 드시면 안 되구요…….

며칠 전 정기 검진을 받으러 간 그녀에게 의사는 말했었다. 살이 쪄서 부풀어 오른 그녀의 종아리를 손가락으로 꾹꾹 누르며 그는 제법 심각한 표정이었다. 아무리 이야기를 해도 듣지 않는 이 임산부에 대한 짜증도 엿보였다. 정인은 살이 올라 이목구비가 뭉툭해진 얼굴을 찡그리며 부끄러운 듯이 조그만 목소리로 예, 하고 대답했다.

살이 찌는 것이 현대의 임부들에게 결코 유익한 일이 아니라는 것은 그녀가 열 권도 넘게 사서 쌓아놓고 읽고 있는 『육아 백과』라든가, 『결혼과 임신』 『아가의 365일』 『행복한 결혼과 성』 같은 책을 통해 그녀 자신이 아는 바였다. 하지만 결혼 생활 5년 동안 그녀에게 일어났던 두 번의 유산의 기억은 그녀에게 본능적으로 자꾸만 먹어댈 것을 요구하고 있었다. 실제로 두 번째로 그녀가 오 개월 된 아이를 사산했을 때 그녀의 체중은 거의 사십 킬로그램 정도밖에 나가지 않았었다. 그때는 거꾸로 그녀는 먹기만 하면 토하는 상태였었다.

그 밤 그 여자는 혼자 집에 있었다. 밤중에 배가 아파서 화장실에 가서 변기에 앉는 순간 묵직하던 아랫도리가 터지듯이 쏟아지던 액체…… 피……가 멈추지 않았던 그 기억……. 목욕탕에 걸려 있던 커다란 타월로 아랫도리를 틀어막은 채 거실로 기어 나와 정인은 전화를 걸었다. 현준은 어디에도 없었다. 한 손으로 두 가랑이 사이에서 쏟아지는 피를 계속 틀어막던 정인에게 살아야 한다는 생각보다 간절했던 것은 더 늦기 전에 어떻게든 아이를, 이 우주 어디에선가 나폴거리며 떠다니던 한 생명의 씨앗이었다가 이 우주 전체에서 오직 나만을 의지하고 여기 안착한 이 생명을 살려야 한다는 절박함이었다. 허물어져 내리고 싶어 하는 육체와 가물거리는 기억과 진땀을 흘리면서 싸워가며 전화를 걸게 만든 것은 바로 그런 힘 때문이었을 것이다. 그때 달려온 것은 미송이었다. 만일 그때 미송이 새로 인수한 출판사에서 첫 책을 만드느라고 야근을 하고 있지 않았다면 사실 정인이 어떻게 되었을지는 아무도 알 수 없었다.

정인은 고슬고슬 주름이 진 소창을 부어오른 손바닥으로 편다. 부어오른 손바닥은 작은 자극에도 예민해 있어서 따가웠다. 하지만 어쨌든 여기까지 왔다. 다음 달이면 자신도 드디어 엄마가 된다는 생각만 하면 이런 고통쯤은 사소하게 느껴졌다.

　―이런 말 하면…… 정인아 좀 그렇지만…… 안 되겠다.…… 내가 천벌 받을 소리인 줄은 알지만 아이는 이왕 이렇게 된 거…… 그만 갈라서라…… 도대체가 구제받을 가능성이 조금이라도 있는 인간이어야지……. 대체 마누라가 이렇게 되도록 어디 가서 연락도 없이…… 하루 이틀이어야 네가 살지……. 정인아 이러는 거 사랑 아니야…… 이러는 거 결혼 아니구…… 이건 그냥 네 고집이구…… 누구를 위한 것도 아니야.

　퇴원을 하던 날에야 부스스한 머리칼로 나타났다가 병원비만 치르고 사라진 현준을 보면서 미송이 말했었다.

　그때 정인은 미송 앞에서 어떻게든 눈물을 보이지 않으려고 입술을 앙다물고 있었다. 아까 꾸었던 꿈의 한 조각은 어쩌면 그때 정인이 바라보았던 병원 밖의 어둠…… 그래서 정인이 무거운 몸뚱이를 어쩌지 못하고 바라보아야만 했던 그 어둠 같기도 했다.

　기저귀를 개는 정인의 손이 빠르게 움직이기 시작했다. 하지만 아이만 낳으면 그도 달라질 거라는 희망을 정인은 가지고 있었다. 어른들은 말씀하시곤 하지 않았던가. 아이를 낳고 나면 남자는 달라진다……고, 더구나 그가 서른이 넘고 자신의 아이를 보게 되면 새삼 핏줄과 가족이 얼마나 소중한지 깨닫게 될 거라고…….

　정인은 문득 손길을 멈추었다. 그녀는 알고 있었다. 결혼을 하는 그 순간부터, 아니 청혼을 받아들이자고 마음을 먹던 그 순간, 아니, 아니 어쩌면 현준과 첫 키스를 하던 그 외딴집 우물가에서부터 단 한순간도 헤어짐을 생각하지 않고 지낸 날이 있다면 그건 거짓말이었다. 하지만 친구로부터, 가장 비참한 꼴을 보인 그 친구로부터 그런 말을 듣는 것은 참을 수 없었다. 젖몽우리가 아팠던 기억까지, 아버지가 누구고 어머니가 어떤 사람이며 오빠가 어떤 망나니인지 아는 그런 친구였지만 그런 친구였기 때문에 정인은 이제 그만하고 싶었던 것이다. 불행한 것, 비참한 것, 부당하게 대접받고 있는 것을 이렇게 적나라하게 보이는 그것…….

정씨 아저씨가 돌아가셨을 때 명수의 어머니 정씨댁이 하던 말을 정인은 기억하고 있었다.

—이상한 일이다……. 네가 아주 어릴 때부터 난 니가 불길했었어. 아주 불길했지…… 니 아버지도 너를 낳고 결국 니 엄마한테……. 아무튼 명수도 너와 만나고 나서 이렇게 되고 이젠 명수 아버지까지…… 다시는 내 앞에 나타나지 말아다오…….

너를 보면 불길하다는 그 말의 기억이 너무 불길해서 가끔 가다 그녀 스스로가 몸서리치곤 했었다. 예를 들어, 명수 어머니에게 보이기 위해서만이라도 절대로 불길하게 살아서는 안 될 것 같은 강박증을 정인은 자신도 모르게 가지고 있었던 것이다.

병원에 정기 검진을 받으러 갈 때마다 차를 한 잔씩 마시곤 하는 명수 앞에서 정인이 늘 명랑했던 것은 어쩌면 그런 이유 때문이었다. 1984년 학원 자율화 조치로 복학을 한 명수는 자칭 '늙은 학생'이었다. 정인은 그런 명수와 그의 어머니를 위해서라면 모든 불행을 감수할 수도 있었다고 훗날 말했다.

"모르겠어요. 온 힘을 다해서 행복해 보이고 싶었어요. 그게 누구든……. 말하자면 불행은 내게는 어쩌면 익숙한 것이었고…… 더 이상 동정 같은 것은 받고 싶지 않다는 생각만이…… 저를 지배한 거죠……. 또다시 어린 시절부터…… 내가 사랑하는 사람들에게서 동정까지 받는다는 것은 정말 싫었어요……. 이해하시겠어요? 더군다나 명수 오빠 앞에선…… 더, 더욱……."

훗날, 그때를 회상하는 순간에 정인은 마치 그 순간을 다시 사는 것처럼 힘들어 보였다. 나는 어렵지 않게 그 무렵의 정인을 유추해낼 수 있을 것 같았다. 이십 킬로그램이나 살이 찐 몸뚱이, 배가 불러서 균형을 잃은 몸의 선들, 부은 그 얼굴, 젊은 임산부의 그 눈가에는 엷은 기미가 끼어 있었을 것이다.

임신 중에 일어났던 일에 대한 기억은 본능에 가까운 것이라는 것을 정인이나 나처럼 아이를 낳아본 여자들은 알고 있다. 아이를 가졌을 때 여자들은 새끼를 밴 사슴처럼 예민해진다. 그것은 이성의 통제가 거의 불가능한 영역이라고 해도 좋다. 그래서 나이 든 할머니들조차도 모든 기억의 구체성들이 사라진 머리로 그때의 기억만은 되살려내는 것이다. 날이 궂을 때마다 혹은 신 살구나 고구마를 먹을 때마다 첫 아이를 가졌을 때 고구마를 먹었고 둘째를 가졌을 때는 훔쳐서라도 신 살구를 먹고 싶었다고, 그 기억의 섬세한 갈피들을 차근차근 되살려내는 것이다. 그때 누가 무슨 말을 했는지, 그것이 섭섭한 기억이든 고마운 기억이든 그것은 깊이 각인되어 끝끝내 잊혀지지 않는다. 그것은 본능이 이성보다 더 선

험적이며 선명하게 각인되는 것이기 때문일 것이다. 인간은 그럼으로써 자신이 이러이러한 인간으로 힘겹게 진화해왔음을 역으로 입증해내기도 한다.

비는 여전히 세차게 내리고 있었다. 초여름의 태양으로 달구어진 대지의 냄새가 정인이 사는 아파트의 삼층까지도 무럭무럭 피어오른다. 기저귀를 다 개어놓고 그것을 아이를 위해 준비한 예쁘장한 대바구니에 담는 정인의 집에 전화벨이 울렸다. 전화벨이 처음 울렸을 때 정인은 소스라치듯이 놀랐지만 이내 천천히 전화기 쪽으로 걸어갔다. 그리고 전화기에 손을 뻗는 그 사소하고 짧은 찰나 정인은 생각했다. 제발 이것이 현준의 전화이기를…… 그냥 다른 남편들처럼 사소하지만 다정한 말투로 정인의 건강 상태를 묻고, 오늘은 일찍 들어가겠으니까 대구탕이라도 끓여놓으라고, 예를 들면 저번의 찌개는 조금 매운 것 같았으니까 오늘은 싱싱한 대구를 사다가 맑은 지리를 끓여서 당신이 저번에 담근 그 시원한 열무김치하고 함께 먹어보면 어떨까 하는 말을 해주었으면 했던 것이다. 무엇이 먹고 싶냐든가, 오늘 슈퍼에 새로 복숭아가 선보였던데 그것을 사다 줄까, 하는 말 같은 것은 바라지도 않으니까…… 그저 다른 집 남편들처럼 저녁이면 돌아와 TV를 켜놓고 그저 집 안에 있어주겠다는 약속이라도 해주었으면 하는 그 절박한 소망…….

하지만 정인은 힘주어 마른 침을 삼키면서 그 희망의 불씨도 꺼버렸다. 그래서 손이 전화기로 뻗어가는 그 찰나, 정인의 손목은,

가느다란 팔과는 또 대조적으로 퉁퉁하게 부어 있는 그녀의 팔목은, 사소하지만 간절한 그녀의 희망을 억누르느라고 작게 떨고 있었다.

"여보세요."

이렇게 발음하는 순간 정인은 그것이 현준이 아니라는 것을 알았다. 그러자 오히려 이상한 안도감이 정인의 마음을 차분하게 만들었다.

"언니야."

정희의 목소리는 언제나처럼 낮고 침착했다. 한배에서 태어난 자매였지만 정희는 근본적으로 정인과 다른 사람이었다. 공장에 다니면서 혼자 대입 검정고시를 보고 정희는 지금 작은 회사의 경리부서에 들어가 있었고, 방송통신대학을 곧 졸업할 예정이었다. 결혼이라든가 남자 같은 것은 그녀와는 아무 상관이 없는 일처럼 보였다. 벌써 서른이 넘었지만 그 흔한 연애 같은 것도 한번 해보지 않은 것 같았다. 같은 서울에 살면서도 그래서 자매는 1년에 서너 번이나 만날까 말까 하고 있었다. 하지만 정인의 상태가 상태인만큼 정희는 요즘 부쩍 전화가 잦았다. 서른이 넘은 나이였고, 연애를 하든 하지 않든 어쨌든 여자 나이 서른이 넘는다는 것은 일정한 성숙을 의미하기도 했으니까.

"잘 지내니? 몸은?"

"응. 좋아."

정인은 그제야 소파에 몸을 기대며 불어난 체중 때문에 습관처럼 가쁜 숨을 내쉬었다.

"아기도 잘 큰대지?"

"응."

"다음 주쯤에 한번 갈게……. 무슨 일 있으면 연락하구……."

"응."

"강 서방은 요즘도 늦니?"

"으응…… 워낙 바빠서……."

"그만 좀 바쁘라고 해라. 만삭의 부인 혼자 두는 거 아니야. 일이라는 것도 다 집안 식구들 잘되라고 하는 건데……. 정인아."

"응?"

"누가 기장 미역 좋은 거 가지구 왔다고 하길래 사놨어. 이번 주말쯤 가지고 한번 들를게. 그저 몸조심해라. 응? 장마 시작된다니까 나다니지 말구. 혹시 미끄러지기라두 하면 큰일이니까."

무슨 일이 있었던 것일까. 정희는 새삼 친정어머니처럼 살가웠다. 정인의 눈에 눈물이 핑 돈다. 핏줄이라는 것, 형제라는 것이 이런 건가 하는 생각도 들었다. 전화를 끊고 정인은 한동안 멍하니 내리는 비를 바라보고 있었다.

—너 무슨 생각하느라고 그렇게 혼자 중얼거리니?

종이로 그린 인형을 가지고 놀고 있는 어린 정인을 바라보며 정희는 가끔 묻곤 했다.

—언니 말야. 가끔 이런 생각 안 해봤어? 우리한테 진짜로 다른 부모가 있을지도 모른다구 말이야. 그 엄마는 몸이 약해서 언니랑

나를 낳고 고만 죽어버리구…… 아버지는 실의에 빠져서 미국으로 떠난 거야. 그래서 아직도 독신이지. 그 사람은 우리 아버지의 사장님이었는데 당분간만이라구 하면서 아버지한테 돈을 잔뜩 준 거야. 그런데…… 아버지가 고만 그 돈을 다 써버리구, 그래서 진짜 아버지한테 연락도 안 하는 거야. 그래서 그 아버지는…….

— 내가 밀가루 반죽해놨으니까 조금 있다가 나가서 물 끓으면 수제비 떠 넣어!

그러면 정인은 종이 인형을, 연필로 호화롭게 장식을 달아 만들어놓은 종이 침대에 눕히고 부엌으로 나가며 중얼거리곤 했었다.

— 하기는 그게 사실이라면 정관이 오빠가 문제구나!

문제가 정관이 오빠 하나뿐이었을까. 그는 집을 나간 채 거의 소식이 끊겼다가 검은 양복에 흰 에나멜 구두를 신고 자매에게 가끔씩 나타나곤 했다. 부산의 번호판이 달린 차를 끌고 나타난 그는 머리를 올백으로 빗어 넘기고 새 양복을 입은 모양이 먹고살 만한 것 같기도 했지만 무슨 일을 하고 있는지 구체적으로는 한번도 밝힌 일이 없었다. 정희와 정인은 오씨 집안의 남자들에 대해서는 그저 아무런 기대도 하지 않은 채 살고 있는 형편이었다. 하지만 정인의 결혼식 날 술에 취한 그는 현준에게 술을 건네며 정인이를 꼭 잘 돌봐달라고, 마치 우애가 좋았던 오빠처럼 부탁하며 울먹거리기도 했었다. 그것은 감상이었을까……. 하지만 정인은 그때 생각했었다. 감상이라 하더라도 아마도 정관의 진심일 거라고…….

정인은 소파에서 일어나 냉장고 문을 열었다. 참을 수 없게 다시 배가 고파지기 시작했던 것이다. 냉장고에는 음식들이 잘 정돈되어 있었다. 언제 집에 들어올지 모르는 현준을 위해 씻어서 물기를 빼놓은 쌀에서부터 갖가지 찌개들…….

정인은 밥통을 열어 남은 밥을 긁어 냉면 용기처럼 큰 그릇에 밥을 퍼 담고는 상하기 직전인 음식들부터 처리하려고 마음먹는다. 그녀는 작은 플라스틱 용기에서 가지나물 무쳐놓은 것을 꺼내 냄새를 맡아보고는 그것을 냉면 용기에 부었다. 그리고 거기에 참기름과 고추장을 덜어놓고는 숟가락으로 쓱쓱 비빈 다음 오이지를 몇 개 꺼내 손으로 죽죽 찢었다.

그러고는 여느 날처럼 이른 시간에 시작하는 TV를 켜놓고는 고추장에 비빈 밥을 먹기 시작했다. TV에서는 미련한 고양이 톰이 제리를 쫓고 있었다. 고양이가 쥐에게 꼼짝없이 당하는 이 프로를 정인은 그저 일과처럼 매일 보고 있었다. 톰은 주인에게 아이를 잘 보라는 명령을 받고 잠자는 주인집 아기를 잘 보려고 한다. 그런데 그만 제리가 나타나는 것이다. 톰은 자신을 화나게 만드는 제리에게 화가 나서는 그를 쫓고 있었다. 제리를 쫓아야 아이가 편하게 잘 것이기 때문이다. 그런데 제리는 손쉽게 잡혀주지 않고 그래서 시끄러운 와중에 아이는 깨고 집 안은 풍비박산이 나고 바로 그때 주인이 돌아와 톰을 벌주는 것이다. 정인은 무표정한 얼굴로 TV에서 눈을 떼지 않으면서 가지나물에 비빈 밥을 한 숟가락 가득히 입안에 떠 넣었다.

그 여자는 처음에는 그 커다란 고양이 톰을 가엾게 생각했었다. 어쩌자고 저 고양이가 사는 세상은 온통 저 고양이를 미워하게끔 만들어져 있는 것인지, 가끔 그 만화에 등장하는 몸집이 커서 고양이 톰이 몹시 두려워하는 불독까지도 그저 무턱대고 고양이 톰을 미워만 하고 있는 것이다. 만일 톰이라는 고양이에게 이제 그만두고, 제발이지 너의 심정을 이야기해보라고 말을 한다면 톰은 무슨 말을 할까…… 아마도 평소에는 영원히 잡히지 않게끔 지어진 각본대로 제리를 잡으려던 그 흰 앞발로 얼굴을 가리고 이야기할지도 모른다. 내가 무엇을 잘못했나요, 나는…… 나는 억울해요.

여기서 정인은 생각을 멈춘다. 정인은 이제는 그 고양이를 가엾게 여기지 않았다. 왜냐하면 톰은 지나치게 쥐, 제리에게 민감해 있었다. 제리가 아무리 그를 도발시킨다 해도 한번 참아보지, 그 쥐를 모른 척하고 한번 살아보지…… 하는 생각이 들었던 것이고 심지어 정인은 이제 그 고양이, 매일매일 화면에 등장해서 그 작은 제리에게 삶을 바치며 골탕을 먹는 그 허우대 멀쩡한 귀여운 고양이를 미워하게까지 되었던 것이다.

그때 벨이 울렸다. 냉면 용기에 담긴 밥을 거의 다 먹어가던 정인은 무심히 일어나 현관으로 나갔다.

"누구세요?"

"나야."

목소리는 현준의 것이었다. 이틀 만의 귀가였다. 입가에 묻은 비빔밥의 흔적을 지우고 정인은 서둘러 문을 열었다.

현준은 피곤한 모습이었다. 덥수룩이 자란 수염…… 정인은 들어서는 그의 손가방을 얼른 받아 든다.

"밥은……."

현준은 대답이 없었다. 그가 대답하지 않을 때 묻지 말아야 한다는 것이 이제껏 그와 살면서 정인이 깨달은 지혜였다. 현준은 정인의 모습을 곁눈질로 흘끗 보더니 방으로 들어가 침대에 누워버린다.

"샤워라도 하고 주무세요. 현준 씨……."

현준은 대답하지 않는다.

"저녁 준비할까요?"

저녁이 문제였을까. 정인의 마음은 현준과 단 한마디라도 나누어보고 싶었던 것이었을 것이다. 그저 남들이 하는 대로 저녁은 먹었는지, 오늘은 뱃속의 우리 아이가 얼마나 그 작은 발로 이 엄마의 배를 차댔는지, 아마도 부부가 부부로 살면서 해야 할 말들을 하고 싶었을 것이다.

"짜증나게 굴지 말고 나가!"

하지만 언제나 듣게 되는 그 대답을 정인은 듣고 말았다.


눈물에 젖은 빵을 먹어보지 않은 자와 이야기하지 말라는 이야기가 있다. 배고픔에 시달리고 나부끼어 가장 낮은 곳에 엎드려본 경험이 있는 인간, 고작 손바닥만 한 배를 채우기 위한 밀가루 덩어리를 얻기 위해 자신의 존재를 진창 속에 버려둔 경험이 있어본 인간······ 진실로 정면으로 그것과 마주 서보았던 인간은 아마도 삶의 비의를 엿본 인간이 아닐까······. 그리하여 다시금 이야기하자면 이제 외로움에 젖은 밥숟갈을 들어보지 않은 자와는 삶을 이야기할 수 없으리라. 외로워도 고픈 배. 자신의 동물성이 가장 드러나는 그때, 차마 미워할 수 없는 자신의 육체가 전하는 배고픔 때문에 밥숟갈을 드는 그때를 정면으로 바라본 인간은 아마도 그 황량한 삶의 뒤안길을 걸어본 인간일 것이고 삶의 뒤안길을 걸어본 인간만이 가장 낮은 곳에 엎드려 있는 인간들을 그 슬픔의 덩어리인 존재를 위해 진실로 손 내밀 수 있으리라.

아마도 지나치게 낙관적인 면만으로 이야기하자면 이 고통들은 쌓여서 훗날 정인을 구원하게 된다. 만일 정인이 이토록 외로운 식사를 해본 경험이 없다면 그녀는 그저 평범한 아낙으로 적당히 심술도 부리고 적당히 친절하기도 한 남편과 그날그날을 살았으리라. 물론 그것이 나쁘다는 이야기는 결코 아니다. 다만, 고통이 이미 주어진 것이라면, 아니 말을 바꾸어서 그녀 자신이 이미 돌이킬 수 없는 고통을 선택했다면 이제 그것을 어떻게 완성하느냐 하는 것이 그녀의 몫이 되어버린 것일 뿐.

현준은 밤이 이슥해서 일어났다. 현준이 자는 동안 정인은 감자를 썰고 고기를 볶아 카레라이스를 만들어두었다. 초여름, 이 진득한 장마의 초입에서 칼칼한 카레라이스가 가뜩이나 더 여위어가는 현준을 위해 좋은 반찬거리가 될 것 같았기 때문이다. 정인은 파인애플 통조림을 따서 깍뚝깍뚝 썰어 접시 옆에 곁들인다. 깔깔한 현준의 입에서 녹을 그 달콤함도 상상해본 것이다.

어째 애가 더 여위기만 하냐? 응?…… 아침은 챙겨주는 거니? 이제 장가도 갔으면 살도 좀 쪄야지…… 남자는 다 여자 하기 나름인 거야.

가끔씩 얼굴을 마주할 때면 시어머니 김씨는 정인에게 그런 말을 건네곤 했다. 그 말에 악의가 전혀 없다는 것을 알고 있었지만 정인의 마음은 그때마다 쿵쿵 내려앉곤 했다. 게다가 누구누구는 결혼을 하더니 얼굴이 좋아졌고 누구누구는 여자가 보약을 상시로 해 먹인다는 말도 곁들일라치면, 현준의 얼굴이 야위는 것이 결코 자신의 탓이 아니라는 것을 누구보다 잘 알고 있으면서도 정인은 부끄러워지곤 했다.

잠자리에서 일어난 현준은 말없이 일어나 정인이 만들어놓은 카레라이스를 먹었다. 그러고는 옷을 갈아입기 시작했다.

"또 어디 가시는 거예요?"

"그 하늘색 와이셔츠 어디 갔어?"

"그거…… 그, 거는 아직…… 빨래를, 빨래는……."

현준의 인상이 날카롭게 찌푸려진다. 양미간을 가득 모으고 그리고 싸늘해지는 눈초리……. 정인은 두 손을 모으고 울 것 같은 표정을 지었다.

"급한 거면 얼른 빨아서 다리면 30분이면 되는데……."

"됐어. 니가 늘 그렇지. 그 흰색 가지고 와."

현준은 차가운 목소리로 말을 꺼냈다. 정인은 언제나 제 할 일

을 다 해내지 못하는 칠칠치 못한 하녀처럼 쑥스러운 낯빛으로 옷
장에서 잘 다려놓은 흰 와이셔츠를 가져다 현준에게 바친다. 이상
한 일이었다. 현준은 깨끗하게 빨아 다림질을 해서 옷장에 주르르
걸어둔 와이셔츠 말고 언제나 그때에는 준비가 되어 있지 않은 와
이셔츠만 찾았다. 현준은 말없이 단추를 잠그기 시작했다.

"오늘 언니가 전화를 했어요. 저 먹으라고 미역을 사냈대요."

현준은 신발을 신는다. 천둥소리는 더 가까워지고 이제는 집채
가 우르릉 울렸다. 정인의 굳어진 낯빛이, 그 낯에 속해 있는 입가
가 움찔움찔 경련을 일으킨다.

"……저기, ……예정일도 가까워오는데……."

예정일이라는 단어에서 현준은 잠깐 발길을 멈추었다. 그러고는
잠시 한숨을 내쉬었다.

"오늘만 늦을게. 혹시 무슨 일 있으면…… 저기 미송 씨도 있고
언니도 있잖아. 오늘이야 무슨 일 있겠어? 이놈아 오늘은 참아라.
응?"

현준은 장난기 어린 목소리로 정인의 배를 툭툭 건드리며 씨익
웃었다.

"미안해. 내일부턴 일찍 들어올게. 오랜만에 후배가 찾아왔어."

현준의 목소리는 다정했지만 머리가 아둔한 사람이 아니라면
누구나 알아들을 말이었다. 무슨 후배가 그렇게도 매일 찾아오는
것일까. 현준은 조금 미안한 마음이 들었는지 현관 손잡이를 돌리
려다 말고 돌아서서 정인을 안았다. 잠시였지만 그 품에 안겨서 정

인은 그만 눈물을 터뜨리고 만다.

"가지 마세요. 제발……. 현준 씨…… 비가 이렇게 쏟아지는데……."

"남자가 나가는데 눈물은!"

현준의 목소리는 단호했다. 그러고는 울고 있는 아이를 떼어놓는 엄마처럼 정인의 어깨를 두어 번 두드린 다음, 문을 열었다. 남자가 나가는데 눈물을 보여서는 안 된다는 현준의 말에 정신이 든 정인은 현관 밖으로 나가서 현준이 멀어질 때까지 바라보았다. 왜냐하면 그것이 아내로서 해야 할 일이니까.

정인은 돌아와 식탁에 앉았다. 양푼에 담긴 밥이 아직 남아 있었다. 정인은 식탁에 앉아 밥숟가락을 들었다. 다시 번개가 번쩍이고 하나, 두울, 세엣, 천둥이 울었다. 어두운 거실 창문에 비치는 제 모습……. 여자는 밥을 먹고 있다…… 자세히 들여다보면 아직 눈가에 눈물이 다 가시지도 않았는데 여자는 마치 그것이 지금 자신이 해야 할 최선의 일이라는 듯이 밥을 먹는다……. 그리고 잠시 후 만화를 끝낸 TV에서 뉴스가 시작되었다. 빗속에서 학생들과 넥타이를 맨 회사원들이 쫓고 쫓기고 있었다. 데모 행렬을 향해 박수를 치는 회사원들…… 빗속에서 어깨동무를 한 채로 노래를 부르는 저들…….

그리고 뉴스는 계속되어 교통사고 소식이 짤막하게 있었다.

사고가 일어난 장소는 정인의 집 근처 로터리라고 했다. 10분 전에 일어난 사고의 속보라고 아나운서는 말하고 있었다. 차종은 현준의 차와 같은 것이었고 아나운서가 전하는 차의 색깔도 현준의 것과 같았다. 운전을 하던 삼십 대 초반의 남자가 그 자리에서 사망했다고. 워낙 방금 들어온 속보 때문인지 화면은 나오지 않았지만 정인은 문득 그것이 현준의 차일지도 모른다는 생각을 했다. 차종도 차의 색깔도 그리고 사망한 삼십 대 초반의 남자도……. 그런데…… 이상한 일이었다. 조금도, 마음속을 샅샅이 뒤진다 해도 정말이지 조금도 정인은 걱정이 되지 않는 것이다. 정인은 또랑한 눈망울로 사고를 전하는 아나운서를 바라보며 마지막 남은 밥알을 싹싹 긁어 꼭꼭 씹었다.

## 한 생명을 낳기 위해 죽음을 넘는

그리고 그날 밤 정인은 뱃속의 싸르르 싸르르 전해져오는 진통을 느낀다. 출산의 신호였다. 정인은 일어나 책을 편다. 『엄마와 아가의 행복한 365일』이었다. 정인은 침착하게 시계를 차고 진통이 몇 분 간격으로 오는지 들여다본다. 초산부의 경우 너무 일찍 병원에 가는 일이 있다고 진통의 간격이 가까워오거든 그때 병원에 도착해도 늦지 않다고, 『초보 엄마의 365일』이라는 책에 씌어 있던 말을 정인은 기억하고 있었다. 정인은 일어나 열흘 전부터 챙겨두었던 가방을 꺼내 들었다. 그때 마치 그러니까 뒤통수를 때리는 것처럼 아찔하게 진통이 밀려들었다. 정인은 벽장 속에서 꺼내려던 가방을 든 채로 마치 스톱모션에 걸린 배우처럼 멈추어 서서 가쁜 숨을 몰아쉬었다. 잠시 후 물결이 휩쓸려 내려가듯이 진통이 멎었다.

정인은 가방을 꺼내 현관에 놓고 잠시 소파에 앉아서 우선 TV를 껐다. 비는 거세게 쏟아져 내리고 있었다. 차가 달려갈 때마다 파도처럼 도로에 고인 빗물이 쏴아 하는 소리를 냈다. 그 거센 소리가 사라지고 나면 검은 차창에 부딪히는 비의 소리가 고즈넉하게 들렸다. 정인은 수화기를 들어 번호를 꾸욱꾸욱 눌렀다.

"정인이니?"

미송의 목소리는 여전히 명랑했지만 바빠죽겠다는 비명을 숨기지 못하고 있었다.

"응…… 잘 지냈지?"

"잘 지내긴, 그냥 그렇다. 몸은 어때?"

"좋아."

"아기도 잘 크고?"

"응…… 바쁜가 보구나."

"정신없다! 오늘까지 교정을 넘겨야 하는데 애들 보고 일어 번역을 시켜놨더니 개판이야, 낮에는 민주화하겠다고 거리에서 뛰고 밤에 학비라도 벌겠다고 아르바이트하는 아이들 구박할 수도 없고……"

미송은 남자처럼 하하, 하고 웃었다. 라이터를 켜는 소리가 탈칵 하고 들려왔다.

"담배도 이제야 무네. 야, 나 이러다가 정말 담배 저절로 끊겠다.

그래, 전화 한번 하려고 했는데 못했다. 너희 서방님은 요즘도 그렇게 늦니?"

"아니야……. 바빠서."

미송은 서둘러 부인하는 정인의 말에 잠시 아무 말도 하지 않았다. 그 침묵이 의미하는 바를 서둘러 감지하며 정인은 잠시 당황하다가 말을 이었다.

"잘해줘……."

미송은 얼른 말을 돌렸다. 정인은 미송과 몇 마디 말을 더 주고받다가 전화를 끊었다. 그러고는 수화기를 손에 잡은 채 멍청하게 앉아 있었다. 빗소리가 다시 한 번 쏴아 하고 들려왔다. 이마에서 진땀이 바득바득 번져 나오기 시작했다. 가슴이 쿵쿵 뛰기 시작했던 것이다. 그것은 구체적인 불안의 시작이었다. 정인은 문득 어머니 생각을 했다. 상한 생선처럼 물비린내를 풍기며 널브러져 있던 어머니…….

'엄마, 배가 아파요, 엄마가 그렇게 두고 간 딸이 진통을 시작했다구요. 이 천둥 치는 밤에 남편은 노름하러 나가고 나는 혼자예요……. 비는 내리는데 저렇게 쏟아져 내리는데 무서워요, 엄마! ……엄마!'

정인은 부어오른 두 손으로 제 얼굴을 가린다. 아니다. 어머니가 아니었다. 정인은 아직도 그녀를 용서하지 않고 있었다. 그녀가 그 저수지에서 다시 살아온다 해도 정인은 이 밤 아마도 어머니에게 전화하지 않았을 것이다. 이 세상의 모든 것이 다 준비되어 있다

해도 정인은 어머니처럼은 살고 싶지 않았다. 하지만 그토록 싫어하는 어머니의 모습을 사실은 자신이 이미 닮아가고 있다는 것을 정인은 어렴풋이 느낀다. 하지만 그것은 너무 끔찍한 느낌이어서 정인은 얼른 다른 생각을 하기로 했다. 그러자 정인의 목줄기로 굵은 침이 꿀꺽 하고 넘어갔다.

'막막하다는 것, 앞이 캄캄하다는 것이 바로 이런 경우를 두고 하는 말이구나…….'

하지만 현준의 생각은 신기하게도 조금도 나지 않았다. 함께 밤을 새워 노름을 하곤 하는 친구의 집에 전화를 해본다든가 하는 생각도, 갑자기 심경의 변화를 일으켜서 현준이 집에 들어온다든가 하는 생각도 나지 않았다. 아니 오히려 그렇게 될까 봐 정인은 작은 두려움까지 느끼고 있었다. 이마와 겨드랑이 사이에서 고이는 식은땀을 느끼며 정인은 얼핏 웃기까지 했다. 그녀는 어두운 창가에 서서 말없이 창밖을 내다보았다.

'그래. 침착하게 이제 어떻게 해야 할지를 생각하자. 우선 꾸려놓은 가방을 들고, 그리고 일단 집을 나가서…… 비가 쏟아져서 종아리까지 젖을 각오를 하더라도 저 길에 서서 택시를 기다리는 거다……. 비 내리는 밤이니까 아파트 안까지 택시를 타고 들어오는 사람이 있을 것이다. 그러고 나서 병원에 가는 거다……. 혼자서…… 두려워하지 말고…… 아무것도 아니야, 정말…… 그래 아무것도 아니야……. 현준을 사랑한다고 생각하던 시절에 너는 비를 맞고 먼 거리를 두려움 없이 걸었던 사람이야……. 하지만 이젠

내겐 우산도 있고 세상에 나오려고 하는 우리 아이도 있고……'

하지만 두려워하지 말자는 생각과 두려움에 이미 떨고 있는 몸은 마치 두 주인을 섬기는 것처럼 제각기 따로따로였다. 그리고 잠시의 승강이 끝에 육체의 공포가 마음을 제압해버렸다. 그것을 느끼는 순간 정인은 두려움에 떨고 있었다.

'아아, 제발이지, 제발이지…… 누구라도 나를 좀 도와주세요!'

그때 마치 꾸며내기라도 한 것처럼 전화벨이 울렸다. 정인은 혹시나 이것이 가끔 자신을 괴롭히고 있었던 환청은 아닐까 싶어서 잠시 전화기 쪽을 돌아본 채로 멍하니 서 있었다. 전화벨은 계속 울려댔다. 마치 외부와 연결된 유일한 끈이라는 듯, 그러니까 어릴 때 본 동화에 나오는 동아줄처럼 이제 그것을 타고 하늘로 올라가느냐 마느냐의 어떤 절박함……. 하지만 그 절박함 때문에 정인은 굳어져서 전화를 받지 못하고 있었다. 하지만 천천히 걸어가 정인은 수화기에 손을 뻗쳤다. 그리고 천천히 그것을 들었다. 바로 그 순간 전화는 끊어져버렸다.

정인은 소파에 앉아 인내심 없이 전화를 끊어버린 사람의 얼굴을 떠올리려 애썼다. 하지만 그 누구의 얼굴도 떠오르지 않았다. 정인은 두 손으로 얼굴을 감쌌다. 그때 다시 전화벨이 울렸다. 정인은 이번에는 빠르게 수화기를 들었다.

"정인이니?"

목소리는 명수의 것이었다.

정인이니? 하고 묻는 순간, 정인이 비로소 명수라는 존재가 이 세상에 존재하고 있는 것을 알아차린 듯했다. 그 전까지 이가 덜 덜 떨리는 절박함을 느끼면서도 정인은 명수를 생각해내지 못했었다. 정인이 가야 하는 병원에 명수가 있다는 것을 알면서도 그랬다.

"별일 없지?"

"오빠……. 배가…… 배가 아파……."

명수는 잠시 침묵에 잠겨 있었다. 정인은 말을 잇지 못했다. 잠시 침묵하는 명수의 숨소리가 들려왔다. 한참의 시간이 지났을까.

"간격은?"

"아직…… 모르겠어. 처음 진통 오고 지금 30분 지났어……."

"……현준이……."

형은, 이라는 말을 명수는 붙이기 싫은 것 같았다. 얼버무리는 그의 말투 속에 어린 비난과 적개심을 정인은 읽을 수 있었다.

"없어."

"……기다려. 지금 바로 내가 갈게. 편안히 앉아서 기다려……. 숨을 고르면서…… 그럼…… 아, 정인아!"

전화를 끊으려는 찰나, 명수가 다급하게 정인을 불렀다. 정, 인, 아, 라는 말은 정인이 결혼을 한 이래 처음 들어보는 호칭이었다. 그래서 마치 어린 시절 소꿉을 살던 그때처럼 정인은 대답했다.

"응."

그것은 순한 목소리였다. 모든 것을 내맡긴 목소리…… 어떤 불순함도 끼어들지 못하는 목소리로…… 한 존재가 한 존재의 이름을 부르고 이름 불리운 존재가 고개를 드는 그 순한 시간. 명수는 잠시 머뭇거리더니 다시 말했다.

"괜찮지? 그래 괜찮은 거다! 아무것도 아니야……. 마음 굳게 먹고…… 내가 곧 간다."

전화는 끊겼다. 정인은 명수의 전화가 끊긴 그사이로 비집어 드는 뚜, 뚜, 뚜, 하는 소리를 잠시 듣고 있었다. 그러자 안도의 한숨이 나왔고 안도의 한숨과 동시에 정인의 눈에서 눈물이 흘러내렸다. 정인은 가방을 발치 아래로 옮겨놓고 기다렸다.

그리고 잠시 후, 명수가 벨을 눌렀다. 두 사람은 아무 말도 하지 않았다. 정인이 신발을 신는 것을 도와주고 명수는 가방을 들었다. 누가 보았다면 출산이 임박한 부인을 데리고 병원에 가는 남편처럼.

명수는 아파트 현관 앞에 있는 작은 자동차의 문을 열고 정인을 태웠다. 나중에 안 일이었지만 명수는 친구의 차를 허락도 없이 빌려가지고 나온 것이라고 했다. 차를 타고 가는 동안 명수는 아무 말도 하지 않았다. 그래서 정인은 다시금 덮치는 고통을 참아낼 수 있었다. 왜냐하면 거기 명수가 있었으니까.

사방은 신음 소리로 가득했다. 여자들의 신음 소리였다. 그 신음 소리가 잠잠해질 때마다 창을 때리는 거센 빗줄기 소리가 들려왔다. 아랫도리가 벗겨진 채로 얇은 홑이불로 하반신을 덮고, 불룩이 솟아 나온 배를 바라보며 정인은 누워 있었다. 머리카락까지 쭈뼛거리게 만든 진통이 지나가고 나면 다시 찾아오는 짧은 평화의 시간. 하지만 평화는 서글픈 것이었다. 왜냐하면 그 평화의 시간에는 다른 이들의 고통이 귓가로 덮쳐왔기 때문이다.

찢어지는 신음 소리, 뛰어다니는 간호원들의 발걸음 소리…….
좀 참으세요, 지금 힘주시면 안 돼요……라는 억양 없는 소리들 속에서 정인은 언뜻언뜻 삶의 뒷자락을 가리고 있는 커튼이 살랑 거리는 것을 엿보는 듯한 착각에 빠졌다. 그리고 그 틈새로 본 삶 은 서글펐다. 여자라는 것, 한 생명을 낳아야 한다는 것…… 정인 은 생각했다.

처음 현준의 발기한 성기를 보았을 때의 그 놀라움……. 어떻게 그렇게 커다란 이물질이 자신의 작은 질 속으로 들어갈 수가 있는 지…… 그것은 거의 공포에 가까운 느낌을 그녀에게 가져다주었 었다. 그리고 이제 그 성기의 몇 배나 둥글고 커다란 것이 그 작은 질을 빠져나오려고 한다. 인간의 신체 중에서 가장 연한 살을 뚫 고……. 그것은 고무줄을 늘이는 일처럼 그렇게 간단한 것은 아니 다. 설사, 그 고통의 결과가, 한 생명을 이 우주에 탄생시키는, 그들 이 이야기하는 대로 이 세상에서 가장 숭고한 일이든 말든, 정인 은 싫다는 생각을 했다. 그래, 싫었다. 그런 숭고한 일 같은 거 없어 도 아무 일도 아니었다. 그러니 모든 것을 취소할 수 있다면, 처음 으로 되돌릴 수 있다면, 아니, 어떻게 해서든 빠져나갈 수만 있다 면…… 아니, 차마 되돌릴 수 없는 일이라면 그저 아이를 이렇게 뱃속에 넣고 살아가라고 한대도 좋았다. 도망칠 수만 있다면 이 고 통을 회피할 수만 있다면.

도망칠 수 없다는 듯 다시 진통이 정인을 덮쳤다. 숨이 가빠지면서 정인은 손가락으로 홑이불을 쥐어뜯듯이 붙잡아 챈다. 영원히 멈추지 않을 것처럼 이번의 진통은 집요했다.

아이를 낳는다는 것은 단지 골반이 열리고 자궁이 커진다는 것을 의미하지만은 않는다. 그것은 이 몸의 백팔 개 마디마디가 함께 열려야만 가능한 일이었다. 그리고 그것은 문자 그대로 몸이 찢어지는 아픔을 동반하는 것이다. 하지만 영원히 계속될 것 같은 고통도 끝난다. 물결처럼, 언제 그랬냐는 듯이 고통은 파도처럼 정인의 몸을 빠져나갔다.

그리고 눈을 떴을 때 명수가 서 있었다. 하얀 가운을 입은 그는 마치 산모처럼 초췌한 얼굴로 변해 있었다.

"괜찮아?"

차마 묻기도 미안하다는 듯, 명수가 물었다. 바로 이 방에서 수만 명의 산모들의 비명을 들었던 그였다. 처음에는 애처로웠지만 지나치게 비명을 지르는 산모에게 짜증도 내었던 그였다. 하지만 그의 눈은 충혈되어 있었고 그 충혈된 눈은 정인을 향하고 있었다.

"다들 이렇게 아프잖아……."

정인은 샐쭉 웃었다. 명수의 시선이 잠시 정인이 부여잡고 있는 흰 시트에 가서 머물렀다. 그리고 그의 손은 잠시 허공에서 머뭇거렸다. 하지만 명수의 손은 끝내 정인의 손을 붙들지 못하고 그냥 까칠한 턱수염을 비비고 만다.

"고통이라는 건 말야……. 고통의 본질이라는 것은…… 그러니까 그것이 끝나지 않을 거라는 공포에서 오는 거야. 하지만 이것도 끝나…… 끝난다는 거…….”

대체 무슨 말을 하는 것인지……. 명수는 입을 다물고 만다. 대신 해줄 수만 있다면…… 그것이 정인의 고통이든 아니면 남편의 역할이든 명수는 갑자기 담배 생각이 간절해진다. 아까 인턴 숙소에 들어가 잠깐 눈을 붙일 때 정인의 꿈을 꾸었다는 말을 명수는 하지 못한다. 명확하게 기억나지 않지만 비바람이 치고 있는 것 같았고 거기 정인이가 서 있었다. 지나치려고 했지만 그것이 마음에 걸려 명수는 전화를 넣어보았던 것이다.

“오빠…… 애기 낳을 때…… 죽는 사람도 있지?”

정인은 뚱딴지처럼 물었다. 명수는 잠시 멍해진다. 사실은 방금 자신도 그 생각을 하고 있었다. 천 명에 한 명 될까 말까 한 확률이지만, 만일 정인이 죽으면 어떻게 하는가 하는 생각, 의학도로서는 전혀 자격이 없는 그런 생각…….

“없어…….”

정인은 그 와중에 얼핏 웃는다.

“거짓말…….”

“아니 정말이야. 우리 정인인 안 죽어……. 내가 약속할게.”

정인은 눈을 살풋 감으며 힘없이 웃었다. 명수는 자신도 모르게 손을 뻗어 그런 정인의 얼굴을 쓸어내렸다. 죽음이라는 거창한 공상 때문이었을 것이다. 그런 용기는 대체 어디서 나온 것인지……. 정인의 눈이 무표정하게 둥그레진다. 하지만 곧 다시 정인에게 진통이 덮쳤고 회진을 돌던 담당의가 다가왔다. 닥터 노는 아무런 표정도 없이 시트를 휘익 들췄다. 그 바람에 정인의 아랫도리가 그대로 드러난다. 부풀어 오른 성기와 검은 음모까지……. 명수는 눈을 돌려버린다. 닥터 노는 마치 빵이 잘 익었나 확인하는 노련한 제빵사처럼, 마치 화덕에 쇠꼬챙이를 넣어 빵 하나를 꺼내보듯이 정인의 아랫도리로 손을 쑤욱 집어넣는다.

명수는 확실히 의사로 부적격한 남자였는지 모르겠다. 그는 정인의 아랫도리를 가려주고 싶다는 생각을 한다. 동료들과 저 노 선배의 시선으로부터 저 아랫도리를 가려주고 싶다는 생각……. 하지만 생각은 생각일 뿐이었고 닥터 노가 정인을 분만실로 데려가라는 턱짓을 하자 간호원이 침대를 끌기 시작했고 명수는 그 자리를 빠져나와버린다. 그래, 고통은 혼자만의 것이다.

하지만 미끄러져가는 침대맡에 나부껴 내린 정인의 머리칼들을 마지막으로 흘끗 돌아보면서 명수는 문득 생각했다. 여자들은, 아이를 낳아본 여자들은, 그래서 어머니라는 여자들은…… 그래서 강한 것이 아닐까…… 그들은 사선을 넘어본 사람들이니까. 한 생명을 만들어내기 위해 죽음을 넘어본 사람들이니까…….

# 권태기, 우린 이렇게 극복했다

전화벨이 울린 것이 먼저였는지 아니면 아이가 깨어난 것이 먼저였는지 정인은 그것을 확실히 기억해내지는 못했다. 하지만 선잠에서 깨어났을 때 아이는 울고 있었고 그리고 전화벨이 울리고 있었다. 정인은 눈을 뜨고 반사적으로 몸을 벌떡 일으켰다. 아이가 태어난 이래 그것은 정인의 습관이었다. 정인은 우는 아이를 한 팔로 안아 올린 다음 수화기를 들면서 시계를 바라보았다. 새벽 2시가 좀 넘어 있었다. 이 시간에 울리는 전화는 대개는 불길한 법이었다. 왜였을까, 정인의 머릿속으로 얼핏 어머니의 얼굴이 스쳐갔다.

"여보세요."

수화기 저쪽의 숨소리는 잠시 머뭇거리고 있었다. 그 머뭇거리는 사람의 숨소리 너머로 왁자지껄 웃는 소리 그리고 기타가 댕댕거리는 소리가 들려왔다. 정인은 순간적으로 입을 다물었다. 아이는 계속 울어대고 있었다. 아마도 저쪽의 사람에게는 정인의 침묵 너머로 아이가 우는 소리가 들리고 있으리라.

"여보세요."

"……."

정인은 다시 한 번 말했다. 전화를 끊지도 못하고 그렇다고 선뜻 입을 열지도 못하는 여자들의 얼굴이 정인의 머릿속으로 어지러이 겹쳐 지나갔다. 정인은 우는 아이를 의식하며 담담하게 대꾸했다.

"지금 주무시는데, 급한 일이신가요?"

"……네."

처음으로 전화기 저쪽의 여자가 입을 열었다. 정인은 아이를 어르며 무선 전화기를 들고 현준의 방으로 건너갔다. 아이가 태어난 이후 현준은 아이 때문에 잠을 설친다며 아예 서재로 쓰는 방으로 옮겨갔었다.

현준은 선잠을 자고 있었던 모양이다. 잠에 취한 척했지만 그가 정인이 전화를 받는 것을 다 듣고 있었다는 직감이 정인에게 들었던 것이다. 잠에서 깬 사람 특유의 이완된 느낌이 들지 않았던 것이다.

정인은 말없이 전화기를 건네주고 아이를 안은 채 우유를 탔다. 아이는 마치 물 밖에 나온 붕어처럼 졸린 눈을 다 뜨지 못한 채로 우유를 빨았다. 거센 기세로 아이가 우유 꼭지를 빠는 동안 현준의 목소리가 열린 문 틈새로 스며 나왔다.

"꼭 지금이어야겠어? ……어디? ……알았어."

전화가 끊기는 전자음이 들리고 현준이 일어나 주섬주섬 옷을 입는 소리가 들렸다.

정인의 품에 안긴 아이는 이제 대충 배가 불렀는지 우유를 빠는 입을 멈추고 빤히 정인을 바라보았다. 정인이 멍한 시선을 바람 부는 창밖을 향해 던지고 있다가 아이를 바라보았다. 아이가 연한 입술을 벌리며 방긋 웃었다. 하지만 그 아이를 뻔히 바라보면서도 정인은 웃지 않았다.

배가 부른지 이제 우유병 꼭지를 가지고 입을 까부르면서 장난을 치는 아이를 자리에 누이고 기저귀를 갈았다. 아이는 두 발을 올려 발을 잡고 천장에 매달린 모빌들을 보고 있었다. 정인은 노란 오줌에 절어 있는 기저귀를 든 채로 거실로 나왔다. 부엌문 쪽으로 난 베란다 세탁기 위에 아이의 기저귀를 가져다 놓고 정인은 거실 한가운데 서서 혁대를 매고 있는 현준을 향해 섰다.

"대학 후배가 와서 자꾸 나오라잖아. 예전에 써클에 같이 있었던 아인데. 미국에서 어제 귀국했는데 동창들한테 바람 맞았다나 봐. 어떻게 하겠어. 내가 나가봐야지. 아이 참 이거 귀찮아서."

현준은 오늘은 왠지 당황하고 있는 것 같았다. 정인은 대답하지 않고 거실에 선 채로 현준을 계속 바라보고 있었다. 급히 우유를 타느라고 밝혀놓은 식탁의 노란 불빛이 뻗어가서 정인의 몸에 부딫혔다. 부딪힌 불빛은 정인의 몸을 지나 어두운 거실 창문에서 검게 부풀어 있었다. 살이 찐 정인의 몸보다 더 부풀어 오른 검은 그림자는 가을바람 때문에 창문이 덜컹덜컹거릴 때마다 불안하게 흔들리고 있었다.

"너무 늦지 않을게. 민호는 자나?"

"……"

현준은 겸연쩍은 듯이 마른 입술을 손으로 쓰윽쓰윽 부비고 나서 현관 쪽으로 몸을 돌렸다. 이상한 일이었다. 그때 현준은 얼핏 산발한 여자의 영상을 본 것 같았다. 아니 산발이 아니라 마치 무스를 발라 고슴도치처럼 검은 머리를 세운 듯한 이상한 영상이었다. 현준은 갑자기 팔뚝을 쓸어내리는 어떤 소름을 느꼈다. 이상한 일이군, 하는 느낌을 이, 상, 하, 다, 라고 단어로 다 떠올리기도 전에 현준은 자기도 모르게 다시 한 번 뒤돌아보았다. 분명 거기 서 있는 것은 정인이었고 그녀의 머리는 손질하기 좋도록 단발로 껑충 잘라져 있었다.

그것은 그저 착각이라고 확인하던 현준은 문득 정인이 깔깔거리며 웃고 있는 듯한 느낌을 받았다. 얼굴의 근육이 그런 것은 아니고 그를 주시하고 있는 그녀의 눈동자가, 그 검고 반짝반짝하는 그녀의 눈빛이 깔깔거리는 소리를 현준에게 들려주는 듯한 섬뜩한 느낌이었다.

"……내가 문 열고 들어올 테니까 신경 쓰지 말고 자."

이런 말을 구구절절이 하고 집을 나가는 현준도 아니었지만 그날은 이상하게도 그런 말을 해야만 할 것 같았고 현준의 목소리는 사실 조금 떨리고 있었다. 기분이 좋지 않은 현준은 서둘러 현관문을 밀었다. 그러자 등 뒤에서 탈칵 하는 소리가 들려왔다. 정인이 빗장을 채우는 소리였다.

거실의 불을 끄고 정인은 돌아가 아이의 옆에 누웠다. 아이는 밤에도 우유만 배불리 먹여놓으면 저렇게 제 발을 손으로 잡아채서 놀다가 잠이 들곤 했다. 제 자신의 발이 장난감이 되는 유일한 시기 그리고 제 육체가 장남감이 될 수 있는, 인생에서 가장 유연한 육체를 가진 시기를 아이는 지니고 있는 것이다. 정인은 누운 채로 아이의 머리칼을 쓰다듬었다. 아이는 머리칼을 쓰다듬으면 잠이 드는 버릇이 있었다. 졸음에 저항하듯이 아이의 눈이 힘겹게 떠졌다가 감기고 힘겹게 떠졌다가 감기곤 했다.

아이는 아직 믿지 못할 것이다. 자고 나면 내일이 온다는 것을, 그때 다시 눈을 떠도 발은 그 자리에 있으니 다시 그 발을 만지며 놀 수 있다는 것을……. 나비 모양의 모빌이 천장에서부터 늘어져 천천히 돌아가고 아이는 눈을 감고 곧 색색거리며 숨을 쉬기 시작했다. 정인은 아이의 작은 몸에 이불을 덮어주고 천장을 본 채로 똑바로 누워 있었다.

아이는 잠들어도 아이가 바라보던 나비 모양의 모빌은 천천히 돌아가고 있다. 아이가 태어났을 때 제일 먼저 달려온 미송이 사온 선물이었다. 얇은 로방 천으로 만든 나비의 날개는 아름다웠다. 날씨 좋은 어느 날, 열린 창문에서 살랑거리며 바람이 불어오면 나비들은 날개를 파득거리며 정말로 날아가는 듯했다.

그런데 정인은 이제 바라보는 것이다. 아름다운 나비의 등에 매달린 가느다란 연결 끈들을……. 그것들은 천장에 매달려 있었다. 그러니 나비는 이제 날아갈 수 없다. 나비는 나는 것이 아니라 그저 날아가고 있는 듯이 보일 뿐이었다.

머리맡으로 바람 소리가 지나가고 있었다. 가을이었다. 바람 소리는 이미 메말라 있었다. 이제 겨울이 올 것이다. 정인은 갑자기 자리에서 서둘러 일어나 현준이 기거하고 있는 방으로 갔다. 그리고 현준의 책상에 앉아 서랍을 열었다. 그건 정인이 결혼을 한 이래 처음 열어보는 서랍이었다. 각종 색깔의 라이터와 수첩들, 가장자리가 너덜너덜한 수북한 명함들. 정인은 현준의 수첩을 펼쳤다. 1987년 3월 카페 마오리, 1987년 4월 P, 돌아옴…… 1987년 5월 수안보. J…… 그리고 뒤의 주소란에는 김성식, 최병준 같은 석 자로 된 이름들과 J, K 혹은 T 같은 영문자들의 이름 옆에 전화번호가 적혀 있었다. 정인은 마치 단서를 찾아내는 수사관처럼 눈을 빛내며 그 전화번호들을 바라보고 있었다. 그녀의 눈은 열에 들떠 있었으며 볼은 이상한 홍조를 띠고 있었다. 정인은 수첩을 덮어 다시 그것을 책상 서랍에 넣어놓은 다음, 현준이 쓰는 침대 시트를 들췄다. 그리고 그것을 물끄러미 바라보다가 다시 시트를 덮어놓고 이번에는 서재에 붙어 있는 작은 벽장문을 열었다. 현준이 낮에 입었던 옷들이 허물처럼 걸려 있었다. 정인은 그것들을 꺼내 냄새를 맡기 시작했다. 정인은 그렇게 한참 그 옷들을 제 가슴에

품고 있다가 그것을 옷걸이에 잘 걸어두고 방을 나왔다.

그리고 다음 날 아침 현준이 집으로 돌아왔을 때 집에서 구수한 북엇국 냄새가 퍼지고 있었다. 정인은 들어서는 현준을 향해 방긋 웃으며 말했다.

"시장하시죠? 얼른 드시고 출근하세요."

아이는 이르게 보행기를 타고 있었다. 한번 똑바로 앉는 재미를 붙인 아이는 깨어 있는 동안은 좀처럼 누워 있지 않으려고 했다. 아이가 끄는 서투른 보행기 소리가 직직 거실을 울리는 동안 정인은 여름에 말려두었던 호박오가리를 무쳐서 현준의 상에 놓아주었다. 갓 볶아낸 통깨의 냄새가 솔솔 풍겨왔지만 현준은 기분이 별로 좋지 않은 듯 말이 없었다.

정인으로 말하자면 겨자색 앞치마를 두른 채로 부지런히 식탁과 싱크대 사이를 오가며 반찬을 날랐고 기분은 좋은 듯이 보였다. 그러자 현준의 얼굴에서는 다시금 그 무표정이 살아오기 시작했다. 피곤하여 예리해진 탓이라고 생각하려 했지만 어젯밤의 그 이상한 영상은 숟가락을 드는 현준의 뇌리에 문득문득 떠올랐고 그래서 현준은 무언가 이상한 공기가 이 집 안을 감싸고 있는 것을 느꼈다.

정인은 흰 쌀로 엷게 미음을 쑤어서 간장을 살짝 떨어뜨린 다음 아이가 앉은 보행기 앞으로 다가가 아이에게 먹이고 있었다.

"아, 해야지. 그래 맘마 먹자. 아이구 이쁜 우리 아기."

흰 미음이 제 입에 들어갈 때마다 아이는 어미에게 기쁨을 표시

해주기 위해 두 팔을 번쩍번쩍 들었고 그럴 때마다 정인의 입에서는 여느 엄마에게 나오는 소리가 흘러나왔다.

"날씨 쌀쌀해요. 가을 재킷 드라이 해놨어요. 오늘 그거 입으세요."

분명 현준이 앉은 식탁과 등을 돌리고 앉아 있었지만, 입맛이 없는 현준이 두어 숟가락을 뜨고 나서 숟가락을 놓으려는 순간 정인이 말했다. 여전히 돌아보지 않은 채였다. 현준은 숟가락을 놓으려다 멈추어 선 채로 정인을 바라보았다. 정인이 그런 현준을 돌아보았다. 그리고 현준의 눈과 마주치자 엷은 웃음을 띠는 것이다. 그러고 보니 정인의 입술에는 오늘 아침 엷지만 립스틱이 발라져 있었다. 집에서 화장하는 모습은 처음이었다.

"오늘 어디 가나?"

정인은 대답 대신 어깨를 으쓱해 보이고는 아이가 대충 먹은 미음 그릇을 가져다 싱크대 위에 올려놓았다. 현준은 잠시 식탁에 앉아 있다가 담배를 물었다.

"옆집 아주머니 요즘도 우리 민호 보러 오시나?"

"네⋯⋯. 왜요?"

현준은 잠시 침묵했다. 그러고는 담배를 두어 번 빨다가 말했다.

"오늘 저녁에 잠깐 아주머니한테 아기 맡기고 오랜만에 둘이 외식이라도 할까?"

신혼 초에 정인의 성화에 못 이겨 근처 상가의 중국집에 다녀온 이후 처음 있는 일이었다.

"그러죠."

정인은 이상한 자신감에 찬 얼굴로 대답했다. 자신감에 차 있었
기 때문에 얼핏 시큰둥한 반응으로 들리기도 했다. 그러자 이상하
게도 현준은 갑자기 정인을 안고 싶은 충동을 느꼈다. 민호를 가
진 이후 처음 일어나는 감정이었다. 그들 부부는 결혼 생활 5년 동
안 거의 잠자리를 같이하지 않았다. 결혼 전, 하룻밤에 서너 번이
나 정인의 몸을 요구하던 일도 있었던 현준은 이제 정인에게는 그
욕구가 식은 듯했던 것이다. 아니, 사실 현준이 집에서 자는 날이
그만큼 드물기도 했다는 편이 맞을 것이다. 현준으로서는 그것은
전혀 이상한 일이 아니었다. 아내는 아내가 되는 순간 이미 성적인
매력을 잃은 거라고 그는 생각하고 있었다. 남녀 간에 느끼는 매력
이라는 것은 약간의 금기와 약간의 가능성 사이의 아슬아슬한 줄
다리기가 아닌가 말이다. 다만 자신은 혼전의 섹스로 인해 그 시
기가 좀 빨리 왔을 뿐이라고 그는 생각하고 있었다. 그렇다고 그
것이 아내에 대한 사랑이 약해진 것이라거나 하는 것과는 달랐다.
그는 정인의 집안 살림 솜씨를 높이 평가하고 있는 편이었고 그가
정인에게 청혼한 이유 그대로 그녀에게 아주 편안함을 느끼고 있
었다.

하기는 그거야 대부분 그의 동료들도 같은 생각인 듯했다. 술자
리에서 그렇지 않다고 말하는 남자는 한 명도 보지 못했으니까 말
이다. 다만 현준에게는 그런 욕구가 오랜만에 같은 여자에게 일어
나는 것이 기분 좋은 일이었을지도 모른다. 어쨌든 정인은 그녀의

아내였고 아버지를 닮아 잘생긴 그의 아들 민호를 낳아준 여자가 아닌가 말이다. 아내를 안고 싶은 욕구를 오랜만에 느낀 이 가장은 걸어가 아내 대신 아이를 안았다. 정인은 설거지를 시작했고 현준은 정말로 오랜만에 아이를 안고 아이와 눈을 맞추며 웃었다.

"이건 엄마하구 아빠가 신혼여행 가서 찍은 사진…… 이건 엄마가 백화점에서 사다 놓은 삼류 작가의 그림…… 이건 나비……."

오랜만에 아빠 노릇에 만족한 현준은 아이를 안고 사물을 하나하나 가리키며 말을 하기 시작했다. 그리고 거실의 사물을 가리킨 다음 방으로 들어갔다.

"이건 우리 민호 서랍장, 이건 우리 민호 곰돌이…… 이건 엄마가 보는 책…… 안나 카레리나…… 세계사 편력……. 야, 엄마가 어려운 책도 다 읽는구나, 그리고 이건…… 이건…… 엄마가……"

현준은 아이를 안고 아이의 기저귀가 쌓인 서랍장 위쪽 한편에 놓인 정인의 책을 가리키다 말고 입을 다물었다. 거기에는 세계명작 소설들과 유명 인사의 수필집 그리고 한국 단편 소설들이 있었고 맨 오른쪽에는 『남편에게 사랑받는 아내의 책』『권태기, 우린 이렇게 극복했다』『알면 이해할 수 있는 남자의 심리』 같은 책들이 놓여 있었다. 그리고 무심히 현준이 그 책 한 권을 펼쳐 들자 그 책들에는 빽빽이 붉은색으로 굵게 밑줄들이 그어져 있었던 것이다.

## 아니다, 아니다!

　벨을 누르는 소리가 들려왔다. 정인은 화들짝 놀라며 꺼내놓았던 옷들을 옷장에 쑤셔 박기 시작했다. 행여 현준이 들어왔을 때 이렇게 어질러놓은 집 안을 보여줄 수는 없을 것 같았다. 이렇게 살이 쪘다는 것도, 그러니까 겉보기에 좀 살이 오른 정도가 아니라 손으로 이렇게 한 뼘을 확인할 수 있을 정도로 살이 쪘다는 것도 절대로 들켜서는 안 될 것 같았다. 그런 정인의 마음속에서는 무슨 생각에선가 아니야, 아니야…… 소리가 흘러나왔고 그래서 뛰어가 현관문을 열었을 때 정인의 이마에서는 굵은 소금 같은 땀방울이 떨어지고 있었다.

　"저어 곧 준비할게요. 잠깐만 앉아계시면 돼요……. 석간을 가져다 드릴까요? 아니면 뭐 마실 거라도?"

혹시라도 현준의 입에서, 혹은 그 찌푸린 이마에서 정인에 대한 짜증이 버럭 새어 나올까 봐 정인은 다급하게 말했다. 정인은 소파에 앉는 현준 앞에 서서 두 팔을 그러모으고 서 있었다.

현준은 정인이 알록달록하게 한 화장을 경멸스러운 표정으로 바라보았다. 정인은 자신도 모르게 짙게 바른 입술을 한 손으로 살며시 가렸다. 현준은 말없이 석간신문을 폈다.

"준비할 게 뭐 있어, 요 앞에 가서 그냥 밥만 먹고 올 텐데……. 민호는 자나?"

"아니 방금 옆집 아주머니가 데리고 가셨어요."

현준은 말이 없이 펄럭, 하고 신문을 펼쳐 들었다. 정인은 이마에 돋아나는 땀을 한 팔로 쓰윽 문지르며 방으로 들어가 행여 현준이 엿보기라도 할까 봐 옷장 문을 살며시 열었다. 그리고 수세미처럼 구겨진 옷장 속을 뒤지기 시작했다.

하늘색의 앙고라 니트 풀오버가 하나 발견되었다. 정인은 그것을 입어보았다. 물론 한때는 헐렁한 스웨터로 입었던 그 옷도 이제는 맞지 않았다. 커진 가슴과 불룩 나온 배 때문에 거의 어릿광대처럼 보였던 것이다. 정인은 서둘러 옷을 벗으려 했다. 그런데 옷은 들어갈 때와는 달리 잘 벗겨지지 않았다. 정인은 목을 빼려고 스웨터를 머리 위로 있는 힘을 다해 잡아당겼다.

땀은 비 오듯 쏟아져 정인의 화장은 지워져 내리고 립스틱은 상처에서 흘러나오는 핏물처럼 스웨터에 묻어 나왔다. 그때 현준이 문을 열었다. 그리고 정인의 참으로 우스꽝스러운 꼴을 본 것이다. 그리하여 정인이 겨우 그 스웨터에서 자신의 머리를 빼냈을 때 정인은 그 소리를 들었다. 현준이, 열린 방문을 꽝 닫아버리는 소리.

정인은 모든 것을 포기하고 집에서 입는 자루 같은 옷을 집어 들었다. 그리고 그 위에 스웨터를 걸쳤다. 그런 정인의 가슴속에서 무엇인가가 꾸역꾸역거리며 올라오고 있었지만 정인은 그것을 꿀 꺽 하고 삼켜버렸다. 그리고 현준을 따라 현관을 나섰다.

어쨌든 그들 사이에 아이가 태어나고 나서 첫 외식인 것이다.

하지만 그때 문득 정인은 자신이 아파트 열쇠를 안에다 놓고 온 것을 깨달았다.

하지만 정인은 아무 말도 하지 않았다. 찾으러 다시 집 안으로 들어갈까 생각도 해보았지만 그 말을 꺼냈을 때 현준의 반응을 그 녀는 잘 알고 있었기 때문이다. 아마도 그는 다시 얼굴을 찌푸릴 것이다. 정인은 모처럼의 이 외식을 망치고 싶지 않았다.

"먼저 내려가 계세요. 제가 잠그고 갈게요."

정인은 열쇠가 없다는 것을 들키지 않기 위해 현준을 먼저 내려 보내고 다시 집 안으로 들어갔다. 그리고 의당 열쇠가 놓여 있는 곳을 찾았지만 열쇠는 거기 없었다. 정인은 방 안으로 들어갔다. 아마도 아까 갈아입은 옷 사이에 열쇠를 둔 것 같았기 때문이다. 하지만 수세미처럼 뒤죽박죽이 된 옷들 속에서 열쇠는 쉽게 발견 되지 않았다. 정인의 이마에서 다시 땀들이 진득거리며 솟아나기 시작했다. 가슴은 두방망이질하듯이 뛰었다. 빨리, 빨리라는 생각이 그녀를 허둥거리게 만들었다. 차라리 현준에게 이 사실을 말하고 열쇠를 받아올까 하는 생각도 잠시 스쳤으나 정인은 그냥 문을 닫고 아파트 아래로 걸어 내려갔다. 너무나 서둘렀기 때문에, 어느 순간 계단에서 발이 엉켰고 그 발을 빨리 제자리에 놓기 위해 발을 디뎠을 때 그것은 통이 넓은 치마 사이로 들어가 치마를 잡아당겨 그녀는 허공에서 서너 계단 아래로 그대로 구르고 말았다.

하지만 미처 아픔을 느낄 사이도 없이 그녀는 반사적으로 자리에서 일어섰다. 그러자 입술에서 찝찔한 액체가 묻어나는 것이 느껴졌다. 그녀는 입술을 손으로 닦았다. 피였다. 정인은 아랫입술에서 나오고 있는 피가 흐르지 않도록 윗입술로 아랫입술을 덮은 채 계단을 내려섰다. 허리와 어깨 그리고 넓적다리로 통증이 느껴졌다.

현준은 이마를 잔뜩 찌푸린 채로 차에 앉아 있었다. 모처럼 자신이 베푼 이 외식에 임하는 아내의 태도가 너무나 맘에 들지 않는다는 듯한 표정이었다.

"미안해요…… 넘어졌어요."

차에 타면서 정인이 말했다. 현준은 대답 없이 부웅 하고 액셀러레이터를 밟았다. 정인의 몸이 뒤로 출렁했다. 그때 허리와 넓적다리에 통증이 다시 전해져왔다. 하지만 정인은 아픔을 호소하고 싶어 하는 입을 앙다물었다. 그러자 갑자기 잠그지 않고 나온 문이 맘에 걸렸다.

그렇게 말없이, 도무지 이 외식을 못마땅해하면서 중국집에 도착해 룸으로 들어갔을 때, 그리하여 다시 마주 보고 앉았을 때 현준은 정인의 얼굴을 외면했다. 외면하다가 도저히 참지 못하겠다는 듯이 정인에게 입을 열었다.

"가서 세수하고 와!"

그래서 정인은 화장실로 갔다. 세면대 앞에 서자 얼룩덜룩한 화장이 땀으로 뭉개지고 붉게 바른 입술은 핏물로 번진, 어릿광대 같은 여자의 얼굴이 비쳤다. 정인은 한 손으로 푸른 아이섀도가 번진 눈가를 만져보았다. 이번에는 다른 눈가를……. 언제나 반짝이던 눈빛은 희미해져 있었고 그리고 뭉툭하게 살이 찐 볼은 부풀어 올라 정인의 눈두덩은 무디어져 있었다. 정인은 한 손으로 립스틱을 지웠다. 피딱지 않은 입술은 잘 지워지지 않았다.

정인은 수도꼭지를 틀어 그 물로 입술을 닦았다. 그래도 립스틱은 잘 지워지지 않았다. 정인은 옆에 놓인 비누를 들어 거품을 낸 다음 세수를 하기 시작했다. 세수를 마치고 대충 얼굴을 닦은 후, 정인은 화장실 창가로 다가갔다. 바람이 창밖에서 위잉 불어가고 있었고 틈새가 맞지 않는 새시 창문은 가느다랗게 떨고 있었다. 정인은 손가락을 뻗어 그 틈새에 손을 대보았다. 차가운 바람이 작은 틈새를 통과하느라 있는 힘을 다해 창틈으로 비집고 들어서고 있었다. 있, 는 힘, 을 다, 해……라고 정인은 생각해보았다.

멀리 상가 건물 뒤쪽에 서 있는 플라타너스 이파리에서는 아직 못다 떨어진 나뭇잎들이 떨어져 내리고 있었다. 상가 일층의 문구점에서는 벌써 작은 크리스마스 전구가 반짝이고 있었다.

벌써 한 해가 간다, 라는 생각을 하면서 정인은 자신이 문득 스물일곱이라는 생각을 했다. 스물일곱…… 하지만 스물일곱이라는 나이가 다른 이에게는 도대체 어떤 의미를 가지는지 정인은 알 수 없었다. 정희 언니는 그 나이에 공장을 다니고 있었고 오빠 정관은 집을 나가 소식이 없었다. 어머니는 아마도 그 나이에 정인을 낳고 세 아이의 엄마가 되었을 것이다. 그리고 아버지는 딴살림을 차리기 시작했다고 사람들은 말했었다. 출판사를 차려 명색상 사장이 된 미송이도 있었지만 그건 어디까지나 미송의 일이었다. 그건 대학을 나온 여자들, 그러니까 정인보다 많이 배운 여자들의 일이었던 것이다.

　그때 누군가 화장실 문을 열고 들어섰다. 짧은 스커트를 입은 여자였다. 여자는 정인을 바라보고 흠칫 놀라는 표정을 짓더니, 별 여자를 다 보겠다는 표정으로 화장실 안으로 들어갔다. 여자가 뿌렸음직한 향수 냄새의 여운이 휘익, 하고 정인의 콧가에 스쳤다. 정인은 멍청하게 있다가 화장실 밖으로 나갔다.

　음식 몇 가지를 날라온 식탁에서 현준은 담배를 피우고 있었다. 그제야 정인은 자신이 화장실에서 너무 많은 시간을 지체했으며 그래서 현준을 화나게 했을 거라고 생각하기 시작했다.

　"미안해요……. 시장하실 텐데 어서 드세요."

　정인은 아직 빳빳한 종이 속에 들어 있는 대나무 젓가락을 들어 현준에게 건네주며 말했다. 현준은 기가 막히다는 표정으로 정인을 바라보더니 담배를 서둘러 껐다. 무안해진 정인은 자신의 젓가락을 들어 음식을 먹기 시작했다. 현준의 그 경멸스러운 표정을 느끼지 않으려고, 정인은 고개를 숙이고 음식들을 꾸역꾸역 입안에 넣고 씹었다. 아무런 맛도, 아무런 향기도 느껴지지 않았다.

현준이 혐오스러운 눈길로 자신을 바라보는 건 당연한 것 같았다. 거울 속에서 바라본, 아이가 울까 봐 걱정하거나 빨래를 널거나 하면서 잠깐 본 얼굴과는 다른 얼굴을 정인은 처음으로 마주 보았던 것이다. 그리고 그 얼굴은 자신이 보기에도 혐오스러웠다. 정인은 이런 혐오스러운 얼굴을 보여서 현준이 괴로워하는 것을 원하지 않았다.

현준은 거의 음식에 손을 대지 않았다. 그래서 언제나처럼 상대방이 먹지 않으면 자신이라도 그 음식을 다 먹어야 한다는 강박관념에 사로잡힌 채 정인은 음식들을 꾸역거리며 입에 넣었다. 그리고 더 이상 음식을 넣을 수 없을 정도로 배가 불렀을 때 정인이 고개를 들자 현준은 기다렸다는 듯이 자리에서 일어나 카운터로 걸어갔다.

아래층에 사는 낯이 익은 여자가 가족과 함께 중국집 문을 밀고 들어서다가 정인과 눈이 마주쳤다. 여자는 반색을 하더니 현준과 정인의 얼굴을 번갈아 바라보았다. 그러고는 정인의 옷매무새를 훑어보더니 말했다.

"아이구, 새댁, 벌써 또 둘째를 가졌구랴. 날 달이 언제야? 힘들겠네. 연년생 될 텐데……."

"아, 아니에요."

현준이 얼굴이 벌게진 채로 먼저 밖으로 나갔고 정인은 아니라는 듯 어색하게 웃으며 고개를 저었다.

"아니긴…… 어디 몇 개월이유?"

여자는 정인의 배를 만져보려 손을 뻗었다. 정인은 여자의 손길을 떼어내며 밖으로 나왔다. 저만치서 현준이 먼저 걸어가고 있었다. 정인은 야단을 맞은 아이처럼 현준의 뒤를 따라갔다. 현준은 자동차에 타더니 시동을 걸고 그리고 차를 타고 떠나버렸다. 정인에게는 일별도 던지지 않은 채였다. 몇 발자국 앞으로 다가온 정인은 멍한 시선으로 현준의 차가 떠나간 자리를 바라보았다. 현준의 차는 아파트 밖을 향해 깜빡이를 켜고 있었다. 그 깜빡이의 표시가 정인에게는 말하는 듯했다.

너 같은 여자는 정말 지겨워……. 너같이 살찐 여자, 너같이 정신없는 여자…… 너같이 무식한 여자, 너같이 눈치 없는 여자…….

정인은 천천히 걸어 집으로 돌아왔다. 계단을 올라설 때 아까 넘어진 자리들이 욱신거렸지만 정인은 그 아픔들을 다 느끼지도 못하고 있었다.

정인은 아이를 데리고 와야 한다는 생각을 했다. 아이가 혹시라도 울까 봐, 아니면 그 집에서 걷다가 넘어져 이마를 깨기라도 했을까 봐 겁이 나기 시작했다. 정인은 자리에서 벌떡 일어섰다. 하지만 아이는 내가 씻겨서 재워놓을 테니 얼마든지 늦게 들어오라고 한 옆집 아주머니의 말이 생각났다. 정인은 현관으로 나가려다 말고 시계를 올려다보았다. 저녁 7시 10분. 그들의 외식은 40분 만에 끝이 나버린 것이다.

정인은 다시 소파에 앉았다. 아이를 낳고 난 후의 첫 외식을 40분 만에 끝냈다고 말할 수는 없었다. 거의 매일매일을 집에 들어오지 않거나 늦는 현준을 설명할 때처럼 네에, 바빠서요…… 가게 일이 바빠서요……라고, 말하고 싶지도 않았다. 이제 거짓말은 그만 시키고 싶었다. 이제 그를 감싸주고 그를 변명해주고…… 이제 그런 일은 하고 싶지 않았던 것이다. 정인은 단것이 먹고 싶었다. 정인은 냉장고를 열고 굳어버린 식빵을 꺼냈다. 그리고 잼과 땅콩버터를 두껍게 발라 그것을 또 먹었다. 배가 부른지 어떤지에 대한 아무 느낌도 없었다.

굳어버린 빵을 토스트도 하지 않은 채 세 개나 먹어치우고 정인은 이번에는 사과를 꺼내 먹기 시작했다. 커다란 사과를, 민호에게 갈아주려고 사다놓은 그 사과…… 정인은 사과를 먹으면서 제 볼에 흘러내리는 눈물을 느끼는 것이다. 결혼을 왜 했는지, 대체 그를 사랑하고 있는 것인지, 대체 지금 자신이 오 개월이 된 한 아이의 어머니인지…….

정인은 갑자기 먹던 사과를 놓고 멍청하게 창밖의 어둠을 바라보았다. 건너편 집에서 불들이 켜지고 노란 식탁등 아래서 가족들이 식사를 하고 있는 것이 보였다. 아니야, 하고 정인은 생각했다. 그리고 이어 다시 이번에는 좀 더 강하게 아니야! 하고 생각했다. 그리고 무슨 연쇄고리처럼, 아니야……라는 말들이 입 밖으로 나오기 시작했다. 아니야, 아니야, 아니야, 아니야…… 그러자 구토가 치밀었고 정인은 화장실로 달려가 변기를 열었다. 거센 물줄기처럼 토악질이 뻗쳐 나왔다.

정신은 더욱 멍해졌지만 머릿속으로 한 줄기 바람이, 마치 아까 중국집 화장실에서 정인이 손으로 느끼던 것처럼 차가운 바람 한 줄기가 불어오는 것이 느껴졌다. 그 바람 한 줄기를 느끼면서 정인은 중얼거리기 시작했다.

"그는 다른 여자들을 만나고 있어요…… 그는 다른 여자들과 자고 있어요…… 나는 어떻게 하면 좋을까요……."

그러자 처음으로 눈물이 흘러내리기 시작했고 눈물은 그치지 않았다.

"대체 나는 어떻게 하면 좋을까요."

정인은 변기의 한 귀퉁이를 붙들고 살찐 몸을 동그랗게 만 채로 오열을 터뜨리기 시작했다.

# 떡 한 조각

처음에 정인을 지탱해준 것은 상처받은 사람끼리, 라는 생각이었다. 상처를 받은 사람끼리니까, 우리는 손을 잡고 잘 살아갈 수 있을 거야, 상처받은 아픔을 아는 사람은 절대로 내미는 손을 뿌리치지는 않을 거야. 그래서 우리는 우리 식구가 되어서 우리끼리 오붓하고 우리끼리 행복할 거야……라는 믿음……. 그것은 정인의 머릿속에서 거의 맹목적인 것이 되어갔고 신혼 초, 현준이 아무 연락 없이 외박을 할 때, 소파에 앉아 전화기가 손만 뻗으면 닿을 수 있는 자리에서 몸을 꼬부리고 앉아 밤을 새울 때 현준에게로 울컥 치미는 서운함을 막아주는 방파제 같은 말들이었다.

하지만 아침, 현준이 정신없이 나가버리거나, 어느 저녁 술에 취한 채 들어와 옷도 벗지 못하고 쓰러져 자는 날마다 그 방파제는 조금씩 허물어져 내리고 있었다. 그리고 나서는 처음 만났을 무렵의 기억들이 그녀에게 힘을 주기 시작했다. 그가 처음 먼지 나는 신작로에 서 있던 그녀를 차에 태우던 날, 첫 키스를 하던 그 우물가, 그도 아니면 청혼을 하던 날의 곧 허물어져 내릴 것만 같던 그의 얼굴들…… 정인의 기억은 그 자리에서 맴돌았다. 다른 기억들은 방파제를 더욱 무너져 내리게 했을 뿐이었으니까……. 폭우 속에서 무너지는 둑을 막으려는 필사의 몸부림으로 정인은 그날들을, 그날들에 자신이 그를 사랑해주겠다고 한 그 결심을 잊지 않으려고 이를 악물었다.

하지만 이 겨울, 버스에서 내려 거리를 걸어가는 정인은 이제 그 둑을 막으려고 하지 않았다. 아이조차도 그 둑을 지탱해줄 수 없는 것 같았던 것이다. 여기까지 생각하고 나서 정인은 습관처럼 한 손으로 이마를 짚는다. 머리가 뜨끈거리고 얼굴이 확확 달아오르는 증상은 요즘 들어 부쩍 심해진 것이다. 아무 데서나 식은땀이 흘렀고 가끔씩 배가 뒤틀리는 것만 같은 심정들…… 더 이상 생각하면 무엇인가가 가슴속에서 더 이상 참지 못하고 터져버릴 것만 같았다. 정인의 가슴은 끓기 시작한 압력솥처럼 이미 작은 소리를 지르고 있었던 것이다.

잎을 다 떨군 은행나무 위로 노란 은행잎 몇 개가 아직도 매달려 있다. 짙푸른 하늘, 짙노란 그 이파리…… 정인은 문득 걸음을 멈추고 그 은행 이파리들을 올려다본다. 남아 있는 은행 이파리…… 5년의 결혼 생활……. 정인은 만복 슈퍼를 돌아 허름한 건물의 삼층으로 들어선다. 미송의 출판사에 출근한 지도 벌써 한 달째였다.

출판사 문은 비스듬하게 열려 있었다. 미송이가 벌써 나왔을까. 정인은 문을 열고 그 자리에 그대로 선다. 한 남자가 출판사 난롯가에서 냄비째 라면을 먹고 있다가 라면 발을 입에 물고 정인을 올려다본다.

두 사람의 눈이 정면으로 마주친다. 약간 헝클어진 머리는 덥수룩했고 마르고 흰 얼굴 위로 예민해 보이는 눈이 도수 높은 안경 속에서 정인을 쏘아보았다. 순간적이었지만 정인은 약간 질린 기분이 들었다.

"……누, 누구시죠?"

남자는 물고 있던 라면 발을 다 들이켜더니 천천히 들고 있던 냄비를 난로 옆의 탁자에 내려놓고는 물었다.

"댁은 누구신데요?"

왜였을까, 정인은 문득 작게 웃어버린다. 묻는 남자의 얼굴에 금방 장난꾸러기 같은 표정이 맴돌았던 것이다. 정인은 낯선 남자 앞에서 그만 웃어버리는 자신의 입을 얼른 다물고 백을 자신의 책상 위에 내려놓았다.

"전…… 여기서 일하는 사람인데요."

"아아…… 저…… 아 예, 실례합니다. 전 잠깐 다니러 왔어요. 미송이 선배입니다. 남호영이라고 하는데……."

그가 간결하게 고개를 숙이자 정인은 얼결에 고개를 따라 숙이며 그의 바짓단이 진흙이 묻은 채로 얼룩덜룩한 것을 바라보았다. 흰 끈이 회색이 되어버린 운동화는 낡아 있었다. 그 신발을 신고 바람 부는 아주 먼 곳을 헤매다 이제 막 집에 돌아온 사람 같은 스산한 분위기가 그에게서 느껴졌다. 덥수룩한 머리칼 사이로 겨울바람이 아직도 남아 왕왕거리고 있는 것 같은 느낌. 어떤 겨울, 서리가 자박자박 밟히는 논길을 걷는 새벽…… 같은 느낌이 그에게는 있었던 것이다.

　"미송이가 어젯밤에 열쇠를 주어서요……."

　그가 말했다. 정인은 외투를 벗어 걸어놓고 잠자코 커피포트에 물을 올린다. 커피포트는 금방 지지지직 하는 소리를 내기 시작했다. 그리고 소파 한쪽에 아무렇게나 걸쳐져 있는 남호영의 군청색 점퍼를 옷걸이에 걸어주고 커피병을 열며 물었다.

　"커피 드시겠어요?"

　"……그럴까요."

　남호영은 담배를 피워 물었다. 정인은 커피를 타서 그의 앞에 한 잔을 내려놓고 자신의 자리로 한 잔을 가지고 간다. 창밖으로 검푸른 겨울 하늘…… 바람이 낡은 창문을 덜컹이며 지나가고 있다. 뜨거운 커피잔을 두 손으로 쥐고 정인은 잠시 창밖을 올려다본다. 남편이 구속되고 아이를 허겁지겁 시댁에 데려다 맡겨놓고 헤매 다니던 변호사 사무실 앞…….

　—요즘 정부 방침이 워낙 강력해서요, 음주운전에 대해서는.

변호사는 고개를 저었다. 현준이 음주운전으로 인사 사고를 낸 것이 지난가을의 일이었다. 밤중, 경찰서에 있다는 현준의 전화를 받고 달려 나가던 그날이 벌써 아득하다. 현준은 경찰서 내에서도 아직 술에서 깨어나지 못하고 있었다. 달려 나간 정인을 올려다보던 현준의 충혈된 눈동자. 그것은 딱히 정인을 보고 있는 것은 아니었다. 정인은 그때 문득, 서리에 젖은 낟가리 같은 느낌을 받았다. 메마르고 표정이 없는, 이미 삶의 어떤 기미가 사라져버린 서른네 살 남자의 얼굴…… 삶이 그에게는 그토록 버거웠던 것일까. 돈도 있고 집도 있고 아내도 있고 아이도 있고, 거기에 또 다른 여자들까지 있었지만 그에게는 아마도 삶이 지리했던 모양이었다. 그의 차에 치였던 사람이 끝내 숨져버렸고 구속이 결정되었을 때도 현준은 오히려 담담한 표정이었다.

명동에 있던 전자 대리점이 노름빚으로 이미 남의 손에 넘어가버린 뒤라는 것도 그녀는 그때 처음 알았다. 하지만 현준은 그 무표정한 와중에도 김밥이 먹고 싶다 통닭이 먹고 싶다, 변호사에게 돈을 찔러서 담배를 좀 넣어달라, 정인에게 요구를 했다. 카드 대금이 밀려 이미 마이너스가 되어버린 그의 통장을 그의 서랍에 넣어놓고 변호사비를 마련하기 위해 집을 팔아 전세로 내려앉고는 그러고도 모자라는 돈을 얻기 위해 정인은 미송에게 돈을 빌리러 왔었던 것이다.

—출판사 나와서 일이나 배워. 잘됐어. 나도 출판사를 믿고 맡길 사람이 필요한 참이었는데……. 그 인간은 거기서 한 삼 년 푹

썩으면서 노름 끊고 여자 끊고 반성이나 하라고 그러고 넌 너 살
궁리를 해야 되지 않겠니? 니네 시어머니가 애는 봐주신다고 했다
면서?

자동으로 온도 조절이 되는 커피포트가 끙끙거리며 다시 끓기
시작한다. 정인은 천천히 커피를 들어 그것을 마셨다. 커피포트가
무거운 몸을 뒤척이며 꽁꽁거리는 그 소리 사이사이로 정인과 떨
어지지 않으려고 울던 아이의 울음소리가 겹쳐진다. 울음 끝에, 아
앙앙앙 울던 울음 끝에 튀어나오던 어, 음, 마, 라는 그 말이……
할머니의 품에 안겨서 도무지 움직일 수도 없는 아이가 온몸으로
자신을 부르던 그 목소리……. 정인의 얼굴에 작은 경련이 지나간
다. 그때 남호영이 저어, 하며 정인의 어깨 너머로 다가왔고 경련이
지나가던 정인의 입은 그 작은 소리에도 놀라 그만 비명을 질러버
렸다.

놀라기는 남호영 쪽이 더한 것 같았다. 그는 검게 응축된 고통
의 덩어리 같은 정인의 눈을 잠시 멍하니 바라보았다. 얼결의 침
묵이 두 사람을 사로잡았고 이윽고 정인의 눈동자가 다시 제 빛
을 찾았을 때 정인의 눈은 붉게 물들었고 거기서는 눈물이 흘러
내렸다. 당황하던 그는 잠시 머뭇거리더니 손수건을 꺼내 정인에
게 내밀었다.

"괜찮습니다."
정인은 내미는 남호영의 손수건을 바라보며 목이 메인 소리로
겨우 말했다.

"그래요…… 괜찮아요…… 쓰십시오."

남호영은 말을 마치고 잠시 자리에 앉아 담배를 피워 물었다. 정인은 그가 내민 손수건으로 얼굴에 흘러내린 눈물을 닦는다. 따뜻한 사람의 체온과 남자 냄새가 났다. 아마도 손수건은 그가 오래 바지 호주머니에 넣고 다닌 것인 듯했다. 그 냄새가, 남자의 냄새, 사람의 냄새가 느껴진다고 생각하는 순간 정인은 울다 말고 그 손수건을 눈앞에 대고 멍청하니 들여다본다. 짙은 고동색에 노란 선이 한 줄 가 있는 그저 평범한 손수건이었다. 그 손수건은 그를 대신하여 말하는 것만 같았다.

그래요…… 괜찮아요, 괜찮습니다…….

"이제 좀 괜찮으세요?"

담배를 물고 주섬주섬 군청색 점퍼를 입던 남호영이 정인과 눈이 마주치자 말했다. 정인은 소녀처럼 고개를 숙이고 씨익 웃고 만다. 남호영은 다가와 정인의 책상에 열쇠를 놓았다. 정인은 그를 올려다보았다. 도수 높은 안경 속에서 날카롭던 그의 눈은 가까이서 보니 얇게 쌍꺼풀져 있었다. 어렸을 때는 아주 예쁘장한 남자아이였을 것만 같다는 생각은 아마도 아들 민호를 생각했기 때문이었으리라.

"미송이 오면 이따 오후에 전화하겠다고 전해주십시오. 그리고 울지 마세요. 저 여기 자주 들를 것 같은데…… 손수건 그거 하나뿐이거든요."

남호영은 웃으며 출판사 문을 밀고 나간다. 엉거주춤 일어나 그를 배웅하고 정인은 문득 오늘이 현준을 면회하기로 한 날이라는 것을 깨닫는다. 하지만 정인은 그 생각을 하면서 그 자리에 주저앉는다. 하염없이 주저앉아 있고만 싶었던 것이다.

오후가 되면서 날이 흐리고 바람이 거세지기 시작했다. 아마도 내일 아침은 올 겨울 들어 가장 낮은 기온이 될 거라고 틀어놓은 라디오에서는 말하고 있었다. 현준은 초췌한 얼굴이었지만 오히려 편안해 보였다. 그건 정인이 처음 보는 모습이었다. 그러고 보니 이제껏 현준은 늘 쫓기고 있는 눈빛을 하고 있었다는 것을 정인은 처음으로 깨닫는다. 떨어져 있기 전에는 보이지 않았던 남편의 모습이 이렇게 떨어져 앉아 그것도 유리벽을 사이에 두고 떨어져 앉아서야 정인에게 처음으로 보이는 것이다. 이것은 무슨 신비인지.

"지내기가 어때요?"

"……민호는?"

"잘 있어요."

부부는 더 이상 말을 잇지 못한다.

뭐라고? 글쎄 변호사가 돈을 더 내기 전에는 안 된다는 거야…… 그 씨발놈 다 집어치우라고 해…… 어무니…… 어무니가…… 쓰러지셨다…… 내가 여기서 나가기만 하믄 그놈이구 누구구 다 죽여버린다구 해…… 성철아 이놈아 니가 이런 꼴이 되다니…….

면회실 안은 터미널의 대합실처럼 붐볐다. 말들이 허공에서도 만나지 못하고 제각기 삐죽거리며 떠다니고 있었다. 떠다니는 말과 분노의 고함 때문에 그래서 면회실은 오히려 활기찬 시장터 같았다. 정인이 근무하던 가장 바빴던 연말의 O읍의 우체국도 이보다 더 활기차지는 못했다.

"솜옷 한 벌 더 넣었어요."

"응……."

그리고 부부의 대화는 거기서 끊겼다. 하기는 이 정도의 대화도 그들 부부에게는 꽤 긴 것만같이 느껴졌다. 현준은 까칠한 수염이 난 턱을 손으로 쓸었다. 정인은 파릇하게 소름이 돋은 것만 같은 그의 턱을 바라보다가 갑자기 멍해진다. 이 모든 것이 갑자기 다 비현실적으로 느껴진 것이다. 한바탕 꿈을 꾸고 있는 것 같기도 했다. 갑자기 웃음이 터져버릴 것 같은 환영에 정인은 몸을 부르르 떤다.

"뭐 더 넣어드릴 거라도."

정인은 자기가 정말 이 자리에서 깔깔거리며 웃어버릴까 봐 겁이 더럭 나서 얼른 물었다. 현준은 양미간에 주름을 잡으며 인상을 찡그렸다. 이상한 일이었다. 그것은 현준이 매우 화가 나서 심기가 불편하다는 표시라는 것을 잘 아는 정인이었지만, 그리고 현준이 그런 표정을 지을 때마다 자신이 혹시 무엇을 잘못한 것은 아닐까 겁이 더럭 나서 굳어져버린 정인이었지만 정인은 그의 표정을 처음으로 담담하게 바라본다. 유리벽의 힘이었을까?

정인은 문득 그가 저 유리벽 속에서도 아직도 저렇게 찡그리고 있는 강현준이라는 한 인간이 그저 가여워지고 마는 것이다. 내게가 아니면 누구에게 이런 짜증이라도 부릴까, 하는 생각도 들었다. 그래서 이 착한 여자는 묻는다.

"지내시기가……."

그러자 마치 정인이 입을 열기만을 기다렸다는 듯이, 현준은 찡그린 이마의 인상을 더욱 찡그리며 정인을 노려보았다. 갑자기 유리벽으로 가리워져 있던 거리는 사라지고 정인의 얼굴에 겁이 더럭 실린다.

"잘 지내고 있어! 대체 마누라라고 면회를 와서 한다는 말이 뭐? 지내시기가 어떠냐고? 그걸 몰라서 묻냐?"

현준은 갑자기 소리를 버럭 지르더니 그 자리에서 일어나 들어가버린다. 남겨진 정인은 멍하니 그가 사라진 유리벽 저쪽의 허공을 바라다본다.

여보 정말 미안해…… 당신에게 정말 할 말이 없어…… 여기서 나가기만 하면 이번에는 새 사람…… 지겨워 이제 지겨워 그런 소리 하지도 말아…… 난 몰라 애새끼고 뭐고 난 모른다고!

옆자리에 있는 젊은 아낙이 소리를 지른다. 유리벽 저쪽의 남자는 고개를 떨구고 여자는 모른다고 소리치면서 여전히 남편 쪽을 바라보고 있다. 남자는 여자에게 미안한 눈빛으로 바라본다. 소리 지르고 미안해하고 그러면서도 젊은 부부는 마주 서 있다. 정인은 순간 그 부부에 대해 막연한 감정을 느낀다. 어쩌면 질투……였을까. 마주 서 있는 그들, 소리 지르면서도 차마 면회 시간이 다 될까 봐 서로에게서 눈초리를 떼지 못하고 있는 그들.

정인은 핸드백을 주섬주섬 챙겨 자리에서 일어난다. 밖으로 나오자 차가운 바람이 휘익 불어왔다. 정인은 베이지색 코트를 여미며 걷는다. 그러고 보니 코트로 감싼 정인의 몸이 헐렁하다. 그 사이 정인은 여위어져 있었던 모양이다.

이 세상에 혼자 서 있는 것 같은 적막감이 정인을 감쌌다. 이 보도 위, 이 도시, 이 세상에 혼자 서 있는 것 같은 느낌⋯⋯. 그때 문득 눈을 든 정인의 시야에 한 남자의 뒷모습이 보인다. 남자는 담뱃불을 붙이기 위해 잠시 걸음을 멈추고 있는 것 같았다. 약간 작은 키, 군청색 점퍼⋯⋯ 어디서 많이⋯⋯라고 정인이 생각하고 있는 사이, 남자가 마치 정인의 낚싯줄에 채이기라도 하듯이, 고개를 돌렸다. 그것은 무슨 우연이었을까, 두 사람의 눈은 멀리서도 선명하게 마주친다. 그 남자의 눈이 아까, 출판사에서, 그 가까운 거리에서 잠깐 바라보았던 것보다 훨씬 선명하게, 마치 얼굴에서 다만 눈동자만 남은 것처럼 정인의 마음속으로 빨려 들어온다. 남자가 처음 보인 반응은 미소였다. 의외라는 듯이, 하지만 아주 반갑다는 표정이었다. 정인은 천천히 걸어가 그와 가까워졌다.

"아니, 웬일이세요? 전 또 누구신가 했어요. 어쩐 일이세요?"

남호영이 말했고 정인은 자기도 모르게 얼굴이 확 붉어졌다.

"남편이⋯⋯ 여기⋯⋯ 있어요."

남호영은 네? 하는 표정이었다가 금방 표정을 거둔다. 정인이 유부녀라는 사실을 처음 안 모양이었다. 정인은 갑자기 제 발끝을 보고 걷다가 작게 웃음을 터뜨린다. 자신에게 남편이 있다는 사실이 마치 우습기라도 하다는 듯이. 남호영이 고개를 숙인 채 웃고 있는 정인을 흘끗 바라보았다. 물론 비난이나 경멸의 눈초리는 아니었다.

"사고를 냈거든요……. 그런데 이상한 일이에요. 마음이 편해요…… 이제 남편이 적어도 어디서 무엇을 하고 있는지는 아니까요…… 나쁜 생각인 줄은 알지만…… 적어도…….."

왜 갑자기, 오늘 아침에 잠깐 얼굴을 보고 이제 다만, 이 도시의 네 길거리에서 마주쳤을 뿐인 이 사람에게 왜 이런 이야기를 꺼내는 것일까, 한 번도 생각조차 해보지 않은 이야기를…… 왜…… 정인의 머릿속이 잠시 혼란에 빠지지만 정인은 그대로 말을 이어나갔다.

남호영이 이번에는 조금 더 놀란 눈으로 정인을 바라본다. 멍한 표정인 것 같기도 했다. 정인은 발끝을 보고 있다가 고개를 들어 남호영을 바라본다. 이번에는 남호영이 얼결에 정인의 시선을 받고 만다.

"이해할 수 없으시죠?"

아, 예, 남호영은 걸음을 떼며 입을 꾹 다물고 말았다. 침묵하는 두 사람 사이로 칼날 같은 겨울바람이 지나간다. 남호영이 길가 쓰레기통에 담배를 비벼 껐다. 연기는 흩어지고 얼핏 바라보니, 바람 때문에 정인의 머리카락이 하늘로 날리고 있다.

"동생 놈이 여기 있어요…… 저는 동생이 어디 있는지 몰라도 좋으니까 여기서 차라리 나갔으면 해요……."

남호영은 될 수 있는 대로 가볍게 이야기하고 싶어 하는 것 같았다. 정인이 피식, 웃는다. 그러자 남호영도 웃는다.

"저어, 저녁 좀 사주실래요?"

정인이 난데없이 속마음을 털어놓았기 때문이었을까, 남호영은 버스 정류장이 가까워지자 정인에게 물었다.

"여기 떡라면 잘하는 집 있거든요."

남호영은 정인을 빨리 바라본다. 말하자면 그는 착한 남자였고 정인을 그대로 보내기가 미안했을지도 모른다. 처음 만나자마자 울어버린 그 여자. 그리고 이제 이 우연한 마주침에서 자신에게 차마 하기 힘들 것 같은 이야기를 해준 여자.


"먹고 모자라면 밥도 드릴 테니 많이들 먹우……."

라면집은 작았지만 따뜻했다. 허리가 엉덩이보다 더 굵은 아주머니가 떡이 든 라면 두 개를 가져다가 탁자에 놓는다. 정인은 남호영과 마주 앉아 젓가락을 들었다. 하지만 깔깔한 입은 아무것도 받아들이지 않는다. 정인은 라면 위에 놓인 떡을 몇 개 집어 씹는다. 아무런 맛도 느낌도 없었다. 내가 지금 어디에 있나…… 하는 생각이 막연하게, 마치 문밖으로 겨울바람이 지나가듯 막연하게 머릿속으로 붕붕거린다. 그때 남호영의 젓가락이 불쑥 정인의 그릇 속으로 들어왔다. 젓가락에는 얇게 썬 떡이 몇 개 들어 있었다. 정인이 고개를 들었다.

"입맛이 없더라도 많이 드세요. 여기 떡, 저 아주머니가 직접 하는 거래요……. 라면은 몰라도 떡이니까 소화가 잘될 거예요."

"네…… 고, 맙습니다……."

정인은 더듬거리며 말했다. 말하면서 정인은 겨울바람 소리가 저 문밖에서 멎는 것을 감지한다. 자기가 먹을 작은 떡을 내 밥그릇 위에 놓아주는 남자, 가 처음이지 싶은 생각이 든 것이다. 두 사람은 라면을 먹고 거리로 나섰다. 일찍 지는 해 때문에 거리는 어둑어둑했다.

"댁이 어느 쪽이세요?"

남호영이 바람을 피하기 위해 파카를 여미며 물었다.

"성산동이에요."

"그럼 저기서 버스를 타시면 되겠군요."

남호영은 성큼성큼 걷는다. 정인은 한 번도 이곳에 와보지 않은 사람처럼 그의 뒤를 따라간다.

"어쭙잖게 말씀드려도 좋다면…… 저기, 용기와 신념을 가지고 담담하게 사세요. 괜찮습니다…… 다 괜찮아질 거예요."

그때 멀리서 버스가 달려왔다. 정인이 타야 할 버스였다. 정인이 남호영을 돌아본다. 남호영은 웃으며 가벼운 목례를 보낸다. 정인은 버스에 올라탔다. 그는 아직도 그 자리에 서서 정인을 바라보고 있었다.

# 왜 그러는지 그녀도 알 수 없다

겨울바람은 창밖으로 불어간다. 날씨가 더 추워지려는 모양이
었다. 정인은 소파에 앉아 있다. 창밖으로 바람이 위윙거리는 소
리…… 그리고 자동차들의 클랙슨 소리…… 생명이 없는 인형처
럼 그 자리에 붙박인 채 검은 유리창을 바라보고 있던 정인의 시
선이 전화기에 가서 닿는다. 전화벨은 침묵하고 있다. 현준이 감옥
에 갇힌 이래 전화기는 대개는 저렇게 침묵하고 있다.

정인은 검은 유리창에 비치는 자신의 모습을 물끄러미 바라본
다. 웅송그려진 어깨, 이제 여위어버린 얼굴……. 정인은 일어나 창
가로 다가서서 커튼을 확 젖혀버렸다. 어두운 유리창은 베이지색
커튼으로 가리어지고 방 안이 환해지는 듯한 느낌이었다. 하지만

정인의 얼굴은 더 어두워진다.

정인은 다시 소파로 다가와 전화기를 바라본다. 전화기는 여전히 침묵하고 있다. 정인은 수화기를 들어보았다. 우우웅…… 하는 소리가 들려온다. 정인은 그것을 듣고 있다가 전화를 끊었다.

─잘 지내고 있어! 대체 마누라라고 면회를 와서 한다는 말이 뭐? 지내시기가 어떠냐고? 그걸 몰라서 묻냐?

적의로 이글거리는 눈으로 정인에게 퍼붓던 남편의 목소리……. 그 여자의 입에서 작은 한숨이 가만히 흘러나온다. 그때 전화벨이 울렸다. 옹송그려져 있던 정인의 어깨가 움찔했다.

"여보세요."

"에미다……."

"네 어머님."

저쪽에서는 더 대꾸가 없었다. 정인은 수화기 줄을 한 손으로 꼬며 잠시 침묵했다. 겨울바람 소리는 커튼으로 가려진 창밖에서 계속 불어온다. 아이의 얼굴과 살이 쪄서 심술 맞게 보이는 시어머니 김씨댁의 얼굴이 번갈아 겹쳐진다. 정인은 입술을 한번 앙다물고 입을 열었다.

"민호는?"

"너는 어찌 된 애냐? 오늘 하루 종일 전화 한 통 안 하냐? 애가 아파서 열이 펄펄 나는데……."

"열이요?"

"지금 병원 다녀오는 길이다."

"죄송합니다…… 오늘 전화를 못 드렸네요……. 열이 많나요?"

"민호가 하루 종일 보채다가 지금 막 약 먹고 잠들었다. 감기라고 하더라. 내가 당장 니네 사무실로 전화를 해서 널 내려오라고 그러려다가 말았다. 그러니 오늘은 그렇고 내일 날 밝는 대로 당장 내려오거라."

"어머니 회사에 가야 하니까 저녁쯤에나……."

"회사고 뭐고. 애가 있어야 회사가 있는 거지. 그리고 대학도 안 나온 니가 회사를 다니면 대체 얼마나 받겠니? 애보다 더 중요한 게 이 세상에 어딨어? 당장 날 밝는 대로 내려와!"

시어머니는 더 이상은 말을 이어가지 않았다. 다른 때 같으면 몇 마디가 더 흘러나왔을 테지만, 본데없는 집안에서 데려왔더니 역시 그렇다는 둥, 니가 잘했으면 민호 애비가 술을 먹고 운전을 했겠냐는 둥, 날카로운 말을 해댔을 테지만 오늘 그녀는 어쩐지 전화를 그대로 끊어버린다. 전세로 내려앉은 집에서 사는 정인에게, 현준이 감옥에 갇힌 이래로 생활비 한번 보내주지 않는 그녀였다. 어떻게 사느냐고 물어보지도 않는 시어머니……를 생각하며 정인은 끊긴 전화기를 들고 있다가 수화기를 놓았다.

거실의 탁자 위에는 민호의 사진이 놓여 있다. 민호가 오 개월 되던 즈음에 정인이 찍어준 사진. 아이는 보행기를 타고 만세를 부르고 있었다. 민호야, 만세 해봐 하면 아이는 저렇게 조그만 두 팔을 힘껏 올려서 손을 들었다. 눈가와 이마는 정인을 닮고 얼굴 윤곽과 코, 입은 제 아비를 닮은 아이였다. 정인은 사진을 들어 한참을 바라다본다. 아프다는 아이의 얼굴이 아프게 떠오른다. 울음 끝에 어, 음, 마, 하고 말할 아이의 목소리…… 감기 때문에 열에 들뜬 아이는 작은 입술을 벌려 색색 숨을 쉬고 있으리라……. 자다가 다시 엄마, 하고 울음을 터뜨릴지도 모른다. 정인은 손가락을 펴서 아이의 사진을 쓸어본다. 정인은 아이의 사진을 안은 채 등을 동그랗게 구부리고 있다.

'미안하다…… 민호야, 미안하다……. 엄마 때문에 네가 벌을 받는구나…… 미안하다…… 아가야.'

그것은 정말 아이 때문이었을까, 정인은 그 자리에 앉아 있다가 소스라치듯 몸을 떨었다. 죽기 전에 그 푸릇푸릇한 얼굴로 정인을 쳐다보며 어머니는 처음으로 말하지 않았던가. 내가 죄가 많아서 너를 낳았구나, 하고.


다음 날 아침 정인은 일찍 출판사로 나갔다. 미송에게 양해를 얻어 오후에 ㅇ읍에 내려가려면 자신이 오늘 해야 할 분량을 다 완수해야 할 것 같아서였다.

"정인이, 너, 사실 네가 일이라도 배워야 할 것 같아서 여기 나오라고 했는데 이제 내가 너 없으면 못 살 거 같다."

미송은 며칠 전, 최근 사회과학 부분에서 베스트셀러가 된 책의 보너스라고 다섯 명의 직원에게 봉투를 나누어 주며 정인에게 말했다. 미송의 말이 아니더라도 정인은 이제 미송의 출판사에서 없어서는 안 될 존재가 되어가고 있었다. 사회과학의 퇴조로 문학 부분에까지 손을 뻗어가려는 미송의 의도 때문에 만난 까다로운 시인이나 소설가들에게도 정인은 잘 알려진 존재가 되어가고 있었다. 사람들은 전화를 걸어 미송 대신 정인을 찾곤 했다.

—이왕이면 좀 여자다운 분위기가 풍기는 사람이 좋지 않아? 권 사장은 사람은 좋은데 그냥 여장부 같아서…… 원.

남자들은 술김을 빌려 그렇게 말하곤 했었다. 확실히 정인은 변하고 있었다. 뭐랄까 돈을 벌어본 여자가 처음 가지기 시작하는 분위기, 남편의 힘이 아니라 내 힘으로도 먹고살 수 있다고, 처음 자신의 힘으로 땅에 발을 디딘 사람이 가지는 어떤 자신감…… 그런 분위기는 정인이 자신을 어떻게 생각하든 간에 정인의 얼굴에 묻어 나왔다. 똑같은 양의 밥을 먹는데도 살이 빠져서 예전의 날씬하던 분위기를 연출하고 있었고 규칙적인 생활이 주는 힘은 그녀의 겁에 질린 눈동자를 제자리에 가져다 놓아주었다. 때로 중국 음식을 배달하는 소년이 음식을 가져다 놓으면서 농담을 건네기도 했다.

"아가씨 정말 예뻐요……"

여자가 아름답다는 것, 그것이 단지 미인 대회의 기준처럼은 아니더라도 아름답다는 것은 확실히 이 사회에서 유리한 일이긴 했다. 정인 자신은 그걸 모르고 있었지만 시선이 정확하게 머무는 검은 눈동자, 아버지 오대엽을 닮은 오똑한 코 그리고 이제 단정하게 다물린 입매는 사람들을 한 번쯤 뒤돌아보게 만들었다. 더구나 그녀는 아직 스물일곱이었다.

그날 아침 정인이 출판사 문을 열자 남호영이 칫솔을 물고 있다가 정인과 마주쳐버렸다. 생각 때문이었을까, 남호영의 눈은 정인과 마주하는 순간 파르르 떨린다.

"어쩐 일……."

"어쩐 일이세요?"

남호영은 칫솔을 입에 문 채로 그리고 정인은 그와 처음 마주쳤던 그날처럼 여전히 놀란 채로였다. 둘은 동시에 같은 말을 하려다가 웃어버린다.

"여기서 주무셨나 봐요."

이제 남호영과 어느 정도 안면이 익어 자연스럽게 된 정인이 말했다. 그는 가끔 여기서 잠을 잔다고 했던 것이다. 정인이 자신의 책상으로 가자, 남호영이 칫솔을 문 채로 다가와 얼른 노트를 치운다. 그는 아마도 정인의 책상에서 어젯밤 늦게까지 글은 쓴 모양이었다. 정인이 바라보자 그는 노트를 덮으며 얼핏 부끄러운 표정을 지었다. 그가 노트들과 펜들 그리고 담배와 반쯤 남아 있는 소주병을 치우는 동안 정인은 그 옆에서 가만히 서 있었다.

정인은 교정지를 펴놓고 커피포트에 물을 올렸다. 그때 남호영이 세수를 마친 얼굴로 사무실 안으로 들어섰다.

"커피 드실래요?"

"그럴까요?"

남호영은 소파에 앉아 담배를 붙여 물며 정인을 뻔히 바라다본다. 그런 그의 시선을 느꼈지만 정인은 그를 바라보지 않았다.

"정인 씨가 타주는 아침 커피…… 참, 좋아요."

애써서 그를 바라보지 않으려는 정인의 등 뒤에 대고 그가 말했다. 정인은 설탕이 든 병마개를 열려다가 잠깐, 손길을 멈춘다. 아니야…… 하는 생각이 들었던 것이다. 아니야……라는 생각…… 무엇이 아닌지, 그것을 알 수 없었지만 정인은 겨우 그 아니야라는 생각에 의지해 굳어버린 손을 풀고 설탕을 검은 커피에 집어넣고 저었다. 정인은 여전히 시선을 내리깐 채로 남호영이 앉은 탁자 앞에 커피잔을 내려놓고 제자리로 돌아갔다. 남호영의 시선이 목덜미로 느껴지는 것 같아, 교정 꼭지를 넘기는 정인의 손이 잠깐 떨렸다.

"어떤 친구 놈이 말이죠…… 그랬어요……. 의외의 시간 의외의 상황에서 세 번을 연거푸 만나는 것은 보통 일은 아니라고…… 그건 무슨 인연이 있는 거라는데……."

딱히 답을 들으려는 의도는 아닌 것 같았다. 그는 더 말이 없었으니까. 그러자 침묵이 정인의 등을 감쌌다. 그가 커피 스푼을 드는 소리, 그가 커피 스푼으로 젓는 소리, 그가 커피 스푼을 도자기 접시에 내려놓는 가벼운 소리 그리고 커피잔을 드는 소리, 그가 커피를 마시는 소리…….

정인은 눈에 들어오지 않는 경제 서적의 꼭지를 들여다본다. 집요하게 들여다본다. 이에 따라 한국 경제의 근원적인 문제점은 바로 그것의 시작이 이렇듯 종속구조였다는데 잇으며…… 정인은 '잇'으로 씌어진 글자에 붉은 볼펜을 대고 '있'으로 고쳤다. 그가 커피잔을 작게 내려놓는 소리가 들려왔다. 정인은 잠시 볼펜을 잡은 채로 가만히 있다가 가방에서 손수건을 꺼내 남호영 앞으로 다가간다. 그녀가 다가오는 모습을 남호영은 가만히 바라본다. 정인은 혹시 남호영이 언제 나타날지 몰라 매일 가방에 넣어가지고 왔다가 그가 여기에 오지 않은 날은 다시 그것을 집으로 가지고 갔었다. 그리고 밤에 세수를 할 때 빨아서 몇 번이나 다림질을 한 그 손수건을 탁자 앞에 내려놓았다.

"그날은…… 죄송했습니다."

남호영은 담뱃불을 비벼 끄고 정인이 내미는 손수건을 집어 올려 잠시 그것을 들여다보았다

"괜찮습니다. 언제든 빌려드릴게요. 아니 그게 아니군요. 다음에는 정인 씨가 울지 않았으면 좋겠어요."

남호영은 이번에는 뻔히 정인을 바라다본다. 정인은 얼결에 그의 시선을 맞받았다. 검은 안경테 속에서 그의 눈동자가 정인을 바라보고 있었다. 따뜻하다, 라고 순간 정인은 생각한다. 하지만 따뜻하다, 고 생각하는 바로 그 순간 정인의 등줄기로 서늘한 기운이 쓸려 내려간다.

"좋은 아침!"

우당탕탕 소리가 나고 누군가가 거칠게 문을 열며 말했다. 미송은 검정색 코트 깃을 귀까지 여미고 들어섰다. 미송은 정인과 남호영을 번갈아 바라보더니 가방을 탁자에 올려놓고 정인의 옆자리에 앉는다.

"아니, 남 선배는 또 여기서 잤수?"

"응……."

남호영은 쑥스러운 듯이 웃었다. 웃는데 그의 눈이 정인을 바라보고 있다. 미송은 남호영 앞에 있는 커피잔을 들어 훌쩍 마신다.

"민호 엄마야, 나도 커피 한 잔 주라."

왜 그때 미송이 정인을 향해 민호 엄마라고 말했는지 아주 나중에야 정인은 알 수 있었다. 물론 그 순간 정인은 커피를 탔고 그것을 미송의 앞에 놓아주었다.

"오늘 오후에 조퇴를 좀 할까 하는데……."

"조퇴?"

커피를 한 모금 마시고 담배를 붙여 문 후 미송이 물었다. 정인은 고개를 끄덕인다. 남호영의 눈길이 자신에게 머무는 것을 느끼고 있다. 느끼면서 그녀는 짧지도 않은 진한 고동색 치맛자락을 손으로 무릎 아래까지 끌어내린다.

"민호가 아파. 내려가봐야 할 것 같아."

말은 미송에게 하면서 정인은 남호영의 귀를 의식한다. 아무렇지도 않은 듯 앉아 있는 그의 귀를.

"많이 아프대?"

"글쎄, 감기가 심한가 봐……."

정인의 시어머니 김씨댁을 아는 미송이 심각한 표정으로 담배 연기를 후우 내뿜는다.

"참, 애들 감기쯤 걸린 거 가지고 되게 그러네. 생활비나 좀 달라고 하지, 아니면 그 잘난 아들 영치금이라도 좀……."

"됐어."

정인은 두 손으로 치맛자락을 쓰윽쓰윽 문지르다가 다시 한 번 남호영과 눈이 마주친다. 그녀는 그것을 기다렸다는 듯이 자리에서 일어났다. 미송이 커피를 후루룩 마시는 소리가 들려온다. 정인은 책상으로 돌아와 자리에 앉았다.

"참 정인아, 명수 오빠 말이야. 결혼한댄다."

"정명수?"

남호영이 미송의 말을 받는다.

"아, 아는 사이지? ……정인아, 글쎄 내 친구가 여성생활연구원이라는 데 있는데 거기 어떤 후배가 있어. 걔가 명수 오빠랑 사귀나 봐. 명수 오빠가 가끔 세미나 끝나면 데리러 오구 그런대. 잘됐지? 그 오빠 연애 한번 안 하고 좋은 시절 다 보낸 것 같던데. 애가 그렇게 똘똘하고 당차서 명수 오빠가 당해내지를 못하나 봐. 재밌어."

미송은 담배를 문 채로 정인 쪽으로 몸을 반쯤 돌린 채로 하하, 웃었다. 정인의 등이 뒷모습인 채로 굳어진다. 남편이 처음 구속되었을 때 정인은 명수에게 전화를 걸었다. 그때 명수는 서울구치소 앞으로 정인을 데리러 와주었다. 그때 마주 앉아 커피를 마시면서 정인은 내내 떨고 있었다. 그런 명수가 결혼을 한다……. 당연한 일이었다. 그는 이제 거의 서른이 다 되었고 그것도 의사라는 직업을 곧 가지게 될 남자가 결혼을 하는 일이 이상할 일은 하나도 없는 것이다. 하지만 정인의 마음 한구석으로 이상한, 글쎄 무엇이라고 표현해야 좋을까, 바람 같은 것 혹은 맥 빠진 김 같은 것 그도 아니면 쓰라린 비애 같은 것이 스친다. 이상한 일이었다. 그가 왜 다른 여자를 사랑한다는 사실을 상상하지 못했을까. 지난번 그가, 남편이 갇힌 서울구치소 앞으로 달려 나와 주었을 때 그때 그의 모습이 아직도 정인을 향한 뜨거운 열망을 갖고 있는 듯이 느껴져서? 그래서? 금방이라도 울음을 터뜨릴 것 같은 정인을 바라보며 그의 눈빛도 금방이라도 울듯이 보여서? 그래서? ……정인은 생각하다가 문득 화들짝 놀라버린다. 명수는 이제껏 한 번도 그녀에게 사랑한다거나 혹은 그 비슷한, 만나자거나 혹은 그 비슷한, 그러니까 이십 대의 남녀가 할 수 있는 표현을 정인에게 한 일은 없었다. 고작 어느 여름날, 고향의 어느 길목에서 결혼하자, 고 초조하게 말한 것이 전부였을 뿐. 물론 그와 그녀는 이토록 인생을 비껴가고 있긴 했다. 그가 대학에 갔을 때 그녀는 우체국에 근무하고 있었고 그가 청혼했을 때 그녀는 이미 현준에게 마음을 무너뜨려버린 후였으며, 그가 감옥에 간 동안 그녀는 현준과 결혼해버린 것이었다. 그러니 이성적으로 생각해보건대 그녀의 이런 서운함은 도저히 이해받을 수 없는 것이긴 했다. 정인은 마른침을 꿀꺽 삼키며 미송과 남호영에게 등을 보인 채로 교정지를 들여다보았다.

"아아 그러고 보니 저번에 시인들 모임 있을 때 명수가 데리고 나온 것 같기도 해. 누구냐고 물었더니 그냥 후배라고만 했었는데, 그 아가씨였나 보지?"

남호영은 커피잔을 들며 물었다.

"맞을 걸요? ……황연주라고 안 해요? 키가 좀 작고 아주 똑똑한 여자인데."

"그래? 그건 모르겠고, 그렇게 생기긴 했더라. K대 남자들이 그래서 다들 난리라고 하던데. 똑똑한 후배 하나 엉뚱한 데다 빼앗긴다구 말이야."

"아참 정인아, 연주 말이야. 그래 너도 알잖아. 예전에 너희 집에……."

많은 시간이 흘러 수배자들도 해제되고 이제 사람들은 분명 자신의 손으로 투표해서 당선된 대통령을 가진 나라에 살고 있는데 미송은 더 자세하게는 말하지 않았다. 하지만 정인은 알아듣는다. 그때 다리를 다쳐 깁스를 한 채로 자신의 집에서 말없이 앉아 있던 어린 여자…….

"그때 말야. 고향에서 명수 형이 너희 집에 하루에 세 번이나 너를 찾아왔었잖아. 연주 이 여우가 그때 명수를 벌써 찍어놓았던 모양이야."

미송은 남호영을 일견 의식해서 말을 자세하게 설명하지 않으면서도 하하, 웃었다. 그랬다. 그날이었다. 아침부터 현준이 정인의 집 앞에서 정인을 기다리고 있었고 그래서 정인은 그날 우체국을 결근하고 현준에게로 갔었다. 그런데 그날 명수가 집에 여러 번 다니러 왔었던 것이다. 그날 명수는 밤까지 정인을 기다리다가 청혼했었으니까.

두 사람은 명수의 결혼 상대자에 대해서 이야기를 나누기 시작한다. 키가 작고, 똘똘하고 K대이고……라는 말들이 정인의 마음속으로 와서 꼭꼭 박힌다. 희미해진 연주에 대한 기억이 정인의 상처를 꼭꼭 누르며 선명해진다. 그렇게 정인의 머릿속에서 선명해진 여자는 아름다웠다. 당당했고, 또랑거리는 눈빛으로 정인의 머릿속에서 정인을 바라보고 있다. 그 여자는 또 묻고 있는 듯하다. 왜죠? 왜 당신이 지금 이렇게 떨고 있는 거죠? 하고, 왜냐하면……왜냐하면……이라고 정인은 대답하려 애쓴다. 그러나 환각 속의 그녀에게 정인은 아무 말도 하지 못한다. 왜냐하면 그녀도 왜 그래야 하는지 전혀 알 수가 없었기 때문이다.

# 먼 길을 돌아가다

바람은 벌판을 가로질러 불어온다. 하늘은 온통 회색빛, 눈이라
도 한바탕 쏟아지려나 보았다. 정인은 정육점에 들러서 쇠고기를
좀 사서 아이의 옷가지며 양말이 든 보따리에 함께 넣었다. 과일
가게에 들러 과일을 좀 사려는데 어디선가 자신의 이름을 부르는
소리가 들렸다.

"정인아!"

무심코 돌아보았던 정인은 뜻밖에도 터미널 다방 입구에 서 있
는 명수를 보았다. 명수는 두 손을 바지 주머니에 찌른 채 점퍼 차
림으로 서 있었다. 정인은 얼결에 명수를 향해 웃어주었다.

"어쩐 일이냐?"

"오빠는 어쩐 일이야?"

"나…… 인사를 드릴려구……."

인사를 드린다, 는 말의 앞부분을 얼버무리는 것을 정인은 알아
차린다. 명수는 그러나 해맑은 표정이었다. 정인을 만난 일이 신기
하기라도 한 것 같은 표정이었다.

"다방에서 사람을 기다리느라고 창밖을 보는데, 어디서 많이 본
아줌마가 보이겠지?"

명수는 흰 이를 드러내며 웃었다.

"커피 한잔할까?"

"……들어가 계세요. 과일 좀 골라놓고 갈게요."

정인은 먼저 다방으로 들어가는 명수의 뒷모습을 잠시 물끄러
미 바라보았다. 새삼 명수가 하나의 성숙한 남자라는 사실이 그녀
의 눈길에 남았다. 명수는 이제 정인이 고개를 올리고 바라보아야
할 만큼 키가 컸고 그리고 단단하고 넓은 어깨를 가지고 있었다.
그런 명수는 이곳 고향에서 여자를 어머니께 인사시키려는 모양이
었다. 아마도 그리고 여기서 명수가 기다리고 있었던 것은 그 여자
였으리라. 갑자기 정인은 그 여자와 이런 곳에서 이런 모습으로 마
주치고 싶지 않다는 심정과, 그 여자를 보고 싶다는 그리고 정말
명수가 결혼을 하는 것인지 확인해보고 싶다는 두 개의, 강렬하고
도 모순된 감정에 사로잡힌다.

사과와 배와 귤을 바구니에 싸서 놓고 정인은 잠시 시계를 들여
다보았다. 딱히 시간에 쫓겨서는 아니었다. 아까 명수와 만날 때부

터 불안스럽게 뛰는 자신의 심정을 이해할 수가 없었고 그래서 그저 불필요한 동작이 많아졌을 뿐인 것이다.

다방에 들어가자 구석진 자리에 명수의 모습이 보였다. 그는 작은 책을 손에 들고 읽고 있었다. 새삼 정인의 머릿속으로 명수가 아까 자신을 부르던 소리가 들려온다. 정, 인, 아! ……라는 목소리……. 약간 망설이면서…… 주저하면서 그러나 낮고 강하게 부르던 그 목소리…… 왜 하필이면 그 아가씨야, 왜 그런 식으로 나와 얽혔던 그 연주라는 아가씨냐구, 정인은 잠깐 생각했지만 더 이상 생각하고 싶지 않아서 성큼 명수에게로 다가갔다. 정인이 맞은편 자리에 과일 바구니와 가방을 내려놓자 명수는 그제야 고개를 들었다. 정인은 명수와 맞은편 자리에 앉아 명수의 얼굴을 바라보지 못하고 베이지색 코트를 무릎 위에서 자꾸 여민다.

"오랜만이야……."

정인은 자신을 주시하고 있는 명수의 눈길을 의식했지만 여전히 고개를 들지 못하다가 문득 말했다. 마주친 명수의 눈길이 밝게 웃고 있다. 그는 그러니까 말하자면 어둡거나 칙칙하거나 그런 사람이 아니었다. 그는 해 같고, 밝은 대낮 같고, 넓은 들판에 선 나무 같은…… 그런 종류의 사람이었다. 정인은 그와 부딪친 눈길이 문득 부서져서 얼른 눈길을 내리깐다.

"아기는 아직 여기 있니?"

"응."

"현준이 형은?"

"……잘 있지, 뭐."

정인은 눈을 내리깐 채로 대답한다. 명수는 성냥개비 몇 개를
부러뜨리며 잠시 고개를 숙인다. 고개를 숙인 그는 잠깐 그 자리
에 그 자세로 앉아 있다. 생각 탓이었을까, 정인은 문득 그의 머리
모양에서 고뇌를 읽는다.

"사실은 결혼을 할까…… 생각 중이다……. 오늘 그래서 어머니
께 인사를 드리려고……."

"알고 있어. 오빠."

알고 있다는 말과 동시에 명수가 고개를 들었다. 정인은 배시시
웃었다. 웃으면서, 웃을 필요까지 있을까 하는 생각이 드는데……
정인은 그만 굳어져버렸다. 하지만 입술은 아직도 어색한 웃음기
를 가지고 있다. 정인은 고개를 숙이고 탁자에 손가락으로 동그라
미를 그렸다. 정인은 명수와 결혼을 맹세한 사이도 아니었고, 그는
그렇게 미안하게 정인에게 마치 고백하듯이 이야기할 대상이 아니
었다. 차부에서 이렇게 만나면 손을 흔들고 요즘 잘 지내? 그렇게
물으면 응! 하고 대답해도 좋을, 그리고 그것으로 그의 소식을 다
알았다고 생각해도 되는 그런 사이였다.

"미송이가 그러대……."

정인은 말을 꺼내며 명수를 바라다보았다. 그러자 명수와 정인
의 눈이 오래 마주쳤고 명수가 먼저 고개를 떨구고 만다.

"결혼까지는…… 아직 생각이 없었는데 어떻게 하다보니까 여
기까지 오게 됐다……. 뭣보다 어머니가 힘들어하시고…… 외로워

하셔서……."

명수는 말끝을 흐리며 입을 다물었다. 그렇게까지 이야기할 필요는 없었는데, 어머니 때문에 결혼을 하는 것처럼 이야기할 필요는 없었는데……. 꼭 그런 뜻이 아니라는 걸 알지만, 그저 그것도 명수 나름의 수줍은 표현이라는 걸 알지만……. 정인은 탁자 위에 놓인 잔을 들어 마신다. 마시면서 문득 명수의 부친 정씨 아저씨가 돌아가시던 날 그의 어머니가 뒤뜰에서 정인에게 했던 말을 생각했다.

다시는 내 아들 앞에 나타나지 말아라! 너는 불길해……라는 그 말…… 정인은 이상한 안도감을 느낀다. 정씨댁이 쫓아와서, 이 다방까지 쫓아와서 내 아들 건드리지 마라, 하는 것도 아닌데 정인은 갑자기 안도가 되는 것이다. 왜냐하면 이제는 말할 수 있기 때문이었다.

"아니에요. 명수 오빠 색시가 있어요. 그러니 제가 이제까지 오빠를 어떻게 만들려고 한 게 아니라구요…… 오빠를 불길하게 만들려고, 감히 넘볼 수 없는 자리를 넘보려고 했던 게 아니라구요."

그 소리는 정말은 누구에게 하고 싶었던 말이었을까……. 정인이 그걸 알게 되는 것은 아주 뒷날이었다.

그때 생각에 잠긴 정인을 바라보던 명수의 눈길이 다방 출입구에 가서 박히더니 곧 얼굴이 환해졌다. 약간 가무스름한 얼굴이 매력적인 아가씨가 청동빛 울코트를 가볍게 입고 명수를 향해 웃어 보였다. 메고 있던 검은 에나멜 백을 어깨에서 내려놓으며 다가

오는 황연주는 약간 각진 얼굴이 좀 고집이 있어 보였지만 세련된 매무새나 부드럽게 컬 진 머리칼이 아름다운 사람이었다. 정인은 문득 이 여자가 그때 자신의 집에서 묵었던 그 파리한 아가씨였던 가 하는 생각을 한다. 정인이 머릿속에서 상상했던 것보다 여자는 아름답게 변해 있었다.

"인사해, 우리 색시 될 사람이야."

연주가 약간 어리둥절한 얼굴로 옆자리에 앉자 명수가 말했다.

"명수 씬 모르지? 우린 구면이야."

연주는 이 이야기는 처음 꺼내는지 생글거리며 정인 쪽을 바라 보았다. 정인은 연주의 밝은 웃음을 따라 얼버무리듯 웃었다. 세월 이 참 많은 걸 변하게 하는구나 정인은 생각한다. 그때 연주가 썼 던 금테 안경은 아마 콘택트렌즈로 바뀌었으리라. 그때 짧던 생머 리는 저렇게 자랐고…… 아니다. 세월이 흐른다고 해서 변하는 것 만은 아니다. 다만, 시대가 사람을 바뀌게 한다. 한 인간을 짧은 시 간 동안 바꾸어놓을 수 있는 것은 시대이다. 우선 대통령의 이름 이 바뀌었고, 그때 감옥에 있던 사람들이 자동차를 운전하다가 교통경찰과 당당하게 다투고 있고, 그때 청바지에 생머리 하나로 도 자신들의 가졌음이 부끄럽던 이들은 이제 더 이상 부끄럽지 않 은……. 정인은 고개를 숙이면서 연주가 신고 있는 검은 에나멜 구 두를 얼핏 보았다. 먼지 하나 묻지 않은 구두는 그녀가 들고 있던 백과 아마도 한 종류의 것인 모양이었다. 그 반짝임이 정인의 마음 에 오래 남는다. 정인은 갑자기 이 자리에 앉아서, 그녀를 마주 대하고 있는 자신이 싫었다. 왜였을까. 그녀가 나타나자마자 자신의 코트는 낡고 구두는 해어진 것 같은 기분이었던 것이다. 그것은 예전에 미송이 그녀를 데리고 나타났을 때 대학을 가지 못했던 정인이 대학생이었던 그녀에게 느꼈던 그런 기분과는 또 다른 것이었다.

"내 초등학교 동창이야. 지금 미송출판사에서 일하고 있고, 내가 한때 정인이한테 실연당했었어. 열 살 때긴 했지만."

농담 같은 명수의 말에 고개를 갸웃 숙이던 황연주가 정인을 뚫어져라 바라본다. 명수의 사랑을 받는 여자로서의 자신감이랄까, 반짝이던 눈빛이 약간 흔들린다. 왜였을까. 굳이 말하자면 여자로서의 직감이랄까…… 단지 열 살 때가 문제가 아니라……. 그날 정인의 집에 몇 번이나 찾아왔던 명수는 화장실에 다녀오다 마주쳤던 자신을 기억하고 있지도 못했다. 어린 시절의 일이고 그때 명수의 방문이 무엇을 의미하는지 모르고 있었던 황연주의 표정은 순간 어두워진다.

"몇 학번이세요?"

황연주는 당돌하게 묻는다. 정인의 입술이 순간 얇게 일그러진다. 언제나 대학을 나온 사람들이 묻던 그 말…… 이 세상 사람 모두가 대학을 나온 것처럼 묻던 그들……. 그것이 나이가 몇이냐는 말의 우회적 표현이라는 것을 미송의 출판사에 근무하면서 알게 되었지만 이런 질문 앞에서 정인은 아직 태연하지 못하다.

"전…… 대학, 안 나왔어요…….."

"아아 그러세요?"

정말 정인이 대학을 다니지 않았다는 사실을 처음 안 것인지, 황연주는 아무렇지도 않은 듯 싹싹하게 말을 자른다. 정인은 고개를 숙이고 무릎 위에 놓인 코트 자락을 손바닥으로 문지른다.

"정인이는 공불 아주 잘했어. 고등학교도 수석으로 들어갔는걸. 나이는 연주보다 두 살 많아. 언니라고 불러야 될걸."

명수의 지나치게 순진한 반응을 듣고 연주의 입매로 한 가닥 조소의 그림자가 지나간다. 언니는 무슨 얼어 죽을 놈의 언니, 하는 표정이었다. 정인은 고개를 떨어뜨리며 입술을 문다. 명수는 언제나 저런 식이었다. 누구도 정인을 과소평가하지 못하도록……. 집안 환경만 아니었다면 정인이 얼마나 똑똑한 여자가 될 수 있었는가 하는 이야기들을 해대는 것이다. 하지만 명수는 모른다. 때로 그것이 정인에게 얼마나 더 참기 힘든 일이었는가를.

"날짜는 잡았어?"

자신 때문에 어색해지는 분위기가 미안해서 정인은 물었다.

"응. 아직 정하지는 않았는데 오늘 어머니가 받아오신 모양이야, 자명 스님한테 다녀오신다고 했거든."

명수가 자명이라는 이름을 발음하자마자 정인은 그날을 떠올린다. 그날…… 현준과 자명의 절을 찾아갔던 그날…… 정인아…… 난 갈게…… 하고 떠났던 명수……. 그날 정인은 현준과 처음 잠자리를 같이했었다. 생의 어떤 고비마다 이상하게 거기 명수가 있어주었다. 현준과 첫 키스를 한 날, 명수는 개구리 울어대는 둑길에서 정인에게 서투른 청혼을 했었다. 그날 연주는 정인의 집에 찾아왔던 명수를 눈여겨보아두었다고 했었지……. 그리고 현준과 처음 잠자리를 같이하던 날, 명수는 잡혀갔고…… 또 있다. 정씨 아저씨가 돌아가시는 바람에 명수가 잠깐 집에 다니러 오던 날 현준은 정인에게 청혼했었다

그날이 언제였던가. 벌써 오륙 년이나 흘러가버린 시간들이었다. 하지만 나는 어디 있나, 어디까지 왔나. 시간은 대체 흐르기나 한 것일까. 결혼을 하고 아이가 태어나고 현준이 감옥에 갇히고…… 그러는 동안에 정말 시간은 흘러가기나 한 것일까……. 정인은 아득해지는 기분이었다.

"그만 일어나죠."

레지가 다가와 새로 들어온 연주에게 커피를 마시겠냐고 묻자 연주가 명수에게 말했다. 명수와 연주는 잘 어울려 보였다. 정인은 얼른 그들에게서 눈을 떼고 짐을 챙긴다. 과일 보따리와 아이에게 줄 선물과 쇠고기 때문에 정인은 꾸물거릴 수밖에 없었다. 이것이 나의 현실이야, 다짐이라도 하듯이 두 손으로 비닐봉지들을 꼭꼭 움켜쥐었다. 익숙한 솜씨로 명수가 얼른 다가와 정인의 짐을 들어주었다. 연주의 눈길이 그런 명수의 어깨 위를 날카롭게 비켜갔고 정인만이 그것을 마음에 새겼다.


세 사람은 바람 부는 거리로 나섰다. 버스가 들어오고 나가고 사람들이 만나고 헤어진다. 이 네 길거리에서 여러 번 버스를 탔던 정인이었다. 왜였을까, 왜 바보처럼 명수는 결혼을 할 수 있는 사

람이고 다른 여자를 사랑할 수도 있는 사람이라는 것을 왜 몰랐던 것일까. 이제 막 떠나는 저 버스처럼 결국은 그가 내 사람이 아니라는 것을 정말 몰랐었다는 말일까. 그러면 대체……

"난 저기 정육점에 좀 들렀다 갈게……"

벌써 정육점에 들렀다 오는 길이지만 정인은 말했다. 이쯤에서 비켜주는 것이 예의라고 믿은 탓도 있지만 그들과 헤어지고 싶은 기분이 더 컸다.

"갔다 와. 여기서 기다릴게."

명수는 전혀 말의 의미를 알아듣지 못하고 말한다.

"아니야, 시간 오래 걸려……. 어머니 기다리실 텐데."

"안 돼, 이거 다 들고 집까지 못 걸어가. 무거울 텐데……"

"괜찮아, 오빠."

"참 너 또 고집 피우는구나. 좋아, 그러면 과일은 내가 이따가 집으로 가져다줄게."

명수는 어린아이처럼 말했다. 순간 연주의 눈길이 다시 한 번 날카롭게 명수의 어깨를 스치고 지나갔다. 명수는 의식하지 못한 채 고집을 피울 태세였고 정인은 연주의 그런 눈길을 의식했다. 정인은 그것이 무슨 의미인지를 이해했다. 이쯤에선 화를 내는 수밖에 없었다.

"글쎄 오빠 난 여기서 좀 일이 있다니까!"

정인은 명수의 손아귀에서 짐을 빼앗아 들며, 퉁명스러운 표정을 지어 보였다. 정인의 강한 반응에 명수는 좀 멍한 표정이었다.

이 세상 누구에게도 하지 못하는 부탁을, 오직 명수에게만 할 수 있었던 정인이었다. 오빠 이것 좀 들어다 줘, 오빠 아이를 낳을 것 같아, 오빠 현준 씨가 구속되었어……. 하지만 정인은 이제 생각한다. 이제 그런 날들은 다시 돌아오지 않는다는 것을.

"알았다 알았어. 그럼 가기 전에 연락 한번 하자."

두 사람은 정인을 거기 두고 돌아서 걸어가기 시작했다.

스물일곱 정인은 나이를 아주 많이 먹어버린 여자처럼 세월을 느낀다. 이럴 때 사람들은 삶이 지나가는 소리를 듣는 것일까. 삶이, 지금 정인의 귓가를 윙윙거리는 바람 소리처럼 차갑고 허망하게 흘러가는 소리…….

몇 걸음, 아주 급한 일이 있는 듯 아무 쪽으로나 걸음을 옮기다가 정인은 문득 뒤돌아보았다. 황연주의 청동색 코트 팔 한 자락이 명수의 베이지색 점퍼와 얽혀 있다. 명수가 무어라 이야기를 했는지 황연주가 고개를 약간 뒤로 젖히며 웃는 모습이 보였다. 길이가 긴 프레어 모양의 청동색 코트가 황연주의 웃음소리에 따라 잘게 주름져 흔들린다.

'이제 명수 오빠는 날 잊겠지.'

터미널 다방, 서울 식당, 오뚜기 슈퍼…… 그리고 저기 잎 떨어지는 나무 하나, 둘, 세엣……. 의미 없는 간판들을 읽으며 정인은 그날 집으로 가기 위해 먼 길을 돌아갔다.

〈2권에 계속〉

## 착한 여자 1

초판 1쇄 1997년 4월 30일
제2판 1쇄 2002년 6월 5일
제3판 1쇄 2011년 3월 17일
제4판 1쇄 2018년 1월 5일

**지은이** | 공지영
**펴낸이** | 송영석

**주간** | 이진숙 · 이혜진
**기획편집** | 박신애 · 정다움 · 김단비 · 정기현 · 심슬기
**디자인** | 박윤정 · 김현철
**마케팅** | 이종우 · 김유종 · 한승민
**관리** | 송우석 · 황규성 · 전지연 · 채경민

**펴낸곳** | (株)해냄출판사
**등록번호** | 제10-229호
**등록일자** | 1988년 5월 11일(설립일자 | 1983년 6월 24일)

04042 서울시 마포구 잔다리로 30 해냄빌딩 5 · 6층
**대표전화** | 326-1600 **팩스** | 326-1624
**홈페이지** | www.hainaim.com

ISBN 978-89-6574-651-5
ISBN 978-89-6574-650-8(세트)

이 도서의 국립중앙도서관 출판예정도서목록(CIP)은 서지정보유통지원시스템 홈페이지
(http://seoji.nl.go.kr)와 국가자료공동목록시스템(http://www.nl.go.kr/kolisnet)에서 이용
하실 수 있습니다.(CIP제어번호: CIP2017035209)